LA VALLÉE DES MASQUES

Fondateur et rédacteur en chef d'un magazine d'investigation réputé pour ses enquêtes sur la corruption, éditeur et romancier, Tarun Tejpal est l'une des figures majeures de la littérature indienne contemporaine. Son premier roman, *Loin de Chandigarh*, a reçu le Prix des Libraires en 2007 et a été traduit dans une quinzaine de langues.

Paru dans Le Livre de Poche :

HISTOIRE DE MES ASSASSINS

LOIN DE CHANDIGARH

TARUN TEJPAL

La Vallée des masques

ROMAN TRADUIT DE L'ANGLAIS (INDE)
PAR DOMINIQUE VITALYOS

ALBIN MICHEL

Titre original :

THE VALLEY OF MASKS
Publié par Fourth Estate, Inde, 2011.

ISBN : 978-2-253-19486-6 – 1re publication LGF

Pour Tiya et Cara
Rosée d'aurore, déluges d'été, fruit de la passion
Tout le ravissement et tout l'espoir du monde.

La dernière nuit

Voici mon histoire. Et l'histoire de mon peuple.

Elle n'est pas très longue. Certains la racontaient le temps d'écluser un verre de Ferment aigre-doux. D'autres y apportaient tant de précision que les tonneaux étaient vides avant qu'ils aient terminé. Aujourd'hui, dans ma confusion, je me situe entre les deux. Pourtant j'ai été, un jour, un homme de convictions, volontaire et déterminé. Les autres venaient me consulter pour retrouver un ancrage solide quand leurs cœurs et leurs âmes vacillaient. Un jour.

Aujourd'hui, je dois faire face à l'urgence. Le train de neuf heures vient de siffler et je sais que mon sablier sera bientôt vide. Le sifflet d'un train, comme c'est beau ! La première fois que je l'ai entendu, je l'ai pris pour le cri de l'oiseau le plus grand du monde. Puis j'ai vu la bête fabriquée par les hommes, je l'ai entendue bavarder et chanter, et je suis tombé amoureux de sa voix. Ces derniers mois, j'ai escaladé souvent sans me faire voir le remblai de la voie ferrée. Assis sur les cailloux pointus, je caressais les veines de fer, je posais mon oreille contre leur douceur lisse et fraîche afin de percevoir la pulsation de vie encore lointaine qui s'approchait. L'indifférence des hommes à la beauté de cette voix me stupéfie. Ils ne suspendent même pas leur conversation quand le sifflement qui fuse de la locomotive fait voler l'air en éclats. J'ai appris autre chose encore : tous les humains ne voient pas le beau partout où il se trouve. Et c'est peut-être mieux ainsi.

Quelle facilité dans la digression ! À force de côtoyer les hommes chez qui je suis venu vivre, je finis par leur ressembler : distrait, séduit par tout ce qui se présente. Et c'est peut-être mieux ainsi.

Mais aujourd'hui, quoi qu'il en soit, je dois me concentrer sur deux choses : ce que j'ai à dire et les mots pour le faire. Tels le marteau et le clou unis dans leur percussion opiniâtre et bruyante jusqu'au bout de leur tâche.

Aujourd'hui, c'est à l'urgence que je dois faire face.

Il sera minuit dans quelques heures et l'étau des Wafadar va bientôt se resserrer autour de moi. Ils doivent déjà se préparer à l'action, s'échauffer les muscles avec des tractions et des pompes, se faire les poings contre des murs récalcitrants, affûter leurs dagues à double lame sur la pierre humide. Ils s'apprêtent à dérouler leurs ceintures en peau de chèvre pour nettoyer le vénérable *siontch*. Ses onze aiguilles de bois dur sont capables de perforer une artère du geste le plus sobre et de vous vider de votre sang comme un tonneau qui fuit. Ils vont se raser le crâne, le faire reluire comme l'envers d'un pan d'écorce fraîchement arraché. Chacun d'eux s'oindra d'huile pour conférer à sa peau le lustre de l'aile du canard et le glissant de l'eau. Quand ils en auront terminé avec leurs préparatifs, les trois, quatre ou cinq individus (on ne les envoie jamais en plus grand nombre) s'assiéront en cercle par terre, boiront quelques gorgées de Ferment, puis se prendront par les mains, les yeux fermés, communiant dans leur pureté et la conscience de leur mission.

En cet instant d'énergie contenue, ils sauront que rien, jamais, ne pourra échapper à leur poursuite ou à l'insertion fatale de leur arme consacrée. Ils doivent faire en sorte que la vie se retire lentement afin de laisser une porte ouverte au repentir. Les humains ont la capacité d'accorder ce don, contrairement aux animaux, dispensateurs d'oubli. La mort par le *siontch* est une marque de courtoisie d'homme à homme.

Je sais tout cela. Ce processus m'est aussi familier que la paume de ma main.

Je sais qu'ils me trouveront. Je sais qu'ils ne me manifesteront aucune pitié : la pitié est une forme de mollesse. Un Wafadar est capable à lui seul de venir à bout de quinze adversaires. Or, cette nuit, ils sont peut-être cinq contre moi, qui suis seul. Je sais que je ne verrai plus le jour se lever. Si ma dernière heure a déjà sonné, je n'entendrai plus jamais le sifflet d'un train. L'express en provenance de la capitale passe à deux heures, mais il n'est que minuit et les Wafadar ont largement le temps d'en finir avec moi. Pour peu qu'ils soient cinq, le tonneau se sera répandu en moins d'une minute comme un tamis éventré.

Néanmoins je n'ai pas peur. La peur, je l'ai ressentie et je l'ai inspirée. C'était le papier sur lequel s'écrivait chaque jour de ma vie. Je ne la voyais pas, tout comme l'œil scrute la page sans voir en elle l'arbre qu'elle a été. À cette époque, je trouvais ma vie merveilleuse. Chaque fois que j'imaginais le Véritable et son regard qui ne cillait pas, j'étais soulevé de gratitude pour la grâce qui m'avait – qui nous avait – été accordée, pour le dessein qui nous avait été transmis.

Je suis plus avisé à présent.

Je sais que partout l'esprit de l'homme est une pulpe de mangue qu'on peut presser dans un verre, dans une cuillère, voire étaler sur une assiette. Que si chacun ne prend pas soin de sa propre pulpe, s'il ne lui donne pas sa juste place, quelqu'un d'autre le fera. J'ai compris que la plupart des hommes sont heureux de confier leur pulpe à d'autres. Le monde a vu naître et mourir de grands maîtres de la pulpe. Certains étaient d'une noblesse sublime. On doit à d'autres d'avoir étripé les gens par millions. Savoir et folie sont tapis dans leur regard. Ils savent que les hommes aspirent à de plus hauts desseins, et ils sont assez fous pour trouver à cette aspiration un exutoire, un espace.

Je vais boire un verre de thé. Il y a quelques mois, il m'en fallait quelques-uns par jour. À présent, c'est toutes les heures. Addiction galopante, mais bienvenue. Et dire que je n'avais jamais goûté ce breuvage auparavant ! Le thé est plus apaisant que le Ferment, moins parfumé que les Esprits. Contrairement aux gens d'ici, je le bois sans sucre ni lait – dont la moindre goutte gâte sa couleur fauve. Je laisse la vapeur suave remonter par mes narines et me caresser les paupières tout en regardant le liquide translucide s'animer de troublants mystères et d'histoires secrètes, tels ceux qui semblent entourer ici la plupart des individus.

Les marches ploient de façon menaçante et craquent comme si elles allaient se briser, étroites au point qu'un homme corpulent devrait avancer de biais. En descendant la dernière, il faut se courber pour éviter de heurter du front la poutre épaisse qui soutient le premier étage. Le pin – du *chir* des collines environnantes – est ancien, noirci, son grain estompé. Ce bois est partout. Les murs en sont faits, tout comme les planchers, les marches, les portes, les châssis des fenêtres, les voliges sous le toit de tôle. Toutes ses extrémités semblent moisies et vermoulues, des petits trous sont visibles même dans les chevrons. Mais si vous le passez au rabot en n'importe quel endroit, une nouvelle peau bien tendue émergera, fraîche, lustrée, dorée. Tel est le miracle du bois. Il devient inestimable à mesure qu'il vieillit. Éternellement jeune, il est capable de renaître des centaines de fois. Et pourtant, dans cette ville blottie au creux d'un repli humide de l'Himalaya, les hommes préfèrent construire en brique et en béton.

Cette maison se voit donc encadrée par de nouveaux bâtiments en dur qui entassent cube sur cube droit vers le ciel en attendant que l'urbaniste estime avoir répondu au défi qu'il s'est lancé. Chaque ouverture est barrée sur toute sa hauteur par une grille en fer peinte en vert bouteille. La nuit, le portail se double d'un volet en acier. Ces immeubles sont conçus pour résister à l'assaut d'une armée de cambrioleurs. Et pour combattre les djinns en maraude, des pots en terre peints de noir et de blanc à l'effigie de démons ont été suspendus le long des façades éclatantes.

Les voisins disent pour plaisanter que la maison s'écroulerait sans ces robustes épaules pour la soutenir. Pappu, qui s'occupe de gestion immobilière dans le quartier, m'a dit un jour après avoir garé sa grosse voiture rouge devant ma porte :

— *Uncle*, cette maison ressemble à un moustique coincé entre deux papillons. Donnez-la-moi et je vous rendrai un papillon, plus de l'argent.

Le jeune homme portait de grosses lunettes noires qu'il ne cessait d'enlever pour les essuyer avec le bas de son T-shirt rouge. Ses grands doigts comptaient assez de bagues pour marier toute une aile d'église.

Pappu ne sait pas ce que je sais. Que la brique, le béton et même la pierre se désagrègent et s'effondrent quand la terre tremble. Le bois est le seul matériau qui oscille comme un arbre et reste debout. Pappu ne sait pas que sous leur pelage de chêne bleu, ces montagnes majestueuses à l'ombre desquelles nous nous tapissons abritent un réseau de nerfs ombrageux qui peuvent se mettre à tressauter sans crier gare. Pappu est trop jeune pour savoir que c'est déjà arrivé, que les briques et les pierres des hommes se sont alors révélées fragiles comme du verre dans la main d'un enfant. Le bois seul a oscillé comme un arbre et il est resté debout.

J'ai fini par comprendre pourquoi Pappu ignorait ces choses : c'est que les hommes d'ici s'appliquent à escamoter les mauvaises nouvelles et ne se transmettent que les bonnes. C'est leur façon d'aller de l'avant. Les histoires qu'ils se racontent préfèrent aux périls du chemin les oasis qui les attendent, les sources de sorbet, les houris aux yeux de biche. À chaque stade de la vie, on ensevelit les pertes, les chagrins, la privation, l'échec : un malheur parfois d'une telle épaisseur qu'il faut creuser jusqu'au centre de la Terre et même au-delà pour l'enfouir. Puis on poursuit sa route. L'individu qui n'est pas rompu à cet art de l'inhumation se leste d'un poids si lourd qu'il périt sur place, incapable de faire un pas.

Dans une ferme non loin de la ville où je me trouve vit un paysan portant turban qui, dans sa jeunesse, a vu sa femme, presque sur le point d'accoucher, se faire terrasser par une meute déchaînée et ses trois enfants – deux fils, une fille – tailler en pièces et rôtir. Il n'était pour rien, ainsi qu'il en va souvent chez les hommes, dans ce qu'on avait voulu lui faire payer : l'assassinat d'un chef de gouvernement dans la capitale lointaine. Le rapport avait été ce jour-là de quatre mille vies ordinaires contre une vie unique en son genre. Il paraît que c'est une proportion équitable. Parfois, la mort d'un personnage éminent peut exiger en retour celle de dizaines de milliers de gens du commun. Mais le chagrin avait égaré la raison du jeune paysan. Il assembla des lambeaux de tissu pris aux corps mutilés des siens pour s'en faire un maillot qu'il devait porter dès lors jour et nuit sans jamais en changer. Les mains posées sur ses saintes écritures, il fit le vœu de tuer ou de mourir. Par deux fois, la police l'arrêta pour lui rafraîchir les idées. En quelques années, sa ferme périclita et il devint un fugitif chassé de partout. Un jour, de passage dans la région, un vieux prêtre chanteur d'hymnes, officiant dans le plus sacré des sanctuaires, l'initia aux rites d'inhumation. Il l'aida à creuser une fosse profonde pour y jeter toutes ses peines. Après avoir comblé le trou et tassé soigneusement la terre, le jeune homme se remaria. Je le vois maintenant chaque mercredi matin, en route pour le marché aux légumes sur son tracteur bleu à remorque, ses deux jeunes fils assis parmi les choux et les carottes, leur *patka* blanc déroulé au gré du vent comme la queue d'une pie.

En cela aussi nous étions différents de ces hommes. Nous ne connaissions pas la douleur du deuil. Nous n'avions pas de chagrins à enterrer parce que nous n'avions pas de chagrins. Ici, les hommes éprouvent l'espoir et la peur, ils érigent des constructions imaginaires à partir de ces émotions. Nous, nous avions la certitude. Nous savions tout. Le présent et le lendemain, le bien et le mal, les dangers et les délices. Et nous savions aborder toute chose de la juste façon.

Dans cette maison, il m'arrive de me sentir égaré entre deux mondes. Je fais partie de l'un, je tente de rejoindre l'autre. La démarche s'avère plus ardue que je l'avais cru.

Certaines nuits, je m'éveille en sursaut d'un rêve dans lequel j'aspire à revoir le visage qui a été ma vie. Je glisse alors la main au creux du corsage dégrafé de Parvati et dans sa chaleur réconfortante, dans la courbe de sa chair pesante, je reconnais le caractère dangereusement trompeur de cette impulsion.

J'aime la pièce où nous dormons. Petite, si petite qu'elle nous impose un sommier minuscule, à une place. Au début, Parvati me quittait pour dormir par terre, sur un matelas léger qu'elle glissait en partie sous le lit. Chaque fois que je m'éveillais, c'est-à-dire toutes les heures, je jetais un coup d'œil vers le bas pour me rassurer. Je n'apercevais que les contours de son visage rond et la petite boule de son corps en sari, pelotonné sous la couverture. Le jour où j'ai pu la convaincre de partager le lit avec moi, j'ai découvert une sorte de paix.

Je me suis ajusté à ses courbes, j'ai enlacé de mes bras la base de son cou, de mes jambes son ventre et j'ai cessé de me réveiller comme un chien de garde. Le corps de Parvati est un calmant efficace dont je ne peux plus me passer. Je ne peux plus dormir sans elle. L'après-midi, même si elle n'a pas sommeil, je la persuade de s'allonger près de moi jusqu'à ce que mes nerfs s'apaisent et que je m'assoupisse. Et pourtant j'ai l'impression de subir une amputation chaque fois qu'elle se dégage délicatement de mes bras et s'éloigne sur la pointe des pieds. Chaque fois, la panique me réveille et je l'appelle en criant. Elle se claque le front du plat de la main en me traitant de jeunot, de benêt, mais je sais que cela lui fait plaisir.

Quand sa fille a quitté la maison, Parvati a proposé que nous nous installions dans la pièce du bas, plus spacieuse. J'ai refusé. Je redoutais qu'un plus grand espace ne donne à son corps une chance de dériver loin de moi. De toute façon, en dépit du grincement perpétuel des lames de parquet, je préfère le premier étage. C'est une vieille maison. Personne ne sait au juste quand elle a été construite, mais aux dires de certains, elle irait sur ses cent ans. Malgré son âge, tout le monde, à l'exception de Pappu, s'accorde à la trouver sûre, solide, de bonne facture, prête à durer encore un siècle. Je n'en mettrais pas ma main au feu, mais je n'ai pas remarqué dans toute la ville une autre maison où il me plairait d'habiter.

Cette maison, ma maison, notre maison, repose sur des fondations en pierre massive. Derrière la fourrure de mousse et les touffes d'herbe jaillissantes, ce soubassement révèle au regard attentif un beau, un minutieux travail d'empilement en couches impeccables, sans la moindre irrégularité de niveau. L'intérieur s'enorgueillit des derniers grands loquets en fer, des dernières équerres à douze clous. Dehors, juste à l'entrée, entre la porte et la rue, pousse un fromager immense dont personne ne peut voir le faîte sans s'être d'abord éloigné. C'est un géant aux bras multiples, aux mains innombrables. Le plus clair de l'année, ses doigts prennent une forme crochue en signe de reproche et d'avertissement. Mais durant quelques semaines à la fin de l'hiver, ces mêmes doigts se couvrent comme en cadeau de fleurs d'un rouge criard. De la fenêtre de mon perchoir au premier étage, je peux me pencher pour les cueillir. Plus tard, quand les capsules éclatent, le vent balaie les touffes duveteuses de kapok à l'intérieur de la maison. Elles se collent à tout ce qu'elles rencontrent, traversent la pièce en roulant sur le plancher comme des chiots et cherchent à s'insinuer dans notre chambre.

Parvati proteste à sa façon gentille en marmonnant, mais je ne peux me résoudre à fermer la fenêtre. La panique me saisit à la seule pensée de le faire et déchaîne en moi une tempête de souvenirs.

L'ouverture, encastrée en plein milieu de la façade comme une bouche ouverte, est l'endroit que je préfère. Son large rebord permet de s'asseoir les pieds ballants au-dehors, à l'intérieur ou dans le sens de la largeur, adossé d'un côté, les pieds calés contre la paroi d'en face. Je passerais volontiers le plus clair de mon temps devant cette fenêtre, à observer les passants en me dévissant le cou. C'est une activité délicieuse dont je ne me lasse pas, émerveillé par la variété des créatures qui vont, viennent et se croisent. J'essaie d'imaginer l'histoire que chacun d'eux recèle. Au début, je ne pouvais pas le faire. Je devais à tout prix éviter d'attirer l'attention et un homme posté devant une fenêtre des heures durant ne constitue pas un modèle de discrétion. À présent, cela n'a plus d'importance.

J'ai été repéré et mon temps est compté. Je n'ai pas eu le courage de l'annoncer à Parvati. Lorsque je remonterai avec mon verre de thé, je m'arrêterai dans notre chambre minuscule où elle est endormie, je sortirai de ma poche la lettre pliée et je la glisserai sous son oreiller. Elle ne se réveillera pas. Les craquements du plancher, le bruissement des draps, le sifflement de la bouilloire au rez-de-chaussée, les portes qu'on ouvre et qu'on ferme, le cri soudain et rauque des oiseaux de nuit, le martèlement léger de l'engoulevent, les voix avinées qui montent de la rue, le chant plaisant du dernier train, la musique de n'importe quelle boîte noire, rien n'interrompt jamais son sommeil.

Tous ces bruits sont intégrés au paysage de sa nuit alors qu'ils me sont étrangers : je viens d'un pays de profonds silences. Ces sons me maintiennent éveillé et je contribue à les alimenter. Je garde la porte de communication entrouverte pour voir sa silhouette rassurante depuis ma petite table au revêtement de feutre vert, quand je me retourne. Je ne vais jamais me coucher sans avoir entendu la voix du train de deux heures et parfois, lorsque je gagne la chambre, les rites du lever du jour sont déjà en route. Les livreurs de presse jettent les journaux roulés en tube par-dessus les portails sans s'arrêter de pédaler. Les laitiers à moto passent dans le fracas métallique de leurs récipients volumineux. Des personnes âgées aux jambes arquées, pleines de vivacité, agitent les bras comme pour rattraper leur jeunesse enfuie. Des domestiques adolescents promènent les chiens de leurs maîtres. Des jeunes hommes en pantalon de sport bon marché font leur jogging en levant haut les genoux. Enfin retentit le sifflet, doux à mes oreilles, de la navette de cinq heures qui revient de la capitale.

Tandis que la nuit sombre s'écoule, parlant sa langue confuse, et que Parvati dort paisiblement, je lis.

Je lis, je lis. Jusqu'à ce que le sommeil m'emporte, je lis tout ce qui peut me tomber sous la main. De tout ce que j'ai découvert au cours de mes explorations dans ce monde nouveau, rien ne me fascine autant que la cadence à laquelle les hommes écrivent. Ils emploient une diversité incroyable de styles et de tons pour épouser, dénoncer, célébrer, déplorer, soutenir ou contester, dans une débauche de passion, de sentiment, de réflexion et d'énergie intellectuelle. Le tout à grand renfort de prose, avec des flambées d'imagination extraordinaires. Ce n'est pas que la passion nous ait fait défaut, là-bas, mais c'était une flèche qui volait droit vers sa cible. Ici, c'est une bombe qui explose en sons, en lumière, en éclats multiples, dans toutes les directions. Comment une passion aussi diffuse et fragmentée pourrait-elle garder un sens quelconque ? Pourtant mieux vaut cette dispersion, je l'ai appris ici. Concentrées, les passions des hommes se chargent facilement de fureur, balayant toute raison. Je suis peut-être mieux placé que quiconque dans cette ville pour le savoir.

Je lis. Dans le hurlement déchirant des chiens de rue, je lis tout ce que j'ai pu me procurer par un moyen ou par un autre : journaux, magazines, revues, livres, anciens ou même très anciens. Je me surprends souvent à parcourir le journal qui enveloppe les produits rapportés de l'épicerie. Je me rends à Chawdi Bazaar une fois par semaine pour y acheter au kilo de quoi lire avec le peu d'argent que je possède. Ce sont de vieux imprimés au rebut, de toutes tailles et formes, papier jauni, encre pâlie, déchirés, décollés de leur reliure, entassés en piles poussiéreuses sous un abri de fortune, attachés ensemble avec du plastique et de la ficelle. Un trésor sans prix, une mine de mots.

Le marchand au nez de vautour perché sur des jambes étiques aimerait connaître le nom du marché aux puces où je revends mes acquisitions. Il a du mal à croire que je les achète uniquement pour les lire :

— Bien sûr ! Et moi je suis un coucou qui chante sur la plus haute branche !

Comme c'est joliment dit. Tout en se moquant de moi, il trouve le moyen de produire de la beauté. *Un coucou qui chante sur la plus haute branche !* Dans mon pays, cette formulation ferait froncer les sourcils, on la taxerait d'excentricité, alors qu'ici la poésie émerge de l'anarchie des voix à tous les coins de rue. C'est une chose extraordinaire.

Chaque feuille imprimée aboutit dans ma chambre parce que toute chose écrite dans ce monde a une histoire à raconter, une idée à vendre, une image à peindre. Les publicités, les colonnes où se marchandent les unions, tout m'enchante. Durant mon séjour ici, j'ai découvert sur des lambeaux de papier des pensées et des provocations qui embrasent le corps et l'esprit. Le bavardage incessant de cet univers est tout simplement sidérant.

Je verse le thé bouillant, qui éclabousse et crachote. J'inhale son arôme avant de porter le verre à mes lèvres. Il est délicieusement épicé. Parvati dit que j'écrase dans mon thé autant de gingembre que d'autres y ajoutent de lait. J'aime la façon dont son goût puissant assaille mon palais et rugit à travers mes narines. La petite cuisine est propre et bien rangée. Pas une cuillère sale dans l'évier. Si longue et fatigante qu'ait été sa journée, Parvati ne va jamais se coucher sans avoir rangé jusqu'à la dernière assiette ou casserole, remisé jusqu'au dernier récipient, lavé le plan de travail, passé la serpillière, récupéré puis déposé les restes devant la porte de service pour les chats et les chiens en quête de nourriture. Avalant la première gorgée brûlante, j'entends justement un remue-ménage de pattes et de mâchoires dehors. Parfois, quand nous n'avons laissé aucun reste, j'ai vu Parvati entamer de bons morceaux afin que les animaux ne repartent pas le ventre vide. Elle n'est pas très diserte, mais elle agit avec un tel désintéressement et tant de générosité que je me sens toujours humble en sa présence. Rien d'étonnant à ce qu'elle dorme si tranquillement, alors que j'ai un mal fou à trouver un véritable moment de repos.

Je me prends de nouveau en flagrant délit de digression. Ce monde a décidément beaucoup déteint sur moi. Aujourd'hui, pourtant, je ne dois pas me laisser aller. Je n'ai pas le temps. Il existe une infinité d'histoires à raconter, c'est vrai, mais à présent je dois raconter la mienne et je suis le seul à pouvoir le faire.

Les hommes doivent entendre ce que j'ai à dire, y réfléchir et agir en conséquence. Je redoute en même temps que la relation de ma vie passe pour une fiction. On peut l'écouter sans la prendre au sérieux, y voir un simple récit, certes fascinant, mais sans plus de réalité que ma voix n'en aura, une fois enregistrée.

Ce serait une grande tragédie pour mon peuple comme pour les hommes parmi lesquels je suis venu vivre. C'est déjà arrivé. Avant d'être rejoints par leurs poursuivants, d'autres Dagadar – tel est le nom qu'on donne aux déserteurs – ont essayé de raconter leur histoire, de la crier, de la hurler. On les a ignorés, écartés, on s'est moqué d'eux. Devant une telle incrédulité, quelques-uns avaient déjà sombré dans la folie quand les Wafadar sont arrivés pour leur ouvrir les veines et les saigner à blanc.

Dans la Vallée, ces histoires faisaient partie de notre instruction. Les Wafadar rapportaient parfois avoir trouvé, à l'issue de leur traque, non pas un frère fugueur simplement diminué, mais un fou furieux, l'écume aux lèvres. L'un d'eux avait été découvert dans un asile d'aliénés délabré, caché sous une table bancale au fond d'une pièce humide. Il n'avait plus que la peau sur les os et il tenait dans ses mains deux petits cailloux qu'il frappait doucement l'un contre l'autre. Ses sauveteurs, nous disait-on, avaient les larmes aux yeux en s'approchant de lui tandis qu'ils dénouaient leurs ceintures en peau de chèvre.

Un autre, que nous avions tous connu et respecté, aux jambes solides comme des troncs, était parti si loin qu'il fallut trois ans pour le localiser. Après avoir traversé six districts, les Wafadar finirent par retrouver sa trace dans la prison de la ville. La police l'avait incarcéré sur la plainte de plusieurs journaux. Il s'était rendu insupportable auprès des rédactions en insistant sans relâche pour qu'on publie son histoire – qui est aussi la mienne. Les Wafadar, pour arriver jusqu'à lui, avaient escaladé sans effort des murs hauts de trois mètres festonnés de barbelés. Il les avait accueillis en les serrant dans ses bras et en les suppliant de lui accorder la rédemption du *siontch*. Tandis que sa vie s'écoulait par les orifices rituels, le pénitent avait admis que l'espoir de trouver une quelconque vérité dans ce monde d'hommes tenait de la folie. C'était un lieu perverti et cruel, égoïste, dur et voué à l'anéantissement. En cherchant à s'enfuir, il s'était trahi et avait trahi les siens. Mais une fois loin d'eux, il avait reconnu la véracité de tout ce qu'on lui avait appris.

Ainsi nous narrait-on l'épisode, mais il se peut que les Wafadar l'aient inventé, je n'en sais rien. Je ne peux connaître de vérité que celle de ma propre expérience, de mes propres perceptions. Je ne peux raconter que ce que je sais. Je sais, par exemple, qu'escalader des murailles et pénétrer à l'intérieur d'enceintes gardées est pour eux un jeu d'enfant. Un Wafadar n'a rien d'un homme ordinaire. Il est façonné dans un moule parfait du point de vue de l'esprit comme de la matière. Chauve-souris dans la nuit, il se fait oiseau sur l'arbre, poisson dans l'eau, lézard sur le mur. Au grand jour, il est une pierre ; derrière les portes closes, une ombre. Sa force n'a pour limites que les limites extrêmes du corps humain. Il peut courir des heures durant sans s'essouffler et rester immobile sans ciller des jours entiers. Il peut briser une nuque comme le pédicelle d'un grain de raisin et rompre une échine d'homme sur sa cuisse levée. Pendant la bataille, c'est un insecte : vif, acharné, il ne renonce jamais, même les membres brisés ou amputés. Un Wafadar n'est jamais mort tant qu'il ne l'est pas complètement. Il reste un adversaire susceptible de semer le chaos aussi longtemps qu'il n'a pas rendu son dernier souffle. Pourtant sa force ne se résume pas à ses compétences physiques. Le noyau de sa supériorité réside dans sa tranquillité intérieure. Il n'agit pas sous le coup de la colère ou dans un esprit de vengeance. Il ne recherche ni plaisir ni bénéfice personnel. Il tue avec compassion, sans hostilité. Il est habité par une passion profonde, mais celle-ci a la qualité d'une méditation. Il est l'air immobile dans la matrice duquel couve la tornade. Ses prouesses découlent de la maîtrise de ses émotions.

Pur dans ses intentions, artiste dans l'action.

Peu d'hommes le savent aussi bien que moi.

Des bruits montent de la rue. Des rires, des exclamations aiguës. Ce qui m'enchante le plus, chez les gens d'ici, c'est la gaieté dont ils font preuve à toute heure, même dans les circonstances les plus étranges.

Ils ont la paillardise et le rire faciles. Chez les miens, c'était un signe de vacuité et de bêtise accablant. Dire quelque chose qui n'avait pas de sens dans la seule intention d'amuser la galerie trahissait une perte de repères. Pour les Wafadar, sourire est déjà une faiblesse.

Quelqu'un part d'un rire bruyant qui déchire la nuit. J'abandonne mon thé, je gagne la pièce de devant et j'écarte les rideaux élimés. Par-delà le fromager, sous les réverbères, quatre hommes sont pliés par un rire irrépressible, un cinquième exécute une danse au milieu de la chaussée en tressaillant des hanches, une main sur la tête, l'autre sur une fesse. Ils sortent de la séance du soir du Delite Talkies, le cinéma qui se trouve à l'extrémité du bazar. Peu après, un deuxième se met à danser en imitant son compagnon, puis un troisième, et bientôt les voilà qui marchent en file dans la rue, se déhanchant à grands soubresauts et chantant en chœur à voix forte.

Je ne crois pas qu'ils soient soûls. Ils ont seulement la chance extraordinaire de pouvoir vivre un instant vide. J'en suis parfaitement incapable et c'est le poids de mon héritage. L'homme qui rit ressemble à un oiseau parmi les arbres, affranchi de toute peur, amertume ou avidité, libre de tout calcul, émettant une lumière radieuse. Il me semble parfois que s'ils se mettaient tous à rire en même temps, cette lumière éclipserait le soleil.

Est-ce parce que les Wafadar ne rient jamais qu'ils se fondent comme des ombres dans la nuit et sont si difficiles à distinguer ?

Si je devais choisir de faire don à mon peuple de la gaieté insouciante ou de la sagesse qui ne sait pas sourire, je n'hésiterais pas une seconde.

En retournant chercher mon verre de thé, j'entends les animaux qui se bagarrent toujours dehors. Parvati dépose le plus souvent à l'extérieur de quoi nourrir tout un troupeau. Si, comme la plupart des hommes le croient, il existe une loi du karma, elle renaîtra reine dans sa prochaine existence.

Je m'arrête sur le seuil de notre chambre exiguë en haut des marches, étonné, comme toujours, par la faculté que possède Parvati de se faire aussi petite qu'un fœtus, de se ramasser sur elle-même pour tenir le moins de place possible dans l'univers. L'incarnation même du non-vouloir.

Sortant de ma poche l'enveloppe jaune autocollante, affranchie de lions, je la soupèse. Elle est lourde pour une lettre, et pourtant ce n'est qu'une litanie d'excuses et de remerciements écrite au recto de cinq malheureux feuillets. Je n'ai pas cherché à lui raconter mon histoire, qui l'aurait peut-être effarée et peinée. C'est une femme simple, qui m'a offert sans condition sa compagnie et sa confiance. Je ne crois pas qu'elle soit particulièrement désireuse de savoir d'où je viens et de connaître mon passé. Ma disparition la rendra malheureuse, je n'en doute pas, mais je sais qu'elle ne se laissera pas déborder par le chagrin. Elle fait preuve de plus de résilience et de philosophie dans une de ses journées laborieuses qu'un intellectuel dans toute sa vie.

J'essaie seulement de lui faire comprendre combien je lui suis reconnaissant et de circonscrire son inquiétude. Les Wafadar ne laissent en général aucune trace de leur passage. Il se peut qu'ils remportent mon cadavre exsangue dans la Vallée ou qu'ils l'enterrent simplement aux abords de la ville. Elle pourrait croire que je l'ai abandonnée ou qu'il m'est arrivé une chose terrible, et je ne le veux pas. Je veux qu'elle se dise, puisque c'est sa façon d'appréhender le monde, que j'ai simplement épuisé le karma de cette existence.

Elle ne sait pas très bien lire ni, bien sûr, écrire. Alors je me suis efforcé, malgré la difficulté, de m'en tenir à des mots simples et de les tracer en caractères appuyés. Je pousse l'enveloppe sous l'oreiller de sorte qu'il n'en dépasse qu'un coin, comme une oreille d'animal. Puis je tire de ma poche la petite liasse de grosses coupures, je fais glisser l'élastique et je recompte. Ce n'est pas une fortune, mais la somme est suffisante pour assurer le quotidien de Parvati pendant un bon moment. Si je n'ai jamais pu me faire à la notion d'argent, j'ai compris la place qu'il tient dans la vie des hommes d'ici. Et je suis content de m'être découvert un certain talent pour le marchandage.

Zubair Ali, le vieil homme à calotte blanche dans l'atelier de qui j'ai gagné ces précieux morceaux de papier, insiste pour que je lui révèle où j'ai appris à sculpter le bois. Ses ouvriers – les plus jeunes ont à peu près onze ans – sont tous de bons menuisiers. Ils savent manier la scie, le rabot et le marteau, travailler le bois en ligne droite, en angle, en tenon, en sifflet ; rainurer, assembler, longer, cheviller – mais aucun d'entre eux ne peut sculpter une tête d'aigle ou une face de lion dans un bloc de bois. Je peux faire apparaître des biches bondissantes dans des troncs d'arbres et s'épanouir des fleurs sur des planches de petite taille. J'ai appris la sculpture quand j'étais enfant, comme la plupart d'entre nous. Le bois et la pierre étaient présents en abondance dans notre environnement et nous n'étions pas censés rester oisifs un seul instant. Ici, en me permettant de gagner ma vie, ce savoir m'a sauvé. Les exigences des clients de Zubair sont faciles à satisfaire. Une tête de lit gravée, des pieds de table en pattes de tigre, des rayonnages aux montants ornés de grappes en cascade, des dossiers de chaises peuplés d'oiseaux pépiant.

Zubair fabrique surtout des meubles, mais le bruit s'étant répandu que j'avais certaines compétences, une nouvelle demande a vu le jour et j'ai commencé à représenter leurs dieux et leurs déesses. Ces gens en possèdent des myriades, à l'administration desquelles ils prêtent tout leur talent. Il n'est qu'à voir le haut degré de division du travail spirituel qu'ils leur attribuent. Lorsque nous en découvrions l'existence dans notre enfance sous le figuier *bodhi* de l'éveil, cette prolifération nous paraissait d'une frivolité absurde, en conformité avec les autres réalisations déficientes de ces hommes. Mais depuis que j'habite leur monde, je décèle dans cette multiplicité de divinités un dessein et un poids. Je ne peux certes pas m'agenouiller devant elles ni solliciter d'elles des bénédictions aléatoires, mais je ne suis plus indifférent à leur vie ou à ce qu'elles expriment.

Le plus demandé de tous, à l'atelier de Zubair, c'est Ganesh. Il avait aussi ma préférence en tant que sculpteur, avec ses oreilles battantes, ses quatre bras bienveillants, la courbe énergique de sa trompe, son ventre prospère et ses deux défenses, l'une cassée, légèrement plus courte que l'autre. Parfois, le client allait jusqu'à payer un peu plus cher pour que je le représente chevauchant un rongeur. Zubair avait beau ne pas être de la même religion, il interprétait la création de chaque Ganesh comme un signe de chance et j'ai eu presque dès le début la même impression que lui. Ses affaires devenaient simultanément de plus en plus prospères, au point qu'il avait du mal à honorer ses commandes dans les délais promis. Quant à moi, je gagnais largement de quoi assurer l'entretien de la maison et m'acheter des imprimés au rebut.

Je travaillais dur, souvent douze heures par jour, jusqu'à ce que les doigts me brûlent. Les yeux me piquaient, je ne sentais plus mes épaules. L'effort ne me rebutait pas, il faisait partie de moi. J'étais en outre poussé, par un élan très profond dont je n'avais jamais soupçonné l'existence, à pourvoir de mon mieux aux besoins de cette femme au sommeil calme dont l'étreinte généreuse m'a apporté une paix et une ardeur que je n'avais jamais connues. Zubair payait bien et j'ai mis de côté cet argent en prévision de ce soir.

Je passe l'élastique sans le doubler autour des billets à plat et je glisse la liasse à côté de la lettre, en laissant dépasser un coin. Maintenant, avec ses deux oreilles, le coussin ressemble à un animal couché.

Le désir m'effleure de caresser le visage rond et lisse de Parvati. Mais d'autres gestes pourraient suivre, qui me retiendraient auprès d'elle. Or, j'ai besoin de me mettre au travail. J'essaie de m'inspirer du message simple de la Gîta, chant divin dont j'ai entendu parler ici, selon lequel les hommes doivent veiller à la seule justesse de leurs actes sans accorder d'importance au succès ou à l'échec. Tout le monde, même Zubair et ses blancs-becs d'apprentis, connaît ce précepte ici.

Pourtant, d'après ce que je vois, on pourrait penser que les hommes s'ingénient à en tirer la leçon contraire. Le succès est leur seule véritable religion. Le pouvoir, l'argent et l'adulation en constituent la sainte trinité. Son catéchisme inclut de nombreux comportements – calcul, cruauté, trahison, violence – qui font fi de tout sentiment.

Il serait injuste de généraliser, néanmoins. Je n'ai qu'à poser les yeux sur Parvati pour savoir que la bonté existe et combien cette bonté est belle. Sa présence en elle me grise. Debout dans la cuisine, je la regarde souvent s'affairer, dodue, le teint clair, les cheveux noués tirés en arrière, les pieds chaussés de mules, le sari retroussé haut sur les jambes, le front orné d'un *bindi* rouge, le regard bienveillant, le sourire chaleureux. Je la vois trancher, cuisiner, nettoyer ou encore préparer de quoi nourrir les chats et les chiens orphelins du monde. Je la vois accourir à l'aide d'une personne désorientée dans un moment de crise – mariage, mort, chagrin ou blessure. Je la vois se faire toute petite dans son lit. Et chaque fois, je prends conscience de mes propres limites. Chaque fois, l'exaltation me soulève et je sais que le monde contient de la beauté.

J'espère qu'elle pèse lourd, beaucoup plus lourd que le succès dans la balance universelle.

Parvati l'ignore – elle partirait même d'un rire embarrassé si je le lui disais –, mais c'est sa bonté qui me donne confiance en moi, qui me pousse à raconter mon histoire. Sans elle, je chercherais à fuir, à me cacher. Et j'aurais tort. Ce serait un acte vain.

Tandis que je m'assois face à la rue déserte et que j'allume la petite machine, je comprends qu'il est dans le destin des hommes de porter de mystérieux fardeaux, que le but tacite de chaque existence est de se délester de ces charges avant son terme, dans la mesure du possible.

Il va être neuf heures et demie. Il me reste très peu de temps. Les Wafadar entreront par cette fenêtre ouverte ou bien ils se faufileront sans bruit jusqu'à moi par l'escalier. Il ne servirait à rien de me barricader. À un moment, je lèverai les yeux et leurs ombres seront là, emplissant la pièce. Peut-être m'adresseront-ils la parole ; peut-être, dans leur compassion, me saigneront-ils sans proférer un mot.

Je serai mort avant que la nuit s'achève, c'est presque une certitude.

La seule chose qui importe, c'est ce que je peux raconter pendant le temps qu'il me reste à vivre.

Le tout premier de tout

Ses origines disparaissent derrière des spirales de brume et des tourbillons d'histoires. Certains disent qu'il s'appelait à l'origine Pitamber, d'autres, Gopala, d'autres encore, Narayana, Lakshmana ou Mahadeva. Nachiketa, Kartikeya, Mohammed, Abraham, et même Thomas ou Francis ont également été avancés au cours de conversations anodines. Mais pour le plus grand nombre, son nom était Aum, le tout premier son de l'univers, accordé à son être, le tout premier de tout.

Il va sans dire que ces hypothèses s'échangeaient à voix basse. Poser des questions sur le passé était fortement déconseillé. C'était la règle. Le passé était révolu. L'interpréter, l'analyser, l'imaginer sous des jours divers constituait un danger. De ce passé, de sa vérité, il existait un compte rendu accessible à tous, selon lequel il était Aum, le tout premier son de l'univers, le tout premier de tout.

L'histoire veut qu'il soit né dans un hameau des confins du Nord au cœur d'un paysage prodigieux, là où les hautes montagnes se jettent à l'assaut de l'Asie centrale, où les rocs sont plus volumineux que des éléphants, où les hommes sont grands, barbus, indomptables comme les bêtes sauvages dont ils partagent le regard fou. Irrigué par une source éternelle, son village se nichait entre deux falaises imposantes, vert, tapissé d'herbe et planté d'arbres à fleurs. Du réveil au coucher, l'oreille était emplie par le chant des oiseaux. Les femmes avaient la peau laiteuse et les yeux du noir charbon le plus pur. Elles enfantaient des hommes aux muscles de pierre qui portaient haut la tête. Ils ne connaissaient ni la peur ni l'avarice. Ils n'asservissaient personne, ne capitulaient jamais.

C'était un endroit vénérable. Des hommes de dimension légendaire s'y étaient arrêtés en chemin, avaient béni l'air et la terre de leurs mots et de leur présence. Nanak, Kabir, Adi Shankaracharya, le prophète et, plus tôt encore, Bouddha, Mahavira et celui qu'on appelait le Christ. C'était un lieu de miracle et de sagesse, un lieu incomparable. De grands guerriers y avaient fait halte : Gengis Khan, Timur le boiteux, Mahmud de Ghaznî, Bâbur, Ranjit Singh, Banda Bahadur, Shivaji, puis les armées de Napoléon et de Robert Clive. Au cours de leur bref séjour, tous ces conquérants, disait-on, s'étaient sentis soulevés par une vague de compassion et de miséricorde.

Toujours selon l'histoire, une prophétie avait annoncé que dans la quatre-vingt-huitième année du dix-neuvième siècle un grand maître naîtrait à cet endroit. En lui s'épanouirait l'héritage d'une ascendance exceptionnelle. En ses veines couleraient les sangs conjugués du sage et du guerrier. Il serait à la fois un saint et un soldat ; en un mot, un dieu, le refuge des justes, le fléau des vils.

Avant la fin de 1887, disait encore l'histoire, toutes les femmes du village âgées de quatorze à quarante ans avaient accueilli en elles la semence ardente qui apporterait à l'une d'entre elles la gloire de l'immortalité. Quelle créature au monde connaît plus grande félicité que la mère d'un maître sublime ? En 1888, année mémorable s'il en fut, alors que la planète se convulsait dans un chaos de guerres, d'invasions, de maladies, de frivolité et de destruction, alors que les hommes blancs écrasaient tous les autres, alors que le concept de dieu se muait en une croyance bornée, vingt et un enfants naquirent au hameau enchanté. Treize d'entre eux étaient des filles. Sept des huit garçons moururent le premier jour. Il émanait du huitième une vigueur que rien ne semblait devoir jamais éteindre.

D'autres signes avaient précédé la naissance de l'élu. Plusieurs mois durant, le fœtus s'était exprimé par la bouche maternelle, psalmodiant des stances empreintes d'un rare degré d'illumination. La première fois, sa mère illettrée, qui paissait ses brebis sur la lande, s'était précipitée, d'épouvante, chez l'apothicaire. Entendant la voix du messie tant espéré sortir de ses lèvres terrorisées, le vieil homme était tombé à genoux et, le front pressé contre le pubis divin, avait chanté les louanges du seigneur tout-puissant. La hutte de terre et de chaume de la jeune bergère était aussitôt devenue un lieu de pèlerinage. Personne ne s'en retournait déçu. Le fœtus s'exprimait à toute heure du jour et de la nuit dans les multiples langues de l'Orient et de l'Occident. Les vingt autres futures mères soutenaient de leurs paumes leurs ventres lourds, accablées de n'être le réceptacle d'aucune splendeur. L'apothicaire, caressant sa longue barbe grise, tentait de leur rendre la gaieté en invoquant la rare fortune qui faisait de leur enfant à naître le compagnon d'un sage. La vie qu'elles portaient était d'ores et déjà bénie. Un maître, disait-il, n'appartient qu'à ceux qui le suivent.

La nuit où il naquit, tous les habitants du hameau campaient autour de la hutte, emmitouflés dans des couvertures, leurs feux aux pieds agiles dansant autour d'eux, une procession d'étoiles filant comme autant d'augures loin au-dessus de leurs têtes. C'était la première fois, disait la sage-femme, qu'elle voyait une parturiente sourire avec sérénité. Il ne causa aucune douleur à sa mère lorsqu'il émergea par le siège contrairement aux autres enfants et toucha le sol de ses pieds. Il ne vagissait pas non plus à la façon des nouveau-nés. Le premier son que le village, prêtant l'oreille, entendit fut un « AUM ! » retentissant qui roula dans le ciel à travers la Vallée et, touchant aux montagnes, se répercuta en écho autour du monde. Aum !

Le tout premier son de l'univers, accordé à son être, le tout premier de tout.

Il devint naturellement le bien-aimé du village. Il ne possédait pas une mère, mais huit. Les sept femmes dont le garçon était mort-né le baignaient de leur adoration, lui offraient leurs seins gonflés du lait de leur amour, l'emplissant à l'octuple de la puissance, de la passion et de la pureté de la source. Une mère peut doter huit fils de force vitale, mais ce qu'un fils reçoit de huit mères déversant en lui l'énergie primordiale est simplement inconcevable.

Ainsi le veut l'histoire.

Il devint en grandissant un enfant lumineux, les cheveux épais et noirs, la peau dorée, les yeux du bleu d'un ciel d'été. Ses camarades les plus proches étaient les treize filles nées la même année que lui. Elles accouraient vers lui à chaque instant de loisir ; il comblait leurs oreilles de belles paroles et de pensées merveilleuses. Le discours du garçon qui parlait avant de naître avait à présent la beauté du jasmin corail en octobre. Les mots tombaient de ses lèvres douces telles des fleurs parfaites prodiguant grâce et parfum autour d'elles et les voyageurs dont la route traversait la Vallée se laissaient guider jusqu'à sa hutte pour éprouver l'enchantement de sa présence.

Lorsqu'il le vit pour la première fois, le prédicateur de la ville déclara : « Aussi vrai que le chameau vit de sa bosse, ce garçon vivra de ses paroles. Il fera croire aux hommes qu'ils peuvent marcher sur l'air. »

Le corps de l'enfant était aussi séduisant que son verbe, nez et menton ciselés, membres minces, doigts déliés. Ses regards, quant à eux, offraient la variété d'un kaléidoscope. Doux, ils faisaient fondre et pleurer les femmes. Lorsqu'ils étaient durs, les hommes adultes sentaient leurs jambes céder sous eux. Ses yeux déchiffraient le monde. Le chef du village, sous son turban à quatre spires, le corps marqué par plus de soixante cicatrices de bataille, disait : « Je ne le regarde pas en face quand je le rencontre. J'ai l'impression d'être sorti nu de chez moi. »

Avant d'atteindre dix ans, le garçon avait déjà appris tout ce que son entourage pouvait lui enseigner : à lire, à écrire, mais aussi les légendes, les écritures, l'histoire, la géographie, les mathématiques, la théologie. Il lui suffisait d'entendre une fois quelque chose pour le retenir définitivement. On le disait né avec toute la science du monde. Il ne restait qu'à la faire jaillir de lui dans toute sa puissance et sa complétude, tel un cobra qui se dresse et enfle, exhorté par le charmeur.

Aum n'était pas seulement un érudit. En dépit de sa silhouette délicate, il maniait l'épée à deux mains avec la rapidité de l'éclair. Toute sa dextérité tenait dans son sang-froid. Il esquivait d'un infime déport du buste le tranchant de l'acier et le coup le plus fort porté contre sa lame était impuissant à faire plier son bras. Mais son arme décisive n'était pas l'agilité, pas plus que le sang-froid ou ses muscles nerveux. C'était son regard. Un regard qui ne cillait pas, magnétique, impérieux. Dénué de peur comme de doute. Tel le dragon à l'œil unique fascinant, il amenait son assaillant à abonder dans son sens : frapper là où il l'attendait, ouvrir sa garde là où il s'apprêtait à frapper.

Il en allait de même de ses zélateurs. Depuis l'époque où il s'était abreuvé au sein de huit femmes, son regard forçait l'adhésion. Inévitablement, son premier disciple, ainsi qu'il en va de tous les grands maîtres, fut sa mère, ou plutôt ses mères. De même que l'on sait quel poids on est capable de soulever et à quelle vitesse on peut courir, toute mère sait ce que vaut son enfant ; elle connaît, sans toujours pouvoir en rendre compte, ses dons et ses lacunes, son corps, son âme, la trajectoire de sa destinée. En le voyant au sein lever les yeux vers son visage, chacune des huit femmes comprenait qu'elle n'était que le vestibule de sa grandeur. Il n'existait rien qu'elles eussent pu enseigner à ce garçon au regard de basilic. Elles n'étaient là que pour s'instruire à ses pieds.

Il donna son premier sermon à l'âge de neuf ans, ses huit mères assises par terre et lui, sur un tabouret en bois. De sa voix envoûtante, il leur demanda de réfléchir à des choses sur lesquelles elles n'avaient jamais eu l'occasion ou le courage de s'interroger : le but de la vie, la nature des hommes et des femmes, la signification de leur labeur, la tradition et le nouveau, le péché et la vertu, dieu et la religion, le miracle de la naissance, le mystère de la mort.

Il ne faisait que poser des questions. C'étaient des questions simples, mais les réponses données venaient de profondeurs de plus en plus grandes, appelant en retour des questions qui tendaient vers l'insondable. Il parlait d'un ton exalté, empreint d'une connaissance sublime, hors de doute. Il tenait sous son regard les huit femmes ensemble, et chacune avait l'impression qu'il s'adressait personnellement à elle. Le temps aidant, sa voix se fit encore plus pénétrante, plus inspirée. Il acquit le pouvoir de capter l'attention non plus de huit ou dix, mais de centaines, de milliers d'auditeurs, chacun d'eux l'écoutant comme s'il parlait pour lui seul, chacun se croyant le possesseur intime de ses paroles et de son regard.

Ainsi le veut l'histoire.

Une histoire dont, pour être honnête, j'ai très vite oublié à quel moment je l'ai entendue pour la première fois. Je n'étais pas le seul. Elle était toujours présente à notre esprit et nous baignions en elle continuellement, comme des poissons dans l'eau. Je suis certain de l'avoir tétée au sein de mes multiples mères. Multiples, oui, pour chacun de nous : Aum en avait décidé ainsi. Dès l'instant où il aspirait le premier lait de la vie, l'homme entamait de cette façon son lent voyage vers l'égalité, vers l'unité accomplie. En buvant chaque jour à un sein différent, ses mains minuscules agrippant chaque fois une nouvelle qualité de chair, il s'initiait à l'art de réduire les différences qui affligent l'humanité.

Aum, dans sa sagesse sans limites, le savait : c'est la vanité qui perd l'homme. Son individualisme, fait d'égoïsme et d'avidité. Il fallait l'expurger. Nous connaissions l'axiome. Vouloir posséder, c'est être possédé.

Je crois savoir qui était ma mère. Au sein de la Maternité, une femme mince m'étreignait comme personne ne m'a jamais étreint de ma vie. Ni la fille aux yeux noirs ni Parvati. Mais si nos traits partageaient une ressemblance particulière, il était impossible de s'en assurer. En outre, personne n'y a jamais fait allusion devant moi – c'eût été un blasphème.

Durant les trois heures quotidiennes (réduites à une seule, passé l'âge de six ans) où nous avions accès à la Maternité, elle cherchait toujours à rester avec moi le plus longtemps possible. Et bien que les effusions prolongées fussent mal considérées, elle s'arrangeait toujours pour me prendre dans ses bras à plusieurs reprises avant la fin de notre entrevue.

Tandis que nous allions de l'une à l'autre, embrassés, caressés, soignés – ongles et cheveux confiés aux ciseaux –, instruits de la façon de se brosser les dents et de se laver le visage, de s'habiller et de nouer ses lacets, tandis que nous criions et jouions, elle cherchait à se rapprocher de moi et à m'enlever à mes compagnons.

Elle m'attirait vers un coin du vaste hangar, s'agenouillait et me serrait très fort dans ses bras, les doigts écartés pour saisir de mon corps autant de chair que possible. Elle blottissait ma tête dans la chaleur de son cou et je m'emplissais de l'odeur de sa peau. Ce souvenir a, aujourd'hui encore, le pouvoir de soulever une tempête assourdissante dans mon cœur. Puis elle m'attirait dans son étreinte et me relâchait, m'étreignait et me relâchait, comme pour m'inhaler et m'exhaler, m'intégrer à son propre souffle.

Je ne saurais décrire la forme de son nez ou l'oblique de ses sourcils, mais je me rappelle précisément l'odeur de son haleine et celle de sa peau, la texture de sa chevelure épaisse et lisse, la tendresse de sa voix tandis qu'elle me pressait contre elle. Je m'agrippais à elle comme à un radeau sur des rapides déchaînés. Sans réel espoir, mais avec un soulagement désespéré.

Je me rappelle aussi l'arête saillante de ses clavicules qui s'enfonçait dans ma joue. Parfois, elle me serrait si fort et si longtemps que la marque s'en imprimait sur ma peau et que ma respiration se bloquait. Je crois que cet inconfort ne retirait rien à mon bonheur : il durait aussi longtemps qu'elle me gardait auprès d'elle.

Parfois, elle n'était pas là – j'ai appris plus tard que les femmes avaient souvent d'autres tâches plus urgentes à accomplir. C'étaient des journées horribles. Dans la cohue confuse, mais encadrée, des retrouvailles, j'allais de mère en mère, le cœur lourd, dans l'espoir de l'apercevoir. Cet espoir cédait bientôt place à la certitude de son absence, car eût-elle été là, je n'aurais pas eu besoin de la chercher, elle m'aurait trouvé dès les premières minutes.

Nous étions, à notre décharge, des tout-petits, pas encore tout à fait égaux et aisément identifiables. Bien que la Maternité fût supposée ignorer les œillères de l'hérédité, pratiquer un partage sagement équitable de son temps et de ses affections, je sentais qu'une sorte de motif récurrent sous-tendait les relations entre les mères et les enfants.

Arjuna (ou plutôt l'un des Arjuna : ils étaient toujours au moins six à porter ce nom dans notre foyer), mon proche camarade, le premier qui m'apprit à manger une pomme sans casser le pédoncule relié au cœur, était toujours intercepté par une mère de haute taille qui lui massait fébrilement la tête avec de l'huile et le bourrait d'amandes détrempées cachées dans les poches de son épaisse tunique. Je ne saurais dire à quoi elle ressemblait, mais à cette époque, c'était indubitablement la femme la plus grande de la Maternité. Et tandis qu'Arjuna nous dépassait en taille d'année en année, j'acquérais la certitude que chaque enfant possédait une mère un peu plus personnelle que les autres.

La doctrine d'Aum était claire. Toutes les mères étaient égales, également chéries et il en allait de même pour les enfants. Choisir, préférer, laisser ses émotions obscurcir son jugement et perdre le sens de l'équité, c'était tomber en disgrâce. C'était un manquement au devoir de vivre en accord avec le plus haut niveau de soi. C'était devenir semblable aux sauvages de l'outre-monde, qui se conformaient aux seules règles de l'avidité et de la possession.

Nous aimions donc toutes nos mères. Avant de partir, nous nous rangions en file indienne pour les embrasser l'une après l'autre. Chacune d'elles nous ébouriffait les cheveux et nous tapotait la tête. Certaines nous déposaient un baiser sur le front. Mais une seule de ces mères me serrait à m'étouffer comme si elle m'inspirait et m'expirait, une seule me laissait la marque de sa clavicule sur la joue, et sa peau exhalait une senteur qui s'est imprimée à jamais dans ma tête.

À l'époque, je ne me rendais pas compte de cette situation. Nous avions appris que toutes les mères étaient interchangeables, même si leur contact était différent et qu'elles ne sentaient pas la même odeur. Il nous arrivait bien d'effleurer le sujet à voix basse, couchés sur nos lits de camp, une fois la lumière éteinte, mais nous nous arrêtions brusquement, conscients d'avoir laissé notre soi inférieur prendre le dessus.

La vie sublime d'Aum nous enseignait que, contrairement à l'histoire lamentable du monde, le soi inférieur pouvait être entièrement vaincu à condition de s'atteler de bonne heure à la tâche et de ne jamais abandonner. Chacun de nous avait résolu de ne jamais faillir à Aum.

Parfois, j'ai du mal à me retrouver dans mes souvenirs d'enfance. Je me croyais heureux. Satisfait, choyé, heureux. On m'avait retiré du Berceau à l'âge de trois ans pour me faire entrer au Foyer. Durant les neuf années que j'y ai passées, avant d'être envoyé, à douze ans, à la Caserne, je n'ai jamais éprouvé le moindre désarroi. La population du Foyer fluctuait entre quinze et vingt enfants, en fonction des arrivées des petits et des départs des grands.

Le Foyer avait la forme d'une scolopendre. Le premier bâtiment était notre dortoir, avec ses vingt-quatre couchettes en bois disposées en deux rangées face à face. Aucun de ces lits n'était le nôtre, tous nous appartenaient. La règle voulait seulement que nous ne dormions pas deux soirs de suite dans le même. L'idéal étant de ne jamais s'attacher, il fallait inéluctablement commencer par la mère – le lit venait en second. Ce n'est pas que quelqu'un nous y forçait. Une fois les lumières éteintes et les Éclaireurs partis, nous aurions pu dormir à notre guise sur la même couchette chaque nuit sans que personne en sache rien. L'eût-on découvert, on ne nous aurait pas punis comme si nous avions commis une offense. Mais nous ne dérogions jamais à cette directive, dont nous comprenions le principe fondateur. Nous n'avions de désir plus grand que celui d'être dignes d'Aum.

La section suivante, légèrement plus petite, était un espace dédié au corps. On y trouvait des barres horizontales en fer, des cordes verticales, des sacs de terre suspendus, des poids en pierre. Nous étions tenus de consacrer à l'entraînement des muscles et du corps le temps que nous ne passions pas à manger, à dormir ou à étudier. Nous nous exercions à grimper, à porter, à endurer, sachant tous qu'un beau toit sans murs solides était immanquablement appelé à s'écrouler. Nous passions en même temps, à notre insu, les premières entrevues de sélection pour intégrer la légion des Wafadar. Nul mieux qu'Aum ne savait combien il était important de détecter les vocations et de les couler dans le moule adéquat dès l'âge le plus tendre.

Le troisième élément de la scolopendre, à l'inverse, était voué à la culture du mental. C'était une salle nue et sans fenêtres, au plancher de cèdre poli. Des lignes droites au tracé net la divisaient en vingt-quatre emplacements occupés chacun par une large pierre plate, épaisse de quarante-cinq centimètres et au premier abord impossible à mouvoir. Les irrégularités et la rugosité de la surface avaient été conservées intentionnellement. Lorsque nous nous asseyions en lotus, ces aspérités nous meurtrissaient le postérieur et les os. Au début, nous nous tortillions sans répit sous le regard des Éclaireurs, plein d'un mépris bien mérité. Censés changer chaque jour de pierre comme de lit, nous n'avions aucun moyen de découvrir la zone la moins inconfortable de notre siège.

Les deux heures quotidiennes – une le matin, une le soir – passées sur la pierre nous furent longtemps pénibles. Aucun de nous ne se plaignait, mais nous souffrions, en proie à des douleurs si violentes dans les cuisses et le fessier qu'il nous était difficile de déféquer, de marcher, de dormir.

J'avais un truc. Lorsque notre Éclaireur nous disait de fermer les yeux et de vider notre mental, je pensais à Aum, grand, serein, radieux, avec sa barbe flottante et ses yeux bienveillants. Je plaçais à côté de lui la mère qui enfouissait ma tête dans son parfum exquis contre ses clavicules saillantes. Je voyais son visage, à présent. Elle avait le teint clair, des yeux mordorés et le sourire le plus doux qu'on ait vu parmi les nôtres depuis longtemps. Cette mère – ma mère, je prends la liberté de le dire – posait une main légère sur la taille d'Aum qui me projetait en l'air avec un sourire joyeux. Tandis que je flottais, ravi, léger, dans l'espace vaste et pur, j'oubliais toute la douleur et l'inconfort de la pierre rude, transformée en nid de plumes sous mon postérieur.

La culture du mental faisait à bon droit l'objet d'une discipline encore plus rigoureuse que celle du corps. Personne n'était autorisé à se soustraire une seule minute au régime imposé, à moins d'être trop malade pour quitter le lit. Il n'était tenu aucun compte des simples indispositions. L'objectif de la salle du mental était de démontrer par la pratique qu'un esprit évolué pouvait surmonter la souffrance et la détresse ordinaires. Les Éclaireurs disaient : ce sont de bons sièges confortables, donnez-vous un peu de temps pour le découvrir et même une planche à clous vous laissera insensibles. Nous ne nous levions jamais avant la fin de la séance, en dépit de crampes et de plaies parfois extrêmement douloureuses. L'humiliation aurait été insupportable.

À huit ans, nous avions progressé jusqu'à passer quatre heures dans la salle. À ce stade, nous avions compris qu'Aum avait vu juste. Il suffisait de donner la priorité absolue au mental pour que disparaissent tout inconfort et toute douleur. Nous pouvions désormais rester assis sur les pierres comme sur des coussins d'eau. Une heure passait en un clin d'œil. L'Éclaireur frappait dans ses mains par deux fois, d'un geste sec, et nous ouvrions les yeux. Je m'avisais alors que la séance s'était déroulée sans que j'aie remué un orteil. J'avais cessé de susciter l'image d'Aum et de la mère aux clavicules saillantes pour me distraire. J'étais capable de faire le vide sans délai, mon mental instantanément transformé en drap blanc sans la moindre ridule, et je disparaissais dans un univers dénué de son, de couleur et de toute suggestion. À la fin de notre pratique, je me levais de ma pierre comme d'une chaise, sans l'ombre d'une courbature ou d'une meurtrissure.

Pour être honnête, ce n'était pas aussi facile pour tout le monde. Sahadev, le seul garçon de ce nom que j'aie connu durant mes premières années au Foyer, passait la plupart de ses nuits à geindre et à marmonner de douleur. C'était un garçon maigre, aux pieds et aux mains immenses, qui pour je ne sais quelle raison manquait de souplesse. Il ne pouvait pas toucher ses orteils sans plier les genoux et chaque fois qu'il s'asseyait sur la pierre de méditation, il fallait l'aider à croiser les jambes en lotus. Parfois il ne pouvait plus y tenir, son martyre lui arrachait des cris en plein milieu de la séance et l'Éclaireur devait lui venir en aide.

Son comportement engendrait chez nous un sentiment de disgrâce collective. Nous nous sentions tous diminués par son manque de stoïcisme. Personne ne lui manifestait de compassion quand il geignait et pleurait en pleine nuit. À dire vrai, de nombreuses voix s'élevaient même pour lui enjoindre de se taire, indifférentes à la grossièreté du procédé. La plus dure était celle du Bhima le plus âgé de l'époque, qui vivait sa dernière année au Foyer.

— Estime-toi heureux de n'avoir mal qu'aux os, lui disait-il sur un timbre lent et grave. Si tu continues, tu auras bientôt mal ailleurs !

Parfois, dormant à côté du garçon maigre et dolent, je le sentais lutter pour contenir sa plainte en réaction aux sarcasmes graveleux de Bhima. Sanglots déchirants et reniflements étouffés trouaient en alternance, de longues heures durant, le silence de la nuit. Il nous faisait honte. Nous le savions condamné à être déclassé avant qu'il atteigne ses neuf ans.

Le segment de scolopendre suivant était encore plus petit. On y avait aménagé deux rangées de cabines exiguës face à face et surélevées d'une cinquantaine de centimètres, le couloir qui les séparait conçu comme une ravine. Toutes ces cabines étaient pourvues d'une fenêtre qui ouvrait sur les arbres et la forêt. À gauche, au nombre de dix et fermant par une porte battante, elles abritaient une latrine sommaire. À droite, les stalles n'étaient que huit. Dépourvues de porte, elles contenaient chacune un seau et un verseur. Elles faisaient penser à des abreuvoirs avec leur muret continu d'une cinquantaine de centimètres de haut coupant le seuil. Ce dispositif empêchait l'eau d'éclabousser le couloir quand nous nous douchions et quand nous faisions la lessive.

Le théâtre de nos ablutions quotidiennes avait été placé entre l'aire de sommeil et de méditation d'une part, et le réfectoire d'autre part. Aum avait en effet compris, dans sa profonde sagesse, qu'en nourrissant du dégoût à l'égard de leur propre corps, les hommes détraquaient dangereusement leurs perceptions internes. Nous étions purs, libres, propres et notre enveloppe matérielle l'était aussi. Nous passions une heure chaque matin et chaque soir dans cet espace, nus, à récurer notre corps et ses orifices. Pourtant, après notre passage, on aurait pu dormir et manger par terre dans la salle d'eau. Nous nous encouragions mutuellement à nettoyer chaque centimètre carré de sol. La moindre remarque d'un Éclaireur à propos d'une tache oubliée nous aurait fait ramper sous terre d'humiliation.

Le réfectoire était le dernier élément de la scolopendre que prolongeait la cuisine située à quelque distance et reliée au bâtiment par une galerie couverte. Trois tables basses en bois flanquées de bancs dépourvus de dossier pouvaient accueillir chacune une dizaine de convives. Le personnel affecté à la préparation des repas mangeait avec nous, en vertu du beau principe d'égalité prôné par Aum. Nous allions tous en groupe chercher la nourriture à la cuisine, où des feux de bois alimentaient les fours de terre dans l'odeur des épices et de la viande, avant de retourner nous mettre à table. Un Éclaireur lisait alors un extrait du Catéchisme des Appétits mondains. Nous répétions après lui, mains croisées sur le ventre, puis nous entamions notre repas en bavardant sans contrainte.

Le personnel, censé se répartir entre nos trois tables, préférait cependant se regrouper et finissait toujours, je ne sais pourquoi, par se retrouver en compagnie des plus jeunes occupants du Foyer. En accord avec notre idéal de fraternité, personne ne se levait avant que tout le monde ait terminé. Ensuite, nous débarrassions les tables. La vaisselle et le nettoyage final, comme la préparation des repas, étaient l'affaire des préposés à la cuisine.

Les Éclaireurs nous expliquaient qu'il était crucial de comprendre et de mettre en pratique le grand principe d'égalité. Son application concrète était, tout bien considéré, une question de pragmatisme. Il allait parfaitement de soi que tous les hommes étaient égaux, mais il n'était pas moins vrai que par leurs dispositions et leurs talents personnels, ils étaient faits pour des tâches différentes. Mettre un bon cuisinier derrière la charrue était la marque d'une idiotie lourde de conséquences : la terre souffrait, la table aussi.

L'idée d'égalité pure et complète devait s'épanouir dans nos cœurs dans une débauche d'enthousiasme. Nous devions mettre toute notre foi en elle et nous engager à faire triompher sa cause. Nous serions alors libérés du doute. Ce qui arrivait dans le monde qui nous entourait était sans conséquence. C'était le fonctionnement matériel des choses, la simple création d'une série de processus nécessaires.

Nous comprenions, nous avions la foi.

Nous comprenions et nous avions foi en tout ce qu'on nous disait, tant il y avait de beauté et de vérité dans ces paroles. Aum avait puisé à des sources profondes, éternelles. Nous avions la chance insigne de baigner dans ces eaux et de nous y désaltérer. Nous savions, dès le premier jour de notre vie, que nous étions les élus.

Tandis que je raconte ces souvenirs, assis à ma petite table face à la rue où la nuit s'achève, je vois à la place de l'énorme fromager le cèdre de l'Himalaya gigantesque sous lequel nous étudiions chaque jour. Il se dressait à plus de trente mètres de haut. Ses branches s'étendaient de toutes parts comme des centaines d'ailes protectrices. On lui prêtait plusieurs siècles d'âge. C'était déjà un vieil arbre quand Aum l'avait découvert et baptisé « Bodhi », sentant probablement qu'il abriterait un jour de son ombre un enseignement quotidien d'une portée lumineuse. Il poussait en altitude à vingt minutes à pied du Foyer, au milieu d'un vaste cercle plat. Trente-trois marches concluaient l'ascension jusqu'à lui, qui laissait immanquablement essoufflé.

De ce point de vue, l'œil englobait la Vallée dans toute sa longueur et pouvait suivre le cours vif-argent de l'Amrita jusqu'à l'endroit où la rivière disparaissait sous terre, là où les ombres en sentinelle des Wafadar glissaient jour et nuit d'un bord à l'autre du défilé sinueux. À gauche et à droite, les massifs culminaient si haut que le blanc des neiges et celui des nuages se confondaient, blessant la vue aux heures lumineuses. Aucun pied d'homme n'avait foulé ces sommets, animés de rares animaux, la chèvre de montagne, le grand félin blanc crème, le bovin aux longs poils semblables à des cheveux de vieille femme. Des démons vivaient aussi là-haut, mais ils avaient peur de nous, nous le savions.

Derrière nous à gauche se dressait un à-pic parfaitement vertical : une pierre jetée du sommet de la muraille rocheuse serait tombée dans la Vallée sans rien heurter sur son passage. Au pied de la paroi, lorsque, tête renversée, on regardait en haut, la notion d'échelle devenait évidente : ce que la fourmi était au Bodhi, nous l'étions à la falaise. Elle n'avait jamais été escaladée jusqu'à son sommet. Les rares tentatives dans ce sens s'étaient avérées fatales. La faute n'en était pas aux grimpeurs, mais à la friabilité de la roche. Disposée en couches comme du pain en tranches, elle se brisait en éclats à la plus légère pression. Des rochers de toutes tailles, du minuscule caillou au bloc gigantesque, gisaient fracassés par terre. Qui affrontait la beauté âpre de la paroi devait partager sa vigilance entre le feuilletage précaire sur lequel il posait les pieds et l'instabilité de la face qui le surplombait.

La plus grande partie de l'année, le creuset de la Vallée était une palette de verts et de jaunes, de pourpres et de rouges, dans toutes les directions. De la mi-mars à la mi-novembre, les arbres étaient couverts de feuilles, certains arboraient des fleurs aux couleurs vives et les vergers croulaient sous les fruits. L'herbe haute, les épis, les alignements de choux et les tiges de maïs, une multitude de motifs et de nuances de vert s'enchevêtraient dans le paysage.

Tout en parlant, la pensée me vient que je n'ai peut-être pas rendu la taille réelle de la Vallée. Elle étendait ses tentacules sur une surface immense, deux fois plus longue que large, et même d'un poste d'observation panoramique, il était impossible de distinguer un homme ou un mouvement à ses extrémités. De notre Foyer – non loin du Bodhi – il fallait deux jours de marche pour atteindre le Col et l'entrée du défilé profond et tortueux qui nous reliait à l'outremonde et que peu d'entre nous avaient vu.

Quand les rayons du soleil étaient tièdes, nous évitions l'ombre du Bodhi pour écouter, assis en tailleur, l'Éclaireur qui nous dispensait les lumières du sens de la vie en faisant les cent pas. Aux heures torrides, nous nous regroupions en demi-cercle étroit autour du fût énorme, tandis qu'il nous parlait assis sur une petite planche de cèdre sculptée, fichée à l'intérieur du tronc.

Les cours suivaient une belle discipline. Les interruptions, la discussion n'étaient pas autorisées. Selon Aum, il était indispensable d'apprendre d'abord à écouter. Écouter, assis tranquillement. Parler ne requérait aucun effort ni réflexion et c'était ce que tout le monde cherchait à faire en permanence. Dès les premières années de sa vie lumineuse, le grand voyant avait compris intuitivement que l'outre-monde devait le misérable chaos dans lequel il était plongé au fait que les hommes avaient perdu la faculté d'écouter. Dès l'instant où leur larynx apprenait à transformer les sons en mots, ils tombaient, abusés, sous le charme de leur propre voix.

Le secret des grands maîtres était de pouvoir écouter en toutes circonstances, l'oreille grande ouverte prête à recevoir la sagesse de la vie. Et ils savaient garder la bouche close pendant de longs intervalles afin que cet enseignement puisse séjourner profondément en eux, bouillonner, réduire, produire un distillat d'une valeur inestimable.

Les histoires nous cernaient de toutes parts. Les longs silences d'Aum étaient au cœur de plusieurs d'entre elles. Il passait des heures, des jours, des semaines entières, à écouter. Ses disciples, le vent dans les arbres, le crissement des insectes, le battement d'ailes des papillons, le crépitement du feu, le pas traînant des chevaux, les grognements des animaux sauvages, les geignements des nourrissons. Le gargouillis des eaux vives, le tambourinement de la pluie, le murmure de la neige, les craquements du bois, le claquement de la pierre qui se crevasse, la collision des nuages, la croissance des céréales, la rotation de la Terre.

Les histoires nous cernaient de toutes parts. Aum disait parfois brusquement, buvant des yeux ceux qui l'entouraient : « Vous avez entendu ? Vous avez compris ce qui se disait ? »

Tous avaient entendu et compris : battement d'ailes et tambourinement, gargouillis et collision. Car là était le miracle d'Aum : en sa présence, chaque personne était magnifiée dans des proportions prodigieuses. Hommes et femmes se découvraient la faculté d'entendre, de penser et de faire des choses dont ils ne se seraient jamais crus capables. Le miracle n'était pas qu'Aum fût un être extraordinaire, mais qu'il rendait extraordinaires tous ceux qui l'entouraient. Ainsi le veut l'histoire.

Nous trouvions facile d'écouter. Les Éclaireurs s'exprimaient avec éloquence et passion. Ils puisaient aux neuf livres d'Aum pour nous éclairer sur tout ce qui concernait l'outre-monde. Écrits sous la dictée du maître, ces ouvrages n'étaient ni des textes spirituels ni des sermons abstraits, mais de véritables mines d'information et d'instruction, un concentré de toute la connaissance de cet autre univers – histoire, géographie, structures, fonctionnement. Le compte rendu de ses conquêtes, la litanie de ses violences, de sa cruauté ; de sa haine, de son sectarisme ; des meurtres, tortures, rapines qui lui étaient imputables ; de l'esclavage et des persécutions pratiqués ; de son avidité et de sa folie de possession ; des destructions et des dégradations perpétrées par les hommes contre la nature et contre leurs semblables.

Nous comprenions ce qu'Aum avait compris le premier. Dans l'outre-monde n'existait ni liberté, ni égalité, ni morale. Les humains étaient guidés par des impulsions superficielles qui faisaient d'eux des êtres dangereusement égoïstes et malhonnêtes. Il n'était pas un seul code de conduite qui ne fût constamment violé et qui ne limitât la libre application d'un autre de ces codes.

Le germe de cet enfer résidait dans le besoin de posséder.

Moi, moi-même, mien.

Dans l'outre-monde, Aum l'avait compris, chaque homme était mû par cet appétit qui le transformait en brasier infernal.

La Confrérie

Dans notre monde, il n'existait pas de « mien ».

Chaque jour, assis sous le Bodhi, les oreilles grandes ouvertes pour absorber la sagesse des Éclaireurs, nous découvrions la vérité et la beauté de tout ce qui nous était arrivé jusqu'alors. Pourquoi nous portions les noms qui nous avaient été donnés. Pourquoi nous avions, non pas une mère chacun, mais une Maternité entière commune à nous tous. Pourquoi nous n'avions pas de pères, et pourquoi nous n'en aurions jamais besoin. Pourquoi le concept de confrérie était plus admirable que celui de parents et d'enfants au sein d'une famille. Pourquoi nous prendrions un jour certaine apparence.

Je m'appelais Karna. J'ignorais alors qui nous avait donné un nom, mais plus tard, j'ai appris que c'était l'unique prérogative jamais accordée à la mère biologique vis-à-vis de son enfant et j'ai imaginé la femme aux clavicules saillantes choisissant le mien.

Durant mon séjour au Foyer, je n'ai connu que deux autres Karna, l'un parti rejoindre la Caserne l'année où j'arrivais, l'autre, aux yeux bleu azur, apparu deux ans avant que je m'en aille à mon tour. Si Karna, de toute évidence, n'était pas un nom très prisé, Nakul et Sahadev le battaient sur ce terrain. Il n'y eut de mon temps que deux Nakul et un Sahadev, le garçon timide au corps raide qui geignait de douleur chaque nuit.

Chacun de nous portait le nom d'un des six Pandava de l'épopée. Sans surprise, Arjuna était de loin le plus populaire. Qui connaît le *Mahabharata* sait quel pouvoir d'attraction exerce l'archer sans pareil. Arjuna n'était pas seulement le plus valeureux des guerriers, mais un amant magnifique et un philosophe en quête de vérité. Si Aum avait eu le choix, plaisantait-on, il se serait donné ce nom-là. Chaque nuit, dormaient dans le même dortoir que moi des Arjuna d'âges différents et de tailles diverses.

Bhima tenait une honorable seconde place. Un nombre considérable de mères admiraient manifestement la puissance et le caractère direct du plus fort des six frères. Car Bhima n'est pas seulement un glouton à la force écrasante. Il venge les insultes, honore les engagements et se fait le protecteur sans réserve de la fierté de Draupadi. Il ne fait pas bon le contrarier. Il anéantit sans pitié les êtres maléfiques et démoniaques.

Mon nom ne venait pas même à la troisième place, occupée par Yudhisthira, l'aîné de la fratrie légitime, incarnation de la vérité et de la vertu. Un homme aux prises avec les énigmes du bien et du mal, tenaillé par le doute, qui ne met jamais un pied devant l'autre sans prendre en compte le contexte éthique et moral élargi à l'univers. Un homme né pour être roi, mais presque trop clément au regard de sa fonction. Qui survit à tous ses frères, se charge du dernier fardeau, connaît les vérités ultimes. Son nom aurait dû rallier peu de suffrages, n'eût été le grand nombre de mères qui lui trouvaient apparemment une certaine ressemblance avec Aum.

Le nom que je portais venait à la quatrième place, loin derrière Yudhisthira. Pourtant Karna, vu sous l'angle de nos croyances, était un véritable modèle : né hors des liens du mariage, croyant fermement en l'égalité, c'était un guerrier magnifique à la loyauté proverbiale et à l'honneur sans tache, généreux jusqu'à la prodigalité. Je ne comprenais pas, à l'époque, la raison de ce rejet, mais plus tard je me suis aperçu qu'il découlait de l'angoisse de nos mères. Karna, tout glorieux qu'il était, était né sous une mauvaise étoile. Elles ne pouvaient certes revendiquer personnellement leur progéniture et elles étaient bien trop avisées pour tomber dans la superstition grossière, mais elles rechignaient à projeter sur leur enfant la plus petite ombre de malchance et révélaient leur instinct protecteur dans l'exercice de leur choix.

J'aime à penser que ma mère m'a donné ce nom de mauvais augure à cause de la singularité de l'homme qui le porte : Karna, maître du monde hors du monde ; aîné de six frères illustres, mais indépendant de la fratrie ; de naissance divine, élevé parmi les petites gens d'ici-bas ; Karna plusieurs fois abusé et qui ne cesse d'accorder sa confiance. Oui, j'aime à croire que si j'ai fini par prendre un chemin différent de celui qui m'était tracé, ce n'est pas sans lien avec cette intuition maternelle.

Les Pandava ont une mère commune, mais des pères différents, tous très éloignés – comme nous avions une Maternité et de nombreux pères que nous ne connaîtrions jamais. Cinq des frères modèles partagent sereinement une épouse et ne se sont jamais affrontés au sujet d'une femme. C'était la même chose pour nous quand nos organes virils arrivaient à maturité et que la sève vitale palpitait dans nos veines. Les Pandava se soutiennent mutuellement sans réserve, et ne laissent jamais l'attrait du pouvoir, de l'argent, des femmes ou de la gloire contrarier leur solidarité les uns envers les autres. C'était exactement ce qu'Aum nous avait enjoint de faire.

La Confrérie, voilà donc quel était notre modèle de vie. Il n'y existait pas de « mien » et nous vivions ainsi chacun pour tous, homonymes des Pandava, jusqu'à l'âge de dix-huit ans, jusqu'à la fin de nos années d'éducation à la Caserne.

Ainsi qu'Aum l'avait conçu et décrété dans sa sagesse, chaque stade de notre vie s'accompagnait d'un changement de modalités d'existence pour nous aider à progresser sur l'échelle de la connaissance éclairée. La transition du Berceau au Foyer était marquée par la rupture des liens étroits de la possessivité maternelle et par la compréhension du principe de fraternité universelle. On y apprenait à exercer son mental, à atteindre le calme sur une pierre inconfortable, à acquérir l'ouïe la plus sensible du monde. On y baignait dans le principe d'égalité, tuant du même coup l'instinct de propriété. Votre lit n'était pas le vôtre, votre pierre n'était pas votre pierre et même votre nom, partagé avec un certain nombre d'autres garçons, ne vous appartenait pas.

Au Foyer, on affinait les réglages du corps. Les pensées transcendantes étaient de puissantes flèches qui nécessitaient un carquois robuste. Défectueux, l'étui n'aurait su transporter à travers le voyage de la vie autant de précieux projectiles qu'Aum l'avait souhaité. Certains carquois s'avéraient fragiles ou en mauvais état et l'on accordait beaucoup de soin à leur réparation. Le principe dit de l'Étudiant d'Exception permettait de déplacer sans leur faire honte les frères dont la condition physique n'était pas à la hauteur et de les envoyer dans une classe spéciale où des Éclaireurs pouvaient consacrer toute leur attention à les aider.

Durant mon séjour au Foyer, plusieurs garçons ont connu ce sort. Certains avaient besoin de travailler sur leur corps, d'autres, sur leur mental, d'autres encore, sur leurs émotions. Sur leur comportement aussi, parfois. Quand ils avaient commis un acte particulièrement honteux, ils étaient redirigés vers un programme de rééducation psychologique afin d'éviter qu'ils ne contaminent leurs camarades. C'est ce qui a failli m'arriver quand j'avais neuf ans, à la suite d'un épisode sombre et terrifiant que je me suis arrangé in extremis – par peur plus que par ruse – pour cacher à tous ceux qui m'entouraient. Mais quelques décennies plus tard, l'ombre de cet incident devait croiser le chemin de ma vie d'une façon que je n'aurais jamais pu imaginer.

Il y avait parmi nous un Bhima, d'un an mon aîné, que j'aimais beaucoup. Bien que nous ne fussions pas censés cultiver d'amitiés personnelles, il était le garçon le plus proche de moi. Sa mère avait bien choisi son nom. Il était grand et presque gras, avec des cuisses dodues qui se frôlaient quand il marchait. Il avait aussi sur le torse un excédent de chair qui tressautait comme des seins de femme quand il prenait sa douche. Personne, bien entendu, ne le taquinait ou le raillait. Nous prenions soin de ne jamais nous conduire grossièrement. Mais je pouvais lire le mépris dans les yeux des plus grands quand ils le voyaient nu ou tentant de rester assis sans bouger sur la pierre.

Son corps étant un vaste réceptacle, il mangeait beaucoup. Le personnel des cuisines, comme les Éclaireurs, trouvait cela répréhensible. Tout le monde avait été éduqué selon les principes spartiates d'Aum : portions frugales, corps minces. On aurait pu compter une à une les côtes d'Aum à quinze mètres de distance et il ne faisait jamais plus d'un repas par jour, nous l'avions tous entendu dire. Les membres de la congrégation étaient libres de consommer viandes et épices, mais le maître se contentait de fruits et de céréales. Aucun microbe n'avait jamais enfoncé ses défenses, il n'avait jamais été accablé par la fièvre ou la maladie. On disait que jusqu'au dernier moment avant sa disparition, l'âge ne l'avait jamais marqué, tandis qu'autour de lui ses proches vieillissaient.

Loin de nous, en privé et avec gentillesse, les Éclaireurs aidaient Bhima le grassouillet à se réformer. Il lui fallait apprendre la retenue, il n'avait pas le choix. Je pouvais lire dans son regard troublé que quelqu'un s'efforçait de le remettre dans le droit chemin. Il me racontait tout. Plus âgé et plus grand que moi, c'était cependant lui qui recherchait ma compagnie pour se donner de l'assurance, quitte à adopter des comportements répréhensibles. Il s'arrangeait pour dormir près de ma couchette, être assis à côté de moi au réfectoire et même entrer dans la salle des ablutions en même temps que moi.

Je me sentais coupable de ne pas décourager ses manifestations de possessivité, mais j'aimais vraiment être avec lui. Il avait la voix douce en dépit de sa corpulence et, quand nous étions seuls, il essayait de me prendre la main. Je feignais la réticence, mais pour être franc le contact de sa paume charnue, toujours légèrement humide, m'était agréable et il avait tendance à me serrer très fort. Il se risquait parfois à le faire sous la table lors des repas, parfois de sa couchette dans l'obscurité. Ce genre de gestes était déconseillé. Non pas à cause d'une éventuelle réprimande, mais parce que nous rompions ainsi avec le meilleur de nous-mêmes, et que le meilleur de la Confrérie tout entière en était affecté.

J'ai envisagé à plusieurs reprises de lui faire comprendre la nécessité de rétablir une certaine distance entre nous dans le respect du principe de détachement. Mais chaque fois que nous nous trouvions seuls, il me semblait lire dans ses yeux que toute suggestion de ma part en ce sens allait l'anéantir. Et à vrai dire je ne souhaitais pas moi non plus mettre fin à notre intimité. Avec le recul, je pense qu'en nous autorisant cette dépendance physique et émotionnelle, nous travaillions à faire de nous des ratés.

Bhima le grassouillet avait bien des choses à me confier. Que le postérieur lui faisait terriblement mal et que son scrotum le pinçait à force de s'asseoir chaque jour sur la pierre. Il me montra la thérapie qu'il avait mise au point et qu'il s'appliquait chaque soir. Il ouvrait ses jambes capitonnées et frôlait d'une caresse très douce du bout des doigts le haut de ses cuisses et de ses testicules, puis recommençait, encore et encore, jusqu'à ce que la douleur se soit évaporée dans un doux sommeil. L'effet bénéfique n'était garanti que par la légèreté du contact, un murmure de la peau contre la peau. Je l'ai vu pratiquer sur sa chair à vif, puis j'ai lu sur ses traits le soulagement et le plaisir. Plus tard, j'ai appris que cette technique n'était pas bonne uniquement pour les tourments du corps, mais aussi pour ceux de l'âme, et j'ai cessé de compter les nuits où elle m'a permis de m'endormir quand le sommeil me fuyait pour une raison ou pour une autre.

Bhima me relatait la façon dont les Éclaireurs l'incitaient à se réformer, citant Aum. L'homme gras annexait une part excessive des ressources de la terre. Le surpoids était un échec, un état contre nature. Un signe de faiblesse, de gloutonnerie, une absence de contrôle sur soi. Un déshonneur. Il devait être combattu et vaincu. Les Éclaireurs compatissaient, ils savaient qu'il était gros malgré lui, mais aussi qu'il était capable de se débarrasser de cette graisse et ils étaient là pour l'aider à bander sa volonté, dompter sa faim et agir sur son corps. Ils n'entendaient pas ménager leurs efforts, mais il devait y mettre du sien.

Or son esprit était occupé par bien autre chose. Il me parlait continuellement de ce qu'il aimait faire par-dessus tout. C'était aussi ce que je préférais de lui. Sa voix naturellement suave était capable, quand il se lançait dans une mélodie des collines, de se transformer en ruisseau frémissant, en arbre bruissant, en roulement de tonnerre. Il pouvait en quelques notes monter dans des aigus vertigineux et redescendre d'un trait à l'octave la plus basse avec la même aisance. Il ne connaissait que les quatre ou cinq chants que nous connaissions tous, mais il pouvait les entonner sur des gammes différentes et une musicalité nouvelle se dégageait de chaque mot qu'il prononçait. Parfois, pour changer, il empruntait aux Éclaireurs un de leurs préceptes et il y associait une mélodie. Le résultat était captivant.

Mais la voix chantante devait être tenue en laisse. C'était essentiellement dans les bois, quand nous étions seuls, que j'avais l'occasion de l'entendre. Elle s'élevait alors jusqu'au faîte des *deodar* et se répandait dans tout l'espace. Non pas qu'il fût interdit de chanter. C'était seulement une activité considérée avec dédain et à juste titre comme une gâterie, témoignant d'une irrésolution susceptible d'ouvrir la voie à une distraction excessive. Mon Éclaireur préféré, aux poignets minces et aux longs doigts, mettait toujours Bhima le grassouillet en garde en lui disant : « Une seule. Tu peux chanter une chanson par jour, au maximum. Pas une de plus ! »

Bhima n'outrepassait donc jamais la consigne. Mais il trichait. Il enchaînait les chansons les unes aux autres sans reprendre son souffle et reprenait en boucle pour répéter ses lignes favorites, ajoutant au passage des extraits de leçons des Éclaireurs. Dans les bois, un seul chant continu s'étirait parfois sur une heure entière. Il trichait aussi en fredonnant, tranquillement, chaque fois qu'il le pouvait. Il y excellait ; je reconnaissais la chanson dès qu'il commençait. Comme il n'ouvrait pas la bouche et ne remuait pas la langue, disait-il, ça ne comptait pas. En effet, sans le connaître, il était impossible de s'en apercevoir, mais je le devinais de loin en regardant ses yeux : il avait l'air heureux.

Plus tard, après son départ, j'ai questionné un Éclaireur à ce propos. Il a répondu :

— Bien sûr que ça comptait, c'était bel et bien chanter. Nous en étions conscients, et cela nous perturbait. La maîtrise du comportement est cruciale, mais l'intention ne l'est pas moins. Que crois-tu qu'Aum aurait dit ? Penses-tu qu'il n'aurait rien remarqué ?

La chanson que je préférais racontait l'histoire d'une mère qui attend le retour de son fils parti depuis de longues années chercher fortune au loin. Chaque jour d'absence lui pèse comme plusieurs milliers d'années. Elle énumère les tâches qui émaillent sa journée, les mêmes depuis trente ans, depuis qu'elle s'est mariée adolescente. La seule différence, c'est son fils, qui n'est plus là. Les yeux la brûlent à force de scruter continuellement l'horizon ; la douleur écrase ses pensées sous une chape de plomb. Va-t-il bien ? A-t-il un toit au-dessus de sa tête ? Un lit où dormir ? De quoi manger ? Les étrangers lui témoignent-ils de la gentillesse ? Reconnaissent-ils la beauté de son âme ? Son mari est un conquérant qui revendique la possession de son corps. Son fils, lui, n'est pas distinct d'elle-même, chair de sa chair, sang de son sang, moelle de sa moelle. La complainte s'achève sur un instant de doute. Et s'il avait été capté par l'amour d'une autre femme ? Se pouvait-il qu'il n'appartienne plus à sa mère ? Impossible. Impossible. Impossible.

Le refrain disait :

Mes jours sont bien trop longs, trop haute la montagne,
Reviendras-tu vers moi avant que mort me gagne ?

Il ne chantait jamais ces vers en présence de quelqu'un d'autre que moi. Leur sentimentalité, assortie de notions superficielles de propriété, les rendait embarrassants. Cette chanson me remplissait sans que je l'admette – même auprès du chanteur – d'une nostalgie poignante et suave. Je la lui réclamais quand nous nous retrouvions seuls dans les bois.

Alors, chaque fois, la mère de la chanson prenait les traits de la femme aux clavicules saillantes et je revoyais distinctement son visage, son beau visage à la peau douce, au teint clair, le regard tendre de ses yeux bruns, sa bouche généreuse et bienveillante. Elle chantait en s'accompagnant de gestes langoureux de ses bras minces, ces bras qui m'étreignaient comme pour ne jamais me relâcher.

En présence des autres, il entonnait la ballade du soldat patrouillant le long de la frontière dans les hauteurs, insensible à la neige et au dégel, à la faim et aux privations, déterminé à repousser l'envahisseur, homme ou bête sauvage. Son devoir est son honneur, son honneur est sa vie. Il se prend parfois à imaginer sa femme et ses enfants, le confort de son foyer où crépite un feu de bois, le repas succulent servi sur la table. Il se morigène alors pour sa faiblesse. Seul l'accomplissement de son devoir lui permet de se hisser au-dessus de sa condition, de dépasser les limites de la chair et du corps, les liens restrictifs de la famille et des amis. De cheminer, resplendissant, sur la voie de l'honneur.

La plupart des occupants du Foyer aimaient cette chanson et parfois même un Éclaireur la lui réclamait. Mais la préférée de tous était une mélodie pleine d'allant accompagnée de paroles vantant les joies authentiques de la nature, oiseaux, abeilles, arbres, fleurs, eaux vives et soleil couchant. Le refrain, repris bruyamment en chœur, disait :

Ouvre les yeux, debout, lève-toi
La bise est caresse et la neige, un drap
Fais fi de l'argent, fais fi des empires
À l'homme naturel, la vie est zéphyr.

La dernière année de notre amitié, Bhima le grassouillet s'était pris d'une obsession, un secret qu'il ne partageait qu'avec moi et qui finalement l'a détruit. Des pensées lancinantes concernant son père le menaient à croire qu'il l'avait reconnu. Il l'avait vu à deux reprises au cours de nos randonnées à travers la Vallée. Une fois par mois, tout le Foyer partait au lever du jour pour une marche de vingt-quatre heures. On nous donnait un itinéraire, mais aucun Éclaireur ne nous accompagnait. Le garçon le plus âgé ouvrait la voie et nous marchions en file indienne derrière lui, des réserves d'eau et des couvertures sur le dos. Il s'agissait de s'entraîner à l'endurance, à la discipline et à la fraternité. Aucun effort inhumain n'était imposé et celui qui se sentait trop faible pouvait demander que l'on fasse une halte pour se reposer ou pour dormir. Mais personne, bien entendu, ne voulait être celui-là, et nous marchions parfois jusqu'à l'épuisement, les membres gourds.

La première fois qu'il avait vu son père, ce dernier se tenait debout près d'un bosquet de marronniers, déplaçant des bottes de foin pour en remplir une charrette.

— Je suis gros, commentait mon frère et ami chanteur, mais lui, il est grand et fort. Alors que ses compagnons avaient du mal à soulever les gerbes, il les lançait sans effort entre les brancards. Il a de larges épaules et un cou puissant. Tu crois que je lui ressemblerai en grandissant ?

La seconde fois, deux mois plus tard, l'homme se trouvait au bord de la Jhinjheri, la rivière qui prend sa source dans les rochers du versant nord-ouest et traverse la Vallée en diagonale pour disparaître entre les rochers au sud-est. Elle peut atteindre quatre mètres cinquante dans sa plus grande largeur, on peut la franchir d'un pas dans son cours le plus étroit. Moins profonde et plus lente, il était plus facile d'y pêcher à la traîne que dans l'Amrita. On pouvait même, avec de l'adresse, attraper des truites à mains nues. Un Wafadar peut en saisir d'un seul élan une dans chaque main tout en regardant ailleurs. Mon ami, mon frère Bhima, disait :

— Il tenait un grand filet, debout dans la Jhinjheri, un tissu autour des reins, passant la rivière au crible. Les poissons jetés sur la berge bondissaient, asphyxiés, lançant des éclairs d'argent. En le dépassant, j'ai vu qu'il me regardait, et tu sais à quoi j'ai compris qu'il était mon père ?

J'ai répondu :

— À sa taille ? À sa nuque ? À ses bras ?

Et lui :

— Non, non, pas du tout ! Parce qu'il fredonnait ! Et c'était si beau que les poissons nageaient à sa rencontre !

J'ai essayé de le détourner de cette ligne de pensée qu'il savait à coup sûr répréhensible. Peu importait qui étaient nos parents. Il n'était pas correct de chercher à le savoir. Mais il était faible et plus gravement atteint que je ne voulais l'admettre. Il faisait tout, disait-il, pour se retenir de penser à lui, mais il ne pouvait pas empêcher son esprit de vagabonder. Est-ce que je croyais possible qu'ils se rencontrent un jour ? Juste une fois ? Je répondais non. Absolument pas. Les chances que l'homme soit bien son père étaient minces. Et s'il l'était, le désastre n'en serait que plus grand. Je ne parlais pas seulement par peur que les autres ne découvrent notre secret. Je n'imaginais pas que nous puissions de nouveau nous regarder dans un miroir si nous empruntions cette voie.

Mais mon ami, mon frère, s'entêtait. Depuis qu'il avait aperçu l'homme pour la deuxième fois, il ne parlait plus que de le rencontrer. Une fois, une seule, insistait-il, pour éclaircir son doute, pour satisfaire cette exigence qui le brûlait.

Je m'inquiétais pour lui sérieusement. Puis il m'a confié qu'il allait passer à l'action. Il ne chantait plus en marchant dans les bois, nous ne faisions plus que nous disputer. J'étais furieux et lui, morose. Morose, et triste aussi. Il fredonnait sans discontinuer la complainte de la mère qui attend. Ma résolution faiblissait, je ne supportais pas de le voir malheureux.

Un matin, nous avons feint tous deux des maux d'estomac aigus, une intoxication alimentaire pour rester au Foyer. Après le départ de tous nos compagnons pour le Bodhi, nous nous sommes glissés dehors et nous avons couru jusqu'au bosquet de marronniers. Je n'avais jamais vu les yeux de Bhima briller comme ça, et pour une fois il était capable de maintenir la même allure que moi. À l'écart des voies principales, nous coupions à travers champs et bois en nous faisant le plus petits possible.

Car si personne ne nous connaissait, tout le monde dans les environs savait que la place des enfants était au Foyer et qu'ils n'étaient pas censés vagabonder comme nous pouvions donner l'impression de le faire. Tout adulte avait le droit de nous barrer le passage et de nous ramener contraints et forcés au Foyer. La perspective d'affronter les Éclaireurs et nos frères était terrifiante. Bhima, peut-être, avait moins à perdre que moi, qui pouvais voir mon excellence entachée par cette escapade, mes espoirs de devenir Wafadar compromis à jamais.

Je l'avais prévenu : si à un moment quelconque nous courions le risque d'être pris, c'était chacun pour soi. Cette consigne contredisait nos principes de fraternité, mais notre équipée ne contrevenait-elle pas à tout ce qu'on nous avait enseigné ?

Je devais sans cesse lui souffler de rester dissimulé derrière le camouflage des herbes, des épis et des arbres. Nous avions les jambes pleines de boue et les bras zébrés d'estafilades à force d'écarter les tiges. Nous surprenions des oiseaux, des insectes, des petits mammifères et des serpents, mais la chance a voulu que nous ne rencontrions personne.

Enfin nous l'avons aperçu, en compagnie de deux autres hommes, fauchant du fourrage pour le bétail. Non loin des arbres, à quelques mètres l'un de l'autre, ils avançaient en diagonale et accroupis, laissant derrière eux de petits tas d'herbe. Leurs faucilles se mouvaient dans un geste souple accompagné de sons juteux. Nous attendions, ramassés, dissimulés derrière les troncs. J'ai suggéré que nous revenions un autre jour pour le trouver seul, mais mon frère grassouillet ne s'est pas donné la peine de répondre, les yeux rivés au large dos de l'homme qu'il tenait pour son père.

Le soleil allait bientôt atteindre le zénith. Il ne nous restait que peu de temps. Brusquement, le paysan s'est levé et, marchant le long de la ligne oblique, il a commencé à ramasser les tas et s'est bientôt changé en grosse meule verte ambulante qui s'approchait de nous. Je me suis recroquevillé encore un peu plus à l'abri de la végétation. Il a laissé tomber son énorme fardeau près du bosquet de leurs premières coupes et s'est redressé dans un soupir bruyant. Puis il a regardé derrière lui ses compagnons qui continuaient à faucher dans un andain de plus en plus large et s'est écrié à voix très forte :

— Arrêtez-vous ! Vous voulez passer la frontière, ou quoi ?

Les autres ont agité leur faucille et repris leur travail.

Il s'est avancé encore un peu vers nous. Je l'ai vu hausser les épaules, fermer les yeux, puis j'ai entendu un jet d'urine marteler le sol herbu. J'ai reculé avec précaution, prêt à m'esquiver, saisi d'un sentiment de malaise. Au moment où j'étendais la main pour entraîner mon frère à faire de même, je l'ai vu avancer, accroupi, en direction de l'homme. Arrivé face à lui, il s'est redressé d'un coup en s'écriant :

— Père !

L'homme a fait un bond en arrière.

— Hé là, toi, qui es-tu ?

Mon petit frère grassouillet a répondu :

— Ton fils, Bhima !

L'homme s'est retourné vers ses camarades :

— Par ici, vous deux ! Regardez ce que j'ai trouvé entre les arbres !

Les deux autres sont arrivés au pas de course, faucille en main. Le plus petit, une jambe nettement plus courte que l'autre, boitait. L'autre portait une large ceinture noire sur sa tunique marron. Il a demandé en s'essuyant le visage :

— Quelqu'un a déjà vu ce genre de chose ? Qu'est-ce que c'est, selon vous ?

Le boiteux a enchaîné :

— Il est sorti du bois ? Une espèce inconnue ?

Alors le père a dit :

— Il a l'air gras et juteux, mais allez savoir comment cuire un animal qu'on n'a encore jamais vu !

Aplati contre le sol, j'ai rampé sous le feuillage. Je pouvais les voir à présent de la tête à la taille. De mon frère, je n'apercevais plus que le haut du crâne rond. Le ceinturé a repris :

— Je l'égorge sur place ou tu veux qu'on l'emporte entier pour le montrer aux autres ?

— Qu'est-ce qu'il y a à montrer ? a répondu le père. Soit ça a bon goût, soit c'est mauvais et on le saura bientôt. C'est plus facile de porter des morceaux qu'une bête entière.

Mes boyaux s'étaient liquéfiés et j'ai cru que j'allais m'oublier dans mon pantalon. Le boiteux a déclaré de sa voix nasale :

— Pourquoi porter même des morceaux ? L'herbe est déjà assez lourde comme ça. Il n'y a qu'à le forcer à marcher.

Mon frère s'était mis à pleurer dans un long gémissement ponctué de sanglots. J'étais collé au sol, serpent à la tête dressée. Le père a répliqué :

— Finissons-en tout de suite. Je ne supporterai pas de l'entendre comme ça jusqu'au village.

— Mais tu es mon père ! a bredouillé Bhima. Je le sais ! J'en suis sûr !

L'autre s'est esclaffé :

— Père ? Jamais entendu ce mot-là ! Jamais vu quelqu'un qui avait un père, qui était un père ou qui voulait être un père ! Tu es une bête de la forêt, et moi, le boucher de la Jhinjheri ! Je prends des corps vivants et j'en fais de la viande morte, tu comprends ? Eux, ce sont mes aides, et voilà nos couteaux à découper !

Tous trois, brandissant leurs faucilles, tranchaient dans le vif la lumière de midi.

La peur m'ôtait toute force, je croyais presque être mort. Si j'avais voulu me porter au secours de mon frère, j'aurais sûrement été incapable de bander un muscle. Soudain, l'homme à la ceinture a demandé :

— Tu es seul, ou est-ce qu'il y en a d'autres de ton espèce avec toi ?

J'ai enfoui ma tête sous les feuilles à ras du sol et fermé les yeux. Puis j'ai entendu mon frère geindre :

— Je suis tout seul.

— Pas de problème, a beuglé l'autre, tu es bien assez viandeux comme ça.

Bhima a hurlé de nouveau :

— Père ! avant de retomber dans un long gémissement.

Lorsque j'ai retrouvé le courage d'ouvrir les yeux, j'ai aperçu le dos des trois hommes qui rapetissaient au loin. J'ai attendu qu'ils aient totalement disparu à ma vue pour me lever et m'enfuir à toutes jambes.

J'étais à bout de souffle bien avant de rejoindre le Foyer ; mon cœur martelait ma cage thoracique comme l'orage notre toit de tôle. Je me suis blotti dans mon lit, et lorsque les autres sont revenus du Bodhi, j'avais bel et bien de la fièvre.

Le soir venu, quand on s'est aperçu de l'absence de Bhima le grassouillet, j'ai fait celui qui ne savait rien. Plusieurs équipes d'adultes divisées en trios ont été envoyées à sa recherche avec pour mission de ratisser les bois, les champs environnants, de sonder l'étang, de pousser même jusqu'au Berceau. Étendu sur ma couchette, je commençais à me sentir rassuré. Toute cette affaire n'était qu'un mauvais rêve, il allait entrer dans le dortoir d'un instant à l'autre, fredonnant son air favori.

Mais à la nuit tombée, nos instructeurs sont revenus bredouilles. Les camarades de mon groupe d'âge étaient abasourdis. Les aînés, eux, racontaient qu'un certain nombre de disparitions avaient déjà eu lieu et que les garçons n'étaient jamais revenus. Toutes sortes d'histoires étranges et macabres couraient à leur sujet, mais rien qui ressemblât à une explication plausible. Un mauvais pressentiment s'est abattu sur nous.

Au dîner, nos quatre Éclaireurs sont venus à notre table et le repas a été repoussé, le temps d'une discussion. Tous les convives du réfectoire se sont pris par les mains et le plus âgé des Éclaireurs, au cou plissé par l'âge, des poils blancs sur les bras, a pris la parole. Ce qui venait d'arriver était terrible. C'était une souillure qui nous atteignait tous. En tant que frères, il était de notre devoir de veiller les uns sur les autres à chaque instant. Quelqu'un avait-il une idée de ce qui avait pu se passer ? Y avait-il quelqu'un qui, sachant quelque chose, n'osait sauter le pas et parler ?

Les garçons qui m'entouraient devaient sentir que j'avais les mains froides et moites, que mon cœur battait à se rompre. À coup sûr, si l'un des Éclaireurs croisait mon regard, j'allais m'écrouler. Alors je fixais sans ciller le garçon qui me faisait face. Mon comportement était honteux, j'en étais conscient, mais les fautes que j'avais commises dans la journée l'étaient encore bien plus. Jamais je n'aurais pu trouver le courage de les assumer.

Devant le silence qui lui répondait, le vieil Éclaireur déclara qu'il allait rendre la chose plus facile en demandant à tous de fermer les yeux, sauf celui qui, par extraordinaire, aurait eu quelque information à communiquer. Lorsqu'il a claqué dans ses mains, j'ai fermé les paupières, crispant les muscles à me faire mal, pour les rouvrir bien après qu'il eut annoncé par le même signal la fin de la consultation. J'ai remarqué alors que tous les garçons s'observaient mutuellement et que de nombreux regards se posaient sur moi. Après tout, j'étais le dernier à avoir vu Bhima. Je luttais pour contrôler mon expression, conscient de la fragilité que présentait un visage à découvert.

Le vieil Éclaireur a dit en me regardant :

— J'en sais assez, à présent. Demain, nous passerons le mot dans toute la Vallée. Ainsi qu'Aum nous l'a enseigné, tout ce qui nous arrive est porteur d'une leçon. Je demande à tous nos frères présents de réfléchir à ce qui vient de se passer. Peut-être n'apprendrons-nous jamais la vérité sur cet épisode, mais ce n'est pas très important au regard des vérités qu'il nous aide à pressentir. Aum n'a jamais économisé ses efforts pour nous affranchir des contraintes, pour faire de nous des hommes libres comme il n'en existe pas dans le reste du monde. Il a fait de son mieux, mais nous sommes les seuls à pouvoir gagner cette liberté par nos actes. Rappelez-vous, la liberté est un feu ardent qui réchauffe, nourrit et illumine, mais qui peut aussi brûler, incendier et tout réduire en cendres stériles.

Chaque jour, nous attendions des nouvelles de notre frère. Sur nos couchettes, la nuit, nous évoquions sa voix suave de chanteur, son incapacité à rester assis sur la pierre. Tous les habitants de la Vallée avaient été prévenus sans qu'aucune information parvienne en retour au Foyer. En tout cas, pas à nous.

Le troisième jour écoulé, les Éclaireurs ont cessé de parler de Bhima. Un frère s'était consumé au feu de la liberté, préférant la cendre à la lumière, un point c'est tout.

Je m'attendais à être convoqué, mais personne ne m'a rien demandé. Plusieurs semaines durant, je n'ai pu trouver le sommeil, torturé par la vision de ce qui avait pu lui arriver. Dès que je fermais les yeux, je voyais les hommes lever leurs faucilles. Parfois mon frère les accompagnait, parfois il brillait du sang sur leurs lames courbes.

Passé la terreur paralysante des premiers jours, j'ai envisagé de me dénoncer, dans l'espoir d'aider à éclaircir le mystère et de faire avancer les recherches. Peut-être les Éclaireurs pourraient-ils retrouver la trace des trois barbares et leur soutirer, sinon mon frère vivant, du moins la vérité. Mais un mois entier a passé, l'épisode dont personne ne parlait plus se teintait chaque jour un peu plus d'irréalité et devenait fiction. Rien n'était vraiment arrivé.

Trois mois plus tard, Bhima le grassouillet, sa voix douce et son corps disgracieux étaient oubliés. C'était bien ainsi. Il avait préféré la cendre à la lumière et nous avions tous compris la leçon, moi le premier pour avoir vu jusqu'où il s'était fourvoyé. Combien il avait été frivole de ma part de le soutenir dans sa quête douteuse !

Des braises de ma contrition jaillirent les flammes d'une nouvelle et intense concentration sur les enseignements d'Aum. Sous le Bodhi, mon ouïe acquérait une finesse extrême ; dans la salle de méditation, je n'étais plus que pierre sur pierre.

Rien n'aurait pu me distraire. Les Éclaireurs n'ont pas tardé à voir en moi un individu singulier, un futur Éclaireur, qui sait, un Wafadar. J'ai commencé à passer des moments précieux, seul avec eux, une promenade en forêt, des discussions après les cours, une place auprès d'eux à table. Je me sentais un peu gris, transporté, empli d'une pureté et d'une passion tout entières inspirées par le miracle d'Aum.

Devant mon exaltation, les Éclaireurs m'ont mis en garde. Le Foyer était un crible, mais l'épreuve finale se jouait à la Caserne. C'était là que ma véritable valeur serait déterminée. J'y apprendrais à dominer mon esprit pour rivaliser avec les plus grands ascètes, à le soulever dans les airs comme un cerf-volant, à le faire plonger, monter en flèche, à le maintenir immobile en suspension entre terre et ciel. Mon corps, lui aussi, serait mis à l'épreuve : il lui faudrait atteindre le summum de l'endurance, de la force, des compétences, apprendre à manier les armes, maîtriser l'art ultime du *siontch*.

Pour devenir un Éclaireur, je devrais acquérir l'esprit d'un moine.

Pour devenir un Wafadar, il me faudrait devenir un modèle sur le fond comme sur la forme, atteindre la perfection simultanée des deux plans de l'esprit et du corps, une union fluide de leur mouvement semblable à celle de la chair et des os de l'être vivant.

Les pères pèlerins

N'allez pas croire un seul instant qu'on ne nous disait rien de l'existence de l'outre-monde, que nous vivions dans une bulle d'ignorance. C'était à travers la connaissance qu'Aum avait voulu nous rendre purs, il l'avait clairement affirmé. Il tenait d'autant plus à notre information qu'il nous avait affinés à partir d'une ébauche issue de ce monde-là. De même que l'eau doit couler sur le roc pour éprouver sa liquidité et sa différence, il nous fallait comprendre cet autre univers pour découvrir qui nous étions.

L'essentiel de l'instruction en ce domaine nous était dispensé à la Caserne, au stade ultérieur de notre formation. Le Bodhi nous était désormais réservé l'après-midi. Nous arrivions après le départ des garçons du Foyer, à l'issue d'une longue matinée de méditation et de culture physique, nos corps et notre esprit denses et lisses comme les galets d'un torrent de montagne. Les exercices pratiqués sans relâche, à un rythme effréné, poussaient chaque muscle à la limite de la déchirure. Mais pour pouvoir s'établir dans la tranquillité avec un mental paisible prêt à intégrer l'univers, il nous fallait nous débarrasser de nos énergies violentes et corrosives. Le corps exténué, l'esprit occupait tout l'espace.

Après avoir pris place en demi-cercle sous le Bodhi, nous écoutions, tout ouïe, les Éclaireurs qui se succédaient pour nous dispenser leur sagesse tout en arpentant le pourtour de la plateforme.

Afin de nous en faciliter l'accès, Aum avait condensé toute la connaissance du monde en neuf volumes. Nous n'étions pas tenus de les lire. Cette tâche était dévolue aux Éclaireurs qui en absorbaient et en transmettaient la substance. Personne ne savait où les textes originaux étaient conservés, ni à la garde de qui ; c'était la manière la plus efficace d'assurer leur sécurité. À partir de ses connaissances encyclopédiques, Aum avait esquissé à grands traits toutes les civilisations connues de l'homme à diverses époques : grecque, égyptienne, romaine, indienne, mésopotamienne, chinoise, puis japonaise, espagnole, française, britannique et nord-américaine. Il proposait un distillat de chaque confession religieuse, quelle que soit son importance en nombre de fidèles : christianisme, islam, hindouisme, bouddhisme, judaïsme, sikhisme, jaïnisme, confucianisme, taoïsme, zoroastrisme, ainsi que shinto, cao dai, baha'i et spiritisme. Il avait en outre résumé toutes les découvertes des sciences, de la technologie et de la médecine. Nous avions entendu parler de l'anesthésie, des avions et des bombes qui pouvaient creuser des cratères de la taille de notre Vallée dans le sol. La géographie de la Terre nous avait été expliquée, ainsi que les différences physiques entre les ethnies. Nous savions quels pays immenses bordaient la Vallée et nous connaissions les cours d'eau et les lignes qui divisaient le globe.

On nous avait appris quel genre d'existence menaient les humains. Ils vivaient pour posséder, tuaient pour posséder. Leur espèce était la seule à se rebeller contre l'ordre des choses. Les plantes, les animaux et les insectes vivaient comme ils étaient censés le faire, mais les hommes ne cessaient de dévier de leur cours, poussés par leur avidité de pouvoir, de richesses, de femmes. Ils étaient déloyaux envers eux-mêmes, ne respectaient aucune règle et faisaient de leur inconstance une constante.

Les Éclaireurs, jour après jour, emplissaient nos cerveaux du contenu des glorieux ouvrages d'Aum. Mais l'information, quand on néglige de la travailler, n'est qu'un morceau de matière brute. Ce qui importe, c'est ce qu'on en fait, une chaise, une lance, une bûche pour la cheminée. Tout le bois du monde est impuissant à produire une chaise que l'on ne saurait fabriquer. De la somme d'informations qui nous était prodiguée, nous devions distiller la sagesse.

C'était ce qu'Aum avait accompli un jour. Ce qui nous avait faits tels que nous étions.

Personne de ma connaissance n'avait vu les neuf volumes d'Aum. Mais il y avait toujours une personne quelque part pour dire qu'elle connaissait quelqu'un, ou quelqu'un qui connaissait quelqu'un qui les avait vus. Un désaccord subsistait quant à la main qui les avait rédigés. Les Éclaireurs maintenaient qu'il s'agissait d'Aum en personne : c'était la raison essentielle pour laquelle les originaux devaient être protégés.

D'autres murmuraient que si Aum était bien l'auteur de chaque mot contenu dans les neuf volumes, c'était Ali, son compagnon le plus proche, qui avait été chargé de les recueillir sous la dictée. Ali en effet, selon la légende, pouvait se servir d'une main ou de l'autre avec la même dextérité, qu'elle tînt l'épée ou la plume. Pour écrire au fil torrentueux des pensées du maître, disaient les croyants, Ali avait utilisé ses deux mains avec une rapidité remarquable, reproduisant simultanément deux parties de chaque phrase sur deux parchemins différents. Pour reconstituer la signification du texte, il fallait juxtaposer les deux pages et continuer sur la feuille de droite la lecture de la ligne commencée à gauche.

L'idée de puzzle et d'un décodage nécessaire, si simple soit-il, avait ma préférence. J'aimais à imaginer Ali mouvant ses deux mains, un œil sur chaque page, tandis que les paroles mélodieuses s'exhalaient de la bouche d'Aum. Ce dernier, racontait-on, pouvait parfois s'interrompre sans que son scribe lève la plume. Ali savait exactement ce qu'Aum avait à dire, tant ils étaient proches l'un de l'autre.

Certains suggéraient dans mon entourage que, des deux hommes, Ali n'était pas toujours le second, qu'il arrivait souvent à Aum de le suivre. J'en doute, sauf au sens où tout professeur apprend de son élève. Aum était l'Un, l'unique. L'hypothèse de l'alternance était probablement liée au fait qu'Ali était de quatre ans son aîné. Il n'en était pas moins vrai qu'il suivait Aum partout depuis l'âge de onze ans, depuis qu'il avait rencontré le maître lors de la célébration d'un mariage.

Une montagne séparait le hameau natal d'Ali du

village d'Aum. Lorsque les trente membres de son clan s'y présentèrent pour venir chercher la nouvelle épouse d'un des leurs, ils n'ignoraient pas qu'un saint homme habitait là. Dans les hautes terres, l'information circule portée par les oiseaux et sur les ailes du vent. Depuis sept ans, les aisselles, les nombrils, les plis de la montagne résonnaient de la nouvelle du fœtus qui parlait par la bouche de sa mère, de l'enfant venu au monde en prêchant.

Le soir où la famille d'Ali, curieuse, vint lui rendre visite, Aum était assis devant sa hutte au pied d'un arbre croulant sous les fleurs. Le soleil venait de s'entailler à la crête voisine, nimbé d'un rouge timide qui baignait le garçon dans une lueur céleste. À la manière déférente des petites gens, la famille s'inclina profondément avant de s'asseoir sur les pierres qui bordaient la cour. L'enfant, sans conteste, était divin. Assis en tailleur sur une étroite plateforme en bois, il rappelait le Bouddha. Ses yeux étaient ceux d'un ancien, mais ils brillaient d'espièglerie. Il rayonnait de sagesse et d'intelligence.

Pour le mettre à l'épreuve, le père d'Ali demanda :

— L'hiver sera-t-il un peu plus clément pour nous cette année ?

Le garçon répondit dans une ombre de sourire :

— C'est la façon dont nous en faisons l'expérience qui importe. Pour le paysan, la nuit est un moment de repos ; pour le chasseur, c'est l'heure de la chasse. Si le vent se fait glacial, explore la vie qui palpite entre tes murs, découvre, si tu ne l'as déjà fait, ceux avec qui tu vis chaque jour.

Le père d'Ali reprit :

— Ce ne sont que des mots. En réalité, là où nous habitons, dans les hauteurs, l'hiver nous tue.

— La vie en fait autant, le moment venu, répliqua le garçon. Ce n'est pas une raison pour lui tourner le dos.

Tandis que l'obscurité aspirait les derniers vestiges de lumière, la mère de l'enfant s'approcha d'un pas silencieux et déposa une bougie à côté de lui. La flamme dansante jouait sur son visage fin, son nez long et se reflétait dans ses yeux. Des années plus tard, Ali, se rappelant, devait dire :

— C'était la vision de dieu. Je le savais. J'avais trouvé ma voie.

Ali ne retourna jamais dans son hameau. Ses parents comprirent son choix. Trouver un maître auprès de qui passer sa vie était une chance rare à ne pas manquer. Celui d'Ali n'avait que sept ans, mais cela ne signifiait rien. Quand on s'attachait à un maître, ni le lieu ni le moment de son apparition n'avait d'importance. De plus, c'était le maître qui choisissait.

— Lorsque Ali est entré, disait Aum, il était comme le premier rayon de l'aurore. Qui tournerait le dos au soleil du matin ?

Aum était long et anguleux de nez, de doigts, de membres et de visage. À ses arêtes vives, à ses surfaces tendues répondaient les courbes douces d'Ali, face d'ange et peau de satin. Tandis que la sagesse de sa voix était sanglée dans une armure incandescente qui faisait fondre les os des hommes les mieux trempés, Ali parlait avec la douceur d'un pétale de rose, son parfum et sa séduction.

Ali était adoré comme un ami, Aum vénéré et suivi comme un maître.

Aum, rapporte-t-on, taquinait Ali pour sa popularité.

— Tu veux être aimé, c'est là ton défaut. À rechercher l'amour des autres, on s'éloigne de soi-même. On devient un personnage, en fonction de ce que l'on imagine être l'attente de l'autre. Puis encore un autre, et toujours un autre, dans un mouvement sans fin. C'est pourquoi les démocraties finiront par s'écrouler, quelle que soit l'euphorie qui célèbre leur avènement. Ces régimes seront toujours administrés par des personnes qui n'agissent pas vraiment en conformité avec elles-mêmes. Des ombres combattront des ombres ; tout le monde fera la chasse aux ombres. Toi, mon ami, tu pourrais être un grand dirigeant dans cet univers-là.

Aum ne se trompait jamais. Ali vivait pour charmer. Depuis le jour où il s'était détaché de ses parents pour demeurer auprès du maître, le village entier, hommes et femmes, enfants et animaux, lui mangeait dans la main. Il bavardait avec les gens, jouait avec eux, leur prêtait assistance. Il leur parlait d'Aum, les menait à lui. Le jeune maître savait qu'en dépit de la dispersion de ses affections Ali avait un centre et un seul. Il se créait des distractions faute de pouvoir vivre toujours sous le regard d'Aum. Il ne se lassait jamais de sa présence, mais Aum appartenait à tous. Personne ne pouvait revendiquer sa compagnie pour lui seul.

C'était Ali en personne qui avait raconté ces histoires à la Confrérie. C'était de lui que nous venait une grande part de ce que nous savions d'Aum. Depuis le soir de son arrivée au soleil couchant sous le pommier en fleur, Ali était devenu en public l'ombre d'Aum et le soir venu, il dormait aux pieds du maître, prêt à se lever au moindre signe pour le servir.

Tout grand maître a besoin d'un grand disciple. Ali était celui-là, sans pour autant être le seul.

Quand vint le moment de quitter les montagnes pour se mettre en marche vers la haute Vallée qui devait devenir notre foyer, ce fut Ali qui prit en main le ralliement des hommes et l'ordonnancement des choses, Ali qui veilla à transformer chaque parole d'Aum en consigne et en acte.

Non-possession, égalité dans l'amour de tous, détachement, personne ne disait qu'Aum déviait parfois de ses propres principes quand il était question d'Ali, mais tout le monde le savait. Dans l'esprit profondément équitable du maître existait pour Ali un espace plus grand que pour tout autre.

On ne nous a jamais rien appris de très précis au sujet d'Ali en classe. Sous le Bodhi, les Éclaireurs ne lui reconnaissaient aucun mérite particulier, si ce n'est d'avoir été le compagnon indéfectible le plus proche d'Aum. On lui déniait même l'honneur d'avoir œuvré en qualité de scribe sous sa dictée. Presque tout ce que nous savions de lui venait des conversations informelles que nous avions avec les Éclaireurs et avec les garçons plus âgés qui tenaient eux-mêmes ces informations de leurs aînés.

Il semble avoir joué un rôle de premier plan dans la longue marche vers la libération, qui se déroula avant la première grande guerre et ses ravages, à une époque où hommes blancs et hommes bruns s'enfonçaient dans un conflit inextricable. Le maître, au sortir de sa méditation des premières heures du jour, avait annoncé un beau matin que le temps était venu de quitter le village pour un endroit où ils pourraient vivre l'expérience de la vérité et donner naissance à des choses nouvelles.

Aum avait déchiffré le passé, le présent et l'avenir. Il savait l'humanité condamnée si rien ne changeait. Son esprit était assez mûr pour comprendre que la rédemption ne viendrait pas du seul fait de connaître la vérité, mais de son vécu. Le germe du salut était en lui-même ; restait à trouver le meilleur terreau possible pour le planter. De cet arbre de pureté jailliraient une multitude de jeunes pousses qui un jour empliraient la forêt, deviendraient la forêt. Entièrement pures et parfaitement neuves. Ce renouvellement ne s'opérerait pas en un an, ni même en dix. Le processus prendrait du temps, mais il fallait le mettre en route. Les premières semences devaient trouver un abri, les premiers arbres sortir de terre.

Déjà, au village et dans les villages alentour, des hommes vains et égoïstes s'insurgeaient contre le maître et sa vérité. Il bouleversait leurs femmes et leurs fils l'adoraient. Cet étrange garçon était devenu en grandissant un jeune homme dangereux. Il n'avait encore commis aucun crime, mais les paroles qu'il proférait semblaient propres à subvertir l'ordre établi de longue date. Il n'était pas facile de dire quels désirs abritait son regard obscur et grave.

Et un peu plus loin, sur le plateau, des hommes rudes, barbus, lardés de cicatrices de bataille et dont les ancêtres avaient expulsé les Grecs, les Perses, les Moghols, les Sikhs et l'homme blanc commençaient à mettre en doute le charisme d'Aum. Ils le trouvaient trop jeune pour faire un bon guide spirituel, trop beau pour être un homme de Dieu, et dénué du pouvoir divin de guérison par imposition des mains.

Certes, ils avaient entendu dire qu'il avait guéri d'un simple toucher des enfants atteints de maux de gorge, d'infections pulmonaires, de furoncles. Il avait accompli aussi le miracle plus éloquent de transformer des vulves stériles en nids palpitant de vies à naître. Mais que penser du fils de Ghaffar, onze ans, le ventre gonflé par une tumeur, que son père avait transporté trois jours durant à dos d'âne ? L'enfant avait expiré, la paume d'Aum sur le front. La caresse légère d'Aum avait aussi échoué à détendre les membres roidis et douloureux de la mère d'Imran, venue jusqu'à lui dans les bras de son fils. Et que dire du père de Gyan Chand, qui ne reconnaissait plus son enfant, dont le cerveau ressemblait à une ardoise vierge sur laquelle le jeune maître avait été incapable d'inscrire un traître mot ?

À chaque parole exaltant Aum répondait une voix pour le discréditer. Le fait qu'il rejetait tout concept de remède miraculeux et déniait tout caractère sacré au soigneur ne lui simplifiait pas les choses. Pour lui les traits, le corps, les problèmes de santé, les lieux et les dates de naissance étaient l'affaire du seul principe divin.

Chercher à se faire guérir par le biais d'un miracle, c'était tromper ce principe et, à long terme, ce comportement avait pour résultat de contrarier le grand ordonnateur du ciel. Entre eux, les hommes pouvaient tricher, se parjurer, commettre des crimes en toute impunité, mais aucun tour de passe-passe ne pouvait se frayer un passage dans les livres de comptes de l'univers.

La grande complexité des impulsions humaines, l'enchevêtrement de leurs affaires en réseau touffu de valeurs, de jugements, de situations conflictuelles et d'aspects moraux, le décodage souvent difficile des plans du principe divin imposaient cependant la nécessité d'un maître.

La mission d'Aum était de rendre plus intelligibles aux hommes leurs démarches en éclairant pour eux la voie juste, ce n'était pas de vider un abcès de son pus ou de poser des cataplasmes – il laissait cela aux hommes de médecine et aux charlatans. Un véritable maître ne jongle pas avec les maux, il soigne les âmes.

Aum savait que l'hostilité d'hommes bornés et stupides autour de lui faisait tache d'huile et les conduirait bientôt à venir récolter le fruit de leur haine. Depuis des millénaires, les grands maîtres étaient écartelés, crucifiés par les esprits vulgaires et obtus. Quel paysan cherche à dialoguer avec les sangliers qui ravagent sa terre ? Mieux valait s'écarter, laisser derrière soi l'ordre ancien en voie de décomposition. Aum devait rassembler les fidèles et gagner avec eux un lieu sûr où le renouveau pourrait s'épanouir.

Il existe, apparemment, un récit détaillé de la longue marche vers la libération. Je ne connais personne directement qui l'ait lu, mais je connais, comme tout le monde, quelqu'un qui connaît quelqu'un qui l'a eu devant les yeux. Ce compte rendu a été rédigé par Alaiya, une des treize filles nées la même année sainte qu'Aum. Il va sans dire que ses sœurs de lait quittèrent toutes le village accompagnées de leurs familles pour le suivre. Elles ne faisaient qu'un avec lui.

Alaiya. On la disait si belle que même les femmes la convoitaient. Ses longs cheveux noirs ruisselaient sur ses épaules, ses yeux liquides avaient la couleur du charbon, sa peau était de lait et ses lèvres pulpeuses suscitaient des fantasmes sans espoir. Mais elle n'avait rien d'une mauviette. Tout en elle était fort, ses membres, son cœur, sa voix de stentor. Durant ce voyage mémorable de cent jours, elle chemina derrière Ali qui cheminait derrière Aum et fut du petit nombre de marcheurs qui ne faiblirent jamais.

Selon les termes d'Alaiya, Aum savait précisément où ils se rendaient. Il n'hésitait jamais entre deux directions lorsque la route fourchait devant eux et ne demandait jamais son chemin lorsqu'ils traversaient un hameau. La discipline était simple. Les fidèles suivaient Aum aussitôt qu'il se mettait en route et s'arrêtaient quand il s'arrêtait. Il leur arrivait ainsi de marcher seize heures d'affilée. Parfois, au contraire, le maître restait allongé sur un talus herbeux, à regarder le ciel.

Lorsqu'ils avaient quitté leur village, par une nuit de lune noire un peu après minuit, tandis que les loups hurlaient leur tristesse au monde entier, ils étaient cent onze, en comptant Aum. Le plus jeune, Arif, avait à peine neuf ans et Baba, le plus vieux, arborait une barbe neigeuse qui touchait le sol quand il s'asseyait, ce qui l'obligeait à la rejeter par-dessus son épaule droite. Nombre d'entre eux fuyaient l'oppression – mariage forcé, caste, pouvoir, misère. Leur salut reposait tout entier dans la grâce du maître.

Durant les premières vingt-quatre heures, ils marchèrent sans faire de halte pour manger ni pour se rafraîchir. Aum souhaitait qu'ils mettent la plus grande distance possible entre eux et les villageois qui ne manqueraient pas, découvrant leur disparition, de se lancer à leur poursuite.

Aum savait, dans son infinie sagesse, que les hommes ne se contentent pas de laisser partir leurs détracteurs. Ils veulent les obliger à rendre des comptes. Lorsqu'un homme regarde son voisin, il tient à voir en lui un reflet de lui-même avec ses peurs et ses angoisses, ses œillères, ses défauts. Les hommes peuvent s'agenouiller devant la grandeur qui vient de loin, mais lorsqu'elle vit à leur porte, ils ne cherchent qu'à la crucifier. Le maître savait qu'ils seraient pourchassés et que, s'ils étaient pris, leur sang serait versé pour bien montrer que tous les hommes étaient les mêmes, qu'aucun ne dépassait en valeur ses semblables.

Ainsi qu'il le redoutait, au soir du cinquième jour, ils aperçurent leurs poursuivants. Les pèlerins du monde nouveau s'étiraient en une longue file sur la crête d'un ravin lorsqu'ils entendirent, loin au-dessous d'eux, des hennissements et des disputes. Ils s'agenouillèrent au bord du précipice et tous les yeux se fixèrent sur les dizaines d'hommes armés, en contrebas, qui mettaient pied à terre pour bivouaquer sur une parcelle d'herbe tendre, près d'un cours d'eau bruissant. À moins d'une journée à cheval des fugitifs, ces hommes ne pouvaient perdre leur trace. Deux cent vingt-deux pieds laissent derrière eux une piste que même un aveugle pourrait suivre.

Voyant qu'Aum gardait tout son sang-froid, les pèlerins ne perdirent pas courage. Le maître leur ordonna de s'écarter du bord du ravin et les convia à se concerter. La question était simple : qu'allaient faire leurs poursuivants, qui chevauchaient sans écouter leur fatigue depuis plusieurs jours, mousquets et épées battant les flancs de leurs montures, lorsqu'ils les rejoindraient enfin ?

La belle Alaiya prit la parole la première, d'une voix qui aurait ému les étoiles. Ils avaient affaire, en contrebas, à des barbares féroces qui n'épargneraient ni épouse ni enfant, qui ne connaissaient ni l'amour ni la compassion, que toute idée, toute esthétique laissaient froids. Ils ne savaient obéir qu'à la tradition aveugle, au désir de possession brutale, de vengeance sanglante. Le peuple d'Aum ne le constatait-il pas depuis toujours ? N'en avait-il pas souffert toute sa vie ? Lorsque les sabots de leurs chevaux talonneraient les pèlerins, à coup sûr, ils décideraient de leur mort sans autre forme de procès. Ils ne feraient pas de quartier : amis, connaissances, femmes, enfants, tous seraient tués. Y avait-il quelqu'un qui en doutât dans l'assistance assise en cercle sous l'aile du grand maître à la lueur des étoiles filantes ? Qui était assez naïf pour imaginer une seule étincelle de pitié au cœur de ces brutes ?

Un frisson parcourut la congrégation inquiète. Alors le maître, assis sur un rocher en forme de chameau, un reflet de lune dans ses cheveux noirs, posa la seconde question : que devaient-ils faire ?

Ali, sa longue robe flottant au vent, se leva. Son visage de chérubin ne portait aucune trace d'accablement. En ce moment de gravité extrême, il parlait encore pour séduire. À l'orage qui grondait dans la voix d'Alaiya répondait avec lui le doux zéphyr du matin frais de l'oasis. La beauté existe dans le monde, disait-il, et de cette beauté émane une douce senteur. Une sagesse. De l'amour. Mais rien de tout cela n'arrive sans être suscité, ne vient sans qu'on en paie le prix. Qui a la chance de l'obtenir doit non seulement s'en réjouir, mais veiller à sa sauvegarde, le faire prospérer, le vénérer comme une valeur précieuse.

Tout ce qu'il venait de dire, ajouta-t-il, doux et rassurant comme une plume, il le tenait d'Aum. Si la beauté perdait du terrain dans le monde, c'était que les hommes la confondaient avec la faiblesse. Ils l'imaginaient en vierge fragile que ne devait souiller ni sang ni vigueur. Ils voulaient profiter sans aucune contrepartie des plaisirs inépuisables qu'elle leur dispensait.

De tels hommes étaient des imbéciles. Leur suavité de pacotille tuait toute beauté. Faute d'un bras aguerri, d'un cuir résistant comme une armure, faute d'une volonté de roc, ils abandonnaient la beauté aux mains de brutes qui n'y attachaient aucune valeur positive. Qui voyaient en elle une menace.

La beauté libère. Elle donne des ailes à la musique, aux mots, à l'imagination. Ceux qui n'aiment pas les hommes libres, qui n'aiment pas les voir s'abandonner, ceux-là n'aiment pas la beauté. Ils cherchent à la contraindre, à la priver d'espace. On ne peut combattre ces hommes-là avec des mots gentils et des gestes délicats. On ne peut les persuader ni les apaiser. On doit les regarder dans les yeux sans ciller. La sauvegarde de la beauté requiert un cœur de feu et une chair d'acier, de la passion, du courage et de la dureté, sans compromis. Elle exige d'être prêt à partir en guerre chaque fois que les mots échouent.

— Regardez ! Regardez au fond de ce ravin où vacillent les yeux de leurs feux de camp. Ces hommes sont contre la beauté, contre les êtres libres. Ils chevauchent jour après jour sans écouter leur fatigue afin de détruire cette beauté, ces êtres.

Aum savait, comme toujours, ce qu'il devait faire. Mais quelle était l'opinion de son peuple ? Que choisissaient-ils ?

Alaiya, les yeux étincelants, fit de nouveau gronder le tonnerre de ses paroles. Souhaitaient-ils se battre pour la beauté et la liberté ? Ou préféraient-ils fuir dans l'espoir d'échapper aux sabots de fer des barbares ?

Cette nuit-là, tandis que la lune mûrissait, s'épanouissait, puis rapetissait et que du tamis céleste pleuvaient des têtes d'épingle de lumière, les pèlerins de la liberté déployèrent tous leurs efforts pour défendre la beauté. Ils alignèrent tout le long du précipice un arsenal de rochers. La passion décuplait les forces de ces femmes et de ces hommes chétifs, qui, formant une chaîne, se lançaient de lourdes pierres au rythme des tambours. Quand ils furent complètement exténués, le maître prit leur place et, avec une facilité purement divine, termina le travail, déplaçant sans effort les rocs gigantesques que les autres n'avaient pu mouvoir. Ainsi le veut l'histoire.

Puis, pendant qu'ils dormaient, Aum monta la garde. Lorsque la première ligne de gris marqua l'horizon, il posa la main sur Ali qui posa la main sur Alaiya qui posa la main sur Rubaiya et ainsi de suite jusqu'à ce que les cent onze défenseurs de la beauté soient tous réveillés. Aum jeta un coup d'œil au-dessus du précipice et attendit qu'une première étincelle jaillisse d'un silex. Donner l'assaut à l'ennemi pendant son sommeil, c'eût été se priver du plaisir d'un triomphe justement acquis. C'est une règle que les Wafadar, aujourd'hui encore, ne transgressent jamais. Tandis qu'au fond du ravin des lueurs orange jaillissaient de l'obscurité et que les ombres commençaient à danser, Aum leva la main et la laissa retomber. Alors sous la poussée de cent épaules affranchies, un millier de rochers s'élancèrent dans le vide.

Le vacarme – chevaux, hommes et pierres – fut assourdissant. Plusieurs roches énormes entraînèrent à leur suite d'autres blocs arrachés au flanc du ravin et les pèlerins guerriers jetèrent par-dessus bord jusqu'au dernier caillou. Quand le soleil levé dévala les à-pics, ils virent que leur attaque avait été dévastatrice. En bas, rien ne bougeait. Les charognards tournoyaient déjà en cercles de plus en plus étroits au-dessus de la scène.

La destruction de la troupe ennemie fut complète et la légende d'Aum et de ses guerriers saints se répandit dans toutes les montagnes environnantes. Il ne se présenta pas de nouveaux volontaires pour prendre en chasse les fugitifs. Plusieurs familles dont certains membres étaient partis avec Aum s'émerveillaient de la transformation qui avait dû s'opérer chez ces proches. Et si, murmuraient-ils à présent, Aum était vraiment un grand maître ?

Personne n'étant jamais revenu, le mystère, d'année en année, puis de génération en génération, se mua en mythe. Certaines versions le donnaient pour un sorcier, d'autres pour un magicien, mais la plupart voyaient simplement en lui un être divin. On croyait le plus souvent qu'il avait donné des ailes à ses disciples et qu'ils s'étaient envolés au-dessus des montagnes, par-delà les plaines sans fin du Hind et de l'autre côté des eaux ténébreuses, vers un pays dont on ne revient pas.

En fait, le voyage fut plus pénible que les pèlerins n'auraient jamais pu l'imaginer. Certains jours, ils se faufilaient à travers des cols si élevés que le blanc de la neige était partout. Il n'y avait rien à voir, pas un arbre, pas un animal, pas une pousse d'herbe. D'autres fois, une vallée de pierraille les attendait, où ils se déchiraient les pieds à chaque foulée. Le soleil était parfois si ardent qu'il chauffait le roc à blanc et les faisait peler. La pierre était parfois si friable qu'ils retenaient leur souffle de peur de voir la pente s'émietter sous leurs pieds.

Aum ouvrait toujours la voie. Il tenait dans une main l'extrémité d'une corde à laquelle chaque marcheur s'accrochait fermement, dans la certitude que le maître ne le laisserait jamais tomber. Quand l'escalade devenait trop ardue et que le corps des pèlerins refusait de leur obéir, le maître allait puiser à ses ressources les plus profondes pour les arracher à leur immobilité et les entraîner comme des bandelettes de papier flottant au vent le long d'une ficelle. Les derniers jours, selon le récit qu'en a fait Alaiya, passèrent entièrement de cette façon. Le maître, seul, tirant son peuple vers la Vallée des nouveaux commencements.

La question est parfois soulevée en privé, entre frères qui comprennent qu'il ne s'agit pas de trahison : tous les pèlerins ont-ils atteint la terre promise ? Certains croient que plusieurs sont morts en chemin. La vérité, telle que nous l'ont apprise les Éclaireurs, c'est que tous sont arrivés sains et saufs. Chacun des cent dix pèlerins a été conduit par le grand maître en personne à travers le col de Toute-Espérance.

La belle Alaiya rapporte qu'Aum, grand et gracieux, marchait à la tête du serpent ondulant de son peuple lorsqu'il disparut soudain. Un rugissement de panique explosa aussitôt. Sans lui, ils n'étaient rien. Des enfants perdus, privés de sens et de dessein. Durant toutes ces semaines, c'était la vision d'Aum à leur tête qui avait fait circuler le sang dans leurs membres fourbus. Le regard fou, ils gémissaient son nom, le tout premier son de l'univers. « Aum, Aum ! »

À leur gauche, l'à-pic plongeait dans une gorge profonde. En contrebas, d'énormes perles de roche semblaient enfilées sur un cordon d'eau impétueuse couleur d'argent dont le bruit montait se mêler à leurs lamentations sur la piste étroite où ils se tenaient. À droite, le long de l'escarpement qui les dominait, une masse touffue de *deodar* géants entremêlaient leurs branches en éventail. C'étaient d'antiques créatures à peau sombre, au tronc que deux hommes n'auraient pu entourer de leurs bras. En renversant complètement la tête, on pouvait voir la ligne de démarcation entre les cèdres et la neige, aveuglante, qui montait en pente abrupte jusqu'aux nuages. Les sommets ne se laissaient apercevoir que rarement, par ciel limpide.

C'était arrivé dans l'après-midi. Le soleil leur chauffait le dos, ils se traînaient depuis plusieurs heures à une allure de fourmis, en bon ordre et à leur place le long de la corde magique qu'ils tenaient d'une main ferme, lorsque le maître s'était volatilisé au détour d'un lacet de la piste vertigineuse. Tandis que le cri d'Ali était relayé par Alaiya puis par les autres derrière elle, la colonne se défit et les pèlerins s'écroulèrent au sol en une masse gémissante. Certains, muets d'épouvante, se tenaient les mains en scrutant le fond du ravin bouillonnant. D'autres fixaient la forêt obscure, redoutant d'y voir glisser les ombres de démons effroyables. Mais il n'y avait rien. Le maître avait disparu sans laisser de trace.

Alaiya la première les exhorta au calme. Sa chevelure luxuriante retenue par un foulard bleu, le regard flamboyant, elle leur ordonna de sa voix puissante de s'accroupir là où ils se trouvaient. Tous obéirent, qui la main au menton, qui s'entourant les genoux de ses bras. Puis elle se lança dans une harangue vivifiante. Se prenaient-ils pour des objets bons à jeter, à ce point indignes du maître ? Alors qu'il les avait amenés jusque-là, qu'il s'était chargé de leur fardeau jour et nuit, par la neige et la pierre, la tempête et la faim, le croyaient-ils capable de les abandonner brusquement ? Ou encore croyaient-ils que le pied lui avait manqué et qu'il avait fait une chute, après les avoir tous aidés d'une main inébranlable, des mois durant, à rester fermes sur leurs jambes ?

Étaient-ce là les limites de leur foi ?

Et si Aum cherchait à les aguerrir ?

Ils auraient échoué avant même que l'épreuve commence.

Ali prit ensuite la parole avec sa persuasion coutumière. Il comprenait leur souffrance. L'espace d'un instant, il s'était lui aussi senti perdu, éperdu, comme un enfant abandonné. Mais il n'allait pas continuer à gémir, le moment était passé, la peur s'était retirée. Certes il ne voyait plus le maître, mais il percevait le contact de sa main lui tenant le doigt. N'avaient-ils pas eux aussi la sensation d'être guidés, protégés, de vivre sous le regard d'Aum ? La juste chose à faire n'était-elle pas d'attendre tranquillement son retour ou un signe par lequel il leur montrerait le chemin à suivre ?

Les pèlerins, rassurés, glissèrent un à un dans les postures de l'attente, qui la tête entre les genoux, qui dos à dos avec un autre, qui prostré, la tête levée vers un soleil absent. Personne ne parlait ; le torrent, au fond de la gorge, rugissait sans répit. Ali et Alaiya, dégainant leur épée, s'éloignèrent vers la forêt de cèdres où ils disparurent. L'air devint froid, puis plus froid encore. Bientôt, le vent se mit à mugir entre les troncs, éclipsant le bruit de l'eau.

Les pèlerins se serraient les uns contre les autres en masse compacte, luttant contre leur angoisse, lorsqu'ils entendirent des craquements dans les fourrés. Ils tirèrent aussitôt leurs armes, mais ce n'étaient qu'Ali et Alaiya qui revenaient comme ils étaient partis, l'épée à la main. Ali sourit à tous les regards désespérés qui se tournaient vers lui.

— Ce n'est pas vous qui trouvez le maître, c'est le maître qui vous trouve !

La lune qui se leva plus tard, grosse et proche, posait sur toute chose une pellicule d'argent brillant. Les facettes du rocher luisaient, la neige des sommets miroitait. Des sons émis par des animaux résonnaient de temps à autre ; leur source demeurait un mystère. Alaiya forma une patrouille pour garder la lisière de la forêt avant d'arpenter elle-même ses lignes telle une panthère protégeant ses petits. Ali, debout au bord du précipice, jetait des cailloux dans le ravin. Il les lançait de façon délibérée, dans un grand élan du bras, puis attendait, sans voir, le temps que la pierre se soit abîmée dans les eaux furieuses avant de saisir la suivante.

— Il arrivera à la millième, dit-il à Arif, le plus jeune des fidèles.

Comme il se devait, Ali et Alaiya furent les premiers pèlerins à qui fut montrée la terre promise. Ainsi le veut l'histoire. Les croyants somnolaient, la lune avait entamé sa descente dans le ciel nocturne et Ali jetait la millième pierre dans le gouffre rugissant lorsque le maître se matérialisa auprès d'eux. Il les conduisit sans un mot à travers les cèdres vénérables et, contournant un rocher géant de la taille d'une hutte, s'engagea à gauche à l'intérieur d'une entaille dans la roche où suintait l'eau.

Les deux élus le suivirent dans l'obscurité, atténuée par le halo qui émanait de lui. Au bout de quelques mètres d'une étroitesse suffocante, le passage s'élargit. Les parois de pierre déchiquetées étaient couvertes d'humidité ; une eau tiède bruissait à leurs chevilles. Le toucher du maître avait dégelé la source. Alaiya et Ali croyaient flotter dans un rêve, dit la chronique. Ils descendaient lentement par un long boyau sinueux, à la seule lueur du maître et dans le murmure de l'eau autour de leurs pieds. Enfin, ils émergèrent à l'air libre sur une plateforme vaste et lisse. Devant eux, à la lumière bleue de la lune mourante, s'étalait la carte du paradis.

Ils réveillèrent les autres avant le lever du jour. Une onde de joie parcourut la troupe de pèlerins lorsqu'ils aperçurent la longue silhouette d'Aum encadrée par les cèdres.

— Où était parti le maître ? demanda quelqu'un.

Alaiya tonna :

— Depuis quand le chat prêche-t-il au lion ? Aum fait surgir des mondes. Préparez-vous à obtenir la réponse à une question que personne n'a jamais posée !

De nouveau, Aum prit la tête de la colonne et chacun s'insinua, de biais et silencieux, dans l'entaille primitive où suintait l'eau. Les derniers de la file avaient l'impression de voir la montagne avaler leurs semblables. À l'intérieur, agrippés les uns aux autres pour assurer leur pas, ils tremblaient à l'idée de ce que leur réservait le maître. L'eau tiède qui baignait leurs pieds et la voix d'Alaiya énonçant des instructions leur procuraient un timide réconfort.

Au bout d'un temps indéterminé, la colonne s'arrêta. Un maître connaît toujours le bon moment. Chaque pèlerin, chaque croyant, devait faire l'expérience de la manifestation divine à l'apogée de sa splendeur. Dans les premières lueurs de l'aube, ils émergèrent un à un du col de Toute-Espérance. Aum accueillait chaque fidèle en lui prenant la main pour partager avec lui sa première vision de la Vallée merveilleuse.

C'était un long bassin ovale dont on ne pouvait deviner les limites qu'aux crêtes qui le surplombaient. Dans cette lumière d'aurore, l'endroit semblait l'œuvre des anges. Il avait été créé pour Aum, disait Ali, pour servir de creuset aux nouveaux commencements. D'où se tenaient les pèlerins, à bonne altitude au-dessus de la plaine, on apercevait des forêts luxuriantes de toutes les nuances de vert, d'or et de magenta. Pressés sur la plateforme rocheuse, bouche bée, se tenant par les bras, les fidèles virent les premiers rayons veloutés du soleil cascader le long des pentes et peindre d'une touche étincelante les serpents d'eau géants qui ondulaient au fond de la Vallée.

Aum, raconte Alaiya, choisit ce moment pour prendre la parole. Longiligne, point d'exclamation exprimant la sagesse dans un monde d'imbéciles, la barbe longue et noire, le regard profond et clair, il leur annonça qu'ils étaient arrivés chez eux. Dans cet endroit de toute évidence prédestiné, prêt à les recevoir, ils avaient pour tâche de créer une beauté incomparable. La beauté à l'état pur. La beauté de la pureté.

Ils pourraient y choisir d'être ce qu'ils voulaient être, déclara Aum, emplissant de sa voix retentissante l'immense cuvette qui s'étendait sous leurs yeux. Ils avaient fui un vaste monde dont les habitants avaient opté pour la petitesse. Désormais, dans le plus petit des mondes, ils établiraient les conditions d'une nouvelle grandeur pour l'homme. Lorsque vous vous tournez vers l'un de vos semblables, poursuivit-il, ne voyez pas en lui un frère, un père, une mère ou une épouse. Ne vous regardez pas mutuellement comme des individus ordinaires, mais comme ce que vous êtes réellement : des guerriers de la pureté, des prêtres de la beauté, des élus.

À ce moment, raconte Alaiya la magnifique, le soleil surgit dans toute sa splendeur, baignant la Vallée verte de lumière, de chaleur et de joie, séchant leurs peaux humides et embrasant leurs cœurs. Délivrés du doute, ils comprirent à cet instant, dans l'étrange combinaison de fierté et d'humilité qui caractérise les meilleurs de l'espèce humaine, qu'ils étaient véritablement les élus.

Et Aum, le maître incontesté.

L'effigie

À seize ans, on m'a appliqué l'effigie.

Plus tard, l'âge a été porté à quatorze ans, mais à mon époque, c'était seize ans. Il y eut d'abord une effigie, une seule, puis une deuxième, puis, juste avant que je parte, une troisième. Ces changements n'avaient rien d'aberrant. Quelqu'un qui connaissait quelqu'un qui avait lu les livres d'Aum disait que le maître les avait envisagés précisément de cette façon.

Étais-je impatient, la veille du grand jour ? Anxieux ? Sans doute un peu l'un et l'autre, mais dans mon cas, l'anxiété l'emportait probablement. De tous les rites de passage, l'accueil de l'effigie était le plus important, assorti du serment solennel de ne jamais la retirer en présence de quiconque, mais seulement dans la solitude et l'obscurité, et de ne jamais croiser le reflet de son visage d'origine dans un miroir ou dans l'eau.

Je m'étais retourné toute la nuit dans mon lit, comme l'avaient fait les trois garçons dont le tour était venu en même temps que moi. Arjuna le beau était particulièrement agité. Il ne cessait de se faufiler dans la salle de bains pour jeter un dernier regard à son menton de conquérant, à ses yeux de saint.

Le lendemain, tout allait changer, chacun de nous allait devenir, en même temps qu'un adulte, un élément de la Confrérie à l'apparence unique. Et nous allions enfin pouvoir pénétrer dans le monde des femmes. C'était là, sans doute plus que tout le reste, ce qui ôtait le sommeil aux futurs initiés et expliquait leur transpiration intense. À la Caserne, dans les coins tranquilles, les aînés disaient souvent en manière de plaisanterie qu'à lui seul ce nouvel avantage aurait valu toutes les peines, eussent-ils dû se faire souder une paire de fesses sur le visage.

Je dois dire que ce n'était pas entièrement vrai pour moi. À côté du corps des femmes, d'autres pensées me mettaient l'esprit en feu et me faisaient honte sans que je puisse les chasser. J'étais épouvanté à l'idée de perdre mon visage pour toujours. Jamais plus je ne me verrais dans un miroir. Tout comme j'ignorais qui était mon père et ne pouvais que deviner qui était ma mère, j'allais progressivement oublier à quoi je ressemblais.

Pour lutter contre cette résistance, je sondais le tréfonds de moi-même, je me flagellais pour ma vanité, pour cet attachement désespéré à ce qui était mien. J'avais pu intégrer la logique selon laquelle je n'avais ni père ni mère, alors où était la difficulté ? Mon agitation faisait la preuve qu'Aum avait mille fois raison. Dans son infinie sagesse, le maître avait compris que l'égalité ne pouvait être un simple mot ou une attitude, mais nécessitait des traits identiques. La quête de pureté était une affaire de fond et de forme.

Je ne me suis endormi qu'au matin. Mais j'avais abouti à une décision claire et nette : je venais de vivre le dernier moment de confusion au sujet de mon visage. Jamais plus je ne m'abaisserais à de telles pensées.

Le vieil *ustad* et son assistant nous attendaient à l'atelier, le dernier du quartier des artisans et le plus agréable, au pourtour planté de couleurs vives. C'était ma troisième visite en un mois. La première fois que je m'étais assis sur le tabouret en bois, il m'avait dit le plus sérieusement du monde :

— À qui veux-tu ressembler, à lui ou à moi ?

Et son aide avait ajouté sans trace d'humour :

— Réfléchis bien avant de répondre.

Le vieil homme m'avait demandé de fixer sans bouger une paire d'andouillers sur le mur d'en face. J'avais suivi du coin de l'œil les gestes de ses mains ridées tandis qu'il prenait les mesures de mon visage, la hauteur du menton au sommet, la largeur au niveau du front, puis des oreilles, du nez, de la bouche. Il s'était attaqué ensuite à une multitude de détails : les dimensions de la bouche fermée, puis grande ouverte ; celles du nez, des oreilles, de la mâchoire, puis des yeux, écarquillés, ouverts, fermés. Il se servait d'un mètre à ruban et tous deux travaillaient en rythme, l'*ustad* lâchant les chiffres, son aide ponctuant de « *han* » chaque mesure consignée.

Avant ce premier rendez-vous, le seul préparatif nécessaire avait été de se raser le crâne. L'assistant avait oint mon cuir chevelu et mon visage d'huile à gestes brefs pendant que l'*ustad* tournait une louche en bois dans la mixture épaisse qu'il s'apprêtait à verser sur ma tête. Pour m'assurer un meilleur confort par la suite, je détendais chaque muscle tandis qu'ils l'appliquaient à petites touches, tapotant mes yeux, ma bouche, mes narines, du bout de leurs doigts sûrs. La pâte verte sentait bon les feuilles et la terre mouillée. En quelques minutes, j'étais entré dans l'état méditatif parfait appris sur la pierre.

Je ne savais combien de temps venait de s'écouler – dix minutes ? une heure ? – quand l'aide m'avait donné une tape légère sur le bras. J'avais ouvert les yeux avec peine. Debout dans mon dos, l'homme m'avait saisi fermement par les épaules pendant que l'*ustad* glissait le bout des doigts derrière le moule solidifié autour de mes mâchoires et d'un coup, l'arrachait. Puis il avait rejoint le vieil homme qui s'éloignait et approuvé de la tête le résultat sans me le montrer. J'avais demandé à voir, moi aussi.

— À quoi bon ? avait répliqué l'*ustad*. Plus tôt tu l'oublieras, mieux ce sera.

Avec Arjuna, il avait été plus abrupt. Remontant du bout des doigts le menton de conquérant, il s'était exclamé d'un ton sec :

— Malheureux ? Eh bien, c'est justement pour des individus comme toi qu'Aum a créé l'effigie. Un homme doit s'identifier à ses actes, pas à son apparence. Puis, en me désignant : Sinon, les garçons comme lui n'auraient plus qu'à creuser leur propre tombe et à s'enterrer.

Il s'était dirigé vers le fond de l'atelier pour emporter les moulages qu'il avait réalisés dans une autre pièce. Je ne comprenais pas à quoi pouvaient servir ces objets. J'étais seulement sûr que leur fabrication n'avait rien à voir avec la séance de mesures fastidieuses qui avait précédé, dont nous connaissions tous la finalité. Mais personne n'avait pu nous expliquer le devenir des masques verts. On murmurait qu'ils pouvaient contribuer à une sorte d'archivage. Il était inutile d'interroger l'*ustad* à ce sujet. Il nous aurait envoyés au diable.

Le vieil homme avait plus de soixante-dix ans et dans notre pays d'égaux, si certains l'étaient plus que les autres, disons qu'il était le premier. Il y avait à cela de multiples raisons, la principale étant son talent incontesté, extraordinaire, d'artisan qui faisait de lui l'*ustad* le plus important de notre Vallée. Se le mettre à dos aurait entraîné des conséquences désastreuses. Il était, après tout, le gardien de l'effigie. En jouant sur des mesures infimes, il pouvait vous affliger d'un frottement contre la peau ou d'un pli au niveau du nez qui vous aurait rendu infernal chaque moment de vie. De quelque façon qu'il se comportât, on ne s'offusquait jamais.

La deuxième visite avait été consacrée à l'essai de l'effigie. L'assistant l'avait appliquée sur mon visage pendant que l'*ustad*, debout sur le côté, surveillait la pose avec attention, tournant lentement l'index droit dans son oreille. Je n'ai jamais pu oublier ma panique au premier contact, quand le masque avait oblitéré momentanément ma vision avant de se caler sur l'arête de mon nez. Ma première réaction avait été de me dire : « C'est froid ! C'est lourd ! »

Le vieil homme, posant ses longs doigts rêches sur mon front, avait incliné ma tête en arrière. Les chevrons anciens du hangar, vus de cette espèce de coquille qui me coupait toute vision périphérique, prenaient un relief étrange. J'admirais la virtuosité des menuisiers de mon pays, la précision des assemblages, la beauté des rainures. L'assistant retira ses mains. L'effigie ne tenait plus que par ses contours et son appui sur la pente nasale.

— Lève-toi ! ordonna l'*ustad.*

Le dos cambré, la tête renversée, j'avais fait quelques pas hésitants dans un sens puis dans l'autre, soucieux de maintenir l'effigie en place, prêt à la rattraper avant qu'elle ne tombe. Une claque sur le bras accompagnée d'un ordre et je m'étais redressé, baissant le menton lentement, très lentement. L'effigie tenait bon. Le sculpteur était indiscutablement un artiste ; ses créations rivalisaient avec celles de la nature. J'avais pensé : « Donner aux hommes un autre visage, quelle responsabilité ! »

Je me retrouvais donc pour la troisième fois assis sur ce tabouret, fixant devant moi les andouillers après une nouvelle nuit de tourments, assailli par la terreur et la nostalgie. L'aide m'a massé doucement la face avec une huile légère, puis s'est essuyé les mains sur le haut de mon crâne. Pétrifié dans l'état de méditation familier, je n'ai ressenti cette fois aucune panique mais au contraire une montée de soulagement et je me suis aperçu que, bizarrement, l'effigie et son contact contre ma peau m'avaient manqué. Comme si, après avoir connu un instant de complétude, j'avais été de nouveau privé d'une partie de moi-même.

L'effigie se déposait sur moi, épousant chaque relief, chaque creux, chaque contour, nez et joues, mâchoires, oreilles, et ma détente se muait en une vague d'exultation. Le maestro et son apprenti, adroits et vifs, travaillaient en silence, repoussaient la peau caoutchoutée sous la lisière des cheveux, cautérisaient habilement l'excès de matière derrière les oreilles, à la base du cou.

L'*ustad* s'est livré à un ultime contrôle en palpant du bout des doigts les bords de l'effigie puis, ne trouvant rien à rectifier, il a reculé de quelques pas et aboyé :

— Parle !

— Je suis content de vous ressembler, ai-je énoncé, sentant ma peau s'étirer comme si on l'avait complètement déshydratée.

Pour la première fois, il eut un semblant de sourire.

— Bien ! D'autant que tu ne rencontreras pas plus beau que moi !

Comme je remuais la mâchoire pour en assouplir l'articulation, il ajouta :

— Tu t'y feras à l'usage, comme à un vêtement. Dans dix jours, tu n'y penseras même plus.

— Vous avez un miroir ? demandai-je.

— Idiot ! Tu n'as qu'à me regarder.

Ma réaction me stupéfiait. À peine rentré à la Caserne, j'avais le cœur léger, j'étais heureux. Un sentiment profond d'appartenance et de sécurité me débordait. J'étais fondu, indistinct, dans le tout que nous formions. Le fardeau du je, du moi individuel avait quitté mes épaules et je me sentais plein de force, de confiance, d'esprit de camaraderie. J'étais de nouveau frappé par la sagesse pénétrante d'Aum. Comme il avait eu raison d'oblitérer la vanité personnelle, combien l'absence de moi séparé était libératrice ! Comme j'avais eu tort de me tourmenter !

Lorsque je croisais mes frères cadets, je trouvais à présent des défauts à leur visage. Les yeux, les dents, chacun de leurs traits cherchait à s'imposer aux regards, exprimait quelque chose de superficiel et de méprisable, réclamait l'attention, exigeait d'être évalué. Comme ils étaient laids ! Combien ils manquaient de confiance en eux, avec leurs prétentions sans fondements !

Je repensais à Arjuna, à la façon dont son menton de conquérant s'était immiscé dans chacune de ses paroles et de ses actions, biaisant la perception que le garçon avait de lui-même et la façon dont les autres le voyaient. C'en était fini de cette ineptie. Un moment avait suffi à la balayer.

Quatre jours plus tard, on nous a conduits pour la première fois au Sérail des Bonheurs Fugitifs. À la Caserne et, plus tôt, au Foyer, chaque fois qu'il avait été question du stade de l'effigie entre les garçons, c'était l'aspect qui avait fait l'objet des discussions les plus soutenues. Nous savions tous ce qui se passait dans cet endroit. Nous savions que notre besoin de ces explosions régulières accompagnées d'une si douloureuse tension et d'un si grand plaisir pouvait être réellement soulagé d'une seule manière. Les aînés porteurs de l'effigie revenaient chaque dimanche matin établis dans une sensation de tranquillité que même les méditations matinales sur la pierre ne procuraient pas aussi complètement.

Nous étions également conscients des effets de l'anticipation sur les aînés, le samedi matin. C'était une tension de plus en plus vive associée paradoxalement à un sentiment de légèreté et de bonheur qui grandissait au fil des heures. Le changement se percevait dans leur façon de parler : chez la plupart d'entre eux, c'était un ton de voix plus amical, un débit plus pressé et plus rapide, un timbre plus aigu. Quelques rares individus devenaient au contraire complètement silencieux dans la perspective de la nuit à venir. Leur excitation, presque tangible, nous remplissait d'envie, de curiosité, d'un désir lancinant.

Mais ce matin-là, pour l'Arjuna au menton de conquérant, le petit Arjuna aux bras de singe et moi, le moment était venu. Nous nous sommes réveillés aussi énervés que si nous n'avions pas dormi de la nuit. Au premier rayon du jour sur les chevrons, j'ai sauté hors du lit, je me suis assis en tailleur sur le sol de pierre, les poignets touchant les genoux, et j'ai entonné le récitatif du nom du maître, le son primordial de l'univers. Aum, auum, auuum.

Presque aussitôt les deux Arjuna se sont retrouvés dans la même position que moi pour en faire autant. Peu après, nous avions calmé nos esprits en feu, adouci les tourments de notre chair. Aum, auum, auuum.

Nous avions brûlé toute la nuit, le corps tendu comme un ressort, sans cesser de nous tortiller. Depuis quelque temps, nous restions continents en prévision de l'initiation. Notre tourment avait crû d'heure en heure, de jour en jour. Mais c'était, nous le savions, une facette de l'enseignement d'Aum : connaître l'abstinence avant l'excès, et revenir pour un temps à l'abstinence après avoir goûté à l'excès. Plus tard dans la matinée, les Éclaireurs nous ont exposé les raisons de cette pratique pour nous préparer à la soirée.

Excès et abstinence – c'était la danse de la vie, avait dit le maître. Or, un bon danseur doit toujours garder le contrôle de lui-même. La plus échevelée des danses a ses règles, ses pas, ses tempos. Jeter les membres en tous sens témoignait d'une hystérie qui n'avait rien à voir avec la danse, de même que rester allongé sans rien faire était signe d'indolence et non de méditation. La vie, dans sa beauté, obéissait à un rythme subtil. Les hommes de l'outre-monde en faisaient fi, préférant n'écouter qu'eux-mêmes, favorisant l'anarchie et l'excentricité individuelle. Aum, lui, l'avait rendu audible et en avait transmis la beauté à son peuple.

Le plaisir intense est à la fois une grâce immense et la lisière d'un précipice. Il peut tuer l'homme qui s'aventure à sa quête.

Le Sérail des Bonheurs Fugitifs consistait en quatre grandes salles hexagonales distribuées dans l'espace comme les pétales d'une fleur dont la tige sinueuse était le chemin qui y menait. Aum en personne, à ce qu'on disait, en avait dessiné les plans. La beauté éphémère de la fleur, son renouveau perpétuel. Nous étions douze, dont trois novices blottis parmi les grands, livides d'impatience et d'inquiétude. Jusqu'alors les vétérans avaient canalisé nos peurs par leurs conseils et leurs encouragements, mais à présent, ils se taisaient, concentrés sur ce qui allait se passer.

Un gros marteau de bois en forme de goutte pendait à la porte d'entrée. Au premier coup frappé, le lourd battant s'est ouvert. Aujourd'hui encore, mes souvenirs des premières heures à l'intérieur de cette maison restent noyés dans une brume d'hébétude.

Il y avait des portes. Des divans, des chaises, des lits. Des lanternes en bois. Il y avait des ombres, mouvantes ou immobiles. L'air était saturé de senteurs enivrantes, des bâtonnets d'encens fumaient, des buées parfumées s'échappaient de pots en terre. Il y avait enfin des madones, une multitude étourdissante de madones, bougeant avec les ombres.

Je regardais sans voir, les jambes coupées et pris de vertige. Des vaguelettes de sons atteignaient mes oreilles. C'étaient des voix douces telles que je n'en avais plus entendu depuis le Berceau.

En un clin d'œil, les aînés se sont retrouvés enlacés à des femmes comme autant de lianes à des chênes bleutés. Autour de moi, mains, jambes, doigts, bouches, tout se mouvait. Certaines gorges n'émettaient plus que des sons monosyllabiques. Arjuna le conquérant et moi étions les seuls à rester debout au milieu de la pièce, nous dévissant le cou et nous faisant le plus petits possible. Dans un coin, notre camarade Arjuna aux bras de singe était très sérieusement occupé à se transformer en liane, comme les grands.

Quelques minutes s'étaient écoulées et j'avais déjà l'impression d'être égaré dans un banquet auquel tout le monde avait été invité sauf moi. Bientôt, lianes et chênes ont disparu par différentes portes, certaines lianes enroulées, à mon étonnement, autour de deux troncs à la fois. J'ai tourné les yeux vers l'entrée en me demandant si je ne devais pas sortir pour me rafraîchir les idées et revenir avec une détermination nouvelle. Sentant un mouvement derrière moi, je me suis retourné à temps pour voir Arjuna le conquérant happé et se changer en liane invertébrée, lui aussi. J'avais la même sensation que le maudit matin, des années auparavant, où j'étais resté caché sans bouger dans la forêt, paralysé de peur, à côté de Bhima qui courait à sa perte.

J'ai entendu alors une ombre debout près du mur qui disait :

— Plus ils sont lents à démarrer, plus ils deviennent obsédés par la suite.

Une deuxième ombre, au même endroit, sous l'arc de lumière émis par une lanterne suspendue aux chevrons, a répondu d'une voix traînante :

— Aum disait : « Quand un homme a faim depuis trop longtemps, il hésite toujours avant la première bouchée. »

Je ne voyais rien, je tremblais. L'autre a repris :

— Aum disait aussi : « Grand est le mérite de celle qui nourrit l'affamé. »

— Le moment est-il venu pour nous de gagner du mérite ? a répliqué la deuxième.

Tandis que je pénétrais dans l'espace obscur des deux voix, des mains se sont emparées de mon corps. Presque aussitôt s'en est suivie une explosion de sensations. Les deux ombres étaient des magiciennes du don. Leur générosité emplissait ma chair d'une tension si grande que j'aspirais désespérément à m'en libérer. Tous les sons avaient disparu à l'exception de ceux que je produisais. Les yeux fermés, je feulais comme un chacal de la nuit. Ce n'étaient plus deux bouches, quatre mains, vingt doigts qui jouaient sur mon corps, mais une multitude, me semblait-il. J'étais un météore en flammes, avide de m'arracher à ma peau douloureuse, au comble de l'impatience. Soudain j'ai explosé en cascade de lumière blanche, puis plus rien.

Le voyage, cependant, était loin d'être terminé. Dans le glissement d'une peau liquide contre la mienne, quarante mains, deux cents doigts, vingt bouches m'ont embrasé de nouveau jusqu'à dissolution. De nouveau j'ai été une cascade de lumière blanche, puis plus rien.

Il en est allé ainsi toute la nuit. Autour de moi, mes frères hurlaient comme des fauves tandis que les ombres à peau soyeuse, magiciennes du don le plus précieux, passaient de l'un à l'autre. Au bout de longues heures, parvenu en un lieu si tranquille qu'aucune méditation n'aurait pu m'y conduire, je me suis fondu en Aum. Tous les pétales de la maison en forme de fleur étaient à présent immobiles. Même l'odeur musquée du plaisir stagnait dans l'air alourdi.

Le soleil était au zénith quand nous avons regagné la Caserne par le chemin sinueux, les champs à notre flanc gauche, la forêt à droite, dans un silence total après un bref échange avec l'un des aînés. Il nous avait demandé :

— Heureux ?

Nous avions répondu d'un hochement de tête.

— Bien, avait-il conclu. Il y aura toujours une autre fois. Mais dès que c'est terminé, oubliez tout. Ne devenez pas des rêveurs.

Dans l'ombre des arbres, des papillons bleu et jaune voletaient, le sous-bois bourdonnait d'insectes diurnes. De l'autre côté, le jeune blé verdissait dans les champs. Je me retenais d'exulter. Il était facile de sombrer dans l'idiotie. Quelques moments de plaisir, de bien-être, puis des nuages de pluie traversant le ciel, un vol d'oiseaux migrateurs, le vert des nouvelles pousses ; à la moindre, à la plus éphémère des évocations, l'imagination s'emballait.

Les Éclaireurs nous avaient appris qu'il en était ainsi dans l'outre-monde. La plupart des hommes étaient des rêveurs au petit pied que leur détermination et leur pureté lâchaient à la première occasion. Leur esprit tenait de la sauterelle, bondissant d'une distraction à l'autre. Aum, luminaire de sagesse, en avait donné une analyse parfaitement adéquate. C'étaient essentiellement trois aspects de l'avidité qui les menaient à leur perte : avidité pour le matériel, pour le sensuel et pour la suprématie. La démarche sous-jacente était, dans chaque cas, la conquête de l'autre.

Dans le monde né de la vision d'Aum et voulu par lui, la première et la plus importante des conquêtes était celle de soi-même, en toutes circonstances.

Je me métamorphosais chaque week-end en météore embrasé par le plaisir sans pour autant faiblir dans ma résolution. Même au cœur de l'action, en entendant les cris que nous poussions – plus particulièrement ceux de mes camarades – la nécessité de devoir toujours maintenir la domination de l'esprit sur le corps ne quittait pas ma conscience. Je comprenais ce que le maître avait compris. Le corps a ses besoins et ses joies, légitimes les uns comme les autres. Il importe de les satisfaire en brûlant l'énergie dont ils sont chargés. L'esprit ne doit pas pour autant être altéré, ni sa détermination diminuée par la sensitivité qu'engendre le corps.

Nous savions que, dans l'outre-monde, les hommes se laissaient distraire par des fantasmes irrationnels. Ils sacrifiaient de hautes vérités et de non moins hautes morales à l'autel d'une sentimentalité excessive qui les rendait vulnérables à toutes les illusions. Leur histoire était jonchée de victimes sanglantes. Vivre pur, libre d'attachement, aligné sur des principes plus élevés que la satisfaction de besoins pitoyables, tel était l'idéal que nous poursuivions tous, même et surtout au Sérail des Bonheurs Fugitifs.

Chaque fois qu'un garçon se sentait trop proche d'une ombre particulière qui lui apportait plus de plaisir que les autres, il se concentrait et consacrait toute son énergie à se dégager de cette situation. La meilleure façon de procéder, avait-on découvert à la Caserne, était de s'ouvrir aux autres de la crise que l'on vivait. Dès que l'attachement était nommé, décrit, discuté, exposé à la dérision et au ridicule, sa puissance diminuait et il était peu à peu ramené aux dimensions du simple plaisir fugitif.

Cette cautérisation des engouements faisait partie de la routine hebdomadaire. Deux heures étaient réservées chaque dimanche soir à la relation de nos attirances afin de les dompter et de nous en débarrasser.

Il était facile de céder à l'attachement. J'avais pressenti son pouvoir d'attraction dès le premier week-end. Une partie de moi aurait voulu se lier à mes deux ombres, les deux magiciennes du don dotées de mains et de bouches sans nombre. Toutes deux avaient une chevelure noire qui leur descendait à la taille. Les yeux de l'une avaient la couleur des eaux de la Jhinjheri, les yeux de l'autre, le ton de la terre chaude des champs.

Étendu entre elles, je tournais la tête de droite et de gauche, j'emplissais ma bouche de leur chair offerte. La caresse de leurs doigts éveillait en certaines zones de mon corps des sensations inédites. Pour la première fois depuis la Maternité, je sentais le souffle d'une femme sur ma peau, plus grisant que le meilleur Ferment.

À ce moment, en dépit des avertissements de mes frères, une tendresse naissante s'est fait jour en moi, me poussant à dire des mots suaves, à presser des mains douces, à plonger mes regards dans des yeux caressants. Je savais combien ce sentiment était dangereux. Je luttais pour me contrôler, conscient de la honte qui m'envahirait à l'heure de confesser devant mes frères que j'avais trébuché dès le premier pas.

L'attente jusqu'au samedi m'a paru interminable. En classe, aux champs, à l'atelier, je devais sans cesse me maîtriser pour retrouver mon calme dans la concentration. À chaque instant, les ombres aux chevelures noires, aux yeux bleus, aux yeux bruns, aux mains douces et aux bouches plus douces encore m'apparaissaient, attendant que je les rejoigne. Durant les séances de méditation, il me fallait un certain temps pour les repousser complètement et apaiser mon mental.

J'en ai parlé, comme il se devait, à mes frères. Ils ont compris ma confusion et m'ont assuré que les choses s'arrangeraient au bout de quelques week-ends, quand je serais passé par les bras de plusieurs autres ombres. Les premières explosions du corps, disaient-ils, engendraient les manifestations de sentimentalité les plus violentes. C'était pourquoi, dans l'outre-monde, les hommes et les femmes succombaient de bonne heure aux périls d'une stupidité dont ils ne guérissaient jamais. Ce qu'ils paraient des couleurs vertueuses de la constance, de l'amour et de la dévotion n'était qu'une illusion créée par le corps. Elle s'épuisait immanquablement, non sans avoir semé le chaos partout autour d'elle.

Aum avait parfaitement compris la nature du mental, du cœur, du corps. Il savait que chacun de ces trois éléments avait le pouvoir de subvertir le soi véritable. Et de faire de nous des êtres inférieurs à nous-mêmes.

Quoi qu'il en soit, au Sérail des Bonheurs Fugitifs le samedi suivant, je me suis vu cherchant des yeux mes deux ombres favorites. Sitôt que je les ai aperçues, je me suis senti attiré vers elles. Elles semblaient plus âgées que la plupart des autres. Pour la femme aux yeux bleus, le jour était sans doute proche où elle intégrerait la Maternité en tant que membre permanent, le visage masqué par l'effigie. L'espace d'un instant, j'ai cru, à une lueur dans son regard, qu'elle partageait mon désir et souhaitait se retrouver avec moi. Je me suis forcé à détourner les yeux et j'ai gagné la pièce suivante où bon nombre de mes frères avaient déjà enlacé leur partenaire du moment, parfois plusieurs à la fois. Ici et là, à l'inverse, ils s'affairaient à deux ou trois autour d'une ombre.

Avisant une jeune madone assise dans un coin, je l'ai abordée sans retenue des mains et de la bouche. Ce premier contact avec les limites de la jeunesse m'a servi de leçon : elle ne manquait ni d'expérience ni d'ardeur, mais elle était un peu rude et peu réceptive au plaisir.

Durant les mois suivants, toutes ces préoccupations sont devenues insignifiantes. J'ai fini, comme mes frères, par étreindre n'importe quel tronc de chêne. J'ai découvert que la forme, la taille, le volume de chacun pouvaient bien différer, tous étaient faits de la même matière, fondamentalement destinés au même usage. Le fait d'ignorer chaque fois quelle madone devait m'échouer ajoutait même une touche d'excitation et de plaisir à l'attente.

J'ai omis de préciser un point important : les madones du Sérail n'étaient pas comme nous, elles ne portaient pas l'effigie. Aum, le sans-limites, le tout-connaissant, avait compris qu'il était impossible de nous sevrer des séductions et des manifestations sentimentales du corps sans nous exposer au défi de leur multiplicité. Le temps aidant, n'importe qui peut devenir imperméable à l'attrait d'un visage unique. Le triomphe de l'homme pur venait de son indifférence aux charmes singuliers de milliers d'entre eux.

Les filles les plus belles étaient sélectionnées dès l'âge tendre pour être éduquées à devenir madones. La novice entrée la dernière au Sérail avait quinze ans. Le poil n'avait pas encore remplacé le duvet sur ses membres et son squelette n'avait pas fini de s'étoffer, mais, instruite minutieusement des rites du plaisir, elle avait une profonde connaissance de la sensualité et du corps de l'homme. Elle était capable de faire crier d'extase ses partenaires, qu'ils soient un ou plusieurs, la nuit durant. Aum avait souhaité que toutes les madones soient des virtuoses afin que nous nous mesurions à l'aune du plaisir le plus grand.

Il ne s'agissait pas uniquement pour elles d'apprendre ce que le physique devait et pouvait faire, mais aussi et surtout ce que l'esprit devait comprendre. Comme nous, les femmes étaient engagées sur le chemin de la liberté. Dans l'outre-monde, disait Aum, les hommes les forçaient depuis des millénaires à faire de leur corps un temple réservé. En le déclarant sacré, ils bridaient tous ses besoins, toutes ses énergies, toutes ses chances. Or ce n'était pas le corps, mais la puissance intérieure de la femme qui était divine. En donnant libre cours au fleuve de ses sens, elle s'affranchissait d'eux. Ils ne représentaient rien de plus qu'un besoin à satisfaire régulièrement, au même titre que la soif, la faim et le sommeil. N'étant plus définie par son corps, elle pouvait laisser sa véritable force – cette énergie primordiale que seules les femmes possèdent – prendre toute sa place dans un monde qu'elle illuminait en lui donnant son relief.

Alaiya en était un exemple.

Que les choses soient donc claires : au Sérail des Bonheurs Fugitifs, nous n'étions pas les seuls, les femmes aussi franchissaient les barrières que le soi inférieur entendait imposer. À travers la danse frénétique de nos membres et nos cris infernaux, nous poursuivions les uns et les autres un idéal établi pour nous par le maître.

Pour une raison que j'ignore, il n'en a pas été ainsi de l'Arjuna au menton de conquérant. Contrairement aux apparences, il s'est révélé terriblement fragile. En premier lieu, il souffrait beaucoup de devoir porter l'effigie. On le voyait sans cesse la tâter, en longer les contours à doigts hésitants. Il portait les yeux sur tout ce qui pouvait lui renvoyer son image, tournait la tête dans un sens et dans l'autre pour capter son reflet sous des angles différents. C'était lamentable.

Une nuit, éveillé brusquement, je l'ai trouvé assis sur le bord de son lit, la tête entre ses mains crispées, sanglotant. J'étais consterné. De toutes ces années, l'imbécile n'avait rien appris. Si les autres se réveillaient, la nuit se muerait en un cauchemar de honte collective. Je l'ai interpellé à voix basse, puis j'ai sifflé entre mes dents pour le faire cesser. J'ai obtenu l'effet inverse : il est reparti de plus belle, le corps secoué de sanglots. Alors je me suis levé et je l'ai giflé – si fort qu'il est tombé par terre.

Des grommellements se sont élevés dans l'obscurité. La peur m'a effleuré. Il était imposant, plus grand que la moyenne d'entre nous, avec une forte carrure. Mais au lieu de bondir sur moi et de riposter par des coups, il s'est roulé en boule et s'est mis à pleurer. La nausée me guettait. Rien ! Il n'avait absolument rien appris ! Toute la sagesse d'Aum avait glissé sur lui comme le vent sous les plumes d'un oiseau !

C'étaient les impotents de son espèce qui menaçaient la vision du maître. Je lui ai décoché un coup de pied qui l'a atteint entre les fesses. Il s'est retourné dans un grognement sourd et s'est tenu coi.

Le lendemain matin, je l'ai acculé dans les bois après la méditation. Il boitait légèrement et cherchait à éviter mon regard. Quel couard, quand un seul de ses coups aurait pu me briser les os ! J'ai compris à ce moment – jamais rien ne m'a donné tort par la suite – que la force n'avait pas grand-chose à voir avec la taille. Je l'ai sommé de m'expliquer sa conduite sordide.

Ramassé sur lui-même, les doigts tripotant nerveusement son nez et sa bouche, il m'a répondu qu'il était malheureux. Il n'aimait pas l'effigie. Il voulait retrouver son visage original. J'ai failli le frapper de nouveau.

— Mais c'est ton visage ! Il n'en existe pas d'autre ! Tu es malheureux parce que tu n'as rien compris, tu n'as pas compris pourquoi on t'a offert ces beaux traits ! Tu es comme les hommes de l'outre-monde, empêtré dans ta suffisance ! Dans la vanité du visage personnel ! Tu te couvres de honte, et tu couvres tous tes frères de honte avec toi !

L'idiot s'est mis à pleurer. Je l'ai frappé à coups de pied à trois reprises. Effrayés par ses jappements, les bulbuls à tête noire se sont envolés des arbres voisins.

La perte de ses traits le tourmentait si fort que même sa conduite au Sérail laissait à désirer. Il a commencé par bouder, cherchant à retenir ses pulsions. Les ombres, cependant, étaient capables de s'imposer aux plus réticents et de les embraser. Alors il s'arrangeait chaque fois pour avoir fini en quelques minutes et rentrait aussitôt dans sa coquille. Tandis que nous prenions notre plaisir sans réserve, je le voyais, immobile, sa grande silhouette avachie sur une chaise.

Par la suite, son attitude a changé et il s'est engagé sur la voie absurde de la sentimentalité. C'était encore pire. Chaque samedi, au Sérail, il tentait de nouer une relation personnelle. Debout dans un coin, il entreprenait une des ombres pour amorcer la conversation avec elle. Si elle s'esquivait, il cherchait à en coincer une autre. J'ai tenté plusieurs fois de lui parler tout en le bourrant de coups de pied ; il s'est avéré manquer totalement de sens critique envers lui-même. Il était incorrigible.

Plusieurs mois se sont écoulés. Tout le monde se rendait compte peu à peu qu'il passait tout son temps avec la même fille. Elle était très jeune, ses cheveux noirs à reflets roux tombaient sur ses épaules, un sourire timide découvrait ses dents mal alignées. Elle semblait n'avoir pas encore été mise à procréer et lorsque j'ai questionné mes aînés, dont certains avaient pris à plusieurs reprises leur plaisir avec elle, ils m'ont confirmé que son ventre n'avait jamais été distendu par la grossesse.

Chaque samedi soir, dès l'instant où il avait franchi le seuil, il s'isolait avec elle dans un coin du Sérail. Pendant que nous allions, enroulés, déroulés, d'un chêne à l'autre, ils se tenaient les mains en frottant leurs visages joue contre joue. Ils avaient même leur propre façon d'accomplir l'acte : intensément, sans crier, dans un bourdonnement. Et ils se parlaient. On voyait remuer leurs lèvres, sans pouvoir saisir ce qu'ils se disaient et encore moins l'imaginer.

Il devenait chaque jour un peu plus idiot. Au Berceau, puis au Foyer où il avait été mon camarade, rien n'avait laissé prévoir cette débilité. En fait, les Éclaireurs l'appréciaient beaucoup. Certains l'appelaient l'intellectuel, l'apprenti Éclaireur. D'autres, le voyant s'étoffer, disaient qu'il irait encore plus loin, qu'il deviendrait une sentinelle de première ligne, un grand Wafadar, protecteur de la foi.

Je l'admirais, alors. Il était le premier de nous à avoir maîtrisé les neuf livres d'Aum le sans-pareil et à pouvoir en discuter avec les Éclaireurs. Il nous avait si bien précédés dans la connaissance qu'on le laissait parfois assurer le catéchisme. J'étais fier d'être son ami. J'aurais voulu être pour lui ce qu'Ali avait été pour Aum. Rester auprès de lui, le chérir, veiller sur lui.

À présent, je me rappelais le premier signe, deux ans plus tôt, que quelque chose n'allait pas, que son naufrage mental était imminent. C'était un samedi soir, alors que tous nos frères aînés étaient au Sérail et que nous marchions à travers bois le long de la Jhinjheri. Il m'avait dit sans me regarder :

— Je me demande parfois comment est la vie, là-bas, dans l'outre-monde. Ça ne te plairait pas, toi, d'aller y voir un jour ?

Je lui avais répondu qu'il irait sûrement, s'il devenait un Wafadar.

— Non, pas en tant que Wafadar. Juste comme ça, avait-il conclu.

J'étais décontenancé. Ce désir ne m'avait jamais effleuré.

Le soir, au lit, je lui avais demandé dans un murmure :

— Comment ça t'est venu ?

— C'est juste une question que je me posais.

— Tu sais ce qu'a dit Aum. Il suffit de quelques gouttes d'huile pour troubler l'eau, et une fois les deux éléments mélangés, on ne peut plus les séparer.

Il s'était tu longtemps, mais au moment où j'allais m'endormir, il avait repris :

— Et si tu te moques qu'un peu d'huile soit mélangée à ton eau ?

— Alors tu n'es plus impeccable, avais-je sifflé entre mes dents. Tu n'appartiens plus à la communauté des purs. Tu n'es plus de l'eau limpide, mais un mélange d'huile et d'eau. Tu mérites d'être exclu.

Le lendemain matin, j'avais senti qu'il m'évitait. N'ayant pas oublié ses paroles, j'avais pourtant trouvé le moyen de l'acculer. Il m'appelait toujours Karna-bharna, « qui récolte ce qu'il fait ». Ça ne me gênait pas.

— Karna-bharna, m'avait-il dit, je ne fais que réfléchir, et c'est exactement ce qu'Aum nous a demandé de faire !

— Tu ne réfléchis pas, tu rêvasses. Et c'est exactement ce qu'Aum dit qu'il ne faut jamais faire ! C'est ce que font les hommes de dehors – ils rêvassent, ils se vautrent dans la vie et ce faisant ils détruisent tout ce qu'ils touchent ! Chacun là-bas creuse son propre petit trou de réflexion pour n'en retirer que des vers de terre ! Le monde entier est défiguré par leurs cratères sans qu'ils aient jamais découvert l'or de la sagesse ! Tu sais que le maître unique et véritable a creusé profond pour nous tous, plus profond que personne ne le pourra jamais, et qu'il a mis au jour la mine de la sagesse infinie. Il ne nous reste plus qu'à suivre ce filon. Creuser, oui, mais seulement dans ses pas !

Mes propres paroles m'avaient exalté. Je m'étais bien exprimé. Je ne faisais qu'un avec la beauté et la gloire d'Aum. Je me sentais digne de l'être sans égal.

Arjuna, quant à lui, s'enlisait dans un marécage d'ignorance.

— Mais le monde offre tant d'aspects différents : arbres, oiseaux, plantes, animaux. Pourquoi devrait-il y avoir une seule mine de sagesse ?

Mon sang n'avait fait qu'un tour.

— Peut-être ! Mais est-ce que le bois de tous les arbres est solide ? Peux-tu goûter à toutes les plantes sans risquer d'en pâtir ? Tous les oiseaux volent-ils à la même altitude ? Il existe une seule grande mine de vérité et de sagesse, et le maître l'a trouvée pour nous ! On ne découvre qu'une fois le soleil, la lune, la gravitation, on en admet la vérité et on va de l'avant. Seuls les imbéciles persistent à chercher ce qui a déjà été trouvé.

Comme il regardait ailleurs, j'avais pris son menton de conquérant entre mes doigts et tourné brutalement son visage face au mien. Je savais, deux ans avant l'effigie et le Sérail, qu'il avait commencé à glisser sur une pente savonneuse.

— La vérité a déjà été découverte pour nous. Il nous suffit de nous y conformer et de la célébrer. Il est vain de s'évertuer toute notre vie à chercher ce qui nous crève les yeux.

Dégradation

Le marcheur qui, en route depuis le lever du soleil, longeait d'un pas vif le cours de l'Amrita d'un bout à l'autre de notre Vallée atteignait sa destination le lendemain matin de bonne heure. Aux confins de notre territoire, là où commençait son parcours, la rivière divine s'arrachait à la muraille de roche friable et se précipitait dans un tonnerre d'écume au fond d'un lit de pierres. L'homme qui se serait tenu sous la chute aurait eu le crâne et tous les os broyés en quelques secondes. À l'issue de son parcours, l'Amrita disparaissait sous terre dans un rugissement assourdissant, juste au-dessous du col de Toute-Espérance gardé nuit et jour par les Wafadar inégalables. Tomber dans la rivière à cet endroit, c'était s'abîmer aussitôt aux enfers pour n'en plus jamais ressortir.

Il circulait plusieurs histoires d'hommes qui, s'étant aventurés sur notre territoire, avaient été ainsi expédiés par nos valeureuses sentinelles. Dans l'outre-monde, disait-on, la seule mention de la crevasse ruisselante de la montagne déclenchait l'effroi car nul n'était jamais revenu, mort ou vif, de son étreinte liquide.

À l'époque d'Aum il avait été décidé que l'Amrita

marquerait la frontière entre le Royaume de l'Instruction et le Royaume de l'Action. Le maître, conscient de tout et sachant que la liberté absolue se fondait sur la discipline absolue, nous avait légué des règles subtiles. Les résidents du territoire des adultes pouvaient à bon droit pénétrer de notre côté, mais il nous était formellement interdit d'en faire autant dans l'autre sens. De même qu'un arbre ne peut fructifier sans avoir d'abord grandi, un garçon ne peut se prétendre un homme avant l'heure. Aum avait situé ce moment à partir de dix-huit ans, ce qui ne signifiait pas que nous passions tous sur l'autre berge à cet âge. Nous devions être prêts, il nous fallait mûrir, comme un fruit. Pour nombre d'entre nous, le processus prenait du temps. Certains de nos frères, à la Caserne, avaient largement dépassé vingt ans. Les Éclaireurs déployaient tous leurs efforts pour les aider. Comme on peut s'y attendre, quelques garçons ne traversaient jamais. Il est des arbres qui ne donnent jamais de fleurs. Ce n'est pas pour autant qu'ils ne sont bons à rien. Ces frères-là étaient affectés au fonctionnement de notre royaume. Ils participaient à l'entretien du Berceau, du Foyer et de la Caserne, travaillaient aux cuisines ou dans les bois, aux champs ou dans les ateliers, en tant qu'apprentis.

Grâce au parfait anonymat procuré par le visage unique de l'effigie, fruit de la vision d'Aum, personne ne subissait l'humiliation liée à l'inadéquation ou au rejet.

À dix-huit ans, je fus le seul des garçons de mon âge à être sélectionné pour traverser l'Amrita. Je devais me présenter devant un jury de cinq Éclaireurs sous le Bodhi au premier rayon du soleil – moment sacré entre tous où Aum avait dévoilé la terre promise à ses compagnons.

Je n'étais pas anxieux. Chaque jour depuis le Foyer, j'avais déployé tous mes efforts pour être digne de mon peuple. Réduit en présence de mes gourous à une oreille gigantesque, j'avais ruminé chaque parole de mes précepteurs, des neuf livres d'Aum, des récits d'Alaiya et des histoires d'Ali, chaque injonction et chaque exhortation du maître intemporel.

J'avais atteint dans la méditation un niveau de quasi-perfection rare. J'étais capable en un clin d'œil d'apaiser chaque cellule de mon corps, de vider mon mental et d'en faire un désert, d'arrêter les battements de mon cœur et de pénétrer une zone de calme absolu, par-delà l'opposition entre la vie et la mort. En de tels instants, le feu ne pouvait me calciner, ni la neige m'engourdir.

Quant à mon corps, dont la taille n'avait pourtant rien de remarquable, je l'avais poussé sans relâche, au point qu'aucun autre ne le surpassait. J'avais compris que tout comme le mental, le physique pouvait dépasser de loin les limites qu'on lui attribuait et je ne m'arrêtais jamais. Après les séances d'entraînement, quand les autres étaient rentrés à la Caserne, je continuais des heures durant à courir, escalader, boxer, nager, m'exercer, manier l'épée et la lance, réviser toutes les figures de défense et d'attaque.

Durant les moments accordés à la détente, je ne me contentais pas d'entretenir ma forme. Je m'évertuais aussi à aiguiser mes sens afin qu'ils égalent ceux d'un prédateur sauvage. Je marchais dans les bois à vive allure, un bandeau sur les yeux et les coudes au corps, pour apprendre à me diriger à l'aveugle, m'exposant à des blessures quand je manquais mon pas. Des mois durant, je m'étais infligé contusions et éraflures sans songer à renoncer et, peu à peu, un troisième œil s'était ouvert derrière mon front. J'avais commencé à sentir obscurément la substance physique du monde qui m'entourait, les arbres, les taillis, les irrégularités du sol. Marchant dans l'obscurité complète derrière mon bandeau, je m'avisais soudain de la présence devant moi d'un obstacle à éviter et je le contournais.

Les rigueurs de mon entraînement dans les bois avaient fini par éveiller en moi des qualités animales encore plus enviables. Au troisième œil avaient succédé une troisième oreille, puis une quatrième. Je percevais à une trentaine de mètres un craquement de brindille et le bruissement d'une feuille. La patte infiniment légère du félin, si discrète qu'on la voit sans même l'entendre, était audible pour moi. La nuit, dans mon lit, je savais ce que faisait chacun de mes camarades de dortoir. Parfois, de désespoir, je m'enfonçais les coins du drap dans les oreilles pour me soustraire à ces bruits.

Développer l'acuité des sens n'était pas au programme de la Caserne. C'était l'apanage des Wafadar, mais j'avais toujours rêvé d'accéder à leur territoire et il n'était jamais trop tôt pour s'y préparer. Au moment de me présenter devant le jury qui siégeait sous le Bodhi, j'étais certain de n'avoir rien laissé au hasard.

J'étais le premier à monter sur la plateforme où je m'imprégnais de savoir et de sagesse depuis mon plus jeune âge. Avant que le premier ongle de soleil jaillisse de l'horizon, j'ai reconnu, parmi les crissements et les pépiements d'oiseaux et d'insectes, le pas feutré des Éclaireurs. Ils se sont assis dans le plus grand silence sur les cinq rochers disposés en demi-cercle. L'heure était à la solennité. Aucune étape de la vie n'était plus importante que ce passage vers le Royaume de l'Action.

Je me suis assis par terre jambes croisées, les chevilles sur les cuisses, nu à l'exception d'un pagne court autour des reins. Pour m'être jadis recroquevillé de froid dans les mêmes circonstances, je savais que la brise du petit matin était glaciale. À présent, je ne la sentais même pas. Je pouvais la neutraliser à l'aide d'une des deux armes que je possédais : mon corps ou mon mental. J'avais choisi le corps, préférant garder mon mental concentré sur l'examen que je m'apprêtais à passer. Les Éclaireurs avaient revêtu leur pantalon étroit, une tunique à double épaisseur et chaussé leurs pieds de sandales en daim. Chacun d'eux portait pour la circonstance une petite toque à oreilles sur la tête.

Nous attendions en silence. Lorsque la lumière du premier rayon a émergé dans le ciel, l'un d'eux a demandé :

— Quelle est la source de toute lumière ?

— La vérité, ai-je répondu.

— Quelle est la source de toute vérité ?

— C'est Aum.

Une autre voix s'est levée :

— Qu'est-ce qu'Aum ?

— Aum est la vérité qui réside en moi.

— Et toi, qu'es-tu ?

— Je suis un soldat de la vérité.

— Pourquoi la vérité a-t-elle besoin de soldats ?

— Même les dieux ont besoin de prophètes.

— Les prophètes ne prennent pas les armes.

— Les vrais prophètes le font. C'est le seul moyen.

— Le seul moyen de quoi ?

— Le seul moyen de lutter contre les forces de l'illusion. Le grand combat nécessite des soldats, pas seulement des mots.

— Que sais-tu des forces de l'illusion ?

— Les forces de l'illusion se multiplient chaque jour dans l'outre-monde. Leur étendard proclame : « moi, moi-même, mien ». Leur livre saint est un chant à la gloire de l'avidité et de la possession. Leur vision est dangereuse et impure. Ils sont le contraire de tout ce qui est dieu.

— Et dieu, qu'est-ce ?

— Dieu est le don, la grâce, le courage, la non-possession. Dieu est le partage, l'égalité. Dieu est l'être pur, la vérité. Dieu est Aum.

— Si dieu est Aum et Aum la vérité qui réside en toi, es-tu dieu, toi aussi ? Es-tu Aum ?

— Non ! Aum est l'océan, l'air, la terre. Je renferme une parcelle d'Aum, mais je ne suis pas Aum. Aucun d'entre nous ne peut un seul instant être Aum. Aum est et ne peut être qu'Aum : la vérité dans sa complétude, le distillat de la pureté.

— Te satisfais-tu de n'être que son défenseur ?

— Je suis honoré d'être son défenseur. Cette fonction m'élève.

Et ainsi de suite durant plus de deux heures, sans une minute de pause. Avant que j'aie fini de répondre à un de mes gourous, le suivant enchaînait. Ils m'assaillaient de tous côtés, chaque fois sous un angle différent. Ils recouraient à la logique comme à la rhétorique ou à la ruse, et si je n'avais baigné aussi complètement dans la vérité d'Aum, j'aurais bien pu trébucher. C'était arrivé à nombre de mes frères ; brusquement, un mirage de doute s'était dressé devant eux pour leur faire perdre l'équilibre. C'était précisément l'objet de cette épreuve. Une sauterelle de doute, une seule, même la plus petite, pouvait rapidement donner naissance à des nuées qui, en un clin d'œil, déchiraient en lambeaux l'esprit du croyant. Il n'y avait de pire ennemi pour le pur que la sauterelle du doute.

Comment embarquer pour le Royaume de l'Action sans en avoir terminé avec le Royaume de l'Instruction ?

La lumière montait derrière moi, dévorant peu à peu le cercle d'obscurité dessiné par le Bodhi. Face à moi, les cinq Éclaireurs présentaient un visage unique, chaque œil absorbé dans l'immobilité.

L'interrogatoire ne portait pas seulement sur la vérité, la pureté et dieu, mais sur la connaissance des neuf livres d'Aum, de leur trésor d'histoires sur le monde, des récits d'Ali et d'Alaiya, de leurs évocations du maître et de la grande marche. On m'a questionné sur le Berceau, le Foyer, la Caserne et le Sérail des Bonheurs Fugitifs. Sur notre Vallée, sur mes frères, sur Arjuna au menton de conquérant et sur le gros Bhima qui aimait chanter. Les gourous ne suivaient aucun plan établi, toute flèche attendue pouvait rester au carquois. Pour finir, ils m'ont interrogé sur les Wafadar. Il était nécessaire d'être un Wafadar en esprit bien avant d'en devenir un concrètement.

Le soleil avait séché la rosée sur l'herbe lorsque le jury m'a donné congé. J'ai quitté les lieux, confiant sans être sûr de rien. Des frères exemplaires avaient échoué. Les meilleurs d'entre nous manquent parfois à distinguer les failles dans leur armure, faute de cultiver une vision microscopique, seule capable de déceler le germe du doute.

On me l'a confirmé quelques jours plus tard : je faisais indubitablement partie des purs.

Mes adieux à mes frères de caserne furent empreints d'une chaleureuse affection dénuée de sensiblerie. La sentimentalité, nous avait dit le maître, était un défaut grave pour tous, mais plus encore pour un soldat et un saint homme. Dans l'outre-monde, les humains tombaient perpétuellement malades d'excès de sentiment. Envers leurs enfants, leurs parents, leur conjoint, leurs amants et maîtresses, leurs amis et même, chez certains, de façon diffuse et geignarde, envers l'ensemble des êtres vivants, plantes, animaux, tout.

L'outre-monde, nous avait-on appris, était un repaire de faux maîtres qui encourageaient cette forme d'imbécillité chez leurs ouailles. Ils engendraient ainsi chez elles une faiblesse qui les détournait de la vérité, aidés par une culture qui exaltait la sentimentalité. Les larmes dans leurs yeux empêchaient les hommes de voir, la boule coincée dans leur gorge étouffait leur parole. C'était une stratégie d'asservissement : l'individu sentimental est facile à contrôler, à manipuler. Il est capable, au nom du sentiment, d'abandonner la voie juste sans se poser de questions.

Ma première découverte au Royaume de l'Action a été de comprendre que j'avais jusqu'alors très mal assimilé les enseignements reçus. La différence entre théorie et pratique dépasse de loin celle qui sépare la graine de l'arbre adulte. Guidé par les Éclaireurs et grâce à la fermeté de ma résolution, je m'étais, croyais-je, rendu maître des prétentions du moi, du désir de possession et du corps. Or, dès les premières semaines, je me suis retrouvé aux prises avec ces trois fléaux.

Au lieu de me voir accueilli dans le camp des Wafadar pour y être éduqué à devenir un joyau parmi les joyaux, j'ai été conduit par un frère trapu et taciturne dans l'arrière-cuisine d'une cantine de paysans où l'on m'a affecté à des tâches serviles. Il m'était formellement interdit de m'approcher de la nourriture ou des fourneaux. Je devais frotter et nettoyer les ustensiles, les assiettes et les verres, les cuillères, les louches, toute la journée. Jamais, en dix-huit ans de vie au Berceau, au Foyer ou à la Caserne, on ne m'avait demandé ce genre de choses. Je manquais des compétences les plus sommaires en ce domaine.

Levé bien avant l'aube, je devais aller chercher de l'eau à la Jhinjheri – deux seaux suspendus à une palanche – pour remplir à ras bord le bac en bois de l'arrière-cour. Si je ne l'avais pas encore faite, la vaisselle amoncelée du dîner de la veille m'attendait. Je pouvais choisir de rester le soir pour m'en acquitter avant que la graisse et la sauce figent, ou d'aller me coucher sans attendre, quitte à trouver au matin la tâche plus pénible. Dans les deux cas, tout devait être nettoyé, essuyé et rangé sur les étagères avant l'arrivée des cuisiniers.

Je travaillais par terre, accroupi entre l'évier et le bac, à gestes continuels des deux bras.

Au bout de quelques semaines, je me suis aperçu que mon irritation et ma fatigue croissantes trahissaient sans équivoque le caractère inabouti de mon éducation. Je me dégoûtais de plus en plus. J'étais à mille lieues de vivre selon les principes altruistes d'Aum. Se dépasser physiquement et mentalement au nom d'un idéal élevé était une chose ; maîtriser le corps et l'esprit dans l'accomplissement d'une tâche des plus prosaïques en était une autre ; je commençais à entrevoir la faille gigantesque qui séparait les deux situations.

Les cuisiniers me mettaient constamment à l'épreuve sans l'ombre d'un scrupule. Ils me renvoyaient des monceaux de vaisselle à relaver, parfois pour rien, pour des traces insignifiantes. Il me semblait souvent voir du coin de l'œil, au moment où je me levais pour m'étirer, quelqu'un éclabousser délibérément de sauce une pile d'assiettes propres. Quand elles ne se heurtaient pas à un silence minéral, mes questions déclenchaient une bordée d'injures. Aucun des hommes ne m'appelait par mon nom. Quelques-uns disaient « garçon », les autres s'adressaient à moi comme à un moins que rien.

À peine avais-je expédié les monceaux d'assiettes et de bols du petit déjeuner que les cuisiniers me criaient de nettoyer le sol. Je devais ensuite m'occuper de la lessive des tuniques et des maillots de corps crasseux du personnel. Pendant ce temps, avec la préparation du déjeuner, un nouveau lot de vaisselle sale s'accumulait. L'après-midi, la pile était si volumineuse qu'elle débordait à côté de l'évier. J'avais parfois mal aux bras avant la plonge du soir.

Les premières semaines, je fulminais intérieurement, j'aurais voulu protester, informer quelqu'un qu'une erreur sérieuse avait été commise, qu'on m'avait envoyé au mauvais endroit, qu'on devait aller trouver mes anciens Éclaireurs pour s'en assurer. Hélas, je ne savais pas à qui m'adresser ; les cuisiniers étaient revêches, quand ils ne se montraient pas insultants. Chaque fois que je cherchais à lier conversation avec eux, ils faisaient le geste de frotter et me désignaient l'évier.

Le réfectoire m'était inaccessible, j'ignorais qui y prenait ses repas, et si les commensaux y étaient plus ouverts au dialogue. Les seuls mots prononcés par le frère trapu qui m'avait amené le premier jour avaient été pour me signifier clairement que je devais rester là jusqu'à ce qu'il vienne me chercher et faire tout ce qu'on exigeait de moi à la cuisine. J'habitais, un peu à l'écart, dans une remise décrépite où était stocké du bois destiné aux fourneaux. Les empilements de lourds rondins qui bloquaient les fenêtres ne laissaient pénétrer par leurs interstices que de minces rais et d'infimes têtes d'épingle de lumière. Il y avait du bois débité partout, entassé comme du sable. Un lit gigogne longeait un des murs. Ma couchette, celle du bas, était propre, et j'y avais trouvé le premier jour un fin matelas et un édredon pliés à l'endroit des pieds. Celle du dessus était encombrée d'un assortiment d'ustensiles voisinant avec des pots emplis respectivement de sel, de sucre et de feuilles de thé. La nuit durant, à travers ma fatigue et ma détresse, j'entendais des frottements et des craquements de rongeurs et d'insectes au-dessus de ma tête. Il n'était pas rare que je les sente parcourir à petits bonds mon corps immobile.

Je me répétais continuellement que je subissais une mise à l'épreuve. Il était bien dans la manière d'Aum, dans la manière des purs, de ne jamais se considérer comme accompli, de ne jamais se reposer sur ses lauriers, de repousser les frontières du mental et du corps, de prendre encore et toujours la mesure de sa résolution. De même que l'effigie, mettant fin aux chimères de la beauté fugitive et à la comparaison angoissante des traits, créait l'égalité entre nous, l'humiliation que je subissais quotidiennement dans l'arrière-cuisine entendait cautériser mon amour-propre, crever sa baudruche, me rappeler que nous étions tous égaux et qu'un futur Wafadar devait pouvoir, en toute équanimité, s'occuper des déchets de simples paysans.

J'avais beau me répéter ces choses sans cesse, rien ne changeait en moi et les phases d'angoisse terrible avaient toujours raison des moments de sage acceptation dans le combat qu'ils se livraient. Le soir dans mon lit, les muscles douloureux, les ongles encrassés, les narines assaillies par l'odeur de moisi de la remise, mon ouïe affinée tendue vers le bruissement qui aurait trahi la présence d'un serpent ou d'un scorpion, j'étais en proie à des vagues de panique.

Étais-je victime d'une erreur ? Une personne négligente avait-elle oublié mon existence ? Perdu ma trace ? La diffusion d'informations, dans la Vallée des purs, était parcimonieuse : elle obéissait au principe de la nécessité, mis en place pour parer aux comportements mégalomaniaques des sociétés prétendument libres où tout le monde affichait une connaissance supérieure de choses qu'ils ignoraient. Se pouvait-il que le frère qui m'avait envoyé ici eût été affecté ailleurs ? Ou qu'il fût brusquement décédé, passé dans une autre vie, et que personne ne fût avisé de la présence ici, récurant les assiettes sales de l'aube jusqu'à la nuit, d'un jeune homme distingué par les Éclaireurs pour devenir Wafadar ?

J'ai envisagé à plusieurs reprises de m'évader. Ce n'aurait pas été difficile. Une zone de forêt touffue s'étendait derrière la cuisine, plantée de *deodar*, de pins, de chênes, de *surai* et de *morpankhi*. Les piquets de la clôture, taillés en pointe pour dissuader les animaux, ne dépassaient pas quatre pieds de haut. Un jeu d'enfant : deux pas de recul pour prendre mon élan et j'aurais sauté la barrière, peut-être même à pieds joints. En outre, il n'y avait pas dans ces bois de bête sauvage qui eût constitué un danger pour moi, fût-ce dans l'obscurité totale. Je n'étais pas encore un Wafadar, mais je n'étais pas non plus un garçon d'arrière-cour. D'ailleurs, même si j'avais voulu sortir par la grande porte, les cuisiniers à eux tous auraient été incapables de m'en empêcher.

Pourtant, quelque chose me disait que j'aurais commis une grave erreur. Certes, je m'inquiétais d'avoir été égaré entre deux étapes, mais la certitude persistait tout au fond de moi que j'étais soumis à un examen, à un rite de passage dont la signification véritable me serait révélée un jour. Il m'irritait néanmoins que soient mises à l'épreuve dans le même mouvement des valeurs – négation de la suprématie du soi personnel, reconnaissance de l'égalité en dignité de tout travail – que j'avais déjà intégrées profondément. Je n'avais nul besoin de récurer inlassablement de la vaisselle sale pour le confirmer. Le fauve tue pour manger, pas pour s'entraîner à tuer. Il porte l'élan impeccable dans chaque cellule de son être.

Je me suis cependant retenu, j'ai persisté dans mon labeur.

Bientôt, abandonnant toute tentative de parler aux cuisiniers, je me suis replié sur moi pour me ressourcer à d'anciennes leçons. J'ai travaillé à me concentrer jusqu'à ce que mon mental se transforme en un bel espace blanc épuré de colère, d'irritation et de lassitude. De corvée, le nettoyage des ustensiles graisseux s'est mué en acte joyeux, en purification merveilleuse du monde. Je le vivais comme une danse subtile, une chorégraphie de gestes : verser, récurer, verser, égoutter, astiquer. À chaque passage entre mes mains d'un objet, son renouveau en vue d'une nouvelle utilisation m'emplissait d'un sentiment de satisfaction et même de fierté. La rudesse des cuisiniers ne me mettait plus en rage. Je redevenais digne d'Aum, l'esprit pur et calme, la résolution intacte.

Une histoire de très haute portée se déroulait ici. Peut-être n'en connaissais-je pas tous les éléments, peut-être ne les connaîtrais-je jamais. Mais j'avais un rôle à y jouer. Je devais faire en sorte que mon personnage tienne bon. Un seul faux pas, et c'est parfois toute l'épopée qui s'écroule.

Une nuit, j'ai été réveillé par un bruit de pas. Les yeux fermés pour mieux écouter, j'ai entendu au loin, dans les bois, le bruit sec des sabots d'un sanglier et les pas feutrés de plusieurs chacals ; encore plus loin, un cerf frottait ses andouillers contre un arbre. Autour de moi, dans la remise, la sarabande des rongeurs et des insectes battait son plein et dehors, tout près, un bruissement ponctué de silences trahissait la reptation d'une couleuvre loup. À mi-distance, des pas humains s'approchaient, provenant de la cuisine. Deux hommes, l'un léger, l'autre lourd.

J'ai ouvert les yeux. Mille flèches de lune perçaient la remise par les interstices du bois. La porte s'est ouverte. Paupières mi-closes, j'ai aperçu deux hommes qui franchissaient le seuil, découpés sur la nuit bleu argent. Tandis qu'ils tentaient de percer l'obscurité de la pièce, j'ai noté que leurs effigies avaient besoin d'un coup de peinture. Je n'aurais su dire qui ils étaient. L'un était râblé, l'autre longiligne.

Mon cœur battait très fort, mais en quelques secondes, je l'ai calmé. La peur est le seul animal qui croît en se nourrissant de sa propre vie. On nous avait appris que dans l'outre-monde les dirigeants possédaient une science très élaborée de la peur grâce à laquelle ils maintenaient les hommes dans la servitude.

Aum relatait que dans son adolescence, de passage dans la ville antique des départs pour l'au-delà établie sur les rives du grand fleuve sacré, tout le monde lui avait dit qu'il devait distribuer nourriture et vêtements aux prêtres afin de s'attirer un bon karma. Quand il avait demandé qui en avait décidé ainsi, on lui avait répondu que c'étaient les prêtres en personne !

Aum disait qu'il avait quitté, le cœur meurtri, la ville où le divin coulait de source, convaincu à jamais que les hommes utilisaient la peur pour faire du sacré un commerce à leur avantage. Ils se servaient des leviers du pouvoir, de l'argent et de la divinité pour instiller le démon de la peur dans le cœur des autres. Bien des exemples montraient que l'émotion universelle dominante n'était ni l'amour, ni la haine, ni l'avidité, mais bien plutôt la peur. Et pourtant, ajoutait l'être sans égal, la peur n'était rien. Ce n'était pas une ligne tracée sur le sol, seulement dans la tête de l'homme. Tout ce qu'il avait à faire, c'était de franchir cette ligne pour être délivré à jamais des terreurs sans objet que les hommes inventaient à l'intention de leurs semblables.

Le frère râblé demanda :

— Tu es réveillé ?

Son haleine sentait le Ferment, une odeur douce-amère de pomme et de clou de girofle. Nous devions tous en boire quatre fois par semaine, deux doigts au minimum, huit au maximum et, une fois par mois, autant que notre estomac pouvait en supporter. Chacun devait connaître l'ivresse tout en gardant son détachement, nous avait enseigné Aum. J'absorbais deux doigts de Ferment, jamais plus, et cela suffisait à me satisfaire.

J'ai répondu sans bouger :

— Oui.

— Quelle différence y a-t-il entre un cuisinier et un Wafadar ?

— Une différence d'occupation.

— Quoi d'autre ?

— Rien d'autre.

— Lequel est le plus grand des deux ?

— Un cuisinier pur, habité par Aum, est plus grand qu'un Wafadar qui ne le serait pas. Mais en vérité, ils sont égaux. Chacun d'eux suit simplement sa vocation.

Pendant que nous parlions, l'homme râblé avait refermé la porte, coupant l'accès au vent froid qui labourait la pièce. Aussitôt, la clarté de la lune s'est éteinte et après le court moment nécessaire à ma vision pour qu'elle se réadapte, je me suis aperçu qu'il avait ôté sa tunique et délaçait le cordon de son pantalon.

Alors le baryton a dit :

— Tu as bien appris tes leçons, mon garçon.

— Comment sinon aurais-je pu traverser l'Amrita ? Le Royaume de l'Action ne s'ouvre qu'à celui qui s'est rendu maître du Royaume de l'Instruction.

L'autre se tenait à présent sur un pied, dégageant ses jambes de son *pajama*. Elles étaient massives comme des troncs de pin. Sa panse replète a jailli de sa chemise de corps. L'ombre entre ses jambes était longue et épaisse.

— Mais tu dois bien savoir que le gouffre entre l'instruction et l'action est beaucoup plus grand que la largeur de l'Amrita, poursuivait le baryton.

— C'est ce gouffre que j'ai entrepris de traverser.

L'homme râblé s'était assis sur le bord de ma couchette et glissait la main sous ma couette. Je lui attrapai le poignet. Il était fort, mais ma poigne était d'acier.

— On apprend aussi au Royaume de l'Action. Tu sais ce qu'Aum disait : « Chacun apporte à ses frères les fruits de son expérience et les partage équitablement avec eux sans mesquinerie ni amour-propre. »

— Comme le grand Arjuna partagea Draupadi, son épouse bien-aimée, avec ses quatre frères. Celui qui apprend de ses frères, celui qui donne tout à ses frères atteint au monde des purs et renforce leur grandeur.

— Tu n'es pas là pour apprendre à laver la vaisselle.

— Je suis là pour plus que cela.

— Chaque général doit avoir commencé soldat, chaque gourou, disciple.

J'ai lâché le poignet et, tel un serpent libéré, la main s'est posée d'un geste vif sur mon corps. J'ai fermé les yeux pour gagner l'oasis de blancheur tranquille qui existait en permanence au fond de moi. Le sanglier s'était rapproché de la clôture, les chacals s'étaient enfoncés dans la forêt. Des doigts rudes dénouaient un cordon de *pajama*.

L'homme longiligne a dit :

— C'est par le corps que commence la sagesse de l'âme. Aum nous a appris qu'il était nécessaire de laisser son corps s'embraser pour découvrir la voie juste.

— Ceux qui croient pouvoir progresser en ignorant le corps sont des imbéciles. Il faut toujours considérer les besoins du corps, faute de quoi, tels les poux dans la tête, il ne te laisse aucun répit. La démangeaison va et vient, mais ne disparaît jamais. Tu te grattes, tu saignes et tu recommences, des croûtes se forment et se rouvrent, encore et encore, et au lieu d'un instrument de plaisir fugitif, le corps devient un adversaire qui te tire en arrière chaque fois que tu veux avancer.

Le baryton reprit :

— La seule façon de dépasser le corps est de brûler par le corps. Le plaisir est un simple passage.

J'ai ouvert les yeux. Ses mollets étaient plus maigres que les bras de son camarade. L'ombre entre ses jambes bougeait. La main sous ma couette était chaude, humide, incessante. L'homme longiligne s'est assis près de ma tête, puis a commencé à me caresser les cheveux. Tous deux sentaient cette même odeur de nourriture et d'épices attachée aux assiettes que je lavais toute la journée. Je réprimais mon dégoût. C'était une mise à l'épreuve. Simples cuisiniers, ils n'en étaient pas moins mes frères.

Un spasme a failli me faire régurgiter quand il m'a pénétré dans la bouche. L'homme râblé avait disparu sous la couette, le froid de son effigie contre ma peau. Bientôt, je me suis retrouvé sur le ventre. J'ai fermé les yeux en quête de l'oasis de blancheur au fond de moi. Alors que je me dilatais dans sa tranquillité, un pilier de feu a déchiré cet espace et je me suis entendu gémir, la blancheur lacérée de rouge chair. Chaque fois que je reconstituais l'oasis, le pilier de feu la ravageait. C'était bien une mise à l'épreuve. J'ai plongé plus profond en moi-même, plus profond que la nuit, plus profond que la douleur, plus profond que le pilier de feu, jusqu'à ce que je trouve une étendue limpide et sans vagues dans laquelle j'ai pu m'immerger entièrement.

Le travail d'arrière-cuisine et le plaisir de mes frères sont devenus les deux pôles de mes jours et de mes nuits. Je comprenais à présent pourquoi on m'avait envoyé ici. Au Royaume de l'Action, le désintéressement et l'égalité, de principes remarquables, devenaient des actes vécus. Il n'était pas une assiette qui n'arrivât sale entre mes mains et n'en ressortît brillante de propreté. Il n'était pas un employé des cuisines qui ne se présentât à la remise le corps brûlant et ne la quittât au matin apaisé.

Je souffrais, bien sûr, je mentirais en disant le contraire. Certaines nuits, quand trois ou quatre de mes frères arrivaient dans un état avancé d'excitation, leur purge, le passage par le plaisir, pouvait durer plusieurs heures. Chaque fois, retrouver l'oasis de blancheur était un défi. Je creusais, creusais, et la cherchais encore en creusant quand le paroxysme de la douleur était passé. Les nuits où il ne venait personne étaient rares ; je ne les passais pas moins dans l'insomnie, guettant à mon insu un bruit de pas, une poussée de la porte.

Le doute n'était plus permis, on m'éprouvait, on voulait m'endurcir.

C'est devenu encore plus clair quand, au bout de quelques mois, j'ai contracté une infection grave. La douleur me déchirait les boyaux, me tordait les entrailles comme on tord une vulgaire pièce de linge. Un abcès m'empêchait de m'asseoir et même de rester étendu sur le dos. Le matin, dans les bois, je devais m'accroupir adossé à un arbre pour faire mes besoins. La tête entre mes mains crispées, je me mordais les lèvres en pleurant de douleur. Quand je me redressais, mes jambes flageolaient comme feuille au vent. Puis est venue la fièvre, et avec elle la peau en feu, les paupières brûlantes, la bouche desséchée, engourdie, quelque quantité d'eau que j'aie bue. Allongé sur le ventre, je sentais la chaleur rayonner de mon corps sous mes vêtements humides de sueur. Sans la couette, je brûlais tout en grelottant ; dessous, j'étais pris de panique, sur le point d'exploser. Alors je m'en couvrais le torse, les jambes à l'air.

Au début, je ne me suis pas arrêté de travailler. C'était une mise à l'épreuve. Aum nous avait enseigné que les limites du corps et du mental étaient beaucoup moins étriquées que nous ne l'imaginions. Chaque matin, sans écouter la douleur, je concentrais mon énergie et gagnais l'arrière-cour pour trimer à la vaisselle jusqu'au soir. Comme le travail arrivait par vagues prévisibles, je profitais des intervalles pour me blottir près du bac à eau et me reposer. Chaque fois qu'un spasme me lacérait les entrailles et qu'une douleur lancinante assaillait mes boyaux, je me roulais en boule et je pleurais.

J'étais fier de moi. Je n'avais parlé à personne de ma souffrance, réclamé aucune concession. La nuit, quand mes frères se présentaient, je me plantais les dents dans l'avant-bras, quitte à saigner plutôt que de demander grâce. À l'instar des insectes intrépides, un Wafadar, m'avait-on dit, ne cessait de se battre avant qu'on lui ait tranché les membres. Certains de mes frères avaient même remarqué que j'étais plus chaud et plus désirable qu'auparavant. Puis, un jour, la fièvre a fondu sur moi comme un aigle sur un lapin et m'a ébranlé si fort que je me suis cru sur le point de mourir.

Lorsque j'en suis venu à ne plus pouvoir me laisser tomber du lit, mes frères ont entrepris de me soigner. La fièvre avait gagné mon cerveau. J'ignore combien de jours je suis resté là, délirant et conscient tour à tour, mais chaque fois que je revenais à moi, la porte de la remise était ouverte, la lumière baignait l'espace et mes frères avaient les yeux posés sur moi. J'ai tenté à plusieurs reprises de me lever, paniqué à l'idée de mon travail abandonné. En vain. Je ne pouvais mouvoir le moindre muscle.

Dans mon délire, je voyais la mère à la fine silhouette venue de la Maternité. Elle m'étreignait et de nouveau sa clavicule saillante s'enfonçait dans ma joue à me faire mal. Je me sentais en sécurité dans le berceau de ses bras. L'angoisse de n'avoir pas fait la vaisselle me quittait et je pouvais enfin m'endormir.

J'entendais aussi le chant triste de Bhima le grassouillet. Il me tournait le dos, debout au sommet d'une montagne et sa voix emplissait toute la Vallée. Je voyais trois hommes robustes monter à sa rencontre, leurs faucilles étincelant, et je criais pour l'avertir, mais mon appel ne portait pas jusqu'à lui, je ne pouvais pas le sauver.

Puis j'ai vu Aum. En m'éveillant une nuit, j'ai trouvé la remise baignant dans un éclat argenté. Ses cheveux longs et sa barbe étaient couleur de neige, sa tunique blanche ondoyait jusqu'au sol. La lumière émanait de lui, mais ses yeux étaient si profonds que je ne pouvais le regarder en face. Il a posé une main sur mon front et dit sans ouvrir la bouche : « Mon fils. » La voix semblait venir de partout, de toutes les directions. J'ai fondu en larmes.

J'ai eu alors la certitude que tout ce que je vivais ici était bien une mise à l'épreuve, voulue par Aum, sur la voie de la pureté et de la liberté.

Les hautes terrasses

J'ai retenu pour me désigner l'alphanombre X470. On m'avait donné le choix, à ma surprise, entre trois possibilités. Les deux autres appartenaient aux séries L et H, respectivement. J'avais opté pour le X, influencé par le fait que le plus grand Wafadar alors en vie était connu sous le nom de XX7.

Nous avions entendu parler de lui au Foyer, puis à la Caserne, comme d'un être indestructible qui égalait mille hommes à lui seul. Il était tout ensemble un guerrier impeccable et un moine parfait. Personne ne connaissait son âge. Certains le disaient centenaire, éduqué par Ali et Alaiya en personne. En choisissant deux éléments de son alphanombre pour le mien, j'avais l'impression de me rapprocher de lui.

J'avais d'ores et déjà décidé que si je devenais Wafadar, je deviendrais XY7. Les noms à deux lettres et un chiffre étaient réservés aux seuls guerriers sublimes ; pour tous les autres frères, une lettre suivie de trois chiffres était la règle.

Nous étions tous égaux, nous étions tous frères. Mais à l'intérieur même des fratries, un respect particulier est accordé à celui qui est un peu plus qu'égal.

Comme le jour où l'effigie avait remplacé mon visage, j'ai éprouvé une sorte de soulagement en me dépouillant du nom de Karna pour devenir X470. L'alphanombre attestait de mon statut d'adulte, de mon appartenance au Royaume de l'Action. Je ne m'étais pas trompé : le labeur d'arrière-cour, le fardeau du plaisir, la fièvre ravageuse avaient constitué une mise à l'épreuve. Cette nouvelle désignation était ma récompense, l'insigne de ma qualification.

Nombre de mes frères de la Caserne, par habitude ou par sentiment, continuaient à s'appeler par leurs anciens noms. Mais je résistais. Lorsque quelqu'un s'adressait à « Karna », je refusais de répondre et je m'éloignais délibérément dans la direction opposée.

Tel était l'enseignement d'Aum : nous ne pouvons créer de nouveaux mondes sans nous dépouiller de l'ancien.

Je dois admettre que ce n'a pas été facile. Je ne voudrais pas donner l'impression que j'ai tout traversé sans connaître les affres de l'attachement. J'ai vécu moi aussi des moments de faiblesse critiques, livré à l'acharnement des incubes du faux amour, de l'attirance et du lien sentimental à me mettre sous leur coupe.

Aux cuisines, quand la fièvre s'est emparée de moi, le frère C963 m'a soigné jusqu'à ma guérison. Aux poils de ses bras, je pouvais dire qu'il était beaucoup plus âgé que moi sans être encore vieux. Il s'était apparemment porté volontaire pour veiller sur moi. Chaque fois que je remontais des grands fonds torrides et privés de lumière, suffoquant, en proie aux hallucinations, il était là, sur la rive, à m'attendre. Il tamponnait mon corps en sueur avec un carré de flanelle fraîche et pressait le jus d'une mandarine entre mes lèvres desséchées. Il me portait dehors dans ses bras, agrippé à son cou comme un bébé, afin que je puisse faire mes besoins.

Chaque frère accomplit tout ce qui est en son pouvoir pour ses semblables. C963, de toute évidence, en faisait davantage. Pendant ces semaines infernales, il ne m'a pas quitté un instant et n'a rechigné à aucune tâche, si dégoûtante soit-elle. Je sens encore sur ma peau les mains lisses et douces qui me massaient, apportant un réconfort à mes muscles noués.

Quand j'ai pu de nouveau tenir debout, il m'a soutenu et fait sortir pour de courtes promenades autour de la remise. Il m'a donné ma première douche après avoir apporté plusieurs bidons d'eau chaude. Je me suis accroupi sur une grosse pierre, il a versé de l'eau sur moi et m'a frotté à la brosse en me demandant de temps à autre si je désirais plus d'eau, ou s'il devait continuer de frotter. Puis il m'a séché avec soin et rhabillé.

Quand il m'a recouché sur mon lit, j'étais épuisé, submergé, aussi, par une émotion d'un genre nouveau. Je me suis vu retenant sa main et il a commencé à me caresser doucement l'avant-bras. J'ai plongé mon regard dans ses yeux bruns et j'aurais voulu l'enlacer, l'attirer à moi, le tenir serré. Mais je me suis évanoui et n'ai repris connaissance qu'à la nuit tombée. Il n'était plus à mes côtés.

Il se tenait debout dans l'encadrement de la porte et regardait dehors. Au petit fragment de ciel nocturne visible de mon lit, il devait être minuit. J'avais dormi douze heures durant. Et lui ? Avait-il fermé l'œil ? C963. Comme son nom sonnait bien. Sans arête, si rond, si plein. À le voir immobile, comme s'il attendait l'arrivée de quelqu'un, je me suis aperçu pour la première fois combien il était mince et grand. Je ne l'ai pas quitté des yeux un long moment. Si j'avais tenu sur mes jambes, je me serais levé pour l'enlacer.

Le pur devait ressentir de la gratitude à chaque instant de sa vie, mais jamais de façon individuelle à l'égard d'une personne. Notre reconnaissance devait aller au sublime dessein du cosmos, de l'univers. C'était l'appréhension de l'infiniment grand qui conduisait à la négation du moi aveugle, qui réaffirmait constamment la pertinence de l'idéal de non-possession. Aum disait : « C'est l'étude des étoiles et non les catéchismes ou l'instruction scolaire qui font l'homme humain. Les astronomes ne tuent pas et ne revendiquent pas – contrairement aux prêtres et aux historiens. » À l'inverse, la gratitude à l'égard d'un individu libérait les forces du moi aveugle, créait des échanges d'émotions qui, en formant des unités sociales tournées vers elles-mêmes, détruisaient la Confrérie.

J'avoue que, dans ma faiblesse, j'ai oublié tout ce que j'avais appris. Je l'ai appelé en gémissant doucement, et quand il est accouru, je lui ai pris la main et l'ai attiré à moi jusqu'à ce que ma tête repose contre son cou, son corps, si mince, si souple, complètement enchevêtré au mien. Je n'ai pu prendre à ce moment la mesure de ce que j'éprouvais et, même aujourd'hui, je ne saurais le décrire. Mais je sais que je me sentais vivant, exultant, empli de désir et de gratitude, calme et troublé tout à la fois.

Je l'ai tenu embrassé bien après l'assouvissement de mes pulsions. C'était quelque chose que je n'avais encore jamais fait, ni à la Caserne ni au Sérail. Puis, sans crier gare, le désir a fondu de nouveau sur nous. Et quand ce fut terminé, je suis resté accroché à lui.

Le lendemain matin, quand il m'a quitté pour les cuisines, je me suis senti dolent et soudain vide. Chaque seconde était une éternité. À l'issue d'une lutte pénible, j'ai rampé hors de mon lit vers le bidon d'eau et je me suis livré à une toilette scrupuleuse en préparation de son retour. Un bruit de pas, à deux reprises, a fait battre mon cœur, mais c'était chaque fois un autre, venu m'apporter de quoi manger. La déception me rendait presque maussade à l'égard de ces frères. Puis, au déclin du jour, tandis que je regardais par la porte ouverte la lumière disparaître derrière les arbres, j'ai entendu des pas légers qui approchaient. C963 ! C'était sa façon de marcher, sans poser les talons.

Les sentiments et les comportements que j'ai eus durant ces quelques mois m'ont longtemps inspiré de la honte. Lorsqu'il s'est découpé dans l'encadrement de la porte, j'avais le souffle court et les battements de mon cœur m'emplissaient les oreilles. Quand il s'est agenouillé à côté du lit pour tâter ma température, j'ai joint les mains derrière sa nuque, et je l'ai attiré à moi.

Dans l'obscurité, la tête sur son bras, je le respirais, je lui décrivais, les yeux fermés, la vie qui se déroulait dans les bois : les sangliers qui renâclaient, les cerfs qui broutaient, les chacals flairant une piste, les oiseaux de nuit fouissant du bec, la vie en quête de nourriture, ses moindres murmures, sa précipitation. Je l'éblouissais et j'en étais transporté. Il ne possédait aucune des facultés que j'avais développées au cours de mon entraînement. Pour lui, cuisinier des cuisines, les Wafadar étaient des hommes qui marchaient sur l'eau.

Au matin, après son départ, j'ai éprouvé un sentiment de nostalgie mêlé à un profond dégoût de moi-même. J'étais conscient d'avoir failli au maître et à mon dessein. Je me laissais aller à une langueur douloureuse pour quelque chose qui débordait les besoins du corps. De toute la journée, la détresse ne m'a pas quitté. Accroupi dehors devant la remise, je traçais du bout du doigt les caractères de son nom dans la terre. C963. Les courbes fluides, la promesse de complétude. Je l'écrivais encore et encore, en transe, quand brusquement j'ai repris conscience. Atterré, exécrant ma conduite, je l'ai effacé rageusement des mains, puis des talons.

Pourtant, à la nuit tombante, quand j'ai entendu son pas léger au milieu de la cacophonie des oiseaux qui regagnaient leurs nids, mon cœur s'est arrêté de battre et l'irrationnel a recouvré son empire sur moi.

Jour après jour, je luttais contre la langueur et la révulsion que je m'inspirais quand, un matin, une nouvelle illusion s'est emparée de moi. Devant mes frères venus avec le petit déjeuner et des médicaments s'assurer des progrès de ma guérison, j'ai feint d'être incapable de me lever alors que mes forces m'étaient revenues et j'ai répondu à leurs questions par des gémissements.

Le soir venu, C963 est arrivé de sa démarche ailée.

J'ai recommencé le lendemain, puis le jour et les semaines suivantes. Un matin, les cuisiniers ont amené l'apothicaire, un homme visiblement âgé derrière la jeunesse de l'effigie, pour m'examiner. Il m'a palpé en tremblotant le ventre, le torse et le cou de ses doigts osseux, m'a écarquillé les yeux, les narines et la bouche, examiné les parties génitales, plié et étiré les membres. Puis il m'a tapoté le front à deux reprises avant de sortir. Mes frères l'ont suivi. Lorsqu'il a cru être hors de portée de mon ouïe, il leur a déclaré :

— Il va mourir. La maladie a progressé. Le microbe va maintenant se nourrir de ses organes et se multiplier sans contrôle. Il lui reste peut-être une semaine, peut-être un an, mais il va mourir. Dans notre monde comme dans l'autre, il n'existe pas d'antidote à son mal.

J'étais anéanti. Allongé sur ma couchette, je passais de la rage au désespoir. Je n'avais pas encore fait un pas sur le chemin de la gloire ! Je n'avais même pas atteint l'étape de ma vocation réelle. Ma vie ne pouvait se terminer en impasse dans cette arrière-cour immonde et cette remise infestée de rongeurs ! L'excellence de mes années au Foyer et à la Caserne ne pouvait déboucher sur cette fin, sur ce néant !

Puis, au fil de l'après-midi, mes pensées se sont peu à peu tournées vers Aum, Ali et Alaiya, les obstacles qu'ils avaient rencontrés, le voyage périlleux qu'ils avaient entrepris, le nouveau monde qu'ils avaient découvert et auquel ils avaient donné forme.

J'ai vu les cent onze mères et pères fondateurs étirés en une ligne fragile, mais impossible à briser, sur l'arête de la plus haute montagne, l'esprit ancré à la vérité. En suivant mentalement ces pèlerins arc-boutés contre le vent glacial, ma fureur et mon désespoir se sont dispersés peu à peu.

À coup sûr, l'esprit des purs dépassait en puissance le microbe le plus tenace et le signal de la mort n'était qu'une invitation à relever le gant. L'esprit d'un élu de la vérité était assez fort pour vaincre le diagnostic d'un apothicaire.

Un nouveau courage m'infiltrait peu à peu et dansait dans mes veines. Au soir tombant, je me suis levé et j'ai marché jusqu'à la lisière de la cour avec une force que je ne me connaissais plus depuis plusieurs semaines. J'ai sauté la clôture et gagné les bois. Un pan déchiré à ma chemise noué en guise de bandeau autour des yeux, j'ai commencé à marcher d'un pas vif, bientôt concentré jusqu'à ne plus être qu'un distillat de mes sens en éveil.

La pureté et la puissance de jadis m'ont empli presque instantanément. Je ne vivais plus que pour parvenir à me diriger à l'aveugle dans la forêt. De la maîtrise de mes sens dépendait le succès de plus grandes entreprises. L'avilissement dans l'arrière-cuisine, les invasions nocturnes de mon corps par mes frères, la frivolité de mon attachement à C963 se détachaient de moi comme une mue de serpent.

Je marchais à pas précis et sûrs, mon troisième œil de nouveau ouvert. Souvent j'évitais de justesse un arbre qui dressait brusquement devant mes yeux bandés sa masse dure et sombre, faisant obstacle à ma progression. Il arrivait qu'ils se succèdent presque sans intervalle sur mon chemin, mais à force de virages et de contorsions, je réussissais à les contourner, parfois au prix d'égratignures, sans jamais ralentir, vaciller ni tomber.

La cécité décuplait mon acuité auditive. J'entendais le plus petit animal se mouvoir sur le sol, l'insecte se frottant les pattes l'une contre l'autre, l'oiseau se lissant les plumes. Au loin, à l'arrière-plan, me parvenaient les bruits des cuisines.

De retour devant la clôture, j'ai arraché mon bandeau improvisé. J'étais couvert d'une épaisse couche de sueur. Je me suis aussitôt jeté à terre pour exécuter deux cents pompes sans m'arrêter une seule fois pour reprendre mon souffle. Puis ayant rempli un bidon au bac, nu devant la remise, j'ai laissé l'eau glacée ruisseler sur ma tête. C'était ma première douche digne de ce nom depuis plusieurs semaines, et debout sous le ciel nocturne, le corps paradoxalement et agréablement chaud après le froid de l'eau, je me suis senti revivre.

Ce soir-là, C963 a voulu me prendre la tête entre ses mains. Il sanglotait, il avait appris ce que l'apothicaire avait déclaré. Je lui ai donné une claque sur le bras et l'ai jeté hors du lit. Au lieu de se fâcher, il est resté là, étendu, plein de sollicitude.

— Je comprends, a-t-il dit d'une voix douce. Mais ne t'inquiète pas. Tout ira bien.

Je me suis dressé, je l'ai saisi par les épaules et l'ai poussé dehors. Il résistait, mais il n'était qu'un cuisinier et moi, un futur Wafadar.

— Je serai près de toi jusqu'à la fin. Je m'occuperai de tout.

J'ai claqué la porte sur lui à toute volée.

— Si jamais tu t'avises de revenir, je te briserai les os.

Je tremblais encore en me recouchant. Quel imbécile j'avais été ! Comment pouvais-je rêver de devenir un Wafadar si je tombais dans tous les pièges placés sur mon chemin ? À quoi servait de maîtriser le soi inférieur aveugle en lavant une montagne de vaisselle si, en un clin d'œil, je glissais sur la pente, savonneuse de bout en bout, des emballements amoureux et de l'attachement ? Aum ne nous avait-il pas enseigné que les hommes sont plus souvent défaits par des paroles suaves que par de durs combats ?

Au souvenir de tout ce que j'avais pu dire à C963, une vague de nausée m'a soulevé. On m'avait mis à l'épreuve et j'avais failli.

Je savais qu'il était toujours là. Je l'entendais danser d'un pied sur l'autre. Au bout d'un moment, il a donné une poussée à la porte, mais j'avais fermé au loquet. Un peu plus tard, il a frappé, d'abord quelques coups légers, puis plus fort, et fini par asséner de grandes claques sur le bois en m'appelant d'une voix tendue.

Je me le rappelais gémissant mon nom quand nous étions couchés côte à côte. J'avais dévié bien loin de l'idéal et de la voie du plaisir. Il me suppliait à présent de le laisser entrer, me disait que je ne devais pas céder au désespoir. Debout d'un bond, j'ai failli arracher la porte à ses gonds en l'ouvrant, si brusquement qu'il s'est étalé de tout son long. Puis, le saisissant par le col de sa tunique, je l'ai traîné vers le lit, jeté sur le ventre et je l'ai pris avec toute la brutalité dont j'étais capable, non pour le plaisir, mais par fureur, pour le punir. Chaque fois qu'il voulait dire quelque chose, je lui claquais violemment le front contre la planche. Aussitôt que j'ai eu terminé, je l'ai mis sur ses pieds et poussé dehors.

J'ai bien dormi cette nuit-là, le corps et l'esprit en repos. J'avais échappé de peu au précipice. Aum, de toute évidence, me protégeait.

C963 s'est révélé – c'est triste à dire – plus idiot que je ne l'avais cru. Jour après jour, il revenait, imputant mon comportement au désespoir que m'aurait inspiré le verdict de l'apothicaire. L'intimité de ses propos me faisait bouillir. J'étais violent, je le maudissais, le bourrais de coups, le brutalisais, mais il ne voyait pas qu'il s'agissait de rejet et, persistant dans son leurre, continuait à me miauler sa compassion.

Neuf jours plus tard, dans la soirée, je l'ai emmené dans les bois et je lui ai brisé la nuque. Il parlait encore avec douceur de ses sentiments et de mon avenir quand je lui ai saisi la tête par le front et le menton. Je l'ai tournée à cent quatre-vingts degrés d'un coup sec, dans un craquement doux à l'oreille.

Après avoir couché son corps – si long, si mince – délicatement sur le sol et retourné sa tête vers le ciel, j'ai failli lui enlever l'effigie pour découvrir son visage naturel, mais je me suis ravisé. Le respect de l'uniformité qu'elle consacrait, même dans la mort, était inviolable.

Après l'avoir porté sur mon épaule jusqu'aux cuisines, je l'ai allongé soigneusement sur le seuil. En quelques minutes, la nouvelle s'est répandue, un grand tumulte s'est levé et tout le monde est sorti pêle-mêle. J'ai porté le chaos à son comble en déclarant que sa mort était mon œuvre. Personne ne savait quoi faire. Alors, me tournant le dos, ils sont partis en marmonnant. Ils étaient mes frères, certes, mais aussi, à l'évidence, de simples cuisiniers.

De retour à la remise, nu dans l'obscurité, je me suis versé un bidon d'eau froide sur la tête. Ma peau s'est tendue dans un élan de vie et un sentiment joyeux de libération m'a envahi. J'avais l'impression de m'être nettoyé d'une terrible souillure et d'avoir surmonté une épreuve décisive. Je me sentais merveilleusement fort.

Quelques heures plus tard, j'ai été tiré d'un sommeil exceptionnellement tranquille par des pas qui approchaient. Je n'ai pas bougé. Une voix cassante que je ne connaissais pas m'a appelé par mon nom. En ouvrant la porte, j'ai trouvé un frère debout très droit face à moi, suivi à quelques pas de six autres, les bras croisés sur la poitrine. Je lui ai donné l'accolade coutumière, épaule contre épaule, d'un côté puis de l'autre. Il était plus grand que moi. Son effigie était en bien meilleur état que la mienne et que celles de tous les employés de la cantine, qui avaient grand besoin d'être retouchées.

Il m'a poussé sur le côté, il est entré et s'est assis sur mon lit. Sa tête touchait presque la couchette-étagère du dessus. Je me tenais debout devant lui, conscient qu'il était un frère plus égal que les autres.

La clarté de la lune découpait un rectangle de guingois sur le sol.

— Raconte-moi tout, a-t-il dit.

Je n'ai omis aucun détail, dissimulé aucune pensée, aucun sentiment. Entre purs, rien ou presque n'est pire que de ne pas accorder sa confiance. Mon récit a duré assez longtemps, mais il ne m'a pas interrompu une seule fois avant que j'en arrive au dénouement. Dehors, les six frères n'avaient pas bougé. J'entendais toute une famille de sangliers se mouvoir derrière la clôture en quête de nourriture.

Alors, de sa voix cassante, il a demandé :

— As-tu agi justement ?

— Je le crois.

— En tuant un frère ?

— L'idée est toujours plus grande que l'homme.

— Et pourquoi cela ?

Il avait les manières de quelqu'un qui exigeait des explications depuis toujours. Les cuisiniers avaient dû activer des leviers d'alarme très puissants.

— Nous vivons pour servir la vérité et non les individus. La vérité est immuable, intransigeante, c'est une constante. Les hommes peuvent chanceler, trébucher, perdre leur chemin.

— Il était beaucoup plus âgé que toi.

— La vérité n'a rien à voir avec l'âge, la forme, la taille ou l'expérience. C'est un poisson fuyant qui joue au milieu des rapides. On peut se tenir dans l'eau toute sa vie sans jamais l'attraper. L'avoir saisie ne garantit même pas qu'on ne puisse la perdre dans un moment de négligence. Avant même de s'en apercevoir, on a desserré les doigts et elle a filé avec le courant.

— Apparemment, il avait de l'amitié pour toi. Beaucoup.

— Moi aussi. Mais j'aime plus encore la vérité de la Confrérie. Je n'ai pas supporté de le voir décliner. Un frère mort, nous le savons, vaut mieux qu'un frère diminué.

J'ignorais s'il allait m'arrêter ou me féliciter, mais j'étais sans appréhension. Je me sentais fort, certain d'avoir agi justement, selon les préceptes d'Aum. Si pour une raison quelconque un châtiment m'attendait, j'étais prêt à l'accueillir avec joie.

Il s'est levé et a dit en se dirigeant vers la porte :

— Mais seule la Confrérie peut en juger.

Il est passé devant les hommes qui attendaient à l'endroit où il les avait laissés. Ils l'ont suivi sans un mot comme une seule ombre loyale.

J'ai dormi peu et mal, examinant, réexaminant dans ma tête ce que j'avais fait. Je pensais toujours avoir agi justement, mais peut-être avec précipitation. Peut-être existait-il un autre moyen de régler le problème de l'avilissement de C963.

Pour me recentrer et nettoyer mes pensées, je suis parti à l'aube marcher les yeux bandés dans les bois. À mon retour, le soleil poignait au-dessus des sommets, mes vêtements étaient humides de sueur et j'étais calme.

Devant la remise se tenaient deux frères des cuisines venus m'emmener. Ils ont attendu que j'aie pris ma douche en faisant un balluchon bien serré de mes quelques vêtements. Les frères n'ont pas d'autre possession. J'ai jeté un dernier regard à la pièce décrépite, prêt à partir.

Comme le jour de mon arrivée plus de deux ans auparavant, j'ai traversé, cette fois en sens inverse, les cuisines, le réfectoire et les dortoirs. Je me suis retrouvé dans la cour de l'entrée, où tout le monde se retournait pour me regarder.

Le frère qui m'attendait à la porte n'était pas grand, mais la carrure de ses épaules et les muscles sculptés de ses bras disaient clairement qu'il ne passait pas sa vie à cuisiner ou à nettoyer. À voir comment il se tenait, il n'était pas non plus un paysan. J'ai compris dans un frisson qu'il s'agissait sans doute d'un pur entre les purs, d'un de ces guerriers saints à la loyauté impeccable, d'un Wafadar.

Durant les six heures sans aucune pause pour manger ni boire que dura notre marche, mon compagnon ne m'a pas adressé plus de six paroles. Il ouvrait la voie et je devais allonger ma foulée pour le suivre. Nous avons traversé des forêts de chênes sombres et de pins ensoleillés, des vergers de pommiers en fleur, franchi à gué des ruisseaux tranquilles et des rapides, parcouru des champs de blé et de pommes de terre où travaillaient les frères par dizaines. De temps à autre, j'apercevais, dans le pli des montagnes, les contours de hangars d'où filtraient des doigts de fumée.

Je m'orientais difficilement, mais j'avais l'impression que nous nous dirigions vers le col de Toute-Espérance en longeant l'Amrita. La rivière ne se dévoilait pourtant qu'en de rares occasions, miroitante et vive, dans le lointain. Découvrir une nouvelle partie du monde me transportait de joie. Se trouver hors des cuisines et de la remise, en compagnie d'un guerrier, et être conduit – du moins je l'espérais – à ma juste place, quel émerveillement ! J'aurais voulu faire part de mon exultation à mon compagnon, apprendre sur lui tout ce qu'il était possible d'apprendre et tout lui raconter de moi. Chaque fois que nous croisions un groupe de travailleurs aux champs, que je voyais de grands hangars, des chevaux, du bétail, je cherchais à lier conversation avec lui. J'aurais voulu savoir où nous étions et où nous allions. Mais autant m'adresser à un mur.

Plus tard, j'ai eu honte de ma conduite. Comment pouvais-je espérer devenir un Wafadar si je manquais à ce point de retenue ? Combien de bévues devrais-je commettre avant d'assimiler ce principe cardinal qu'était la continence ? L'homme qui babille comme un oiseau est un être infirme en quête d'affirmation de lui-même, indigne d'être mis dans la confidence d'un détail trivial comme d'une vérité éternelle.

Au bout de six heures de marche dans la Vallée, nous sommes arrivés au pied des montagnes. Comme nous traversions des forêts de chênes, il n'était pas facile de distinguer clairement les pentes. Puis nous avons atteint un cours d'eau rugissant sous une cascade qui se précipitait du roc en surplomb pour s'engager avec fougue dans une ravine profonde creusée entre les arbres. C'était la Jhinjheri, presque à sa source. Sa fureur propulsait en l'air des esquilles d'eau et le bruit noyait tous les sons ambiants. Le tronc d'un pin, encoché à intervalles pour le tirer jusqu'au site, avait été couché de part et d'autre de ses cinq mètres de large, le long desquels courait à main d'homme une corde épaisse. Des gerbes d'écume s'élevaient au-dessus du pont improvisé.

Sans s'arrêter ni même se retourner, mon compagnon a posé un pied sur le tronc et continué sa marche. Il n'a pas pris non plus la précaution d'assurer son équilibre en tenant la corde. J'ai compris en un éclair qu'il me tenait à l'œil et je lui ai emboîté le pas, adoptant une enjambée plus courte et plus sûre. Aussitôt trempé d'écume, je n'ai pas regardé une fois au-dessous de moi, je n'ai pas agrippé la corde, je n'ai pas laissé la peur me gagner. Au moment de poser le pied sur le tronc, j'étais bien décidé à plonger vers ma fin plutôt que de déchoir. Si toute ma préparation mentale et psychique laissait encore à désirer, mieux valait mourir.

J'avoue que j'étais assez fier de moi. Quand mon compagnon, parvenu sur l'autre bord, s'est retourné, une onde de surprise l'a parcouru en me voyant sur ses talons. Plus tard, j'ai appris que beaucoup échouaient à ce qui était bien une mise à l'épreuve. Certains hésitaient trop longtemps, d'autres s'écrasaient sur les rochers au fond de la gorge. Il était notoire que seuls les purs sortaient vainqueurs de ce qu'on appelait « l'ordalie par l'eau ». Suivit une pente escarpée, et quelques minutes plus tard, nous avons pénétré dans une forêt densément plantée de *deodar*. Loin au-dessus de nos têtes, la frondaison des énormes arbres centenaires nous voilait la lumière du jour. Sous nos pieds, l'humus était lourd et mouillé. Le sentier sur lequel nous marchions était presque indiscernable.

Nous avions laissé derrière nous le rugissement de la cataracte et progressions dans un profond silence rompu de temps à autre par l'appel d'un barbican olivâtre. Mon compagnon ne soupçonnait peut-être pas la conscience aiguë que j'avais de la forêt. Depuis le moment où nous avions traversé le torrent, des hommes rôdaient partout, je le savais, mais je n'en avais pas repéré un seul. Rayon dans le soleil, ombre parmi les ombres, invisible, silencieux, vigilant, c'est le propre du Wafadar. La pensée de leur présence autour de moi me remplissait d'une excitation telle que je n'en avais jamais connu.

Plus d'une heure s'est écoulée d'une ascension éprouvante. Les battements affolés de mon cœur trahissaient la longue phase de sédentarité que je venais de vivre. Puis nous avons débouché brusquement de l'obscurité dans la lumière vive d'une fin d'après-midi sur une vaste plateforme dont la majeure partie, soigneusement labourée, était mise en culture. Une de ses extrémités était occupée par deux ou trois cabanes en bois et plusieurs hommes s'affairaient dans les environs. Un escalier démesuré de terrasses découpait la montagne jusqu'à la prochaine ligne d'arbres, haut sur la pente qui nous faisait face.

Mon compagnon s'est dirigé sans reprendre son souffle vers le fond de la première pour escalader les marches qui menaient à la suivante. Toutes, jusqu'à la cinquième, étaient organisées sur le même modèle : rangées de cultures, travailleurs agricoles et cabanes attenantes. En atteignant la sixième, nous avons découvert une autre vision. Le sol était plat, la terre non retournée et la construction se trouvait au centre. C'était cette fois une maison en pierre, de grande taille, à laquelle on accédait par un porche. Deux cheminées pointaient de son toit.

L'homme assis sur une chaise à l'intérieur portait comme moi l'effigie, mais il émanait de lui un air d'autorité que je n'avais jamais noté chez les Éclaireurs. Pendant la demi-heure qui suivit, durant laquelle je suis resté immobile, debout face à lui, il s'est contenté de me regarder sans mot dire. Je ne sais ce qu'il cherchait à déchiffrer – mon corps, mon expression, mon caractère, ma nervosité ? – mais j'ai pris cet examen de ma personne comme une épreuve à endurer sans ciller. Puis il s'est levé, il a ouvert la porte et il est sorti. À son retour, il m'avait laissé planté là pendant deux heures.

En se rasseyant dans son fauteuil, il m'a demandé à voix lente :

— Quelle est la chose au monde qui a le plus de valeur ?

— Aum, ai-je répondu. La vision d'Aum.

— Et celle qui en a le moins ?

— Ma vie.

— Et la vie de tes frères ?

— Elle a beaucoup plus de valeur que la mienne.

Il attendait. J'ai ajouté :

— Mais beaucoup moins de valeur qu'Aum et la vision d'Aum.

— Qu'est-ce qu'Aum ?

— Aum est la vérité, la vérité inviolée.

— Un Wafadar ne vit que pour mourir. Pourquoi choisir de mourir ?

— Nous mourons tous. Mais mourir pour la vérité, c'est se délivrer des chaînes du karma. C'est une occasion à saisir. Un Wafadar sait qu'il vit tant qu'il vit et qu'il triomphe dans la mort.

Il faisait sombre, à présent. Insectes et animaux peuplaient les hautes pentes de stridences et de bruissements. Chaque parole que je prononçais allait décider de mon sort. Depuis que j'avais entendu parler des Wafadar dans mon enfance, je n'avais jamais souhaité d'autre vie que la leur, et chaque minute m'y avait préparé.

Il m'a observé un moment, s'est levé et est sorti en disant :

— Les mots sont stériles comme l'herbe. Seule l'action est fruit.

Il ne s'est rien passé de plus ce jour-là. J'ai dormi dans une des cabanes de la première terrasse. Les deux frères qui l'habitaient ne m'ont pas adressé la parole et m'ont fait une place sur le sol. La dureté de leur plancher ne me gênait pas, mais il m'a fallu écraser quelques scorpions avant de m'étendre.

Le lendemain matin, on m'a reconduit auprès du même frère que la veille, sur la sixième terrasse. Il m'a soumis à un interrogatoire par intermittence tout au long de la journée. Je me tenais debout devant son bureau, immobile, tandis qu'il allait, venait et me questionnait sans que je puisse deviner où il voulait en venir.

Il m'a interrogé sur des faits : Ali, Alaiya, la longue marche ; sur des détails de l'outre-monde, son histoire, sa géographie, ses obsessions. Sous le Bodhi, j'avais été un étudiant impeccable et il n'était rien dont je fusse resté ignorant.

Il m'a interrogé sur les abstractions de l'éthique et de la morale, a campé des situations dans lesquelles je devais lui dire quelle conduite j'aurais adoptée. Nombre d'entre elles avaient trait au plaisir et au corps. Il ne m'était pas difficile de comprendre pourquoi. Il était, de toute évidence, au courant de ma terrible défaillance aux cuisines. C963 ! Si j'avais pu lui briser de nouveau la nuque, je l'aurais fait sur-le-champ.

Nombre des dilemmes qu'il me proposait avaient pour thème un conflit de loyauté : entre frères, entre frères et désir, frères et vérité, désirs et vérité. Je crois qu'il connaissait mon histoire dans ses moindres détails. Dans un des contextes au sein desquels il voulait que je m'imagine, un garçon qui chantait trop cédait à la pulsion de rechercher son père. L'enfant était enlevé par celui qu'il tenait pour tel, un homme portant à la main une faucille étincelante, et j'étais témoin de la scène, caché dans un fourré. Que devais-je faire à mon retour au Foyer ?

Alors j'ai fondu en larmes, les épaules secouées de sanglots, le nez ruisselant. Je lui ai confessé, tout en pleurant, comment j'avais dévié de la voie juste. J'avais péché. J'avais trahi mes frères, les Éclaireurs, Ali, Alaiya, Aum. Je n'étais pas digne de me trouver où j'étais, indigne d'espérer devenir un jour un Wafadar.

Il n'a rien répondu et m'a laissé gémir. Enfin, quand je me suis calmé, il est sorti. J'avais le cœur si lourd que je tenais à peine debout. Dans ma couardise, je les avais tous couverts de honte. Ils avaient eu confiance en moi puis, à chacun de mes silences quand la question avait été posée au Foyer, ils avaient su que je mentais. Je comprenais à présent pourquoi on m'avait envoyé travailler dans l'arrière-cuisine : je n'avais pas mérité mieux.

À son retour, il a demandé :

— Qu'aurais-tu dû faire ?

— J'aurais dû parler. Dès l'instant où mon frère a commencé à dévier de la voie juste, j'aurais dû en informer les Éclaireurs. Fasciné par l'oiseau, j'ai perdu de vue la forêt. J'ai oublié que la forêt héberge l'oiseau et non l'inverse. À tout moment, notre devoir est de protéger la source avant de songer à l'individu égaré dans sa quête. J'ai été faible et lâche. J'aurais dû, de moi-même, agir et couper les ailes à mon frère fourvoyé.

— Tu n'as rien fait de tout cela. Quelle devrait être ta punition ?

— Ma transgression était d'ordre fondamental, elle frappait au cœur de notre pureté. Chaque jour de silence a aggravé mon péché. Je sais que dans la vision inégalable d'Aum, je suis le genre d'homme qui détruit de grandes choses par sa couardise. Il n'y a pas de châtiment assez dur pour moi.

La vérité de mes paroles me pénétrait jusqu'à la moelle. J'aurais voulu faire quelque chose sur-le-champ pour exposer la profondeur de mon remords. Un acte d'expiation hors de doute : sauter du pont dans le gouffre mortel de la cataracte ou, plus simplement, me trancher la gorge à l'instant.

Comme s'il avait habité à l'intérieur de mes pensées, il a repris :

— Tu imagines quelque chose de dramatique, comme le martyre. Le moment de ce genre d'action viendra, mais pour servir la vision d'Aum, non en tant que châtiment pour y avoir failli. Toute erreur dramatique n'appelle pas systématiquement une pénitence dramatique. Quand une fourmi tombe dans un bol de miel, on l'en retire sans pour autant jeter le miel. Parfois un faux pas nous confirme par l'expérience ce que nous ne devons jamais faire.

Je me taisais, sentant qu'il allait poursuivre.

— Et qu'est-ce que tu ne dois plus jamais faire ?

— Je ne dois plus jamais mettre les hommes avant les idées.

Il s'est levé, m'a donné une accolade légère, mais fraternelle.

— Ne t'incline jamais devant moi, a-t-il conclu, mais devant la vision, exclusivement.

Puis, se détournant, il a quitté les lieux.

Le matin suivant, quand je suis monté le voir, il n'était pas dans la pièce. Je me suis dirigé vers le bord de la terrasse, j'y ai trouvé une grosse pierre ovale et je me suis assis dessus pour méditer. À mesure que mes pensées se dissolvaient, les sons me parvenaient plus clairement – des degrés inférieurs, de la forêt, des terrasses vénérables au-dessus de moi. Au-dessous, c'étaient des bruits de terre labourée, ratissée, accompagnés çà et là de deux ou trois mots insignifiants des frères à la tâche. Au-dessus, c'étaient essentiellement le souffle profond de l'expiration et celui, plus aigu, de l'air que fendait en motifs géométriques un acier froid et tranchant. Je n'avais jamais encore assisté à la scène, mais je savais que c'était le son des Wafadar pratiquant leurs poèmes.

J'avais rêvé toute ma vie de passer plusieurs heures par jour à m'exercer à cette métrique de gestes complexes. Tout Wafadar compétent maîtrise au moins six ou sept formes poétiques. La plus simple consiste en quelques frappes répétitives : coup droit, coup gauche, coup droit, coup gauche, botte, botte et volée. À la fin de la strophe, vous avez à vos pieds un corps contusionné ou décapité, au choix. Cet enchaînement est à la portée des guerriers ordinaires, du niveau des jeunes de la Caserne, mais ceux-ci sont à mille lieues de la grâce et de la rapidité qui font sa beauté. Un Wafadar serait capable de le reproduire en dormant, d'une main, de l'instinct pur de l'oiseau qui s'envole à une détonation soudaine, laissant son assaillant étendu les bras en croix, à l'agonie, avant même d'avoir compris que quelqu'un avait cherché à s'en prendre à lui.

Les formes poétiques plus élaborées comprennent torsions, feintes, coups, bottes, volées, bonds, tours, sauts périlleux et pirouettes, en motifs complexes dont la maîtrise demande plusieurs années de pratique. On n'en conserve l'acquis qu'au prix d'un entraînement quotidien. Chaque jour de l'année, un Wafadar passe entre quatre et six heures à mémoriser ses poèmes, à les répéter jusqu'à ce qu'ils fassent partie de lui au même titre que son souffle.

Chaque geste est spécifique à la forme qui le contient et chaque poème répond aux exigences singulières créées par l'adversaire. Certains poèmes ont été créés pour lutter contre trois, cinq, voire dix combattants ou même plus. Il existe une strophe pour neutraliser un adversaire à cheval, une autre pour s'opposer aux armes à feu, une autre pour pulvériser un ours des montagnes ou un grand félin. Dans certains cas, on cherche à désarmer et à paralyser, dans d'autres, à déchaîner la mort et la destruction.

Le corpus principal comporte vingt-quatre formes. Des Wafadar particulièrement agiles adaptent néanmoins la métrique de quelques-unes d'entre elles pour faire face à des situations inattendues. Les guerriers pleinement accomplis maîtrisent entre douze et quatorze formes, ce qui les rend pratiquement indestructibles en combat loyal, qu'ils affrontent des hommes ou des animaux. Un virtuose peut aller jusqu'à dix-sept et même dix-huit – c'était le cas d'XX9. Personne jusqu'à ce jour ne s'est rendu maître de l'ensemble du corpus. Et de la dernière strophe, notamment, celle qui permet d'affronter un tir nourri, d'abattre un éléphant d'un coup bien envoyé, d'arrêter la charge d'une petite armée.

Les yeux fermés, j'entendais l'air vibrer sous la fureur de ces calligraphies. Il n'y avait aucun bruit de fer croisé, aucun rugissement ou grognement tels qu'en produisent dans l'effort et l'agression les soldats ordinaires. Un Wafadar pratique face à lui-même, contre lui-même, dans la plus grande sérénité. Dans l'affrontement, il ne réagit pas : il inscrit dans l'espace le plan de la bataille et son adversaire est condamné à le suivre.

Je ne sais combien de temps j'ai passé immergé dans les poèmes et la rêverie qu'ils m'inspiraient. Sans doute ne me serait-il plus jamais donné d'approcher de si près la vie telle que je l'avais rêvée. Mais j'avais passé la nuit à me reprendre. Je n'allais pas voir dans un rejet la fin du monde. J'étais un fils d'Aum, un soldat de la pureté. J'accomplirais de mon mieux les tâches qui m'étaient destinées. La plus grande maison ne s'ancre pas dans le sol par son toit, mais par les pierres de sa fondation.

Un pas léger m'a annoncé que le moment de la sentence était venu. Lorsque je suis rentré, il était assis immobile, les mains croisées sur le ventre. Il m'a demandé tout d'abord ce que j'avais fait durant la matinée. Quand je lui ai répondu que j'étais resté assis sur une pierre à écouter de la poésie, il m'a semblé – mais comment l'affirmer ? – que ses yeux changeaient d'expression.

C'est alors qu'il m'a proposé de choisir mon nom. Une lettre et trois chiffres. L'espace d'un instant, je me suis senti sombrer : ainsi, c'était définitif, je ne serais jamais un Wafadar ? Tous les espoirs que j'avais mis dans mon voyage se réduisaient à néant.

Lorsqu'il a vu que je ne répondais pas, il a ajouté :

— Jusqu'à ce que tu te montres digne d'une lettre et de deux chiffres.

La trahison romantique

J'étais encore en plein ravissement quand les deux frères dont je partageais la cabane sur la terrasse inférieure sont revenus de leur journée de labeur. Quand je leur ai donné mon nom sous sa nouvelle forme d'alphanombre, ils se sont détendus et m'ont accueilli de bonne grâce parmi eux. Je comprenais leur réserve de la veille au soir. Elle était normale, je n'aurais pas agi autrement avec un nouveau venu. Chaque frère doit à son semblable coopération et plaisir, au prix même de sa vie, mais l'intimité et l'amitié doivent toujours se gagner.

Tandis que nous allumions un petit feu de camp près de la cabane, face à la forêt de cèdres gigantesques qui s'étendait au-dessous de nous, je découvrais qu'ils étaient aussi curieux de moi que je l'étais d'eux. La raison était simple : j'étais parti pour connaître des choses qu'ils ne connaîtraient jamais, devenir ce qu'ils ne deviendraient pas.

Pendant que le faisan huppé rôtissait au-dessus d'une petite fosse, ils me racontaient leur histoire. Ils étaient arrivés sur ces hautes terres quinze et douze ans plus tôt respectivement, dans le même espoir que moi. Ils avaient été reçus par le gourou qui m'avait interrogé. À cette époque, il était encore plus magistral, plus acerbe aussi. Les boyaux de l'un des deux frères tournaient en eau chaque fois qu'il se retrouvait en sa présence.

— Ne t'y trompe pas, a commenté l'autre. Même aujourd'hui, ce n'est pas à un Grand Timonier vieillissant que tu as affaire, mais à un des Wafadar légendaires de son époque. Il pourrait passer entre nous trois pendant que nous parlons sans même que nous nous en apercevions. Il pourrait s'amuser, une main attachée dans le dos, à nous affronter tous les trois ensemble, pendant des heures, et nous serions incapables de le battre.

Tournant lentement le faisan luisant à l'aide de la tige de fer qui l'embrochait, le premier frère a repris :

— On dit qu'à son apogée il s'est rendu maître de dix-sept formes poétiques. Au moment de la Trahison Romantique, il a été magnifique. C'est difficile à croire aujourd'hui, mais durant quelques jours, les traîtres avaient failli l'emporter. Alors ZZ9 a pris les commandes. Il était comme la tempête en furie, invisible, intouchable, il anéantissait les renégats partout où il s'en trouvait.

La Trahison Romantique ? Je n'en avais jamais entendu parler.

Le frère évaluait la cuisson en piquant la chair à l'aide d'un bâton pointu.

— Ça s'est passé avant nous. Mais quand nous sommes arrivés sur cette terrasse après avoir traversé la cataracte rugissante, on ne parlait que de ça, ici. L'histoire était devenue une parabole d'ascension et de déclin, d'honneur et de disgrâce. Le Wafadar s'appelait QT2. On le disait supérieur à tous les autres, exceptionnellement doué. Mais on disait aussi qu'il volait trop près du soleil pour ne pas se brûler les ailes. Il était le plus jeune Wafadar ayant jamais existé. Il avait franchi le pont à dix-huit ans et il n'en avait pas vingt quand on lui a attribué un alphanombre à deux lettres. Il était si lumineux et tant aimé de tous que jamais on ne l'a envoyé travailler dans une arrière-cuisine, aux champs, aux vergers, à la fonderie ou à l'atelier, à la porcherie ou aux étables. Il est passé directement de la Caserne aux terrasses et, en quelques années, il est devenu l'égal des plus grands. Tu vois ces *deodar* géants. Il pouvait escalader les plus hauts en moins de temps qu'il ne faut pour le dire et se déplacer dans les frondaisons avec l'aisance d'un corbeau. Il était nerveux comme un manche de fouet et plus vif qu'une lanière. Au combat, six Wafadar n'arrivaient pas à le battre et quand la fureur l'habitait, il pouvait en étendre douze. À l'époque, on lui avait reconnu la maîtrise de quatorze formes seulement, mais on disait que c'était pour prêter un peu de modestie à sa précocité. En fait, avec ses compétences, il était plus près de dix-sept. On discutait de la possibilité qu'il atteigne un jour les vingt et une formes, ce que personne n'avait jamais accompli jusqu'alors. Tu vois ces terrasses ?

J'ai suivi son regard. Elles s'étalaient telles des marches gigantesques. Des feux de bois clignotaient dans l'obscurité. Plus haut que la neuvième, tout se perdait dans l'ombre, bien que le ciel fût gris clair, baigné dans une clarté de demi-lune contre laquelle les arbres du sommet donnaient à la montagne l'air d'un crâne aux cheveux coupés en brosse. Là-haut, la Voie lactée était compacte et proche.

Il a retiré la broche du feu, détaché une lamelle de viande, goûté et hoché la tête avant de remettre le faisan à cuire.

— Comme chez tous les frères, les Wafadar sont complètement égaux, mais certains sont plus égaux que les autres. À mesure que tu progresseras de terrasse en terrasse, tu seras amené à rencontrer des Wafadar de plus en plus grands, les incomparables Timoniers. Tout le monde savait que QT2 était destiné à gravir les degrés jusqu'au dernier, juste au-dessous des nuages, juste au-dessous du sommet que seul voit un jour celui qui en fait l'ascension.

— Jusqu'où êtes-vous allé ? ai-je demandé.

Il est parti d'un rire bref, et à la lueur des flammes, j'ai vu que son effigie avait besoin de retouches. Le nez était ébréché, des taches marquaient la joue droite.

— Pas plus loin que toi ! Jusqu'à la sixième, d'où ZZ9 contrôle l'interface entre les mondes supérieur et inférieur. Les choses sont exactement telles qu'elles doivent être. Les Wafadar sont les purs entre les purs, et chacun de nous est tenu de tout faire pour qu'il en soit toujours ainsi. Une goutte de poison suffit à polluer le point d'eau le plus limpide, et tout le monde en souffre. Si nous voulions, nous pourrions tous les trois, d'un instant à l'autre, entamer l'ascension des terrasses jusqu'à la plus haute. Mais qu'y gagnerions-nous ? Nous ne ferions que gâter la pureté de notre eau. Aum ne nous a-t-il pas enseigné qu'en détruisant les meilleurs d'entre nous nous détruisons le meilleur de nous-mêmes ?

Je me suis senti touché par ses paroles. J'espérais trouver en moi la même grâce si j'échouais à devenir l'un des purs entre les purs. La forêt à présent bruissait de vie. J'entendais le piétinement rapide d'un ours. Dans ces régions, l'espèce avait peur des hommes. Un trop grand nombre d'entre eux avaient été mis à mal par les Wafadar.

— Qu'est-il arrivé à QT2 ?

Ils mâchaient tous deux un morceau de viande arraché au faisan brûlant.

— Tu sais ce qu'Alaiya disait toujours : « Après avoir créé une image parfaite, les dieux la souillent et lorsqu'ils produisent un homme parfait, ils le détériorent, lui donnent des défauts. La perfection les menace, elle monte à la tête de son possesseur. Aum est la seule exception. Les dieux l'ont fait ainsi dans une intention précise… »

L'autre l'a interrompu :

— Une femme. QT2 a été défait par une femme. Les Wafadar ont leur propre Sérail des Bonheurs Fugitifs, un peu plus haut que le pont, dans un lieu agréable, sur un talus herbeux entouré de marronniers. Le bâtiment est entouré d'une véranda où l'on trouve accrochés, dans de grandes cages en bois, des oiseaux de plumages et de couleurs tels qu'on en voit rarement. Devant, dans un étang en forme de fleur, nagent des poissons rouge et or, d'un éclat si vif qu'ils scintillent au soleil. Cette belle demeure porte un nom différent : c'est le Creuset des Pulsions Inéluctables. Un Wafadar ne poursuit pas une quête aussi banale que le bonheur, même de façon fugitive. Mais il a besoin de brûler ce que son corps doit brûler...

— Maya, a repris le premier en se léchant les doigts. Elle s'appelait Maya. Elle était belle, bien entendu, comme toutes les madones de cet endroit. Les femmes les plus ravissantes de tous les Sérails de la Vallée sont affectées au Creuset, car un Wafadar doit se mesurer tout en les goûtant aux charmes les plus puissants. Mais elle était beaucoup plus que belle, à ce qu'on disait. Ses yeux noirs et sa bouche rose laissaient entrevoir dans leur danse des extases plus hautes, bien plus hautes que celles des plaisirs de la chair. La séduction incarnée, pour laquelle les rois abandonnent leur royaume et qui fait oublier aux hommes le cap qu'ils se sont fixé. La séduction pure, promesse d'un objet impossible à formuler qui jamais n'est atteint et chaque fois recule. Nous sommes beaucoup trop humbles pour connaître semblable expérience, mais on dit que l'homme pris sous son charme n'aspire qu'à une brève reconnaissance de son existence, à la chaleur d'un mot, à la compassion d'une étreinte.

L'autre frère, flairant l'arôme du faisan bien cuit qui se répandait, a enchaîné :

— Elle n'était pourtant qu'une novice, récemment arrivée au Creuset. Avant que l'on ait pu détecter en elle la puissance subversive qui imposait qu'on l'en retire, QT2 avait été pris au piège. Maya. Sa séduction, combinaison affolante de profonde innocence et de connaissance insondable, faisait d'elle la faille parfaite pour l'homme parfait. Dès l'instant où il s'est consumé en elle pour la première fois, QT2 a commencé à se désintégrer. Un Wafadar ne suit pas une discipline de vie ordinaire. Il est censé établir la sienne propre. C'est à lui de se hisser d'un niveau à un autre, toujours plus haut. À la Caserne, une permission hebdomadaire est accordée pour se rendre au Sérail. Mais un Wafadar peut à sa guise retourner au Creuset plusieurs fois par jour ou ne pas y mettre les pieds de toute une année. Il entre une dimension sublime dans cette pratique continuelle de la maîtrise.

Leurs paroles m'avaient enfiévré. J'étais enfin parvenu dans l'arène des actes glorieux, des questions essentielles, des conflits importants, des guerriers magnifiques, me disais-je en arpentant l'espace qui séparait les ténèbres de la forêt des flammes crépitantes de notre feu. Les deux frères, accroupis, arrachaient avec concentration des morceaux de viande à la volaille carbonisée en surface. Il n'était pas difficile de comprendre pourquoi leur ascension s'était arrêtée là.

— Avec ses dons inégalables, QT2 aurait dû comprendre que le Creuset n'était qu'une succursale des cuisines et sa faim, un besoin physique, une pulsion inéluctable, rapidement assouvie. Mais le mental nous met à l'épreuve plus durement que le corps, disait Aum. Avec l'attachement pour appât, le mental de QT2 lui avait posé le plus simple des pièges. Il est tombé si profond qu'il n'a jamais pu remonter.

Les bruits de mâchoires avaient cessé et les deux frères me regardaient, se tenant les genoux, enfin rattrapés par la puissance de l'histoire qu'ils étaient en train de raconter.

— Un bon mois s'est écoulé avant que les rumeurs commencent à circuler. QT2 se rendait au Creuset quotidiennement. Pire, il n'avait posé ni les mains ni les yeux sur une femme, à l'exception d'une jeune fille. Pire, bien pire encore, il passait de longues heures à lui murmurer des douceurs. Les hommes qui guident les pas des Wafadar sont des êtres qui voient loin, qui comprennent la chimie de la passion. Ils savent que cet élément est particulièrement inflammable entre certaines personnes, et ils savent que la logique de cette combustion n'est pas de l'ordre du connaissable. Mais ils savent également que la passion de l'homme est comme un poisson, immobile un instant pour mieux frétiller l'instant d'après. Ce sont les femmes qui posent un problème, avec leur tendance à enchaîner leur corps à leur âme. C'est pourquoi on entretient leur mobilité en les faisant passer du Creuset au Sérail et au Berceau, et pourquoi on leur fait produire des enfants régulièrement. Pendant ce temps, leur corps et leur âme ne font plus équipe pour chasser ensemble.

L'élégance de leurs paroles m'émerveillait. Ces hommes avaient failli dans leur ambition à devenir Wafadar, ils mangeaient la volaille sans le moindre raffinement, et pourtant ils exprimaient avec une grande finesse les concepts d'honneur et de noblesse. Comme ils étaient purs !

— L'a-t-on laissé continuer ? demandai-je.

— Pendant quelque temps, oui. Mais lorsqu'on a découvert que le poisson refusait de bouger, on a fait circuler la nouvelle un peu plus haut sur les terrasses. L'inquiétude est encore montée d'un cran quand on a constaté que non seulement le poisson refusait de bouger, mais qu'il dissuadait les autres poissons de pénétrer dans son royaume. À vrai dire, cet attachement physique n'est pas exceptionnel. Il arrive qu'un Wafadar y succombe. Mais il en éprouve de l'embarras, de la honte et il se reprend rapidement pour dépasser cet état. C'est en quelque sorte une épreuve parmi d'autres sur la voie de la connaissance éclairée. Avec QT2, au contraire, les choses se sont envenimées rapidement. Il dressait une palissade autour de Maya, empêchant tous les autres de la toucher. Alors les frères ont fait passer l'information encore un peu plus haut, jusqu'aux terrasses supérieures. Ils sont au courant de tout, là-haut, mais ils choisissent de retenir leur main aussi longtemps qu'ils en ont le choix. Dans leur sagesse sans bornes, ils savent que toute feuille qui bouge n'annonce pas la tempête.

— Vous les avez déjà vus ?

Le conteur a répondu en broyant un os entre ses dents :

— Nous ne les voyons pas, ils nous voient. C'est dans l'ordre des choses. Ils sont tous de Grands Timoniers, façonnés à l'image d'Aum. Celui qu'on appelle le Père Bienveillant se trouve parmi eux. C'est sa main qui nous guide et nous garde purs, vrais.

Tout mon poil se hérissait d'exaltation. Regardant au-dessus de moi, je me suis senti traversé par la grâce de nos mentors.

— Oui, je comprends. Mais quelqu'un a-t-il dit à QT2 qu'il s'était fourvoyé ?

— Bien sûr, on le lui répétait sans cesse. Les frères en premier lieu, ceux qui se rendaient souvent au

Creuset en même temps que lui et qui étaient témoins de sa conduite erratique. On aurait pu croire qu'ils le faisaient parce qu'ils voulaient eux aussi assouvir leur désir en Maya – qui aurait pu les en blâmer ? –, mais ce n'était pas le cas. QT2 était extraordinaire, et ils le tenaient tous en très haute estime. Ils voyaient en lui plus qu'un égal. Il était destiné aux plus hautes terrasses. Finalement le Grand Timonier l'a mis gentiment en garde et l'a pressé de reconnaître qu'il était allé trop loin. QT2 n'a rien répondu. On a pris son silence pour de la contrition. Puis, quelques semaines plus tard, on a appris qu'il n'avait rien changé à sa conduite, mais au contraire renchéri sur ses prétentions à garder Maya pour lui seul et que personne n'était plus autorisé à approcher la jeune fille. Curieusement, ce ne sont pas les frères de QT2, mais les sœurs de Maya qui s'en sont plaintes, outragées par la barrière d'exclusivité scandaleuse qu'il avait installée autour d'elle. À tout homme moins éclairé, les Grands Timoniers auraient sur-le-champ porté un coup impitoyable, mais ils ont préféré adopter une nouvelle tactique. Ils ont envoyé des instructions pour que soit écartée la fleur qui affolait l'abeille. C'est alors que le chaos s'est déchaîné.

— Comment ça ?

— Dans une manœuvre abominable que personne n'aurait pu prévoir, QT2 a monté une embuscade pour enlever son amante au moment où on l'emmenait et il s'est enfoncé avec elle dans la forêt. Le plus horrible, c'est qu'il n'était pas seul dans son escapade méprisable. Il avait réussi à empoisonner l'esprit de quatre de ses frères, si bien que les Grands Timoniers avaient désormais affaire non plus à un, mais à cinq Wafadar et tu sais que si un Wafadar vaut dix hommes, cinq constituent virtuellement une petite armée.

— Pourquoi les quatre autres se sont-ils laissé corrompre ?

Ils semblaient s'être attendus à ma question, car ils ont répondu en chœur :

— Le mystère n'a jamais été percé. Ils n'avaient rien à y gagner. Maya n'était pas pour eux. Ils n'avaient aucune raison de risquer ainsi leur place parmi les meilleurs. On a conclu à un lavage de cerveau. Rappelle-toi, QT2 était un homme très intelligent. Son éloquence, à la lumière de sa force et de ses prouesses, lui donnait un grand pouvoir d'influence. Pour justifier son virage infernal dans le dérèglement sexuel et la possession, il a instillé en eux la conception de l'amour exclusif et du libre vouloir. Il disait que tout homme était légitimé par sa naissance à choisir la façon dont il entendait vivre et aimer. À cette époque, il était déjà en proie à l'aliénation romantique. Il disait que l'espace entre deux personnes amoureuses était sacrosaint et que personne n'avait le droit de le violer. Il présentait la chose comme s'il s'agissait d'une loi divine. Seuls, déclarait-il à ses frères, les esclaves et les animaux qu'ils n'étaient pas se voyaient dénués de libre vouloir. Et quelle était la manifestation de cette glorieuse liberté, selon lui ? La désobéissance aux Grands Timoniers, en attaquant l'esprit de pureté qui est au cœur de notre quête et de notre être !

J'étais abasourdi.

— Tout ça parce qu'il voulait une femme !

— La femme. Oui. Ni plus ni moins. Le traître avait élaboré toute une théologie pour justifier sa terrible déviance et persuadé quatre de ses frères que c'était la vérité. Ce genre de choses arrive, paraît-il, continuellement dans l'outre-monde. Les hommes, là-bas, échafaudent des théories philosophiques qui prônent la colère, la violence et la possession, guidés par leur avidité et leur moi aveugle, et persuadent des foules entières de les suivre. C'est exactement ce qu'Aum avait renié, tout ce dont il avait tenté de purifier son monde, notre monde.

Je commençais à entrevoir que l'arrogance fatale nous guettait tous. Un peu d'instruction, quelques compétences, quelques compliments et nous commencions à nous considérer comme des maîtres, prêts à réécrire le livre de la vie. Ali, Alaiya, une centaine de Grands Timoniers avaient veillé scrupuleusement à mettre leurs pas dans ceux d'Aum, mais QT2, aveuglé par la vanité, avait trouvé tout naturel de fuir la Vallée afin d'entrer en possession d'une simple femme.

— Comment a-t-on réglé le problème ?

Un des deux frères, triant les cendres à la recherche d'un dernier os, a répondu :

— La traque a duré plusieurs semaines. Wafadar contre Wafadar. C'était une situation sans précédent. Nous ne pouvons, pour la plupart d'entre nous, même pas nous figurer de quoi il retournait. C'étaient des panthères tournant les unes autour des autres, une danse d'ombres, de griffes et de crocs. QT2 et sa bande s'étaient enfoncés profondément dans la forêt et changeaient de place toutes les heures. Le premier groupe de huit jeunes Wafadar – de simples apprentis dans leur première année – partis avec pour mission de les ramener a été humilié sans pitié. Ceux qui les ont vus revenir disaient qu'ils sont arrivés en se traînant sur le ventre comme des insectes sur la terrasse où nous sommes. QT2 les avait isolés, acculés un à un, puis leur avait proposé de se joindre à lui et, devant leur refus, leur avait brisé tous les membres en plusieurs endroits.

— Il ne les a pas tués ?

— Leur mort aurait outragé ses camarades. Rappelle-toi, ils étaient tous frères seulement quelques jours plus tôt. Mais à partir de ce moment, les choses ont échappé à tout contrôle. Le lendemain, trois autres jeunes Wafadar ont fait défection et rejoint QT2. Les Grands Timoniers ont compris que le problème dépassait l'insubordination d'un individu fourvoyé pour une femme. Il s'agissait à présent d'hommes qui succombaient à l'instinct de possession, le plus vil de tous, exprimé sous forme d'une attaque contre la vision d'Aum, contre le bien de tous auquel ils consacraient leur vie. Sous peu, une nouvelle philosophie de l'art, de l'esthétique, de la politique et du pouvoir, fondée sur une pulsion bassement charnelle, allait se propager s'ils n'y prenaient garde. Les Grands Timoniers savaient que pour justifier l'assouvissement désinhibé de simples désirs, les hommes élaboraient des systèmes sophistiqués et des idées brillantes. De jeunes Wafadar influençables risquaient de se voir immolés sur l'autel des passions viles de QT2.

Un des frères est revenu de la cabane avec une cruche de Ferment, un minuscule gobelet en bois attaché à son col. Il l'a rempli à ras bord et en a éclusé par deux fois le contenu. Huit doigts, le double du quota des cuisiniers ! Après avoir bu l'un après l'autre, ils m'ont passé le breuvage et je me suis versé mes deux doigts coutumiers. Son arôme de pomme et de clou de girofle m'a ragaillardi.

— L'offensive a été aussitôt intensifiée. Un nouveau groupe de Wafadar, plus âgés, plus aguerris, a été envoyé. Ils ont ramené deux des rebelles et les ont pendus, nus, par les pieds, à cet arbre là-bas. Tu le vois ?

Deux degrés plus haut, dans un coin reculé, poussait un cèdre immense dont une branche énorme dépassait au-dessus de la terrasse inférieure. Aucun doute, c'était un arbre-potence.

— Morts ?

— Non. En tant que frères, nous nous laissons toujours une chance de rédemption. Tu sais qu'un Wafadar peut tuer en un battement de paupières, mais il ne le fait que s'il n'existe aucune autre solution imaginable. On leur a percé les mollets avec deux des aiguilles les plus fines du *siontch* et ils ont commencé à se vider, microgoutte par microgoutte. Le sang coulait si lentement sur leur corps retourné qu'il coagulait avant de tomber à terre. Mais comme tu sais, il est presque impossible de contenir un Wafadar. On les avait donc attachés par les poignets, les cuisses et les genoux et ils étaient surveillés en permanence. Cette nuit-là, la guerre des ombres a fait rage. Les rebelles sont montés plusieurs fois à l'assaut pour libérer leurs camarades. Les frères qui vivaient à l'époque ici, dans cette cabane, avaient l'impression d'assister à une bataille de djinns. La lune était à moitié pleine, et autour de l'arbre-potence on entendait lè sifflement de l'air tranché par les guerriers vifs comme l'éclair. Quand le soleil s'est levé, les deux renégats étaient toujours là, tête en bas et vivants, le corps strié de lignes rouge foncé, alors qu'autour d'eux une douzaine de guerriers étaient tombés pour ne plus se relever.

J'ai levé les yeux vers le site sanctifié. Quel moment d'extrême qualité ils avaient dû vivre ! J'aurais voulu y avoir participé, feintant, parant, frappant. Mes épaules se raidissaient, mes doigts se crispaient.

— C'est alors qu'on a fait venir ZZ9. Il n'était pas encore Grand Timonier, mais chef des sentinelles du Col, et il avait déjà accompli un certain nombre de missions dans l'outre-monde. Il est arrivé à la tête de cinq hommes à cheval dans un galop tonitruant. Il a fait mettre en rang tous les jeunes Wafadar, en a choisi dix auxquels il a fait passer un examen et en a congédié quatre. Puis il a annoncé qu'il se réservait d'affronter QT2. Pour chacun des autres rebelles encore vivants et libres, il y avait désormais deux Wafadar. Il eût été déshonorant d'en mobiliser un plus grand nombre. Plusieurs jours s'étaient écoulés depuis la prise des deux rebelles, à présent couverts d'un réseau si serré de lignes de sang qu'on les aurait dits enfermés dans une coque rouge. Ils n'étaient pas morts, bien sûr. Il faut plus que la simple torture pour achever un Wafadar. Son équipe constituée, ZZ9 les a détachés et envoyés à la Maison de Correction. Ses hommes n'avaient que faire d'un appât, il n'était pas question pour eux d'attendre sans bouger que leur adversaire se présente. Ils s'apprêtaient à chasser l'impur avec la force du pur. Le poursuivant est mû par le courage, le fugitif, par la peur.

— Quel âge avait alors ZZ9 ?

— Trente-cinq ans, peut-être quarante, difficile à dire. Les témoins ont rapporté qu'il rayonnait littéralement d'énergie. Ses muscles frémissaient sous sa peau même quand il restait complètement immobile. Il pouvait se matérialiser ou se volatiliser en une fraction de seconde. Il combattait à la dague, une dans chaque main, et maîtrisait comme nul autre la quinzième forme poétique. Il pivotait sur lui-même tout en faisant tournoyer ses deux poignards avec une rapidité telle qu'ils créaient une armure tout autour de son corps, faisaient de lui une tortue dans sa carapace. Cette manœuvre unique portait le nom de l'animal, *kachchua*. Rien ne pouvait percer sa protection, ni lame, ni flèche, pas même une balle. Il était capable de soutenir ce mouvement pendant près d'une heure, tenant trois dizaines d'hommes en échec.

— L'avez-vous vu faire ?

— Non, mais nous connaissons des frères qui ont été témoins de la scène. On ne distingue, paraît-il, qu'un mur d'acier brillant. Passons. Ce soir-là, l'*ustad* est venu retoucher les effigies de ZZ9 et de ses chasseurs. À la nuit tombante, on les a vus s'éloigner au pas de course, puis disparaître dans la forêt. Trois jours durant, tous les occupants des terrasses ont fixé la ligne des arbres dans une inquiétude croissante. Les Grands Timoniers eux-mêmes étaient nerveux. Il était impossible que QT2 l'emporte, mais si jamais l'impossible se produisait ? L'enjeu était énorme. Une seule femme, un seul acte de possession, pouvaient ouvrir la porte à la destruction de tout l'édifice.

L'autre frère a tiré sur le chilom qu'il venait d'allumer, s'est éclairci la gorge avant de poursuivre le récit :

— Quand les chasseurs ont réapparu au lever de soleil du quatrième jour, aucun ne tenait debout à l'exception de ZZ9 dont le corps portait d'innombrables entailles. D'un seul bras, il traînait, entravés à une corde commune, les corps pulvérisés de ses hommes et ceux des rebelles. Il s'est écroulé dans les bras des frères qui s'étaient précipités pour l'accueillir. Plusieurs jours se sont écoulés avant que la conscience et la parole lui reviennent. Les autres sont demeurés des semaines entières entre la vie et la mort, à délirer.

— Qu'était-il arrivé ?

Je brûlais de le savoir. Les deux frères prenaient un plaisir évident à raconter la plus formidable histoire de toute leur vie.

— D'après une des multiples versions, la première confrontation a eu lieu dans les airs. Les hommes des deux camps volaient à travers les arbres. Ils se croisaient à la vitesse de l'éclair et se lacéraient à l'envi comme des serpentaires affamés. La peau déchirée, aucun d'entre eux n'est sorti indemne de ce premier assaut. Toute la nuit, la bataille des ombres volantes a fait rage, loin au-dessus du sol. Un combat entre deux Wafadar ressemble à un dessin d'images dans l'espace. Ils sont seuls à savoir ce qu'ils font de leurs membres. Les autres n'y voient que du flou. Un homme ordinaire debout sous les arbres n'aurait rien deviné de ce qui se passait ; il n'aurait perçu qu'un grand bruit de feuilles et un vent violent. Les Wafadar, tu le sais, ne ponctuent de la voix ni triomphe ni blessure.

« Pour les combats de la journée, qui se livraient à terre, QT2 a divisé sa bande en deux animaux de combat – une *domukhi* à deux faces et une *teenmukhi* à triple tête. Au cas où tu ne le saurais pas, les *mukhi* sont les formations de base dans lesquelles les Wafadar – deux, trois, quatre ou plus – se déplacent dos à dos en parfaite harmonie, protégés contre toute surprise, capables de faire front simultanément dans toutes les directions. ZZ9 ne pouvait manquer d'adopter la même tactique. Il a réparti ses hommes en trois animaux de combat, *chaumukhi*, *teenmukhi* et *domukhi*.

À ce moment, l'autre, déposant une braise dans son chilom, a saisi la parole :

— C'est une vision effroyable. Les oiseaux se taisent et les bêtes se terrent quand le *chaumukhi*, la quadruple bête, se déplace dans la forêt. Même les grands félins et les ours de montagne en pissent de frayeur.

« Comme tu l'as sûrement compris, le nombre chez les Wafadar n'est pas un véritable atout. Un rocher reste un rocher, qu'il soit petit ou gros. Et quand les rochers s'affrontent, aucun avantage ne se dessine dans l'immédiat. ZZ9 et QT2, les capitaines, restaient à l'écart de la protection offerte par leurs formations. L'honneur demandait qu'ils se mesurent l'un à l'autre sans subterfuge ni appui.

La lune poursuivait sa descente rapide. Je me suis hâté d'aller chercher du bois dans la cabane pour raviver le feu. Je ne voulais pas manquer un mot de ce conte de splendeur et de démesure. Il recelait des leçons pour le Wafadar en puissance que j'étais.

Puis, soudain, la femme qui était à l'origine de cette guerre m'est revenue en mémoire.

— La femme n'y était pour rien. Le défaut existait chez notre frère avant leur rencontre, elle avait simplement contribué à le faire émerger. En fait, elle nous avait rendu service en isolant la pourriture qui vivait en notre sein. ZZ9 avait été clair : il n'était pas question de lui faire de mal. Elle serait rendue au Creuset. La tâche de son équipe était de faire entendre raison aux rebelles dévoyés. ZZ9 s'est tout d'abord adressé à eux en réclamant leur reddition contre la promesse d'une peine de courte durée et d'un sursis. QT2 a répliqué, semble-t-il, en exhortant les justes qui le traquaient à passer dans son camp. En échange, il leur promettait une position de premier plan dans le nouvel ordre qu'il s'apprêtait à instaurer, où régneraient la créativité et la liberté. Dans sa réponse, ZZ9 a condamné cette promotion emphatique de la poursuite du plaisir et de la propriété, le dialogue a été rompu et la lutte s'est engagée.

Soudain, un sifflement sourd a tranché la nuit. L'un des deux frères a aussitôt retiré du feu les bûches les plus grosses et l'autre est parti chercher un bidon d'eau pour éteindre les flammes dans une bouffée éphémère de crépitements et de fumée. Je percevais une activité semblable sur les autres terrasses. Il était l'heure de rentrer. La journée des résidents commençait bien avant le lever du soleil. Nous nous sommes installés à l'intérieur et je les ai priés de poursuivre.

Étendu sur la couchette basse, le frère qui tirait sur le chilom s'est exécuté :

— Toute la journée, les monstres polycéphales se sont affrontés sans succès. Au soir, les guerriers sont remontés dans les arbres pour poursuivre le combat en l'air, s'infligeant de profondes blessures. Le matin les a retrouvés debout sur le sol de la forêt. Cette fois QT2 a constitué une *panchmukhi* unique à cinq faces. ZZ9 lui a opposé une *naumukhi*. La forêt s'est vidée de tous les êtres vivants, grands et petits, qui l'habitaient. À la fin de la journée, le sang éclaboussait les alentours sans qu'aucune percée décisive ait été accomplie d'un côté ou de l'autre.

« ZZ9 attendait que ses guerriers aient fait leurs preuves. Mais cette nuit-là, QT2 est allé trop loin. Pendant que les guerriers escaladaient les arbres, le traître, sautant d'un *deodar* à l'autre, vantait aux Wafadar de ZZ9 les mérites de l'amour et leur racontait des histoires d'hommes libres. Rappelle-toi, il avait l'esprit vif et la langue agile.

« On dit qu'il a été d'une éloquence ensorcelante, que sa voix désincarnée respirait la sincérité et la passion. Il avait adopté une stratégie de duplicité ingénieuse qui consistait à encenser Aum, la vérité d'Aum, la pureté d'Aum tout en déplorant sa trahison par les Grands Timoniers. Le fourbe avançait qu'il était à présent du devoir des Wafadar de suivre l'exemple d'Aum, qui n'avait pas hésité à rompre avec son peuple pour emprunter le long chemin qui menait à la Vallée des purs. Il leur incombait de restaurer la vérité perdue d'Aum dont les Grands Timoniers et les Éclaireurs n'étaient plus les gardiens authentiques.

« Le lendemain matin, lorsque le grand Wafadar a voulu arranger ses guerriers en formation de combat, il s'est aperçu que deux d'entre eux avaient cédé à la rhétorique persuasive de l'homme égaré. Les adversaires étaient à présent en nombre égal dans chaque camp. ZZ9 était hors de lui. Ces désertions l'avaient déstabilisé jusqu'à le rendre vulnérable. Voulant à tout prix garder ses hommes soudés, il a commis l'erreur tactique de recréer un seul animal de combat, la *saatmukhi* à sept faces. QT2 lui a opposé une *chaumukhi* et une *teenmukhi* qui tout le jour ont harcelé sa formation, tourbillonnant autour d'elle et la déchirant de leurs lames. Au soir, pendant que les hommes de ZZ9 pansaient leurs blessures et leurs doutes, le rusé QT2 a recommencé à les appâter avec ses chimères pernicieuses sur l'amour et les hommes libres.

« Tout principe – fût-il donné pour immuable – connaît des exceptions et le moment vient pour le Wafadar où il lui faut déroger au code pour mieux protéger le code. Au moins une fois dans sa vie, il doit substituer à la froide contenance de la montagne la furie dévastatrice de l'incendie de forêt et embraser la terre pour mieux sauver la terre. C'est ce que ZZ9 a compris cette nuit-là.

L'éloquence de mes frères était vraiment admirable. En les écoutant, je comprenais comment Ali et Alaiya avaient pu en venir à dégager autant de lumière qu'Aum. C'est qu'à vivre dans l'ombre de la grandeur, on s'imprègne d'elle comme la peau absorbe un baume, par tous ses pores.

Le lendemain matin, le nombre des rebelles était passé à neuf contre cinq. Les enchantements de la nuit s'étaient avérés fatals. De fait, c'est la Trahison Romantique qui a révélé aux Grands Timoniers la nocivité subversive des mots, capables, maniés par un jongleur, de faire tourner la tête au plus équilibré des frères. Ils ont compris que l'homme doué de l'éloquence d'un dieu était souvent désireux de détrôner les dieux. C'est à la suite de cet épisode que le Père Bienveillant a promulgué une loi interdisant aux beaux parleurs d'intégrer les rangs des purs.

Dans un déploiement d'arrogance, sûr de mettre en déroute les derniers défenseurs d'Aum, QT2 a produit une *naumukhi*. Mais la pureté inspire aux purs l'intrépidité. La terre s'apprêtait à s'ouvrir sous les pieds des rebelles.

À la dernière heure de la nuit, ZZ9 le guerrier inégalable s'était enfoui dans le sol, attendant son heure. Tandis que la *naumukhi* tourbillonnait, tout à l'ivresse de sa victoire prochaine, le grand Wafadar a jailli de terre tel un djinn libéré d'un flacon en plein cœur de la bête à neuf têtes, ses deux dagues plus vives que l'éclair. Pendant le temps qu'il avait fallu aux neuf hommes pour se retourner vers lui, ZZ9 leur avait infligé tant de blessures que des fontaines de sang l'ondoyaient de toutes parts, issues de veines sectionnées. Dix-huit mains cherchaient à se saisir de lui, mais déjà la quinzième forme poétique, la *kachchua*, lui offrait sa protection, l'armure d'acier étincelant que rien ne pouvait entamer. La confusion régnait dans la *naumukhi*. Conçue pour tenir tête aux assauts externes, elle devait réagir à une attaque imprévisible lancée de son centre, seul défaut de sa cuirasse. Dehors, à peine les guerriers s'étaient-ils retournés contre ZZ9 que la *panchmukhi* de ce dernier s'était mise à les frapper dans le dos. Bientôt, l'énorme bête, désarticulée, fut réduite à neuf guerriers séparés et meurtris luttant pour sauver leur peau.

À quel moment du récit ma bouche s'était-elle ouverte de stupeur ? Quelle formidable bataille ! m'émerveillais-je. Je n'en avais jamais entendu conter de pareille, ni au Foyer, ni à la Caserne.

— Et QT2 ? Où était-il ?

— Il avait observé, sûr de la puissance de son verbe et de la force de son effroyable créature. La soudaineté du massacre l'a pris au dépourvu et obligé à intervenir. Mais il n'y avait plus moyen d'arrêter le carnage. QT2 ne pouvait tenir tête à la furie de ZZ9, dont les dagues l'ont lacéré de part en part comme elles avaient lacéré les traîtres de sa bande. Une lame mue par le déplacement vif du corps provoque des incisions plus profondes qu'une arme entraînée par la seule dynamique du bras. On dit que ZZ9 a continué de tourbillonner sur lui-même très longtemps après que tous les guerriers, rebelles et loyaux, ont été étendus.

« Enfin, il a ralenti, s'est arrêté et s'est couché sur le sol. Il a dormi pour la première fois depuis quatre jours d'un sommeil de plomb. Réveillé à minuit, il a encordé tous les hommes tombés et il est revenu en les traînant derrière lui. Au lever du soleil, on pouvait voir tous les Grands Timoniers alignés au bord des terrasses, de la plus basse à la plus haute, qui l'attendaient. C'était un spectacle exceptionnel. Puis est sorti de la forêt ce guerrier de la foi, gloire des purs, vermeil des pieds à la tête.

Je suis demeuré un long moment sans parler. Je prenais conscience de tout ce qui s'était joué ce jour-là à travers la transgression et la mise au pas ; je voyais le pécheur, je voyais le soldat. Je me demandais si la vie me donnerait un jour l'occasion de faire mes preuves comme elle l'avait donnée à ZZ9.

— Et Maya, que lui est-il arrivé ?

— Peu après le retour triomphant de ZZ9, un cri strident a déchiré le ciel et, tournant les yeux dans la direction d'où il venait, on a vu sortir de la forêt une mince silhouette titubante. C'était la femme, dépouillée de son charme ensorcelant comme un peuplier de ses feuilles à la première bourrasque d'hiver. Elle s'est écroulée à l'endroit où tu te trouves, mon frère, et les Grands Timoniers sont venus jusqu'à elle.

Aum dit que la beauté de la plupart des femmes est semblable à celle d'une fleur, soumise aux caprices de nombreux éléments, une bourrasque de vent, une singularité du sol, une main qui frôle, un pied qui écrase. On ne peut être certain que son éclat survivra à l'instant présent. Cependant, chez de rares femmes, la beauté est un arbre qui traverse le temps et dessine le paysage. Dossier à l'homme épuisé, il offre son ombre au voyageur, son bois sec à ceux qui ont froid, la joie à l'enfant, la sécurité aux vieillards, la nourriture maternelle à l'oiseau et à l'abeille. Il agrège la terre et soutient le ciel, inébranlable dans son dessein, généreux de son vivant comme dans la mort. Alaiya était de ces femmes.

Un regard a suffi aux Grands Timoniers pour comprendre que la Maya qui se trouvait face à eux n'était qu'une fleur de montagne flétrie par la première averse de neige. Quel autre châtiment aurait pu lui être infligé ? La fille, pleine de repentir, suppliait qu'on l'épargne, mais elle n'avait pas besoin de le faire. On lui avait déjà pardonné. D'un simple regard, sans prêter attention à ce qu'elle disait, le Père Bienveillant avait compris sa déchéance.

Alors, j'ai repensé à mon propre contretemps romantique aux cuisines et la honte m'a envahi. Nous frôlions tous l'ignominie de si près ! La frontière entre gloire et disgrâce était aussi mince qu'une écaille de poisson, il était temps que je le comprenne.

— Et QT2, dis-je, et les autres traîtres ? Comment ont-ils été punis ?

— Punis ? Quel pire châtiment pouvait leur être infligé que celui qu'ils venaient de subir ? De leur peuple hier les joyaux, aujourd'hui la lie : ils ne pouvaient pas tomber plus bas. Un homme ne possède de splendeur que celle qu'il peut lire dans le regard des siens. Or, personne ne voyait plus dans ces Wafadar jadis puissants que faiblesse, avidité et trahison telles qu'elles existent chez les hommes de l'outre-monde. Ils n'étaient plus dignes que de mépris.

— Mais que leur est-il arrivé ? ai-je insisté tandis que le frère de la couchette inférieure se glissait dans mon lit.

— D'une certaine manière, on peut dire qu'on leur a pardonné à tous. Aum nous enseigne que le pur ne doit pas se laisser affaiblir par les sentiments, mais pas non plus par la colère. Les os brisés, l'honneur en lambeaux, ils ont tous été envoyés séparément dans différentes zones de la Vallée, dans des cuisines, des fermes, des vergers, des fonderies. Ils restent nos frères, mais ont perdu leur valeur. Ainsi a pris fin la Trahison Romantique. Au Creuset, chaque sœur a depuis lors le devoir de surveiller constamment ses congénères pour empêcher toute amorce d'engouement, de faire tout son possible pour les garder de la déchéance, même s'il faut pour cela alerter les Grands Timoniers.

— Et ZZ9 ? ai-je demandé tandis que l'autre frère s'approchait de mon lit à son tour.

— On l'a rappelé du Col et on l'a nommé protecteur des Grands Timoniers. Quelques années plus tard, il est devenu Grand Timonier à son tour, puis, en tant que tel, médiateur des terrasses inférieures et supérieures. Chaque fois qu'un vrombissement se faisait entendre sur les pentes, tout le monde savait que ZZ9 pratiquait la quinzième forme poétique, enclos dans son armure de dagues chantantes comme au jour de son combat parmi les *deodar* géants pour défendre les purs sans pareil.

L’inspecteur des égouts

Parvati pousse un gémissement. D’un seul élan j’éteins la machine et je suis auprès d’elle. Un rai de lumière venu de la pièce voisine tombe sur son visage, révélant sa bouche aux lignes douces, animée d’un tressautement. Elle est, indiscutablement, plus belle que toutes les femmes rencontrées au Sérail ou au Creuset. J’en suis venu à croire que la beauté n’est pas une question de peau et d’ossature, mais d’intimité. Or, je ne savais rien des dizaines de corps dans lesquels je me consumais. La plupart d’entre eux m’apportaient une satisfaction instantanée, mais je ne m’en rappelle aucun qui ait éveillé en moi la sensation de beauté.

Parvati dort toujours du sommeil du juste. Ce gémissement trahit un de ses rares cauchemars. Elle me les raconte au réveil. Ils ont toujours à voir avec sa fille, qu’elle aime plus que sa propre vie et qui a épousé un homme dont elle ne peut jamais être sûre. Le couple habite dans une ville à trois heures de distance, où le mari travaille comme inspecteur des égouts pour la municipalité locale. Il dégage toujours une odeur nauséabonde qu’il cherche à neutraliser en buvant copieusement.

Certains jours, quand le problème concerne la tuyauterie bouchée d'un personnage haut placé, il doit lui aussi descendre sous terre. Son statut d'officier – enfin, presque – l'autorise à ne pas y entrer torse nu comme les simples ouvriers. Il porte une veste kaki qu'il laisse sur son lieu de travail. La fille de Parvati a confié à sa mère que le vêtement, raidi par des années de crasse, tient debout sans support derrière la porte et que son odeur ferait défaillir tout un village.

Les jours où il doit descendre dans les égouts, il ne mange pas. Il boit une bouteille de rhum, bat sa femme et parfois ses enfants. Parvati et sa fille importunent chaque jour les dieux dans leurs prières pour que la plomberie des gens importants ne s'engorge pas.

Le marieur, dit Parvati, ne les a pas prévenus. Il l'a présenté comme un candidat deux fois diplômé du collège, très intelligent, détenteur d'un emploi stable d'inspecteur dans la fonction publique et disposant à ce titre d'un logement en briques, avec l'eau courante. Possesseur d'un vieux scooter.

Sa vivacité d'esprit ne fait aucun doute. Il achète chaque jour deux quotidiens de langues différentes et il lit des livres, nombreux à s'empiler sur sa table de chevet. Quand on lui parle pendant sa lecture, il se contente de hocher la tête sans lever les yeux.

Parvati dit cependant que son intelligence est entachée d'une grave anomalie. Il manque chaque jour de déchoir de sa caste, laquelle est déjà de bas statut, en partageant ses repas avec les égoutiers, en les invitant à s'asseoir dans son salon lorsqu'ils viennent le voir et en forçant sa femme à leur servir thé et biscuits. Le jour où il a découvert qu'elle utilisait une vaisselle spéciale à leur intention, il a été pris d'une fureur incontrôlée et il a brisé toutes les assiettes de la cuisine. Puis il l'a battue comme plâtre en la traitant de monstre, l'accusant de traiter certains êtres humains comme des animaux.

L'égalité entre les hommes est un peu ambiguë, d'où je viens. Ici, c'est leur inégalité qui est douteuse. J'ai peine à me faire ma propre opinion sur le sujet.

Je pose la main sur les cheveux grisonnants de Parvati et je l'y laisse jusqu'à ce que cessent ses gémissements et le tressautement à la commissure de ses lèvres. Elle paraît aussi minuscule qu'un moineau, sous la couette. Demain matin, je ne serai plus auprès d'elle pour l'écouter relater son cauchemar. Peut-être aura-t-elle vu sa fille traînée jusqu'à la bouche d'égout ténébreuse par son mari furieux, forcée à descendre, puis enterrée sous terre. C'est le plus fréquent. Dans un autre rêve récurrent, des dizaines d'égoutiers noirs, osseux et nus brutalisent sa fille pendant que son gendre lit un livre et hoche la tête en silence.

Puisque je suis debout, je vais descendre me chercher une tasse de thé, bien qu'il reste dix minutes avant l'heure de ma pause. Si je ne me disciplinais pas, je me précipiterais en bas toutes les cinq minutes. Pas seulement par amour pour cette boisson, mais afin d'échapper quelques instants à la difficulté de trouver les mots destinés à la machine.

C'est une petite boîte noire qui a été offerte à Parvati par l'inspecteur des égouts. On y introduit le morceau qu'on veut et elle le joue. Parvati l'écoute le matin, quand elle fait le ménage tout en psalmodiant ses prières, et le soir, quand elle fait une pause thé dans son travail à la cuisine. La musique du matin est un chœur scandé à la louange de ses dieux ; le soir, ce sont des chansons de films pleines de mots dansants. Quant à moi, je ne me lasse pas d'explorer le spectre extraordinaire des voix que l'appareil peut reproduire.

Devant le cinéma Delite Talkies, il y a une échoppe minuscule qui vend des cigarettes, du bétel – que j'ai appris à aimer – et toutes sortes de confiseries bizarres, enveloppées ou non. L'homme chétif à la moustache pendante qui tient cette caisse en bois est toujours en train de tartiner, de farcir et de plier des feuilles humides, quand il ne vend pas au détail des cigarettes qu'il tire de paquets avec ses phalanges restées propres. Il vient de la cité antique des bords du fleuve, là où il dit que les dieux sont apparus pour la première fois avant de se répandre à travers le monde. Cet homme, dont on pourrait croire, à le voir, qu'il est né assis en tailleur, est mon maître ès musiques.

Il ne cesse jamais de fredonner, pas une seule seconde. Qu'il conclue une vente à mots brefs, questionne ses clients ou leur réponde, tienne une longue conversation ou mâche ses innombrables triangles de bétel, la mélodie ne s'interrompt pas. Je croirais la chose impossible si je n'en étais témoin plusieurs fois par semaine. Ses registres sont variés. Ils vont du bourdonnement doux de l'insecte invisible aux octaves les plus stridentes qui l'entraînent à lever les mains en secouant la tête.

En rythme, toujours fredonnant, il m'apprend que la différence entre un maestro et un vendeur de bétel tient en quelques notes cruciales, et que dans la cité éternelle d'où il vient, tout le monde est en relation avec l'un et l'autre. Il me déroule des listes de pandits mémorables proches de sa famille, dont je trouve les noms imprononçables. Quand je m'enquiers de ceux qu'il appelle « hommes de dieu », il me détrompe en riant :

— Non, non ! Pas des prêtres, mon ami, pas des prêtres ! Les prêtres ne sont que des charlatans à l'esprit étriqué ! Je parle des véritables hommes de dieu, des pandits musiciens, qui émettent le son authentique de l'être vrai. Quand tu écoutes le *râga malhar* chanté par un maestro, tu sens bel et bien la pluie ruisseler sur ton corps !

Puis il chantonne les notes du mode, se gratte la gorge et produit des sons riches d'un tel écho que j'en reste bouche bée.

Je ne comprends pratiquement rien aux discours qu'il me tient avec libéralité sur la musique, si puissante et ancienne, selon lui, qu'elle est capable, correctement rendue, de masquer le soleil, de faire déborder les rivières, de changer les tigres en chats domestiques et d'apaiser les armées en maraude. J'achète simplement ce qu'il choisit pour moi sur l'étagère derrière lui. Je déchire l'enveloppe de cellophane et je donne aussitôt le disque en pâture à la machine. Puis je passe et repasse la musique jusqu'à ce qu'elle m'ait infiltré comme l'eau imprègne les pores du noyé. Je m'étonne chaque fois des rythmes nouveaux que je découvre.

Parvati proteste à sa façon bon enfant. Elle dit que j'ai convoqué des pleureuses comme s'il y avait un deuil dans la famille. Je lui réponds que si elle écoute bien, elle comprendra à quel point c'est beau. Je lui répète ce que m'a dit mon maître ès musiques : est-ce la faute du mets délicat s'il ne ravit pas le cochon ?

L'inspecteur des impôts a une autre vision des choses. Ses lèvres ont pris un pli de colère quand il m'a dit :

— On change les hommes en porcs en les privant de musique.

J'ai su immédiatement qu'il avait raison. Je comprends enfin pourquoi mon camarade d'enfance grassouillet voulait tant retrouver son père. C'est qu'il avait la musique en lui. Aujourd'hui, je sais que les hommes sans musique sont des hommes insensibles. La musique est le feu qui dégèle l'émotion et en libère le cours. Aujourd'hui, je comprends la signification profonde de l'obèse et de sa voix. Et le chagrin m'envahit.

Il y a tant de musique dans ce monde-ci. De toutes sortes. Elle s'écoule hors des maisons, martèle les murs des boutiques, enveloppe les voitures des marchands ambulants, s'échappe des automobiles, serpente dans les allées étranglées du faubourg de Zubair, ébranle les murs du Delite Talkies. Venant d'un pays de profonds silences, j'en suis conscient en permanence. Les hommes d'ici se déplacent parmi les sons comme s'ils n'existaient pas, ou bien les considèrent comme allant de soi au même titre que les arbres et que l'air.

Ce monde déborde de musique, cette musique qui

libère toutes les émotions des hommes, qui les fait tanguer et bondir comme un torrent de montagne.

Je descends les marches étroites, cherchant les interrupteurs à tâtons. Dans la cuisine, pourtant rutilante de propreté après le passage de Parvati, une théorie bruissante de cancrelats prend la fuite en quête d'un abri quand la lumière jaillit de l'ampoule nue. Pendant que l'eau chauffe, j'ouvre la fenêtre de derrière et je jette un coup d'œil à travers le grillage antimoustiques. Je ne me lasse pas de cette vision : des dizaines de chiens, de chats et, à mieux regarder, de rongeurs velus gros comme des chiots, fourrageant et mastiquant au milieu d'un amoncellement de nourriture. On trouve fréquemment parmi eux des oiseaux de nuit, des vaches, des chèvres, voire un porc sauvage égaré. Parvati dépose quotidiennement dehors les restes de sa propre cuisine, mais aussi ceux qu'elle sollicite de ses voisins. Je l'observe souvent, fasciné, examiner ce qu'ils lui ont laissé. Elle palpe et renifle les substances cuites, les pulpes de fruit, le pain moisi avant de les empiler proprement sur les dalles de pierre qu'elle a disposées de l'autre côté de l'étroit caniveau qui court le long de la cuisine. Ce qu'elle juge immangeable se retrouve emballé dans un sac en plastique fin, fermé par un nœud bien serré et remisé sous l'évier, à charge pour moi de le jeter sur le tas d'ordures qui fermente au bout de la rue. La préparation de ce repas est sa dernière activité avant d'aller se coucher. Accumuler des mérites pendant la journée ne lui suffit pas. Durant son sommeil, espère-t-elle, son compte cosmique continue résolument à s'alimenter chaque fois qu'un animal avale une bouchée de la nourriture laissée dehors.

Cette nuit, un gros porc noir cherche obstinément un accès au festin. Les chiens le font fuir en aboyant contre lui, mais il revient chaque fois et saisit le premier morceau à sa portée avant de se faire chasser de nouveau. Les chiens sont idiots. Deux d'entre eux suffiraient à le tenir en respect, mais ils s'y mettent à six, l'encerclent, grognent et chargent ; pendant ce temps, les chats s'approchent.

Bientôt, les chiens, las de chercher à l'intimider, laissent le porc s'attaquer à la périphérie du tas pour en retirer ce qu'il peut. L'eau bout dans la casserole, je retourne à la préparation de mon thé. Quelques clous de girofle rejoignent le gingembre écrasé, puis je couvre le récipient d'une soucoupe en métal pour laisser infuser. Dehors, les mâchoires du porc et celles des chiens s'activent maintenant côte à côte. Les chats statufiés trônent sur les rebords de fenêtres, les murs, le bidon d'eau, la vieille bicyclette.

La première gorgée me brûle la langue. Puis l'arôme prend d'assaut mes narines et me voilà heureux. L'inspecteur des égouts – que j'aime bien, malgré moi – affirme que le thé doit être bu bouillant, à petites gorgées successives, et qu'on ne doit poser son verre qu'une fois vidé jusqu'à la dernière goutte. Si on l'abandonne plus tôt, on ne doit pas y revenir. Quand il nous rend visite, une fois toutes les deux ou trois semaines, Parvati ne s'accorde aucun répit. La voir s'affairer, pleine de déférence et prête à accéder à ses moindres caprices bien qu'elle ne l'aime pas, me procure une sensation étrange. Elle ne s'endort pas avant d'entendre son ronflement haché ébranler les murs de la chambre du dessous, au cas où il aurait besoin de quelque chose. Quand je lui demande la raison de ce comportement qui m'irrite, elle répond qu'en tant que gendre, on ne saurait en faire trop pour lui. Le bonheur de sa fille repose entièrement sur cet homme, et quant à elle, rien ne lui est plus cher que sa fille. Puis elle s'en prend à moi :

— De quel paradis débarques-tu donc ? Vous n'avez ni brus ni gendres, là-bas ?

Durant le peu de temps que j'ai passé ici, j'ai pu constater que l'amour porté à sa progéniture est parfaitement excessif et semble excéder tout le reste. Même Zubair, le sage, le maître menuisier, ouvrier ô combien laborieux, ne cesse de blâmer son fils pour ses échecs récurrents à l'école de pointe qu'il fréquente. Un jour que je lui demandais pourquoi il ne le retirait pas à ses livres pour le mettre au travail du bois et cesser d'entretenir ce chagrin, il a levé les bras au ciel et déclamé :

— Plaise au Tout-Puissant qui voit tout et qui sait tout que je sois rappelé à ses côtés avant de faire subir à mon fils un sort aussi misérable !

En de tels moments, le souvenir d'Aum me submerge.

J'ai mis du temps à comprendre, dans le cas de Parvati, que la situation était complexe. La raison principale pour laquelle elle a du mal à trouver son gendre sympathique est la caste à laquelle il appartient, inférieure à la sienne d'un degré plus un quart. Elle est persuadée qu'il n'a épousé sa fille que pour se hisser sur l'échelle sociale. Ses raisons à elle, elle ne les connaît que trop bien : sa fille a une patte folle, la gauche, à la traîne derrière l'autre, atrophiée par la polio. Parfois, elle doit la prendre à deux mains pour la faire avancer et quand elle s'assoit, la disposer soigneusement devant elle comme un pan de tissu.

Elles n'avaient de choix, dit Parvati, qu'entre un mari sans le sou de la même caste et quelqu'un de modérément nanti, mais de statut inférieur. Trop tourmentée à l'idée de se tromper, elle a laissé la jeune femme décider seule. Quand le marieur a rapporté la proposition de l'inspecteur des égouts, elle a dit :

— Voyons celui-là.

Les deux jeunes gens se sont rencontrés dans le petit salon du rez-de-chaussée, et la fille a acquiescé le soir même. Parvati a dit :

— Tes enfants vont perdre la caste de leur mère.

— Mais il lit des livres, a répliqué sa fille.

— Comme si les livres compensaient la caste ! s'est exclamée Parvati.

Elle avait rassemblé linge, bijoux, batterie de cuisine, meubles, un trousseau considérable pour la dot de sa fille, mais il a tout refusé en bloc.

— Les vêtements qu'elle porte, rien d'autre, a-t-il déclaré.

Parvati dit qu'elle a connu un moment de panique, persuadée que sa fille était tombée sur un excentrique.

— Il a des principes, a expliqué celle-ci.

— Tu épouses un homme, pas des principes, a répondu Parvati.

Alors, elle a mis tous ces objets de côté pour le mariage de sa petite-fille, qui n'a que sept ans. Elle croit peu probable que les principes du gendre de la prochaine génération viendront contrecarrer la générosité d'une mère.

L'inspecteur des égouts est un sac d'os, un squelette tendu de peau, foncé comme le rhum coupé d'eau qu'il boit sans discontinuer, à gorgées rapides. Quand il est là, nous nous asseyons au salon et il parle avec une telle volubilité que je dois faire des efforts pour ne pas perdre le fil. D'une certaine manière, j'en suis heureux : s'il devait s'interrompre pour me poser des questions, il finirait certainement par nourrir des soupçons à mon égard.

La théorie des castes l'enrage. Il dit qu'il a arrêté sa décision aussitôt que le marieur l'a informé du défaut mineur de la jeune femme qu'il lui proposait d'épouser. Une légère claudication, avait-il prétendu. Mais quand l'inspecteur était venu la voir, il avait découvert qu'il s'agissait d'une jambe hors d'usage. Sa détermination s'en était trouvée renforcée.

— Une femme handicapée est une femme morte, chez nous. Autant y mettre le feu, dit-il.

Puis il éclate d'un rire d'aliéné en secouant la tête et en riboulant des yeux, qu'il a très noirs.

— Mais je n'ai pas agi par simple désintéressement, ne me prenez pas pour un ange. Elle a un joli visage, très doux, très clair. J'ai pensé que le lait de sa peau atténuerait le charbon de la mienne chez mes enfants.

Je ne peux pas le confier à Parvati, mais plus je vois l'inspecteur des égouts, plus je l'apprécie. Il parle rude, il est prolixe, mais je lui devine un sens de l'honneur, un code qui lui est personnel, qui ne suit pas la norme de son entourage. J'ai tenté de prendre sa défense auprès de Parvati, mais sa caste revient toujours se mettre en travers du chemin. Quand je remets en question cette attitude, si opposée à sa gentillesse à l'égard des animaux, elle dit :

— Est-ce que je donne ma fille en mariage à des animaux ? Est-ce que j'attends des animaux qu'ils soient le père de mes petits-enfants ? Est-ce que je transgresse la loi entre les hommes et les animaux ? L'univers obéit à un ordre. Il n'y a que les imbéciles et les pécheurs pour l'ignorer.

Personne ne peut s'affranchir des griffes de son passé. Parfois, en entendant l'inspecteur des impôts tonner et fulminer, je suis aspiré en arrière, transporté dans la Vallée. Il veut l'égalité. Il veut l'efficacité. Il veut la fin de l'exploitation. Il veut l'extermination de l'élite. Il parle, et le tambour des mots commence à me marteler la tête, le sang bat à tout rompre dans mes veines.

Alors je lui demande gentiment pourquoi il bat sa femme et il se fait larmoyant. Il tète le rhum à son verre et dit :

— Parce que je suis un misérable. Comme tous les hommes, je suis trop faible. Quand je la vois dégoûtée par mes collègues, purifiant les assiettes avec de l'eau consacrée et la pièce avec des nuages d'encens, quelque chose explose dans ma tête. Elle qui subit le mépris des autres à cause de son infirmité, comment peut-elle ne pas comprendre le malheur sous lequel on enterre ces gens ? Imaginez ce que c'est de nettoyer le monde, d'être physiquement englué dans toute la saleté dont vous le débarrassez. Imaginez ce que c'est de rentrer chez vous sans savoir si votre chair va éclater en forêt de furoncles ou peler comme du papier mouillé.

J'insiste gentiment :

— Mais pourquoi la battre ?

— J'ai honte de le dire, mais le fait est que ça me fait du bien sur le moment. J'ai l'impression d'expulser quelques mauvaises choses de ce monde.

Quand je parle à sa femme, elle dit qu'elle ne supporte pas l'odeur, c'est tout. Pour le reste, elle a appris à s'en arranger. Le nettoyage, les fumigations, tout est lié à l'odeur.

— C'est un homme bon, dit-elle. Il a raison de me battre. Je devrais être capable de me contrôler, mais je ne peux pas. C'est comme si j'avais la tête au-dessus du trou des latrines. Chaque fois que j'entre leur servir le thé, je ne peux pas faire autrement que de retenir mon souffle. Ensuite, je ne peux rien avaler pendant plusieurs heures.

L'inspecteur des égouts s'insurge à son tour.

— C'est très bien comme ça. C'est pour ça que je les invite à la maison. C'est pour ça que je les emmène partout, chez le surintendant, chez le commissaire, chez le médecin en chef, l'ingénieur de la direction, le principal du collège, le propriétaire de la sucrerie, le ministre et tous les notables de haute caste de ma ville, de chaque ville, sans exception. Je veux qu'ils aient tous l'impression d'avoir la tête dans les latrines. Je veux qu'ils retiennent leur souffle, qu'ils vomissent, qu'ils soient incapables de manger pendant des heures. Mettez-vous bien dans la tête que pour mes hommes, ça reste toujours aussi dur. Même si vous êtes né dedans, même si vous vivez quotidiennement dedans, jamais vous ne vous habituez à l'odeur. Toute merde sent la merde, et c'est toujours la merde que ça sent autour de mes hommes. Il y a des jours où ils ne peuvent rien avaler, eux non plus. Vous savez pourquoi ils sont tous des ivrognes ? Parce qu'ils essaient de noyer l'odeur ! De l'effacer pour un petit moment !

Sa femme dit :

— Mais pourquoi est-ce qu'il me punit ? La vie m'a déjà infligé une jambe infirme.

L'inspecteur des égouts explose. Il assène un coup du fond de son verre sur la table et se dresse comme un ressort. On en oublierait qu'il est maigre comme une allumette, que je pourrais en briser une vingtaine comme lui sur mes genoux sans en sentir l'effort. Sa fureur lui donne du volume.

— Une jambe infirme ! Qu'est-ce qu'une mauvaise jambe à côté d'une mauvaise odeur ? On peut vivre, manger, dormir, s'asseoir au milieu des autres avec une jambe infirme ! Elle peut gâcher votre vie d'un côté, mais de l'autre elle vous vaut de la pitié, de la considération. Elle peut même vous apporter le mariage avec un inspecteur ! Une mauvaise odeur n'attire sur vous que le dégoût et le rejet. Seule une mauvaise odeur peut s'asseoir à côté d'une mauvaise odeur, manger avec une mauvaise odeur, épouser une mauvaise odeur. Même moi, si vous voulez savoir, je lutte maintenant contre la nausée quand je suis avec eux. C'est pourquoi je ne lave jamais mes vêtements de travail. Je les entrepose dans mon bureau pour ne jamais oublier l'odeur. C'est à cause de moi que ces hommes sentent mauvais, à cause de ma femme unijambiste, de vous et de ma belle-mère, c'est à nous tous, partout, qu'ils doivent de sentir mauvais. Nous devrions avoir conscience du tort que nous leur faisons. Et à moins que l'odeur ne nous assaille les narines et que la nausée ne nous monte à la gorge, nous ne comprendrons jamais.

Je l'écoute, touché. Une fois de plus, comme si souvent dans ce monde, je m'efforce de démêler le bien du mal.

Soudain l'inspecteur des égouts se met à chanter, les yeux mi-clos. Un chant grave, mélancolique, sur les injustices des hommes, redoublées par les injustices des dieux. Je me renverse sur mon siège. Lorsqu'il a terminé, il prend son verre, le tient dans la lumière. Le rhum prend un reflet orange, heureux, dans le soleil.

— Sans le chant, nous serions tous des meurtriers. Les amours ratées, la chance ratée, la justice ratée nous pousseraient à tuer. Tout comme la colère, l'envie et le chagrin. Mais le chant nous sauve. À chanter, à écouter des chants, nous comprenons, nous pardonnons et notre grand malheur s'écoule lentement hors de nous comme le pus d'un furoncle. Alors nous remettons nos lames au fourreau, nous enterrons nos haches, nous sommes sauvés.

Je l'écoute, abasourdi par l'éloquence qu'engendre sa fureur.

Il a acheté la machine noire pour Parvati afin de ne pas être privé de musique quand il vient la voir. Jusqu'à mon arrivée, elle la gardait sous un napperon de dentelle et ne la découvrait que le jour où son gendre ombrageux devait venir, pour l'épousseter et l'astiquer avant qu'il s'en serve. L'inspecteur m'a appris à la faire fonctionner. Marche, avant, arrière, éjection. Fort, plus fort, plein volume.

Je suis resté stupéfait le jour où j'ai découvert que je possédais la capacité d'apprécier le chant, alors que j'avais passé toute ma vie dans un contexte d'opposition farouche à toute musique. Quand je m'en suis ouvert à l'inspecteur, il a répondu dans un grognement :

— Tout le monde naît avec le sens de la musique. C'est comme le sens du bien et du mal. Le drame, c'est que la plupart des gens passent leur vie à les enfouir l'un comme l'autre dans l'oubli.

Une fois lancé sur cette piste, j'ai voulu essayer toutes les variétés de sons imaginables. C'est devenu, comme la lecture, un appétit vorace qui se nourrit de lui-même. Je suis tombé sur les récitatifs religieux et les chansons de films qui m'ont aidé à attirer l'attention de Parvati sur la machine. Et quand l'inspecteur des égouts m'a présenté au vendeur de cigarettes et de bétel assis en tailleur dans son échoppe, j'ai commencé à comprendre que la musique n'était pas une voie linéaire que l'on parcourt d'un point à un autre, mais un vaste champ sous le ciel, qui s'étire dans toutes les directions et nous invite à des itinéraires sinueux, interminables.

J'ai également découvert que, tout comme les mots, elle s'exprime dans ce monde sous tant et tant de formes que jamais, dussé-je vivre des milliers d'années, je ne pourrai les aborder toutes.

En passant près du volume minuscule qui forme une bosse sur le lit, je souris aux deux petites pattes qui dépassent de l'oreiller. L'argent et la missive rendront l'un comme l'autre Parvati malheureuse. Elle en parlera à sa fille qui en parlera par ricochet à son mari. C'est à lui qu'il incombera de joindre tous les points par une ligne et de soumettre à l'analyse le dessin qui en résultera.

Malgré toute l'affection que je porte à l'inspecteur des égouts, je ne saurais jurer de sa réaction. C'est un bavard ; il se donne rarement la peine d'écouter ce qu'on lui dit. Aura-t-il la patience de rester assis des heures durant à côté de cette machine pour m'entendre raconter sans interruption mon histoire et celle de mon peuple ? Et s'il le fait, la prendra-t-il à la lettre ou n'y verra-t-il que l'affabulation fébrile d'un homme qui se cherche des excuses pour quitter une vieille femme sur la pointe des pieds ?

Je l'ai fréquemment entendu fulminer contre les balivernes que les hommes inventent pour justifier leurs excès. Il dit que le monde croule sous les mythes fabriqués par quelques-uns pour servir malhonnêtement leur propre cause. Avec lui, on en revient toujours à ses égoutiers. Ceux qui se réclament des hautes castes, dit-il, ont édifié au cours des siècles des bibliothèques et des épopées pour repousser ses hommes dans des cloaques invisibles.

— Je ne crois à aucune révélation, dit-il, et je ne fais jamais confiance à quelqu'un qui me dit connaître quelque chose d'unique. Une mauvaise odeur s'empare aussitôt de mes narines et j'ai l'impression qu'on me pousse la tête au-dessus des latrines.

Pourtant je suis content qu'il existe un homme de sa trempe à qui laisser mon récit.

Peut-être, se renversant tranquillement sur son siège, verra-t-il soudain dans le mystère de mon arrivée subite, dans mes fréquents témoignages d'ignorance, dans ma disparition théâtrale, les pièces d'un puzzle à reconstituer pour dessiner de moi une histoire vraisemblable.

Je me rassois devant le petit bureau, je presse le bouton retour et j'écoute ma voix à faible volume. Elle est ténue, elle manque de corps et certaines pauses sont si longues qu'on pourrait croire les Wafadar déjà à l'œuvre. Mais le ton est sincère. J'ai essayé de parler lentement, avec fermeté. Avant de commencer, j'ai échafaudé un plan de ce que j'allais dire et j'en ai noté les grandes lignes sur un carnet pour éviter de digresser.

Pour la discipline, je m'inspire de l'article qui est à l'origine de mon enregistrement. Je l'ai trouvé dans une pile jaunissante de vieux journaux achetés il y a longtemps. Le titre disait : « N'ayez pas peur d'écrire votre histoire. » J'ai tout de suite senti que cet encouragement m'était adressé, et quand j'ai regardé en haut de la page pour voir de quand dataient ces lignes, j'ai interprété comme un signe le fait qu'il avait été écrit plus de quatre ans auparavant.

L'auteur dit que chacun est justifié à présenter le récit de sa vie. Aucune histoire n'est sans intérêt et nul homme si vil qu'on puisse lui dénier sa place dans les annales de l'univers. N'importe quel récit de vie est susceptible de représenter une planche de salut pour quelqu'un, « le parfait remède aux peines d'un autre », dit l'auteur, et j'aime cette image. En participant à la constitution d'une pharmacopée des récits du monde, nous apporterions notre contribution au soulagement des chagrins et de la souffrance.

L'heure est restée gravée dans ma mémoire : il était très tôt le matin et le monde retenait une dernière fois son souffle avant d'être emporté par une activité frénétique. J'étais assis au bureau devant la fenêtre ouverte et je regardais la lumière se préciser tout en suivant des yeux l'agitation des oiseaux dans le *semul* géant. Aucun cliquetis d'ustensiles n'avait encore signalé le passage des laitiers et je guettais le bruit mat du quotidien jeté dans la cour. Parvati était partie après m'avoir servi ma première tasse de thé au gingembre. J'ai ramassé au hasard un journal qui couronnait une pile de vieux papiers posée par terre. J'ai survolé les nouvelles, lu plusieurs points de vue concernant des questions depuis longtemps dépassées, puis je me suis tourné vers le supplément du week-end, habillé de couleurs vives. C'est là que j'ai découvert cette pleine page qui était là comme pour moi. « N'ayez pas peur d'écrire votre histoire. »

Quand Parvati est revenue avec ma deuxième tasse, puis avec les journaux, je n'ai même pas levé les yeux. J'ai aussi raté le lever du soleil, ce qui ne m'était pratiquement jamais arrivé. J'ai lu l'article une fois puis, incapable de le lâcher, de me lever, je l'ai relu. J'avais la tête en feu. Raconter mon histoire, c'était la raison pour laquelle j'étais parti, la raison pour laquelle je me trouvais là. Si chaque vie avait véritablement un objectif, là était le mien. Plus que quiconque, j'avais quelque chose à raconter.

J'ajouterais mon remède à la pharmacopée des récits du monde en espérant qu'il contribuerait un jour à soulager les angoisses de quelqu'un ou – qui sait – d'une multitude de gens.

Après avoir exposé les raisons d'écrire, l'auteur abordait dans ses grandes lignes la façon de procéder. Tant mieux si vous étiez doué d'éloquence, sinon, il fallait viser une prose simple, l'histoire étant toujours plus importante que la syntaxe. Un don de conteur permettait de la commencer au milieu, par la fin, à n'importe quel point. Faute de quoi, il n'y avait aucun mal à suivre la chronologie du début à la fin, en ligne droite comme les rails d'une voie ferrée. Craigniez-vous d'ignorer trop de choses, y compris de votre propre contexte, pour être crédible ? Le nom de l'arbre qui poussait devant chez vous, l'histoire de votre groupe social, la loi que vous aviez transgressée ? Il fallait alors vous renseigner, et si c'était impossible, évoquer l'arbre sans honte comme celui dont le nom vous restait inconnu. La plupart de vos lecteurs vous pardonneraient, à condition que vous ne mentiez pas. Chez les grands écrivains eux-mêmes, existaient de vastes plages d'ignorance. L'acte d'écrire était un art de la transmission, mais aussi de la découverte. Chaque histoire avait une âme parfaitement singulière. L'arbre, n'étant pas lui-même l'âme de votre récit, ne devait pas constituer un obstacle à sa progression.

Et voilà. Foin de mots recherchés, de talent particulier, de connaissance profonde : on pouvait toujours écrire son histoire. Il suffisait de se livrer à un simple exercice qui consistait à noter à la façon d'une liste de courses, chaque jour, dans un cahier, les points que vous souhaitiez aborder dans votre récit. Des jours, des mois ou des années durant, l'homme désireux d'écrire son histoire devait diligemment énumérer tous ses ingrédients, en partant du chiffre 1. Puis, à mesure de la rédaction, les biffer tour à tour de son inventaire. Un jour, à force d'opiniâtreté, la liste de courses serait vide et à sa place se dresserait une histoire, la sienne, son remède singulier dans la grande pharmacopée des récits du monde.

Ma deuxième lecture terminée, j'ai lâché l'article, tremblant d'excitation, et j'ai fermé les yeux pour tenter d'y penser calmement. Mais mon agitation ne faisait que croître. Alors, je me suis levé, j'ai lacé mes tennis, je me suis glissé au-dehors par la porte de devant et je me suis mis à courir. Au bout de la rue, j'ai tourné sur la grande route qui mène à la sortie de la ville, aux boutiques de pièces mécaniques, aux champs verdoyants de la campagne.

Je courais à vive allure, martelant l'asphalte, dépassant les cyclistes du matin, les écoliers – athlètes en herbe – aux survêtements rutilants, les carrioles à cheval qui reliaient la gare aux premiers villages. Bientôt, j'ai traversé un paysage de champs verts où la brume du matin s'accrochait encore en nappes irisées que trouaient des vols d'oiseaux folâtres. Chaque fois qu'un camion arthritique passait en grondant, je me déportais sur le bas-côté sans ralentir l'allure. J'ai même relevé plusieurs fois le défi en accélérant pour ne pas me laisser distancer. J'ai saisi la chaîne pendant à l'arrière d'un véhicule pour courir en cadence à côté de lui, jusqu'à ce que l'assistant du chauffeur me voie en se penchant par la fenêtre et se mette à hurler contre moi.

Une fois atteint le premier village, à huit kilomètres, j'ai fait demi-tour et je suis rentré. Je ne m'étais pas entraîné depuis longtemps, mais pour moi, seize kilomètres, ce n'était rien. J'aurais pu en parcourir le double, mais j'avais conscience qu'il eût été imprudent de laisser voir ce dont j'étais capable, et je prenais toujours soin de ne pas me faire remarquer.

Dans les premiers temps, j'avais commis des erreurs. Un soir, à la sortie d'une séance au Delite suivie par un public clairsemé, j'avais brisé les bras de cinq garçons qui s'amusaient à tourmenter un jeune couple, assénaient des claques au mari, caressaient la femme. En réponse à l'ordre que je leur avais donné d'arrêter, l'un d'eux m'avait répondu que mon épouse était la prochaine sur leur liste et ordonné d'aller la chercher sur-le-champ, tandis qu'un autre glissait les mains sous les vêtements de la femme, qui geignait comme un chien blessé. Saisissant l'agresseur par l'épaule, je l'avais tiré violemment en arrière. Quand il s'était retourné pour me frapper, je lui avais cassé le bras, son hurlement coupé net par une gifle magistrale qui l'avait laissé étourdi. En quelques minutes, ils s'étaient retrouvés tous les cinq à terre, gémissant de douleur.

Le jeune couple tendait le dos. Un attroupement s'était formé, comme toujours dans ce monde où une foule se matérialise en un clin d'œil. Le cercle se resserrait lentement autour de moi, marmonnant des questions, des injures et tendant le poing. C'était la *bahumukhya*, le monstre aux multiples têtes dans sa version d'outre-monde. Sans entraînement, sans discipline, mais tout aussi dangereuse que les nôtres. Elle a beau présenter des visages différents les uns des autres, ils se ressemblent tous dans un moment comme celui-ci. Je n'éprouvais aucune crainte, bien sûr. Un instinct ancien remontait des profondeurs de mon être. Ils étaient vingt-cinq, tout au plus. J'étais capable de leur briser les os avant même qu'ils touchent à un cheveu de ma tête.

C'est alors que j'ai surpris, derrière les visages mouvants, l'expression ahurie de mon maître ès musiques qui se dévissait le cou depuis son échoppe pour tenter d'apercevoir la scène. J'ai compris aussitôt que je risquais de perdre tout ce que j'avais appris à chérir. Ce monstre à cent têtes n'avait aucune idée des prouesses dont j'étais capable. Il aurait été stupide d'en faire étalage. Comme j'avais un jour appartenu à l'élite d'un ordre sans égal, je savais me transformer en ombre aussi bien que briser des os. En un clin d'œil, j'avais disparu.

Parvati m'a rapporté peu après qu'un djinn diabolique s'était invité au cinéma, qu'il avait agressé une femme et malmené tout un groupe d'hommes avant de s'évaporer dans la nature quand la foule s'en était prise à lui. Une centaine de personnes l'avaient vu. Plusieurs semaines durant, elle me reparla de lui. Un poste de police s'était établi sur les lieux, de même qu'un saint fakir, illustre dompteur de djinns, qui savait leur passer le licol et les empêcher de nuire.

Ma bourde était de taille. Si les Wafadar à mes trousses avaient eu vent de l'histoire, ils m'auraient identifié et localisé instantanément. J'ai évité longtemps les abords du Delite. Me revoyant un mois plus tard, mon maître, assis en tailleur dans sa petite échoppe, m'a dit :

— Tu t'étais volatilisé, comme le djinn !

Sa remarque m'a troublé comme un rappel à l'ordre : je me trouvais à présent dans un monde où la curiosité des gens, aléatoire, touchant à des sujets sans rapport direct avec leurs propres vies, constituait un danger.

De retour à la maison après ma course, ma décision était prise. Je ne m'étais pas senti aussi déterminé depuis bien longtemps. Je me suis acheté le jour même un cahier de papier réglé tel qu'en utilisent les écoliers et j'ai commencé à transcrire la liste des ingrédients de mon histoire après avoir laissé la première page blanche. Je les numérotais comme le conseillait l'article, me limitant à cinq entrées par page. Au bout d'une semaine, j'en avais noté plus de cinquante. Un mois plus tard, je me suis acheté un nouveau cahier.

Bien que ce travail me fût agréable, il n'était pas facile. Chaque entrée agissait comme un hameçon acéré ramenant à la surface les débris de souvenirs douloureux. Il m'arrivait d'écrire une simple ligne, puis de me plonger dans une rêverie que rien ne venait interrompre des heures durant. Parfois je me surprenais à pleurer sur moi-même et j'y trouvais un réconfort inattendu. Parvati a compris très vite qu'il ne fallait pas me déranger quand j'étais penché au-dessus du cahier d'écolier et que l'objet contenait certaines choses sur lesquelles il valait mieux ne pas poser de questions.

Les entrées, inexorablement, se sont raréfiées au fil des jours. La grande énergie et la belle assurance de mes débuts m'ont quitté, laissant place à l'incertitude et à la confusion. C'était un phénomène curieux. Je commençais à m'insurger contre la dureté et les certitudes du mot alors que c'était précisément ce qui m'avait attiré dans l'écriture auparavant. Je ne savais plus trop si les notes que je prenais et le récit que je tentais de composer avaient un sens. Plus exactement, je savais qu'ils en avaient un, mais lequel ? Pouvais-je être assez présomptueux pour écrire une histoire dont je ne connaissais pas la signification ?

J'ai bientôt sombré dans le désespoir. J'étais à présent certain que l'auteur de l'article n'avait jamais essayé de raconter sa propre histoire. Il était plus facile d'inspirer une initiative que de pratiquer. Alors, quand les mots expiraient sous ma plume et que mes pensées bouillonnaient rageusement, je cherchais une consolation dans la musique. Renversé sur ma chaise des heures durant, j'écoutais le magnifique éventail de sons que j'avais achetés au vendeur de bétel ou recueillis auprès de l'inspecteur des égouts. La variété des compositions qui se déversaient de la machine, servies par des instruments très divers, était si incroyablement riche que j'avais presque peine à croire qu'elles étaient toutes créées par le même animal. Vaincu par le verbe et revigoré par les notes suaves, j'en suis venu à croire ce que mon mentor me disait depuis longtemps : s'il existe un dieu, ou quelque chose qui prouve l'unicité de l'homme dans le vaste univers, c'est bien la musique.

Je n'avais rien écrit depuis des semaines, sec comme un arbre mort, sans le moindre germe d'inspiration, quand j'ai connu ma première frayeur, à l'échoppe. J'avais renoncé à écrire, concluant qu'il m'était trop difficile de dénouer les fils de mon histoire, et chaque fois que je me penchais sur mes notes, couchées sur le papier telles des rangées d'asticots morts, je concluais que je n'étais pas fait pour les assembler en un récit cohérent ou quoi que ce fût d'approchant. L'article du journal m'avait conduit à présumer de mes aptitudes. J'étais capable de bien des choses que, dans ce monde, personne ne pouvait accomplir, mais je n'avais pas le talent de relater une histoire – fût-elle la mienne, et quelle qu'en fût l'urgence – dont le sens et la vérité persistaient à m'échapper.

Dans cet état de vague inertie, j'examinais des pochettes de disques à l'échoppe par une calme fin d'après-midi, juste avant que le Delite vomisse les centaines de spectateurs surexcités de la séance de matinée et en aspire une quantité encore plus importante. Soudain j'ai senti un serpent froid ramper le long de mon échine. Je me suis retourné en un éclair. Tout autre que moi n'aurait distingué que la circulation alanguie du bazar, mais j'ai entrevu l'ombre d'une ombre glissant devant le vieux figuier des pagodes près du parking et j'ai compris que mes jours étaient comptés.

Le temps que mon mentor de musique lève les yeux de la chique de bétel qu'il était en train de préparer, j'avais disparu. Les jours suivants, je suis resté à l'intérieur de la maison, assis sur mon siège installé à distance et à l'oblique de la fenêtre, observant la rue. Je mentirais en disant que je n'avais pas peur. Ce n'était pas cependant le genre de peur que les hommes d'ici éprouvent, la crainte de perdre un membre, la vie ou ses biens. C'était une terreur sans nom. Comme si je me tenais au bord d'un précipice sans fond. Une fois jeté dedans, je serais perdu et seul pour toujours. Ni vivant ni mort, et personne dans le vaste univers ne saurait plus que j'existais.

Endormi, je restais agrippé au petit corps rond de Parvati. Éveillé, j'écoutais les battements de son cœur, je plongeais mon regard dans ses yeux paisibles. C'était le seul moyen de calmer mon épouvante et de retrouver un sentiment de sécurité. J'ai découvert comment, la nuit, lui faire rabattre sur moi une lourde jambe pour me maintenir couché, cloué sur le lit. Sa bonté me protégerait. Rien dans la logique des mondes ne pouvait être assez maléfique pour lui vouloir du mal, à elle ou à ceux qu'elle aimait.

Une semaine plus tard, contrôlant ma panique, conscient d'avoir toujours su que je finirais par être rattrapé, je me suis aventuré jusqu'à l'atelier. Zubair était préoccupé. Je lui ai présenté mes excuses et je l'ai prévenu qu'à l'avenir mes apparitions seraient irrégulières, mais que j'exécuterais toutes les commandes qui m'avaient été confiées. Il n'a pas cherché à en savoir plus. Avec ses ouvriers, il était habitué aux problèmes personnels qui font dérailler le cours de la vie.

Je travaillais au buste d'un Bouddha destiné à une tête de lit. C'était nouveau, me dit Zubair, cet intérêt pour le Bouddha. Quand il était enfant, personne dans le quartier n'y faisait jamais allusion, sinon comme à une espèce d'individu loufoque prêchant le renoncement et le détachement. À présent, les gens éduqués et les riches orientaient leur foi vers lui.

Zubair est parti d'un rire amer, puis il a dit qu'il en allait ainsi dans ce monde : on se mettait à croire en un homme, mais on oubliait son propos.

Après avoir copié un certain nombre de statues du Bouddha, j'avais compris que son attrait ne résidait pas dans ses boucles de cheveux ou dans ses grandes oreilles, mais dans son sourire et dans ses yeux. De la courbe qu'on leur donnait dépendait la sérénité qui émanait de lui. Mes premiers bouddhas étaient sévères, ils n'admettaient pas la contradiction. Peu à peu, j'ai maîtrisé la pente douce des paupières et celle des lèvres, et je dois dire qu'en dépit des soupçons hérités de mon éducation sur la capacité des objets à induire la tranquillité, j'ai découvert qu'au milieu même de l'activité de l'atelier, du désordre et du bruit, il commençait à dégager un calme difficile à décrire.

J'étais penché sur le bois, plissant les yeux, tapant à petits coups précautionneux sur mon ciseau pour faire surgir le divin, quand j'ai senti de nouveau le serpent froid glisser le long de mon échine. Cette fois, je suis resté où j'étais, tapant sur l'outil sans donner d'efficacité à mes coups, tandis que mes yeux pivotaient dans toutes les directions. Elle était là de nouveau, l'ombre de l'ombre, glissant devant les planches empilées de teck et de cèdre. J'ai maintenu la pose un moment, mais elle avait disparu.

Plus tard, sachant que je ne trouverais rien, j'ai entrepris une reconnaissance méthodique des environs. Zubair l'a remarqué et m'a demandé :

— Tu cherches quelque chose ?

— Un fantôme.

— Est-ce qu'il te cherche aussi ?

— C'est bien possible.

— Alors rentre chez toi et attends-le. Laisse-le faire le gros du travail.

Puis, comme j'allais partir, il a repris :

— Tu sais comment vaincre un fantôme ?

— Dites…

— Il existe un sort pour chacun d'eux. Trouve le sort qui peut s'exercer contre le tien, il disparaîtra.

Ce soir-là, j'ai pris le chemin le plus long pour rentrer, par le commissariat construit en briques étroites jouxté d'une étable où les policiers élevaient à présent des buffles. J'étais redevenu le guerrier sans égal de la haute Vallée. Tous les sens en éveil, je glissais par les rues telle une ombre, ténue comme un barbouillage fugitif sur un mur. Je ne suis pas entré par la porte de devant et Parvati a sursauté en me voyant me matérialiser dans la petite alcôve du premier où elle était en train de tricoter un cardigan.

Je me suis préparé une grande tasse de thé et suis allé m'asseoir au salon sans allumer la lumière. Leur cercle commençait à se refermer sur moi, aucun doute. Le lendemain ou dans quinze jours, ils seraient là. L'ombre que j'avais non pas vue, mais sentie, était probablement celle d'un éclaireur. Ils ne feraient pas mouvement vers moi sans y être préparés, mais seulement lorsqu'ils seraient sûrs de leur victoire. Je connaissais leur façon de penser. La tribu qu'ils constituaient avait enterré depuis longtemps toute notion de peur ou d'échec.

Le lendemain matin, un samedi, l'inspecteur des égouts est arrivé, accompagné de sa famille. Tandis que Parvati et sa fille claudicante se blottissaient à la cuisine dans une sorte de communion qui dépassait l'entendement et que les deux enfants regardaient un programme bruyant à la télévision dans la pièce du bas, nous observions, l'inspecteur et moi, la rue depuis ma fenêtre du premier, tout en sirotant du rhum ambré. L'inspecteur était en émoi. La semaine passée, il était parvenu à une grave décision. Il a tiré une cassette de sa poche, redressé d'un clic le couvercle de la machine noire et glissé la bande à l'intérieur.

— Écoutez !

Je croyais qu'il m'avait apporté une nouvelle merveille musicale, mais c'est sa voix qui a surgi. Il a éclaté de rire devant mon air ahuri. Il parlait avec encore plus de rage que d'ordinaire. Si on ne changeait pas le monde en un lieu d'égalité et de justice, il le mettrait à feu et à sang, menaçait-il de plusieurs façons très suggestives. Après chacun de ses propos, des hommes criaient, rugissaient. Vingt minutes plus tard, après qu'il eut anéanti plusieurs fois la Terre sous des applaudissements nourris, la machine s'est arrêtée dans un déclic sonore. Il m'interrogeait du regard dans le silence revenu.

— Vous êtes très en colère, dis-je.

— Pas assez ! Pas assez ! Je veux le devenir encore plus ! Encore plus en colère !

Puis il m'a communiqué sa décision de « quitter l'égout pour mieux nettoyer l'égout ». Il avait eu une révélation, compris une chose fondamentale. Dans chacun des vastes véhicules du monde, seule une personne avait de l'importance, celle qui tenait le volant.

Les rouages, le moteur, les pneus, les sièges, les passagers pouvaient bien s'avérer parfaits, toute cette perfection ne servait à rien si la main sur le volant décidait de vous conduire dans le fossé ou de ne vous conduire nulle part.

Il avait présenté sa démission de fonctionnaire. Son objectif était d'occuper lui-même la place du gouvernement. Les égoutiers avaient formé une sorte de parti radical. Il en prendrait la direction et bientôt, ensemble, ils détruiraient le monde pour le reconstruire égalitaire et juste. Comme je venais de l'entendre à son premier discours, son projet enthousiasmait ses collègues jusqu'au délire.

Je ne prêtais pas attention à son manifeste, désireux seulement de comprendre comment faire pour intégrer sa propre voix à la machine. Il me l'a expliqué avec impatience. La nuit suivante, alors que tout le monde dormait, je me suis enregistré lisant un livre, puis j'ai repassé la bande. Ma voix flottait dans l'espace, désincarnée, étrange. J'ai répété l'opération à différents niveaux sonores, chaque fois consterné par ce timbre atone. Mon émerveillement devant le miracle de la musique, devant le registre expressif de la voix chantant, n'en a fait que croître.

Et voilà que le garçon corpulent du Foyer m'est revenu en mémoire.

Je n'ai pu fermer l'œil. La résolution de l'inspecteur des égouts et la maîtrise du mécanisme de l'enregistrement avaient ravivé le besoin que j'avais de raconter mon histoire. Plus tôt, c'était le défi de l'écriture, une activité pour laquelle je n'avais aucun don, qui m'avait arrêté. Établir la liste de courses avait été en soi une tâche épuisante. J'ai ressorti les cahiers et je les ai relus. J'ai été aussitôt content d'avoir pris ces notes. Oui, il y avait là une histoire à raconter, une histoire importante, cruciale.

À présent, alors que je me renverse sur ma chaise, sur le point de pousser le bouton qui allumera un petit voyant rouge pour indiquer que la machine est prête à figer mes paroles dans le temps, je me dis une fois de plus que j'ai été bien négligent de me laisser abattre. Je me suis mis en danger de tout perdre par pur désespoir. Peu importe si je ne comprends pas dans sa totalité la signification de mon histoire. Quelqu'un d'autre y parviendra, tôt ou tard. Tel est le principe auquel les hommes devraient s'en remettre pour agir. Faire ce qu'ils savent devoir faire, confiants dans le fait que quelqu'un d'autre, lui aussi, fera ce qu'il doit faire.

Je suis arrivé dans cette maison, en présence de cette machine noire, afin de pouvoir dire ce que j'ai vécu. Mon sablier se vide implacablement. Bientôt, des ombres d'ombres sans pitié se glisseront par les crevasses de cette vieille demeure.

Je pose ma tasse vide sur le rebord de la fenêtre derrière la table. Pas une feuille ne bouge aux branches du *semul*. Le moment est venu de poursuivre. De presser le pas et d'en finir.

Origines

Il ne m'a pas fallu longtemps pour gagner la confiance de ZZ9. Mon application passionnée à l'entraînement en était la cause. J'aimais pratiquer ; je cherchais toujours à repousser mes limites. Je trouvais excessives les quatre heures de sommeil quotidiennes qui nous étaient attribuées. Je m'éveillais toujours une demi-heure avant le moment de nous mettre en rang, alors que mes frères peinaient jusqu'à la dernière minute à reprendre leurs esprits.

La première année, il n'a été question que du corps.

À trois heures du matin, nous commencions une course à travers d'interminables sentiers de forêt, par monts et par vaux, à la lueur déclinante de la lune. Le cœur des prédateurs comme celui de leurs proies cessaient de battre à notre passage. Nous courions jusqu'à ce que nos jambes ne sachent plus rien faire d'autre et souffrent le martyre de devoir s'arrêter.

Je vais essayer de ne pas parler au nom de tout le monde. C'est une leçon que je devrais avoir comprise, m'étant évadé. Pourtant, dans la Vallée, c'était ce que nous faisions tous en permanence.

Nous étions cinq, tous frères. Deux d'entre nous tout au plus deviendraient des Wafadar, nous le savions. Les purs parmi les purs se doivent d'être aussi les forts parmi les forts. Nous dormions dans une petite pièce, sur le sol dur de terre battue, nos cinq corps parallèles.

J'aimais mes frères. Je me serais volontiers détourné de mon chemin pour n'importe lequel d'entre eux, si agir ainsi n'avait été une trahison, une chute dans les abysses du soi inférieur. Notre devoir imprescriptible était de donner à notre peuple les meilleurs d'entre nous. Nous devions nous aiguillonner mutuellement et faire advenir l'apothéose du plus pur, du guerrier qui nous défendrait tous. Il nous était interdit de faire quartier à qui que ce soit. Jamais nous ne devions fournir à l'autre l'occasion de manifester de la faiblesse. La tentation presque irrésistible de tendre une main secourable à un frère qui partageait chaque moment de votre existence, dont le corps touchait le vôtre en dormant, était un ennemi à combattre. Nous tenions gentillesse et douceur pour des éléments de confort, vains, superflus. Notre objectif était le bien-être de la Confrérie et non pas d'un frère en particulier.

Un soir que nous courions depuis douze heures sans nous arrêter, R215 me précédait sur le sentier. Brusquement, ses jambes ont cédé sous lui et il a chuté dans le ravin. En bon guerrier, il n'a pas émis un cri de douleur, pas un appel à l'aide. On pouvait voir qu'il s'était écrasé sur des rochers. S'il s'était brisé une jambe, il aurait du mal à se hisser le long de la paroi abrupte. Je me suis retourné vers mes frères dans l'attente d'un geste de leur part, mais ils me regardaient avec la même expression. Ce moment de flottement partagé nous a rappelés à l'ordre. Nous ne pouvions pas, nous ne devions pas nous arrêter. Toute faiblesse, sitôt admise, aurait fait tache d'huile et n'aurait été qu'un premier pas vers la déliquescence.

R215 n'était pas dans le hangar lorsque nous sommes rentrés six heures plus tard. Ni le lendemain à l'aube, au moment de reprendre notre course. Nous sommes allés trouver le Conseiller du Corps pour l'aviser de ce qui s'était passé. Sans un mot à ce sujet, il nous a énoncé le programme du jour – courir, nager, courir, nager, en cycles alternés de trois heures jusqu'au lever de la lune – et nous nous sommes mis en route.

Nous nous attendions à voir R215 à notre retour le soir au lever de la lune. Mais il ne se trouvait dans aucune des pièces qui constituaient notre logis – cuisine, dortoir, salle de méditation ou salle de bains. Interrogé, l'homme âgé qui préparait nos repas nous a répondu, sous son effigie qui n'avait pas vieilli plus que la nôtre : « Des milliers de vous sont passés par ici. »

Ces mots nous ont servi d'avertissement. Honteux, nous ne nous sommes plus rien dit, même avant de dormir, étendus côte à côte sur le sol dur. Le sentimentalisme n'était pas moins méprisable que la lâcheté et, de fait, il en était souvent la source. R215 devrait se débrouiller seul pour rentrer, son mental et son corps y étaient entraînés et s'il n'y parvenait pas, eh bien, ce serait qu'il ne l'avait pas mérité.

Des hommes ont rapporté son cadavre deux jours plus tard. Il était un peu gonflé, la peau marquée de traces noires et bleues. On pouvait voir qu'il s'était brisé les genoux en tombant, et de toute évidence, sa détermination n'avait pas été de meilleure facture que ses os. Mais quelque chose d'extraordinaire sautait aux yeux, comme un signe. Tandis que des morceaux avaient été arrachés à son corps par les animaux sauvages, le visage était resté intact. Son visage, notre visage, le mien, l'effigie, avait dissuadé crocs et griffes. Même dans la mort, le pouvoir de la Confrérie rayonnait.

Avant qu'on enlève le corps pour l'enterrer dans le Jardin Familial, la fosse profonde des retrouvailles ultimes, résidence éternelle de tous les frères dans l'égalité, ZZ9 nous a demandé à tous les quatre si nous étions tristes. Non. Pourquoi pas ? a-t-il insisté. Parce que notre frère avait succombé en cherchant à devenir le meilleur possible, dans l'intérêt de tous. Mais n'était-ce pas le devoir de chaque frère de protéger son camarade ? Non, le devoir de protection s'appliquait à la Confrérie, pas au frère. En dirigeant notre regard sur le frère, nous perdions de vue la Confrérie. C'était ce qui arrivait dans l'outre-monde.

Moi, mien, moi-même. L'homme avant l'humanité.

Accepterions-nous, a demandé ZZ9, de nous trouver dans la même situation que lui ? Abandonné ? Oui, oui ! avons-nous répondu à l'unisson, l'esprit limpide, libre de doute.

Nous n'avons pas subi d'autre perte au cours des deux premières années. Durant cette période, nos corps se sont rendus capables de prouesses que nous n'aurions pu imaginer au Foyer ou à la Caserne. Notre résistance était sans limites, notre force immense.

Nous pouvions, à nous quatre, détruire à coups de pied un bâtiment en pierre en quelques minutes.

Nous étions devenus des créatures arboricoles autant que terrestres et aquatiques, capables d'escalader le tronc le plus haut à la vitesse d'un écureuil et de nous déplacer sous la voûte forestière avec l'agilité des singes. Parfois, nous recevions l'ordre de ne pas toucher le sol de toute la journée. Nous acquérions peu à peu la capacité de nous fondre avec l'écorce comme les grands félins et de dormir accrochés aux branches comme les renards volants de la nuit.

Tout ce que nous avions acquis durant les deux premières années devait être éprouvé impitoyablement au cours de la troisième.

Nous avions à présent des muscles, des poumons, des épaules et des membres – doigts et orteils inclus –, capables de tout ce qui était possible à un homme et même plus, mais avions-nous l'ouïe, la vue, l'instinct, l'intuition, les sixième et septième sens qui faisaient d'un guerrier un être indestructible ?

Nous allions devoir, cette année-là, annihiler toute présomption.

Nous ne nous ménagions pas. L'apothicaire, à notre disposition jour et nuit, pansait inlassablement nos blessures. Mais plus que sur lui, c'était sur le Commandeur des Sens qu'il nous fallait compter pour nous sauver de la destruction.

Personne ne connaissait son âge, mais on le tenait pour le doyen des Grands Timoniers. Le cuisinier, lui aussi d'âge mystérieux, disait que le Commandeur était déjà vieux quand il n'était qu'un petit garçon, qu'il avait étudié aux pieds d'Aum en personne. C'est pourquoi il était aussi accompli. Les Grands Timoniers, à intervalles réguliers, se soumettaient à son examen, car on ne domine jamais les sens une fois pour toutes ; il est nécessaire de les mettre continuellement à l'épreuve.

Pour le Commandeur, le corps n'était rien, tout était esprit. Il nous parlait dans un grondement sourd et comme issu d'une galerie souterraine. Au bout de quelques minutes, sa voix agissait comme un charme sur son auditoire.

Assis complètement nus en tailleur, les poignets sur les genoux et les yeux clos, nous écoutions le murmure profond qui nous enseignait à étendre le champ de notre conscience au monde entier. Jusqu'à chevaucher l'univers. Jusqu'à devenir un avec Aum. Je sentais alors une myriade de planètes tournoyer autour de moi comme de minuscules insectes ; le soleil se réduisait à la taille d'un ver luisant, quelque part près de mon coude. Des galaxies entières se faufilaient sous mes aisselles, survolaient en trombe mon nombril avant de disparaître derrière ma taille. Le profond silence de l'espace intergalactique était éclairé par ma seule énergie lumineuse. Tout émanait de moi. Tout était moi.

Au milieu de ce sentiment de complétude, la voix caverneuse changeait progressivement de registre. Elle nous rapetissait peu à peu, et bientôt je n'étais plus qu'un atome de matière sur le sol, un grain de poussière. La moindre feuille d'arbre me surplombait tel un cèdre gigantesque. Je me précipitais pour échapper aux énormes fourmis que je voyais me dépasser sur des pattes musculeuses et velues, leurs mâchoires impressionnantes jappant une menace. Un serpent monstrueux, la peau épaisse et écailleuse, ondulait lentement vers moi, capable en une reptation d'étouffer un millier de mes semblables. Puis, soudain, toute frayeur me quittait. Ma taille avait tant diminué que je passais inaperçu. J'étais devenu trop petit pour être touché, mangé ou écrasé.

Le Commandeur nous a ainsi transportés maintes fois de l'incommensurable au néant. C'était une façon de nous faire franchir les limites de la peur, de tremper le caractère comme les forgerons le font d'une épée, la plongeant tour à tour dans une eau glacée puis bouillante jusqu'à ce que l'acier, devenu indifférent au froid comme à la chaleur, exprime sa solidité par son brillant.

Le Commandeur nous aidait également à traverser la pathologie de la douleur. Nous apprenions que c'était le mental qui la suscitait bien avant qu'elle ne s'impose d'elle-même. La souffrance physique existait, certes, mais ne représentait qu'une fraction infime de ce qui accablait les hommes. Magnifiée par la peur, une piqûre d'épingle se muait en coup de poignard. Le guerrier à l'esprit pur et ferme n'éprouvait rien jusqu'à ce que la douleur ait effectivement raison de son corps. Je fus bientôt capable de considérer ma peau comme l'écorce d'un arbre, insensible aux écorchures, aux entailles, aux piqûres, à la brûlure.

Cet état mental découlait d'une incroyable tranquillité d'esprit. J'y avais travaillé au Foyer, à la

Caserne, et à présent le Commandeur la guidait vers de plus hauts paliers. Chaque jour, il effaçait de nos crânes le moindre frémissement, de nos cerveaux le plus petit mouvement. Creux et immobiles telles de vastes grottes que ne traversait pas l'ombre d'une pensée, nous devenions le site d'un phénomène incroyable : des yeux, des centaines d'yeux s'ouvraient en diverses parties de nos corps. À l'arrière de ma tête, le long de ma colonne vertébrale, au sommet de mon crâne, sur mes épaules, mes genoux, mes coudes, mes orteils et mes doigts. Je pouvais soudain voir dans toutes les directions. Des centaines d'oreilles s'épanouissaient de la même façon, chacune au voisinage d'un œil. Assis, paupières closes, le mental vide, je voyais et j'entendais tout ce qui se passait à une centaine de mètres alentour.

Au début nous ne pouvions nous maintenir dans cet état que brièvement. Une volute de pensée s'insinuait dans l'espace de nos têtes, suivie d'une autre et d'une autre encore, chacune refermant un œil et une oreille. En un instant, nos nouvelles facultés étaient étouffées sous le bruit de fond du mental.

Le murmure du Commandeur nous rappelait alors que le problème des hommes était de trop penser. Chaque pensée était une flèche mortelle, chaque argument une épée brillante. Dans l'outre-monde, l'homme était incapable de détermination parce qu'il se livrait une guerre sans merci dans sa tête. Les flèches volaient, l'acier s'entrechoquait, le vacarme de la bataille l'assourdissait. Dans de telles conditions, il lui était extrêmement difficile de garder son sang-froid, et impossible de poursuivre résolument un objectif sensé.

Chez les purs, la situation était tout autre. Aucun bruit de fond ne perturbait le cerveau des élus. Tout leur arsenal était dirigé vers la même cible.

À mesure que nous alignions nos armes dans nos têtes et que nous faisions taire le brouhaha de nos pensées, les yeux et les oreilles de notre corps commençaient à s'ouvrir. Au fil du temps, aidés par le murmure hypnotique du Commandeur, nous sommes parvenus à nous maintenir dans cet état miraculeux jusqu'à plusieurs heures par jour. Nous étions comme plongés dans une sorte de transe, parfaitement vides et en même temps conscients de tout.

Chaque jour, après la séance de discipline du mental, le Commandeur nous racontait une histoire, le plus souvent au sujet d'Aum ou des pères pèlerins. C'était le moment que j'attendais. J'étais chaque fois ému à l'évocation de nos ancêtres fondateurs exténués par leur longue marche, instantanément revigorés à la vue de la terre promise, puis travaillant à faire de la Vallée un lieu propice aux grandes œuvres de l'avenir, apprivoisant jour après jour la terre, maîtrisant les forêts, domptant les rivières.

Aum était partout. Flanqué d'Ali et d'Alaiya, il arpentait le territoire encore inexploré, ranimait d'une main légère les affaiblis et les fiévreux. Un jour le sage resplendissant avait tapoté amicalement le crâne du Commandeur enfant ; huit décennies plus tard, l'énergie de ce moment palpitait encore dans ses veines.

Comme nous l'écoutions à présent, disait-il, il avait écouté Amar, le grand bretteur, raconter ces histoires des commencements. La force de ses bras était si grande que, malgré son âge avancé, il mettait d'un tour de poignet un cheval sauvage à genoux. Il racontait que chaque soir, après le coucher du soleil, la congrégation des pères fondateurs se réunissait près du Bodhi pour boire le verbe à sa source. C'était toujours Ali qui prenait le premier la parole, puis Alaiya, pendant que le sans-égal écoutait, assis – comme nous quelques générations plus tard – en tailleur, poignets aux genoux et paupières closes.

Les deux vaillants gardiens de la foi parlaient de choses quotidiennes, du travail effectué, des tâches qui restaient à accomplir. Ils rappelaient à la congrégation sa destinée unique, louaient sa fermeté dans l'épreuve et sa détermination dans la poursuite de son idéal. Puis ils narraient les histoires qu'ils attendaient tous : les prouesses divines d'Aum. Il avait déraciné sans effort un *deodar* gigantesque qui faisait obstacle à leur progression ; envoyé rouler, d'une pichenette d'enfant à de petits cailloux, des rochers énormes en travers des rapides de la Jhinjheri pour former un gué et leur permettre de traverser ; repoussé d'un geste sans réplique les animaux sauvages, panthères et ours, qui croisaient leur route.

Ensuite, poursuivait Amar, le sans-égal ouvrait les yeux et se mettait à parler. Jusqu'alors un certain nombre d'auditeurs, impatients, avaient pianoté des doigts et laissé errer leurs regards à la façon des enfants au milieu d'un groupe d'adultes. Mais dès qu'il avait ouvert la bouche, toute agitation cessait. Une voix au timbre de tonnerre et pourtant caressante comme une brise d'été déversait en eux les secrets de la vie et de la mort. Aum leur racontait l'histoire de l'homme au moi hypertrophié, saturé de lâcheté, de fourberie et de faiblesse, l'homme venimeux, épris de possession, le cœur lourd de malheur et de chagrin. Pour illustrer son propos, il faisait appel au *Mahabharata*, la grande épopée du monde.

Trois mille ans avant notre siècle, les figures d'hommes les plus splendides avaient parcouru la Terre. Doués de force, de courage, de beauté et des raffinements de la connaissance, ils possédaient richesse, pouvoir, noblesse et intelligence. Ils étaient étroitement unis par des liens de sang, d'alliance et d'amour, de loyauté et d'honneur. Ils posaient les questions fondamentales de la conduite et de l'action justes, du dharma et du karma. Ils cherchaient à comprendre la causalité cosmique. Ils s'apprenaient à renoncer au monde tout aussi facilement qu'à le revendiquer.

Pourtant, ils avaient échoué.

Pourquoi ?

La question hantait Aum. Afin d'informer sa congrégation des défis formidables qui attendaient les purs, il lui relatait les histoires de ces hommes et de ces femmes plus grands que nature. On trouvait en leur sein des rois et des guerriers, des prêtres et des précepteurs, des reines et des princesses. Pourtant la perte et le chagrin avaient été l'ultime expérience de chacun d'eux et tous les objets de leur quête s'étaient trouvés anéantis, non pas dans la négation finale de la mort, mais dans la défaite de l'âme. Et même ceux qui avaient remporté une formidable victoire sur leurs désirs ne percevaient plus, sur leur langue bouffie, qu'un goût de cendre.

Le Commandeur disait qu'en entendant cette histoire de la bouche d'Amar, il avait été transporté. Tout son poil se hérissait. Les noms de ces héros tournoyaient en permanence dans sa tête. Ils désignaient des hommes et des femmes d'un feu et d'une force qui faisaient d'eux les égaux des dieux.

Amar ne s'était jamais demandé pourquoi Aum narrait ces récits, jusqu'au soir où, assis sous un ciel clouté d'étoiles, coincé parmi une multitude de corps et bien enveloppé dans sa couverture rugueuse, il avait commencé à entrevoir quel était leur véritable dessein.

Dépouillant peu à peu son enfance, il avait compris que la louange de ces personnages mythiques n'était pas l'objectif du conteur. Avec le *Mahabharata*, il voulait inciter la congrégation à réfléchir sur ce qui menait à l'abîme les meilleurs d'entre les hommes. Puis, lorsqu'il en avait terminé avec un épisode, il posait des questions. Derrière le désintéressement apparent de tel ou tel héros, était-ce vraiment l'accomplissement du devoir qui était recherché, quand, sous certains de ses aspects, le dharma était au contraire bafoué ? Ne servait-il pas une forme d'ambition plus profonde, un désir de considération personnelle ?

Moi, moi-même, mien. La réponse à ces questions résidait dans l'aveuglement du soi personnel.

Aum, le sans-défaut, dévidait l'histoire de tous les grands personnages un à un. Et grâce à cette narration quotidienne, la congrégation en était venue peu à peu à comprendre les dangers associés au culte de soi.

De la compréhension de ce problème était née chez Aum l'idée de l'effigie comme moyen d'y répondre. La vanité ne commençait-elle pas avec le regard porté à son reflet dans l'eau immobile ? La première effigie fut fabriquée aux traits de l'immaculé. D'abord, dans sa grâce infinie, Aum fut content de voir que tous lui ressemblaient. Si le principe d'égalité devait s'ériger en arbre superbe, il était impératif de le doter de racines plongeant jusqu'aux origines. Aucune solution de continuité entre le maître et le disciple.

Bientôt, pourtant, le parfait s'était rendu compte qu'il y avait de la vanité – de sa part cette fois – à faire porter son visage à tout son peuple. Alors on avait fait subir des modifications à l'effigie. L'*ustad* de l'époque lui avait donné les yeux et les sourcils d'Ali, la bouche pulpeuse d'Alaiya. Le résultat était une combinaison de leurs trois visages. C'était encore inacceptable pour le sans-égal. Aux côtés de l'*ustad*, il avait passé ses adeptes en revue.

— Lui, son nez, son nez volontaire, donne-le à l'effigie, avait-il dit.

Ou bien c'était une fossette fendant un menton. Alors il murmurait :

— Essaie, vois si cette forme ajoute à l'expression résolue que je cherche.

Chaque jour de nouvelles caractéristiques étaient ajoutées, d'autres supprimées. L'*ustad* travaillait sous le grand rhododendron – là où se tiennent aujourd'hui les ateliers –, protégé du soleil et des averses par le lacis de ses branches. Quand des enfants se faufilaient auprès de lui pour l'espionner (à l'époque, le Foyer n'existait pas encore), il regardait par-dessus son épaule et disait :

— Ne me dérangez pas. C'est votre avenir auquel je donne forme.

L'incandescent examinait attentivement chaque nouvelle tentative et réclamait une modification ici ou là. En quelques semaines, tous les éléments reconnaissables avaient disparu et l'effigie était devenue un assortiment de traits profondément original. Un soir, longtemps après le coucher du soleil, alors que la congrégation s'installait, croisant les jambes, à la lueur dansante des torches, Alaiya était montée sur l'estrade pour demander le concours de quatre volontaires prêts à sacrifier leur vie à la création de la voie véritable du prophète.

Le premier à se lever avait été l'homme qu'on appelait le Chameau. Grand, courbé et lent d'esprit, il avait, durant la longue marche, porté sur son dos tour à tour tous les enfants fatigués, toutes les femmes affaiblies. Ali lui avait donné l'accolade. Trois autres, déjà, étaient debout. Amar racontait qu'il s'était levé d'un bond, lui aussi, mais comme il se trouvait dans une zone de pénombre, on ne l'avait remarqué que plus tard.

Tandis qu'Alaiya entraînait à sa suite les quatre fidèles entre les fidèles, la congrégation attendait dans une ignorance tranquille. Les voies d'Aum étaient mystérieuses. Il voyait ce qui pour les mortels ordinaires restait indécelable.

Chacun ressentait pourtant en son cœur un mélange d'effroi et de curiosité. Et si le maître attendait d'eux quelque chose dont ils étaient incapables ? Ses fidèles allaient-ils le décevoir ? Ou bien s'apprêtait-il à leur ouvrir l'accès à de nouvelles perceptions grâce auxquelles ils pourraient tous cheminer le pied léger ?

La lune s'était levée lorsque le premier étranger leur était apparu. Dans son visage brillant, chaque muscle était impassible. C'était un modèle de pureté et de détermination. Chaque membre de la congrégation, racontait Amar, s'était senti frémir de tout son être. Pour lui, ce fut comme un éclair parcourant son corps. Le Commandeur, écoutant Amar, avait ressenti la même chose. Notre réaction en écoutant le Commandeur n'était pas moins marquée : nous brûlions d'ardeur.

Un deuxième, puis un troisième, un quatrième, un cinquième étranger avaient surgi devant eux, racontait Amar. Tous identiques. Le vent, balayant les flammes des torches, en dirigeait la lueur sur leurs joues lisses et leurs yeux qui ne cillaient pas. Alors, poussé par la multitude, avait éclaté un long cri spontané d'extase qui avait empli la Vallée, roulant à travers le ciel.

Aum !!!

Le tout premier son de l'univers, accordé à son être, le tout premier de tout. Aum avait été le premier à leur apparaître revêtu de l'effigie, puis Ali, puis le Chameau et les trois autres braves. Au cours des jours suivants, tous les hommes s'étaient fait poser ce visage splendide pour ne faire qu'un avec l'être de lumière.

L'effigie représentait désormais le meilleur du peuple d'Aum, plus grande que chacun des individus qui le composaient, somme de toutes ses parties. Elle était devenue le symbole de notre égalité, de notre fraternité. Il était clair, aussi clair que les eaux de l'Amrita, que nous étions les purs, distincts de tous les autres mortels, élus du divin.

Un Wafadar

À la fin de la troisième année, aucune exclusion ne serait nécessaire. Nous ne serions plus que deux. Un de nos frères aurait perdu le bras droit dans un moment d'inattention. L'autre frère aurait succombé au *siontch*.

L'apothicaire nous avait entraînés des mois durant au maniement des aiguilles de bois dur qui constituaient l'arme la plus redoutable et la plus sacrée du Wafadar. Un Wafadar est censé connaître les secrets de chaque vaisseau sanguin qui irrigue le corps. Le premier jour de notre apprentissage, notre instructeur nous avait expliqué qu'un Wafadar muni du *siontch* devait acquérir l'habileté d'une sangsue. Il devait être capable de vider un corps de tout son sang à l'insu de ce dernier. Les plus grands guerriers effectuaient des perforations si subtiles et si bien ajustées qu'un homme mourait exsangue sans s'être aperçu de l'attaque dont il avait fait l'objet.

Pourtant, il ne s'agissait pas tant d'apprendre à tuer qu'à contrôler parfaitement les dommages que l'on souhaitait infliger. La maîtrise du *siontch* impliquait de savoir saigner un homme en quelques minutes ou en plusieurs semaines – goutte à goutte, la vie le quittant lentement –, de rendre une victime sourde des deux oreilles ou d'une seule, aveugle ou juste borgne, d'atrophier une jambe ou un bras.

La plus mince des aiguilles avait la finesse d'un cheveu et s'insinuait dans la peau tel un dard de moustique. La plus grosse pouvait percer le cœur d'une blessure impossible à refermer, faisant jaillir le sang comme d'une fontaine. La plus longue des neuf autres, qui toutes différaient en taille et en diamètre, traversait un abdomen du nombril à la colonne vertébrale. Chaque *siontch* était le fruit de longs mois de travail, chacune de ses aiguilles trempée par plusieurs couches de résine et passée plusieurs fois au feu. La ceinture en cuir de chèvre dans laquelle elles s'inséraient parfaitement était magnifiquement travaillée, pour épouser le corps telle une seconde peau. Chaque Wafadar était d'ailleurs avisé de la porter justement comme une peau, et d'en prendre aussi grand soin que de la sienne propre.

L'apothicaire nous a d'abord instruits à partir de schémas. C'étaient une centaine de plans tracés sur parchemin qui nous révélaient tous les secrets du corps, l'ultime dérive du plus petit nerf, le dernier voyage de chaque goutte de sang. Il paraissait chimérique dans un premier temps d'espérer trouver un sens à ce chaos de lignes de couleurs qui sillonnaient le corps entre peau et os pour instiller la vie aux tissus et au squelette. Puis les couleurs ont commencé à parler. Rouge pour les artères, bleu pour les veines, noir pour les capillaires.

Nous avons rapidement compris qu'il ne nous faudrait connaître précisément qu'une trentaine de ces milliers de lignes. Leur réseau était comparable à un arbre aux branches multiples et aux feuilles innombrables. Pour blesser un arbre, il est nécessaire de s'attaquer aux branches, et pour le tuer, au tronc. Le travail sur les feuilles attendrait le jour où nous devrions passer à l'étude de la désintégration lente et implacable, nerf après nerf, de notre victime, jusqu'à ce que mort s'ensuive.

Nous avons donc laissé de côté les filaments sanguins et nerveux qui sillonnaient la peau en tous sens pour apprendre à devenir des destructeurs consommés de troncs et de branches, capables de perforer les épaisses lignes rouges avec n'importe laquelle des onze aiguilles.

Un matin que nous revenions d'une course à vive allure de quatre heures en forêt, nous avons trouvé l'apothicaire qui nous attendait, un homme étendu par terre à côté de lui, un frère dont l'effigie était en mauvais état, usée sur l'aile du nez, et qui respirait avec difficulté dans des soubresauts. Il avait les paupières closes. « Parchemin n'est pas chair », a simplement commenté l'apothicaire. On ne pouvait connaître le goût du fruit en se contentant de le dessiner.

L'homme que nous déshabillions, à en juger par les poils encore noirs de sa poitrine et la peau ferme de son cou, n'était pas très vieux. Mais ses membres avaient fondu. Il était atteint d'une maladie incurable des poumons, nous a expliqué l'apothicaire, et il avait décidé de faire don de son corps vivant à la Confrérie, pour l'éducation des nouveaux Wafadar, les guerriers des purs. Un martyr.

Nous avons percé tour à tour le corps de notre frère sous le regard sévère de l'instructeur. Il sursautait chaque fois que nous insérions une aiguille, mais il n'ouvrit jamais les yeux, plongé dans une sorte de torpeur. En quelques heures, nous avions localisé et perforé la plupart des artères correspondant aux lignes rouges épaisses des schémas, et son corps était entièrement zébré et taché d'épanchements.

L'apothicaire nous indiquait à chaque étape quelle pression appliquer, à quelle profondeur l'aiguille devait s'introduire, combien de temps attendre avant de la retirer. Après plusieurs semaines de pratique sur du parchemin récalcitrant, nous savourions le plaisir de piquer dans la chair, de sentir craquer la peau, de voir apparaître la première goutte de sang.

Le frère a mis trois jours à mourir, le corps perforé en milliers de points. L'apothicaire nous avait ordonné de ne pas le ménager, de mettre nos connaissances à l'épreuve de toutes les façons possibles. « Son sacrifice ne doit pas être en vain », disait-il. L'homme ne s'est jamais réveillé, même quand, le troisième jour, je lui ai percé l'œil droit d'un geste vif. Il s'est contenté de tressauter et de gémir.

L'apothicaire, un petit homme aux avant-bras bien en chair, a pointé du bout d'un long bâton toutes les erreurs que nous avions commises. Cibles ratées, introductions bâclées, pression inadéquate, mauvais choix d'aiguille, extraction tardive – à croire que nous avions tout fait de travers.

— Et ce palmarès, a conclu l'instructeur, sur une victime plus morte que vive, immobile, dans l'incapacité de se défendre et de rendre coup pour coup !

Deux jours plus tard, un autre frère qui avait fait don de son corps à la Confrérie nous attendait.

— Il est nécessaire que des gens se sacrifient en temps de paix pour que d'autres soient en mesure de le faire dans le combat, expliqua l'apothicaire.

Celui-là était plus jeune, souffrant d'une insuffisance rénale sévère. Il était lui aussi plongé dans une torpeur persistante tandis que nous le criblions d'aiguilles. Pourtant son corps, sa peau, son sang étaient vivants, et nous tirions plaisir de cette sensation.

Après son décès, le troisième jour, notre instructeur nous a corrigés de nouveau en nous indiquant nos erreurs. Nous avions fait des progrès, mais notre exécution devait encore gagner en précision : moins d'éclaboussures, des introductions et des extractions plus esthétiques, une mort moins brouillonne. Le maniement du *siontch* était un art.

Tuer était facile. Il existait des centaines d'armes pour cela. Le Wafadar, capable de briser les nuques comme une femme cueille des fleurs, n'en avait besoin d'aucune. Son objectif était d'apporter une forme de sacralité au terme d'une existence. Telle était la fonction du *siontch* et de sa maîtrise.

Deux nouveaux frères malades, aussi léthargiques que les précédents, se sont sacrifiés au profit de nos expériences dans les deux semaines qui ont suivi. Nous leur avons fait l'honneur d'interventions beaucoup plus réussies. Leurs corps ressemblaient à des tissus finement brodés lorsque nous en avons eu terminé avec eux. L'apothicaire ne nous a adressé aucune félicitation. Quant à ZZ9, il a glissé dans son discours hebdomadaire :

— C'est sur le terrain que le résultat s'apprécie : sur un lièvre qui court, pas sur un lièvre mort.

Nous avons compris ce qu'il avait voulu dire quelques jours plus tard, lorsque, rassemblés après notre course matinale, nous avons trouvé notre instructeur menant en laisse un homme au bout d'une corde. Il portait un capuchon noir enfoncé sur la tête. Ses mains étaient attachées derrière le dos. Ses chevilles entravées l'obligeaient à sautiller dans la direction où le tirait la laisse.

Nous avons sursauté quand l'apothicaire a soulevé la cagoule. Il ne portait pas l'effigie ! Ce n'était pas un des nôtres. Un bâillon sur la bouche l'empêchait de parler. Une bosse sur le front indiquait qu'il avait pris un coup. Il n'était pas rasé. Il avait le regard fou. Un sauvage, de toute évidence, de quelque part là-bas, de l'outre-monde. Il avait un grand nez, la peau piquetée de cratères, du poil dans les oreilles, des lèvres épaisses, les sourcils broussailleux. Sa laideur me fascinait.

Quand l'instructeur lui a enlevé son bâillon, l'homme est tombé sur les genoux, la bave aux lèvres, marmonnant des supplications, implorant sa pitié. Il parlait notre langue, celle que les pères fondateurs avaient apportée avec eux, mais il la parlait comme un barbare. Aussitôt coupée la ficelle qui retenait ses mains, il s'est jeté de tout son long par terre, saisissant les pieds de l'instructeur et geignant. C'était dégoûtant à voir, abject, la preuve que les hommes de l'outre-monde n'avaient aucun sens de l'honneur.

L'apothicaire a repoussé les mains de la créature

et s'est penché vers ses chevilles pour sectionner le lien qui les maintenait attachées.

— Reprends-toi, tu es libre de t'échapper.

L'autre s'est relevé, flageolant sur ses jambes, jetant à la ronde des regards égarés. Il portait une tunique vague sur un pantalon étroit. Le sang dans mon corps se réveillait.

— File ! a soufflé l'instructeur. Si tu échappes à ces garçons, tu seras libre.

Mais le sauvage riboulait des yeux sans réagir, ramassé sur lui-même.

— Je te promets qu'ils ne se mettront pas en route avant une heure, alors, vas-y, gagne ta liberté !

Sur ce, il l'a frappé du plat de son poignard et l'autre a décollé comme un cerf surpris par un félin.

En quelques minutes, il avait disparu dans la forêt, hors de vue.

L'apothicaire a désigné deux d'entre nous et nous a exposé les règles du jeu. Nous devions ramener l'homme mourant, mais encore en vie. Le *siontch* était la seule arme qui nous était autorisée. Nous ne devions le toucher ni de nos mains ni de nos pieds. Le *siontch*, seulement le *siontch*.

L'heure écoulée, notre instructeur a donné le signal du départ et nous sommes partis en un clin d'œil. T242 a pris par les arbres, tandis que je m'élançais à la course sur le sentier forestier. Le sauvage, fidèle à sa nature, ne s'embarrassait ni de stratégie ni de subtilité dans sa fuite. Nous aurions pu suivre sa trace les yeux fermés. J'avais beau courir vite, mon camarade bondissant d'arbre en arbre ne se laissait pas distancer. Au bout d'un quart d'heure, nous l'avons entendu devant nous. Cinq minutes plus tard, nous l'avons aperçu. Il était fatigué et la panique le faisait trébucher dans sa course. Indigne de deux apprentis Wafadar.

J'ai regardé en l'air et touché ma cheville. Aussitôt, mon frère a bondi sur le sauvage. Avant que l'autre s'avise de ce qui lui arrivait, une petite aiguille de *siontch* s'était fichée dans son mollet gauche. Un jappement d'animal surpris lui a échappé et il s'est retourné pour se défendre, mais mon frère avait déjà disparu dans le feuillage. C'était mon tour. Je l'ai rattrapé d'un pas silencieux et j'ai planté une aiguille dans son mollet droit avant de disparaître d'un bond. Il n'a eu que le temps d'entrevoir mon ombre et s'est mis à beugler de frayeur, à courir en tordant le dos pour regarder derrière lui. Cette réaction m'amusait. Les hommes semblaient encore plus effrayés par ce qui leur était caché que par ce qu'ils voyaient.

Mon frère n'attendait que ce moment pour fondre sur le fugitif comme un aigle et lui perforer le dos à l'aide de la huitième aiguille du *siontch*, la préférée des Wafadar, semblable à un petit poignard, aisément introduite et extraite. Le sauvage, gémissant, portait des coups dans le vide de son bras droit. Déjà, je l'avais dépassé sans me faire voir, le piquant au passage derrière son genou gauche. Il hurlait à présent en agitant les bras au-dessus de sa tête.

À mon signal, mon frère et moi avons échangé nos places. C'était plus agréable pour moi. La plupart des Wafadar préfèrent les arbres pour la vue plongeante qu'on a sur les environs et pour la liberté de manœuvre exceptionnelle qu'ils apportent. Je volais de branche en branche, toujours au-dessus du sauvage, confondu par son animalité opiniâtre. Sur un signe de mon frère, je me suis élancé de mon altitude dans un double saut périlleux et j'ai atterri sans bruit sur la pointe des pieds. J'ai planté mon arme entre les fesses du sauvage qui courait. Il s'est écroulé en hurlant. Quant à moi, j'avais déjà disparu, d'un bond, dans les arbres.

Il n'avait rien vu. En boule sur le dos, il haletait comme un chien et geignait comme un enfant tour à tour. Une ou deux minutes plus tard, mon frère, filant à ras de terre tel un serpent dans l'herbe, l'a dépassé comme une flèche et lui a percé le postérieur au même endroit que moi.

Il s'est redressé en gémissant pour s'adosser au tronc d'un grand *deodar*, mais ses jambes ont cédé sous lui et il s'est laissé tomber accroupi. J'ai bondi sur la branche qui surplombait sa tête tremblante. Subitement, j'ai trouvé mon frère à mes côtés. Perchés côte à côte, nous sommes restés là un moment, à examiner de haut le sauvage tels deux aigles considérant un insecte. La bestiole reniflait bruyamment et appelait sa mère dans un murmure douloureux.

C'était lamentable. Nous aurions pu aisément lâcher une aiguille de notre position pour lui embrocher le cerveau, mais le plan n'était pas celui-là. On nous avait donné six heures pour le saigner, et nous devions le rapporter seulement presque mort. Nous n'étions pas partis pour prouver nos capacités de destruction, mais pour mettre à l'épreuve nos compétences.

Nous avons attendu, immobiles parmi les feuilles. Le sauvage examinait ses blessures et jetait autour de lui des regards terrorisés, sursautant au moindre bruit. Lorsqu'il a découvert les petites aiguilles de *siontch* fichées dans ses mollets, il est parti d'un grognement bruyant et les a aussitôt extirpées. Puis il a creusé le sol en toute hâte pour fabriquer un emplâtre avec quelques poignées d'humus et l'appliquer sur ses blessures où le sang perlait. Il en a pansé également l'arrière de ses genoux et la raie de son postérieur. Alors, les yeux fermés, il s'est laissé aller un moment au soulagement que lui procurait la terre fraîche.

Mon frère, qui venait de s'élancer sur la branche la plus basse, s'est renversé tête en bas, accroché par les orteils, de sorte que son visage se balançait à peu près au niveau de celui du sauvage. Il a poussé alors le grand rire du pic-vert des montagnes, entre caquètement et trille, un rire à donner le frisson. L'autre s'est redressé en sursaut et, tournant la tête, s'est retrouvé face à face avec les traits impassibles de l'effigie à l'envers. Il est parti d'un hurlement de terreur et s'est précipité parmi les arbres, accompagné par un nouveau cri de mon frère qui s'était jeté à sa poursuite.

La facilité de notre tâche permettait ces intermèdes ludiques. Ce n'était toutefois pas un divertissement, mais bien un travail. Nous avons donné un handicap de quinze minutes à notre proie avant de reprendre notre traque. Au bout de quelques heures, nous lui avions fermé un œil, crevé un tympan, traversé les narines de la quatrième aiguille, perforé une veine dans chaque bras et une dans l'abdomen, attentifs à laisser intactes les artères, les grosses lignes rouges du parchemin. Une erreur, et c'en était fini de lui. Un exercice ridiculement simple aurait tourné au désastre.

Lorsque nous l'avons ramassé pour l'emporter, il tenait à peine debout. Il me semblait que nous avions fait du bon travail. Non seulement nous l'avions estropié, mais nous lui avions apparemment dérangé la cervelle car il marmonnait dans une sorte de délire. Le corps que nous avons déposé devant notre instructeur était une poupée de chiffon disloquée, un œil fermé, l'autre intact et néanmoins mi-clos sur un regard opaque.

L'apothicaire a examiné scrupuleusement notre travail tout en nous interrogeant. Pourquoi avions-nous choisi telle aiguille et non telle autre ? De le perforer à tel endroit ? Telle blessure n'était-elle pas trop profonde ? Qui s'était chargé de l'œil ? L'introduction n'était pas suffisamment nette. Un lièvre qui court n'est en effet pas le même gibier qu'un lièvre mort, nous en avions la preuve. Chacun de nous a dû commenter ses propres initiatives. Heureusement, nous avions réussi à les coordonner parfaitement. Jamais nous n'avions cherché à nous devancer l'un l'autre, car il s'agissait d'une besogne collective et non d'une compétition.

Tandis que le processus d'évaluation se poursuivait, j'ai retrouvé le dégoût que m'inspirait le visage du sauvage. Ce n'était pas tant l'œil crevé et le sang congelé que les cratères et la mollesse de la peau, l'expression brute du nez et de la bouche, l'exubérance de poils sur tout le corps – joues, narines, oreilles – qui me faisaient cet effet. J'effleurais inconsciemment des doigts la surface lisse de mon propre visage, notre effigie, et je me sentais plein de gratitude envers la Confrérie.

— Très bien. À présent, qui va l'achever ? a demandé l'apothicaire.

Avant que j'aie pu réagir, mon frère était descendu à genoux en plongeant une aiguille à travers la grosse artère de la gorge. Un jet de sang a jailli. La tête du sauvage a tressauté, émis deux ou trois gargouillis, puis est retombée. Les membres ont eu encore quelques soubresauts violents avant de s'immobiliser, eux aussi.

Plus tard, après avoir brûlé le cadavre, nous avons accompli notre rite d'expiation et entonné assis, sous la conduite de l'apothicaire, l'invocation coutumière :

La voie des purs est semée de défis toujours nouveaux.
Puissent nos muscles être d'acier, puissent nos cœurs [rester de pierre.

Je sentais en psalmodiant ces vers la puissance et la conviction palpiter dans mes veines. Nous avons chanté longtemps, jusqu'à ce qu'une paix profonde soit descendue sur nous tous.

Le sauvage suivant a été attribué aux deux autres frères. Les choses ne se sont pas bien passées. Il était de forte carrure et avait décidé de ne pas s'enfuir. Il a trouvé le long du versant de la montagne une crevasse où se blottir. Le temps passait sans qu'il reparaisse. Ses poursuivants ont fini par le suivre dans le boyau. Il leur a jeté des pierres et les a tenus à distance avec une pique. Non qu'il eût été pour eux un adversaire difficile. Ils auraient pu, les yeux bandés, le briser en morceaux. Mais ils étaient contraints par les conditions de l'expérience à utiliser la seule panoplie du *siontch*.

À la sixième heure, le temps qui leur était alloué étant presque écoulé, ils se sont insinués dans le boyau en rampant dos à dos. Tandis que le sauvage attaquait l'assaillant du dessus, l'autre, une aiguille de *siontch* brandie dans chaque main, s'est hâté d'ouvrir toutes les lignes rouges, grandes et petites, des jambes du sauvage, puis a planté la huitième aiguille dans ses parties génitales. L'autre s'est mis à hurler comme une bête démoniaque. Mais le couard qu'il était refusait toujours d'émerger à l'air libre et continuait de porter des coups en tous sens dans sa petite caverne.

Alors il leur a fallu abandonner toute subtilité. Le sauvage a fini par s'effondrer, saccagé, pissant le sang par tous les pores. Il n'a pas survécu au voyage de retour. Lorsqu'ils l'ont déposé par terre devant notre instructeur, il n'était plus qu'un paquet trempé et mort. Du bout de son bâton, l'apothicaire est revenu sur chaque perforation trahissant l'exécution bâclée, tandis que les frères ruminaient, confus, leur échec.

L'apothicaire, se redressant enfin, nous a demandé :

— En quoi pensez-vous qu'ils ont échoué ?

— De deux façons : ils n'ont pas respecté le délai et ils l'ont rapporté mort, ai-je répondu.

— C'est juste. Et qu'auraient-ils dû faire ?

Nous gardions le silence. Ce n'était pas à nous de statuer.

Du bout de son bâton rougi de sang, il a écrit dans la terre humide : choisir.

— Un Wafadar a toujours l'esprit clair, il sait toujours quoi faire. Vous auriez dû décider de transgresser la règle du délai en attendant que le sauvage rampe hors de son trou, ou l'ordre de le rapporter vivant en y entrant pour en finir rapidement avec lui. Le gâchis que vous avez devant vous est le résultat du flou et de l'indécision. Les bouchers de la cantine n'auraient pas fait pire.

Ce soir-là, après avoir brûlé le corps, nous avons psalmodié l'expiation beaucoup plus longtemps qu'à l'ordinaire. Nous avions failli à l'apothicaire. Nos muscles devaient encore se tremper, la pierre de nos cœurs se durcir.

Les quelques sauvages traités au cours des semaines qui suivirent l'ont été avec une assurance croissante. Leur morphologie changeait sans cesse, ils étaient plus ou moins maigres ou robustes, âgés ou jeunes. Mais ils partageaient tous deux caractéristiques : leur terreur abjecte de perdre la vie et leur indiscutable laideur. Du moment où ils étaient rapportés au moment où l'on brûlait leur cadavre, je ne pouvais détacher les yeux de leur apparence grossière. Il me paraissait inévitable que des hommes aussi déplaisants de figure le fussent également dans tous les aspects de leur vie.

Les objectifs que nous fixait l'apothicaire évoluaient avec le temps. Il nous avait d'abord précisé quelles parties du corps nous devions immobiliser et quel dommage nous devions leur infliger. Puis, ce fut un seul des nôtres contre un sauvage, puis un des nôtres contre deux. Seule la règle de base, le recours exclusif au *siontch*, ne changeait pas. C'était l'outil de délivrance, prescrit par Aum en personne.

Au bout de quelques mois, nous étions devenus si habiles que nous rapportions un sauvage à l'agonie sur le corps duquel il était difficile de déceler quelle perforation lui avait donné le coup de grâce. C'était parfois la seule tâche qui nous était impartie. À notre retour, l'apothicaire faisait venir le vieil homme de la cuisine et lui demandait d'identifier la blessure fatale.

L'apothicaire disait :

— Outre-monde, les hommes vivent dans la terreur de la mort, et cette terreur redouble quand ils ne savent pas ce qui la motive. Souvent, avec votre *siontch*, il vous faudra approfondir le mystère de la mort et de la terreur qu'elle inspire. La peur ôte la raison aux hommes au point de les rendre serviles.

L'étape suivante consistait à maîtriser notre arme un bandeau épais attaché derrière la tête, afin de pouvoir l'utiliser dans l'obscurité. Nous devions être capables de déchiffrer un corps du bout des doigts aussi bien que des yeux. Mes années d'entraînement personnel portaient à présent leurs fruits. Je savais mieux que quiconque poursuivre les yeux bandés un sauvage à travers la forêt. Je trouvais même plus intéressant de le faire dans ces conditions. Oblitérer ma vision renforçait ma concentration et me rendait plus précis, plus efficace.

— Je devrais peut-être t'aveugler pour de bon, m'a dit un jour l'apothicaire.

C'était loin d'être le cas pour M442. Un léger frémissement parcourait sa peau lorsqu'on lui bandait les yeux au début de la traque. Le tissu empêche de voir, mais l'inquiétude étouffe toutes les perceptions. Rien d'étonnant à ce qu'il ait fini par commettre une erreur lourde de conséquences pour lui. Bondissant d'arbre en arbre, il avait introduit la main dans un piège. Il était tombé ; le bras arraché à l'épaule dans sa chute était resté pendu à la branche. Sa valeur d'apprenti guerrier ne faisait aucun doute. Le fait qu'il avait atterri sur ses pieds et aussitôt essayé de remonter dans l'arbre pour récupérer son membre amputé en était la preuve.

Quand nous sommes venus le ramasser le lendemain, il était étendu dans une mare de sang figé. Son bras, là-haut, se balançait doucement au vent. L'apothicaire lui a appliqué des cataplasmes d'herbes médicinales et des frères infirmiers l'ont emporté en hâte sur une civière.

— Cela lui pendait au nez, a commenté l'apothicaire. Je suis soulagé chaque fois que l'un de vous trébuche. Mieux vaut perdre ses chances que de passer sans avoir atteint la perfection. Il ne retrouvera pas son bras, mais il survivra, et il aura le temps de comprendre pourquoi il n'était pas digne de devenir un Wafadar.

L'autre frère qui ne devait pas atteindre son but échoua dans la dernière épreuve du *siontch*. Nous avions saigné chacun six sauvages, sans compter les frères mourants qui avaient sacrifié leur corps à notre éducation. Dans la dernière étape de l'initiation, nous devions retourner notre arme contre nous-mêmes.

Un matin, l'instructeur énonça les conditions de l'épreuve du jour à notre trio aligné devant lui : une centaine de perforations nettes en trois minutes dans la cuisse droite, en évitant toutes les artères et autant de petits vaisseaux. Quand nous en eûmes terminé, il fit le compte des ouvertures du bout de son bâton court. La peau devait avoir été piquée proprement pour que des points s'ajoutent à la note. Nous devions constamment essuyer nos cuisses rougies de sang à l'aide d'un chiffon humide afin qu'il puisse y voir clair. Plus de quatre-vingt-dix chacun : c'était un résultat honorable.

Puis il est passé chaque fois à un échelon supérieur dans la difficulté. Aucune partie du corps ne devait échapper à la broderie des aiguilles. Le torse, le ventre, les bras. La taille des aiguilles variait, la rapidité d'exécution allait croissant, toutes les ressources de concentration et de compétences étaient mobilisées. Notre peau glissante suintait par mille perforations. La plupart d'entre elles avaient visé de très fins capillaires, juste sous l'épiderme, prompts à ouvrir comme à refermer leurs bouches minuscules.

Après chaque séquence, l'instructeur procédait au comptage. T242 était toujours le premier à avoir terminé, le premier à se soumettre à l'examen. Nous en étions à travailler la sixième aiguille et nous venions de cibler notre poitrine avec autant de prudence que de rapidité – la sixième était capable de transpercer le cœur. Je sentis que notre instructeur commençait à désapprouver la façon de procéder de T242. Une touche d'arrogance semblait avoir pénétré les gestes du frère aux doigts agiles.

Il s'agissait de donner le meilleur de soi-même pour la Confrérie et non de se prouver qu'on était meilleur que ses frères.

L'apothicaire a voulu que nous passions l'ultime épreuve l'un après l'autre. Le premier à commencer était T242. À genoux sur le sol, il devait en trois minutes, à l'aide de la septième aiguille, se piquer le cou en vingt-cinq endroits. Personne, excepté un Wafadar, n'aurait pu y percer même cinq trous. Notre frère a démarré comme une flèche. Je crois que c'est à la dix-septième piqûre qu'il a perforé la grosse ligne rouge. Nous avions vu jaillir le sang, qui ne cessait à présent de couler. Il ne s'est pas arrêté, bien sûr, et je crois que le vingt-cinquième coup a ouvert une seconde brèche dans l'artère.

L'apothicaire n'a rien dit. Sur un regard de lui, je me suis agenouillé et j'ai commencé. Je joignais la rapidité à la précision, les yeux clos, visualisant chaque ligne rouge aussi nettement que si je me trouvais devant mon écorché. Une partie de mon cerveau tenait le compte du temps écoulé, l'autre le compte des piqûres. Après moi, l'apothicaire a fait signe au troisième d'entre nous, qui s'est mis immédiatement à l'œuvre.

Des ruisselets rouges s'écoulaient de mon cou sur ma poitrine et sur mon dos. T242 s'était affaissé et s'agrippait la gorge à deux mains ; le sang filtrait à travers ses doigts. Notre instructeur n'avait pas même jeté un coup d'œil dans sa direction. Après en avoir fini avec son dernier élève, il s'est retourné vers le premier, a tapoté ses doigts du bout de son bâton pour les écarter et commencé son examen. Le sang s'échappait encore par pulsations des points que T242 avait touchés par erreur, mais avec moins de force. Il avait les yeux mi-clos. L'examinateur a désigné les deux ouvertures fatales, puis s'est tourné vers nous pour évaluer notre travail.

Plus tard, quand nous eûmes brûlé le corps de notre frère, l'apothicaire a dit :

— Méritait-il de mourir ?

Nous avons répondu d'une seule voix :

— Oui.

— Qu'est-ce qui l'a tué ?

— La valeur qu'il s'attribuait.

— Mais il était excellent. Pourquoi la perfection ne s'attribuerait-elle pas une valeur ?

— Parce que la perfection est l'absence d'attribution de valeur.

— Porte-t-elle un nom, cette absence d'attribution de valeur ?

Frémissant de tout notre être, nous nous sommes écriés à l'unisson :

— Aum !

Restait un défi à affronter. Défi n'est pas le mot juste. Examen, inspection, autorisation – ces termes-là sont plus appropriés. Le déploiement de l'effort juste permet de maîtriser les limites du mental et du corps. Mais pour identifier le noyau de pureté sans tache qui constitue la plus grande vertu du Wafadar, il est nécessaire de s'en remettre aux Grands Timoniers.

Un homme possède ce noyau ou non. Il ne s'acquiert pas, contrairement à la compétence et à la force. On ne peut non plus savoir soi-même si on le possède. Seul un maître peut en détecter l'existence à la lueur qu'il émet. À l'issue de toutes les épreuves, c'est aux Grands Timoniers de reconnaître les purs entre les purs. Pour s'assurer qu'aucune erreur n'est commise, la décision est prise par le Conseil après un examen minutieux de l'aspirant.

Pour un homme, la rencontre du Conseil est en elle-même un rare honneur, même si sa décision ultime n'est pas en faveur de son passage. S'il ne possède pas le noyau sans tache, il est normal qu'il n'aille pas plus loin.

Excité, je n'étais pourtant pas anxieux. Rien ne pouvait m'arriver que je ne mérite. L'entrevue se passait dans un hangar, deux terrasses au-dessus de celle où nous rencontrions régulièrement ZZ9. La salle embaumait l'encens. Parmi les cinq Timoniers assis en demi-cercle à une table, j'ai reconnu notre guide à sa large carrure.

Chacun des grands personnages m'a tendu son poing fermé dont j'ai embrassé les phalanges. C'était une manière de reconnaître qu'à l'origine comme à la fin des fins, nous étions tous frères et égaux. Leurs mains adoucies par la grâce sentaient la lavande.

Celui du milieu, qui paraissait le plus petit des cinq, a ouvert la séance en me demandant :

— Relate-nous les erreurs commises dans ta vie.

J'ai commencé depuis le début et j'ai parlé sans rien dissimuler. J'avais déjà vécu une expérience semblable trois années plus tôt avec ZZ9, mais ce jour-là j'ai creusé plus profond, résolu à mettre en lumière les plus petites failles et faiblesses qui avaient terni ma vie. Pas seulement les actes, ce qui était le plus facile, mais toute pensée honteuse qui avait pu me traverser la tête. Mon récit a duré longtemps.

Tout en exhumant les souvenirs de mon séjour au Foyer puis à la Caserne et dans l'arrière-cuisine, j'étais pris d'effroi devant la distance considérable qui me séparait des purs entre les purs. J'ai ramené d'abord à ma conscience des pulsions d'envie restées inexprimées, dont j'avais même ignoré l'existence, envers des frères plus forts, plus rapides, plus éloquents ; envers ceux dont la compagnie était plus recherchée que la mienne, ou sur lesquels les Éclaireurs portaient un regard plus appliqué ; envers d'autres, mieux dotés et plus doués que moi au Sérail des Bonheurs Fugitifs. J'en suis venu ensuite aux mensonges et aux égarements passionnels : ma dissimulation de l'escapade de Bhima, mon frère chantant, mon attachement grotesque pour C963 et, auparavant, pour les deux ombres, yeux bleus, yeux noirs, du Sérail.

Scrutant mon passé, je découvrais par-delà l'envie, les mensonges et les égarements passionnels, des incursions humiliantes dans les sombres allées du doute. Or rien n'est plus dégradant pour le pur que l'instant où la foi vacille. Je baissais les yeux, tant ma honte était grande, en les relatant. J'ai évoqué une à une les interrogations qui s'étaient levées dans ma tête, sous le Bodhi ou dans mon lit, concernant la vérité de la longue marche, la loyauté d'Ali et d'Alaiya, ma privation de mère, l'existence des neuf livres d'Aum, la légitimité possible de la démarche de Bhima pour retrouver son père, la vie des madones au Sérail. Je suis revenu sur l'époque passée dans l'arrière-cuisine, les sombres nuages de ressentiment et de colère qui m'avaient traversé, les accès de suspicion au sujet de ce qu'on me faisait subir. Les dernières années, merveilleuses, n'avaient pas été exemptes d'errements, elles non plus : les éclairs de douleur à la vue de mes frères morts ou subitement infirmes, la pensée fugitive que j'aurais pu être à leur place.

Durant tout mon discours, les Grands Timoniers, dont les visages étaient le mien, sont demeurés immobiles comme le roc. Je prenais conscience avec une horreur croissante que le doute avait toujours été tapi sous la surface de ma vie tel un grillon aplati dans l'herbe qui se serait propulsé en l'air de temps à autre, oublieux de toute réserve. Quand j'ai eu fini de raconter ma piètre histoire, j'étais prêt à m'entendre bannir instantanément par le Conseil de la salle et des terrasses.

Le Grand Timonier du milieu m'a demandé :

— Que ferais-tu si tu étais à notre place ?

— Je refuserais de m'admettre.

J'étais sincère.

— Quelle a été ta plus grosse erreur ?

— De laisser, même une seconde, l'ombre du doute souiller mon esprit et le ver du scepticisme me courir sur la peau. Du doute naissent tous les autres péchés : la tromperie, la passion, l'envie, l'hypertrophie du soi personnel. Seuls peuvent être purs et résolus les esprits libres de doute.

Je regardais ZZ9 à qui, moins qu'à tout autre, j'aurais voulu faire défaut.

— Et quel a été ton plus grand succès ?

— De reconnaître mon échec chaque fois que j'ai échoué, d'écraser le ver avant qu'il se propage trop loin.

D'une voix pleine de sagesse, il a répondu :

— Le monde est un repaire de vers. Certains ont l'air si inoffensifs qu'on ne leur accorde aucune attention ; d'autres si petits qu'ils s'insinuent presque à notre insu. Et qu'est-ce qu'un ver minuscule pour un homme si grand, en taille comme en caractère ! Pourtant, il suffit d'une seconde d'inattention, d'un brouillard de vanité, pour que ce ver passe le seuil. Mon fils, le plus destructeur – le ver du doute – ne court pas sur la peau. Il s'enfouit profondément dans l'être, et là, il entame sa croissance. Un caillou que les imbéciles trouvent trop petit et trop banal pour le remarquer est en réalité une avalanche en puissance. Le ver, le caillou, vont agréger à eux des milliers de leurs semblables pendant leurs trajets respectifs. C'est ainsi qu'un simple ver finit par déclencher fièvres, douleurs et hallucinations ; qu'un simple caillou écrase un village ; qu'un simple doute déstabilise tout un peuple.

J'ai regardé les alentours sans tourner la tête. La salle était complètement nue, sans la moindre décoration. De lourdes poutres en pin, un plancher en *deodar* et une grande fenêtre par laquelle on apercevait le dégradé descendant des terrasses et la forêt. J'en comprenais le message : c'est ainsi que doivent être les purs. Dépourvus d'ornements, dépouillés, fonctionnels, ils boivent à une source unique de lumière, sans se laisser interrompre, sans permettre l'intrusion du moindre ver de doute. Dans le monde des Grands Timoniers, rien n'était vide de sens.

— Je comprends, dis-je, et je vous suis reconnaissant pour cette compréhension.

Le guide a repris :

— La moelle des purs est constituée de foi. Les questions, comme des corbeaux, surgissent en tout lieu, battant de leurs ailes noires en quête d'attention. Il n'est pas nécessaire de leur jeter chaque fois la pierre. Les croyants savent qu'il n'existe pas de questions inédites. Toute question digne de réflexion a déjà été posée, une réponse lui a été donnée. Le ver du doute, le corbeau de la question : ignore-les, anéantis-les. La voie a été découverte. Il suffit d'y poser nos pas. Une redécouverte ne saurait être un acte de vertu.

Entendre parler un Grand Timonier, c'était boire à la source de la sagesse.

— Dis-moi, même si nous y consacrions tous nos efforts chaque jour de notre vie, comprendrions-nous plus de choses sur la vie qu'Aum ne l'a fait ? Ou sur la mort, le bien et le mal, l'éphémère et l'éternel ? Vaut-il mieux, pour nous, baigner dans la splendeur de l'illumination sans limites d'Aum ou nous évertuer à tirer une étincelle de notre petit silex personnel ? Tel est le problème avec les habitants de l'outre-monde. Ils ont des maîtres, mais ces derniers sont peu nombreux et faibles, et les hommes les ignorent. Quand ils se courbent devant eux, c'est seulement de la taille ; ils gardent la tête haute, emplie de doute et de suffisance. Ainsi vont-ils en cercles inlassables, le sage et l'idiot, aucun des deux ne suivant l'autre, et ils répètent les mêmes erreurs à l'infini, sans rien apprendre.

À ce moment, j'ai eu la certitude que l'orateur était le Père Bienveillant en personne. Ses paroles sonnaient si juste que j'aurais voulu me lever et les crier en écho. Je le voyais en jeune Wafadar, frelon dévastateur investi d'une puissance d'autant plus grande qu'il était libre de doute.

— Je comprends, ai-je dit, et je vous suis reconnaissant pour cette compréhension.

— Bientôt, tu t'éveilleras papillon et non plus

créature gigotant dans un cocon. Mais la beauté n'est pas ta vocation. Ta tâche est de répandre la semence. Les ailes, les couleurs, ne sont que des outils.

J'ai senti alors, dans un élan, tout mon corps se déployer. Si j'avais étendu les bras, j'aurais pu voler.

— La destinée des purs encercle le monde. La voie qui nous a été prescrite est d'apporter l'ordre au chaos, l'amour à la haine, la justice à celui qu'on tourmente, l'égalité à l'opprimé et, par-dessus toute chose, un dessein aux égarés. L'action est définie, nous y travaillons. La grâce unique d'Aum descend sur nous et nous devons la répandre partout.

— Je comprends, et je vous suis reconnaissant pour cette compréhension.

Après avoir embrassé les phalanges de chacun des Grands Timoniers, je suis sorti de la salle et le seul frère qui avait triomphé avec moi de nos trois années d'entraînement m'a succédé face à eux. J'ai descendu les terrasses à pas lents. Le sachant immaculé dans sa pureté et dans sa résolution, j'étais certain qu'il allait passer l'examen. Pour ce qui me concernait, je n'étais sûr de rien. La longue énumération de mes manquements m'avait choqué. Pourtant, je n'étais pas anxieux. Si l'on me rejetait, ce serait pour une bonne raison, les choses seraient telles qu'elles devaient être.

Le Grand Calao

J'étais le plus chanceux des hommes. Non seulement j'avais été admis dans les rangs des Wafadar, mais on m'avait d'emblée attaché, pour mon année d'internat, au Grand Timonier qui avait été le dernier à m'interroger. Il n'était pas le Père Bienveillant comme je l'avais imaginé, mais il semblait le plus âgé parmi ses pairs ; avoir été choisi par lui constituait un grand honneur.

Après trois années d'efforts intenses, je retrouvais un régime plus tranquille. Ma tâche prioritaire, à chaque moment de la journée, était de me tenir à portée de voix du Grand Calao. Tel était son nom. Chaque Grand Timonier prenait le nom d'un oiseau, et de son vivant, personne ne pouvait porter le même. ZZ9 était le Grand Serpentaire. Ces noms n'avaient cours que sur les terrasses supérieures, et ne s'échangeaient presque toujours qu'entre ces hommes de lumière. Pour le reste des nôtres, ils étaient simplement les Grands Timoniers, tous aussi splendides et rayonnants les uns que les autres, capables individuellement de protéger notre pureté et de diriger notre destinée.

Je n'avais plus grand-chose à apprendre de la condition de Wafadar, après toutes ces années. Il me suffisait de maintenir mon corps en parfaite forme, ce à quoi je m'employais quotidiennement. Tout le reste – la philosophie, les réflexions, la vision, les axiomes – m'imprégnait à tout moment et depuis très longtemps. Le temps de l'osmose en profondeur était venu, m'avait dit ZZ9, le Grand Serpentaire. En m'attachant au Grand Calao, en vivant dans la lumière de son aura, j'absorberais les qualités que l'on ne pouvait ni enseigner ni apprendre. C'était la seule façon de les acquérir.

J'ai ressenti aussitôt la vérité de cette réflexion. À dormir au pied du lit du Grand Calao ou même devant sa porte, je me sentais à la fois calme et transporté. Au premier mouvement qu'il esquissait, je m'éveillais et j'attendais à son chevet qu'il me fasse part de ses besoins. Son service, devenu la passion de mes jours, m'apportait une joie et un contentement que je n'avais jamais connus. Parfois, j'avais l'impression d'assister, non pas un Grand Timonier, mais Aum en personne.

Le Grand Calao menait une vie frugale et sans histoires. Il habitait sur la neuvième terrasse un bâtiment de quatre pièces qui servaient respectivement à dormir, à méditer, à accueillir les novices et aux repas. La salle de méditation était dépouillée, à l'exception d'un gros matelas sur le sol. Mais elle comportait une cheminée pour les cérémonies d'initiation. Derrière, sur un côté, se trouvait une petite cuisine et de l'autre, une cour fermée pour les ablutions.

Je m'éveillais quelques heures après minuit et quittais le bâtiment sans faire de bruit pour descendre les terrasses et courir. Je foulais les sentiers de la forêt sans ménager mon énergie. Un animal croisait-il mon chemin, j'en profitais aussitôt pour m'exercer au *siontch*. Je blessais, amputais, paralysais à l'aide des onze aiguilles que j'utilisais toutes. Parfois, je visais avec une telle précision que le lendemain, je retrouvais la bête étendue à l'endroit où je l'avais laissée, immobile, mais pas encore morte.

Il m'arrivait de croiser d'autres Wafadar, leurs corps nus luisant de sueur dans le froid nocturne, la ceinture du *siontch* bien ajustée à leur taille. Nous nous saluions d'un simple signe de la main, en frères appliqués à leurs tâches respectives. Il faisait encore nuit lorsque, de retour au bâtiment, je me versais un bidon d'eau sur la tête. L'hiver, elle tombait en esquilles de glace et ma peau se rétractait sous la sensation de froid. Puis je m'asseyais sur le rocher hexagonal du bord de la terrasse, fermais les paupières et plongeais dans une méditation insondable.

Je remontais de ses abysses à l'instant où je sentais poindre la première ligne de gris dans le ciel noir. J'allumais le feu dans la cuisine et je mettais à bouillir une décoction de Vapeurs pour quatre tasses, une pour moi, trois pour le Grand Calao, qu'il buvait tandis que je le massais pour stimuler sa circulation sanguine. C'était le moment où il me racontait ses rêves de la nuit passée. Sans surprise pour un être aussi accompli, son sommeil était riche de visions profondes.

Sa peau devenue craquante comme la pelure d'un oignon sec nécessitait chaque matin d'être imprégnée d'huile pour retrouver un peu de souplesse. Tandis que je pressais ses muscles d'homme âgé avec douceur, il me faisait le récit, entrecoupé de longues pauses, des visites qu'il avait reçues dans la nuit et me questionnait sur leur signification. Il était souvent facile de trouver la réponse, chaque rêve portant en lui une morale lumineuse et profonde. Mais il arrivait que les symboles soient si complexes et la ligne narrative si difficile à suivre que je me déclarais vaincu et lui laissais le soin de m'expliquer ce qu'il signifiait.

Dans un rêve récurrent, il s'agissait de deux licornes. L'une avait le corps d'un blanc pur aveuglant et la corne, pointue et courbe, d'un noir insondable. L'autre, au corps impur noir comme la nuit, arborait une corne d'un blanc éblouissant. Les deux bêtes s'affrontaient dans une clairière au milieu d'une forêt touffue, et du choc de leurs appendices frontaux jaillissaient des étincelles. Nous avions décodé dans le blanc un symbole d'altruisme et de fraternité ; le noir traduisait la possessivité et l'hypertrophie du soi. L'énigme se posait en ces termes : laquelle des deux licornes était la plus valeureuse ?

Je considérais que l'animal à la corne pure était supérieur à l'autre. J'arguais que c'était la corne qui faisait la licorne, qui décidait de son apparence et qui lui donnait les moyens de combattre. Réussir à briller d'un éclat immaculé tout en émanant d'un corps diabolique n'était rien de moins qu'un exploit sublime, comparable, d'une certaine manière, à celui des pères pèlerins émergeant exaltés du marécage de l'outre-monde. À l'inverse, la corne entachée de péché surgissant d'un corps très pur était le signe d'un échec colossal. Cette licorne ressemblait aux hommes qui, doués de la capacité de transcendance, en faisaient bon marché, tel QT2 issu de la Vallée éclatante, à qui était poussée une corne obscure.

Le Grand Calao ne s'en laissait pas conter. Tout en me regardant huiler affectueusement ses plantes de pieds desséchées, il cherchait à affiner ma réflexion. Que représentait pour moi la corne ? Était-ce le verbe, l'action ou la pensée d'un homme ? Et si la corne vile pouvait pousser aux hommes nés purs, quelle était sa manifestation ?

— Le verbe, ai-je d'abord répondu.

— Mais n'est-il pas moins important que l'action ? a-t-il objecté.

— L'action, ai-je alors dit.

— Comment pourrait-il y avoir plus important que la pensée ?

– La pensée ? ai-je alors tenté.

Il m'a opposé que sans l'action et le verbe, la pensée n'était que de l'air, que du vent.

Je me débattais avec les souvenirs de vingt-cinq années de leçons pour trouver la bonne réponse. Le Grand Calao a repris alors la question sous un autre angle. Ne valait-il pas mieux posséder un grand corps de pureté radieuse entaché d'un simple furoncle de péché ? Une petite exception à la perfection de l'ensemble plutôt qu'une petite part de perfection au milieu d'un tout imparfait ?

Je m'embrouillais dans mes arguments. Pour finir, il m'a rappelé que du point de vue des purs, et des Wafadar tout particulièrement, les deux combinaisons étaient inacceptables. Dans le rêve, les licornes étaient engagées dans un combat perpétuel dont ni l'une ni l'autre ne sortait jamais victorieuse parce qu'elles étaient toutes deux souillées. Tel était le véritable sens de leur apparition : il n'existait rien qu'on pût définir comme « presque pur » et qui pût connaître une apothéose. La pureté était absolue ou n'était pas.

En l'écoutant, je comprenais ce qu'il en était de devenir un être éveillé. En comparaison, mes rêves se présentaient comme de petits fragments d'absurdité flottant dans l'espace de ma nuit. À mon réveil, le plus souvent, il n'en restait que quelques images indistinctes.

De temps en temps, c'était Aum en personne qui apparaissait à mon maître dans son sommeil. Alors le ton du Grand Calao changeait. Tandis que je pétrissais ses muscles noueux, il parlait à un rythme encore plus lent que d'ordinaire. Chaque fois, le sans-pareil posait la main sur l'épaule du Grand Calao dans un geste de fraternité profonde. Aum irradiait un doux halo de clarté lunaire et son contact donnait à son compagnon une énergie si grande qu'elle lui restait acquise après son réveil.

Il en allait ainsi pour tous les Grands Timoniers. Aum apparaissait à chacun d'eux au moment où ils en ressentaient le besoin. Il apportait des réponses aux dilemmes qui les tenaient en échec, et les guidait de sa divine sagesse chaque fois qu'une question, triviale ou grave, se posait à eux.

Le récit de ces rêves me faisait frémir et je sentais l'énergie du sans-limites se propager en ondes sur la peau d'oignon du Grand Calao. Quant à moi, elle me transportait tout entier.

L'après-midi, après avoir servi son déjeuner au Grand Calao, je pratiquais mes poèmes. Nous nous livrions à cet exercice sous l'œil vigilant du Grand Serpentaire qui escaladait et descendait les terrasses tandis que les Wafadar fendaient et découpaient l'air avec une rapidité presque impossible à suivre.

Le rythme me venait naturellement et il me fallut peu de temps pour maîtriser les formes de base. Le neuvième poème devint bientôt mon favori. Il s'exécutait en général avec un glaive court tenu à deux mains. Il prenait tout son sens dans les circonstances où le Wafadar devait répondre à une attaque frontale et bilatérale, le dos protégé. Chaque strophe comportait trois lignes, et chaque ligne, trois mouvements. Un, deux, trois, attaque. Trois, deux, un, défense. Virage à quarante-cinq degrés. Répétition. Virage à quarante-cinq degrés. Répétition. Lancé à une vitesse foudroyante, le poème donnait à peine à l'assaillant le temps de reprendre son souffle après le premier mouvement, car il enchaînait aussitôt sur les deux lignes suivantes, ponctuées de coups puissants, avant de revenir à la première.

Comme toujours en matière de poésie, une fois le mètre de base intégré, il était possible de l'étirer. Lorsque je pratiquais le neuvième poème, je me voyais toujours protégeant un défilé étroit contre une armée de maraudeurs. Un, deux, trois, attaque. Trois, deux, un, défense. Encore et toujours jusqu'à ce que le monceau de cadavres et d'agonisants devant moi devienne si haut que je ne pouvais plus rien voir de l'autre côté. Puis, au coucher du soleil, je retournais à notre logis, le corps brûlant, m'inonder d'eau froide. Je préparais pour le Grand Calao une décoction de Vapeurs que je lui servais avec deux tranches de pain aux fruits. Le moment de boire son thé lui donnait l'occasion de me raconter les rêves qu'il avait faits durant sa sieste. Il revêtait ensuite sa longue robe vert mousse et, appuyé sur mon bras, se mettait en route vers la douzième terrasse. Il n'était pas handicapé, seulement très lent. La longévité des Grands Timoniers était notoire. Il aurait pu avoir soixante ans aussi bien que quatre-vingt-dix. Il aimait, tout en marchant, poser des énigmes à l'improviste.

Ainsi un soir, comme un barbet vert se posait sur un arbre :

— L'oiseau est-il plus libre que l'homme ? m'a-t-il demandé.

— C'est ce qu'on dit souvent, ai-je répondu sans laisser mon attention dévier de ses pieds pour m'assurer qu'il les posait au bon endroit.

— Pourquoi ?

— Parce qu'il peut aller et venir plus librement. Il peut voler hors de portée de l'homme et des autres bêtes. Il peut faire son nid où il veut.

— Mais peut-il parler ? A-t-il une voix pour raconter son histoire, chanter sa liberté ?

— On peut dire que non sans risque de se tromper.

— L'homme, si.

— Oui, maître, l'homme possède cette voix.

— Alors, qu'est-ce qui apporte la plus grande liberté ? Les ailes ou le verbe ?

L'oiseau s'était envolé et je ne connaissais pas la réponse.

— Dis-le-moi, maître.

— Il y a dans ce monde de grands oiseaux qui sont pourvus d'ailes sans pouvoir voler. Il y a de grands hommes dans ce monde qui possèdent le verbe sans pouvoir chanter. Cet oiseau ne verra peut-être jamais du monde que cette forêt, il ne volera peut-être jamais plus haut que ces arbres. De même, il arrive que l'homme doué de mots ne s'en serve jamais pour dire la vérité ou pour énoncer une seule ligne de beauté.

— Qu'est-ce qui fait la liberté de l'homme ?

— La détermination. Dans la vie, la détermination est tout. Nous sommes libres parce que nous avons la détermination de l'être. Nous sommes purs parce que nous exerçons toute notre détermination à l'être. La détermination donnait à Aum les mots qui ont affranchi les pères fondateurs et qui les ont lancés par-delà les montagnes comme s'ils avaient des ailes.

Une autre fois, il s'est arrêté pour poser la main sur le tronc d'un marronnier :

— De l'arbre, quelle caractéristique l'homme devrait-il posséder ?

— La solidité, la stabilité.

Il a levé le regard vers les feuilles flamboyantes.

— Et de quelle caractéristique doit-il se garder ?

Je ne trouvais rien à répondre.

— L'incapacité de mouvement ? ai-je suggéré à tout hasard.

Il m'a donné une claque.

— Tu parles en cuisinier, pas en Wafadar. C'est de qualités qu'il est question. De qualités ! La question n'est pas d'établir si oui ou non un homme peut se faire pousser des feuilles sous les bras !

— Dis-moi, Grand Timonier.

— Le manque de discernement. L'arbre donne de lui-même, fruit et ombre, au saint comme au pécheur. L'homme doit distinguer à tout moment entre le subtil et le grossier. Il doit donner à l'un et refuser à l'autre. Tout le grain de la récolte n'a pas la moindre utilité avant d'avoir été séparé de la balle. La seule façon dont on peut changer le monde, c'est en filtrant perpétuellement le pur de l'impur. Telle est notre tâche, dans notre Vallée comme dans l'outre-monde, notre tâche à nous, qui sommes les fruits d'Aum.

Lorsque nous atteignions le douzième escalier, je laissais le Grand Calao le monter seul. Même un Wafadar n'avait pas accès à la plus haute terrasse sans y avoir été convoqué. Chaque soir, les Grands Timoniers se réunissaient dans une salle ronde autour d'une table, ronde elle aussi, buvaient du Ferment et réfléchissaient ensemble au présent et à l'avenir de la congrégation. Leurs conclaves se terminaient souvent tard dans la nuit.

J'attendais le Grand Calao au pied des marches, sur la onzième terrasse. Il m'agrippait le bras gauche, me tapotait la tête et marmonnait une bénédiction. Bien que cela ne fût pas interdit – nous étions, au fond, des frères –, il n'aurait pas été convenable que je l'interroge sur le déroulement de la réunion. Ces hommes étaient les plus sages d'entre nous, et la portée de leurs réflexions dépassait la compréhension ordinaire. Un jour, pourtant, je me suis aventuré à le faire et le Grand Timonier n'en a conçu aucune irritation.

D'une voix douce comme une pluie d'hiver, il a répondu que la destinée des purs s'étendait bien au-delà des hautes murailles de cette belle vallée. Pour qu'un peuple accomplisse ses desseins, le courage et la pureté ne suffisaient pas. Il lui fallait aussi élaborer une stratégie ingénieuse et planifier avec minutie. Les purs étaient une poignée, et le monde qu'il leur appartenait de transformer, une multitude immense. Ce n'était pas un bol d'eau dont quelques gouttes de lait pouvaient changer la couleur, mais un vaste cloaque capable d'aspirer les purs et de les noyer à la moindre défaillance. Il fallait circonscrire chaque étape et la préparer minutieusement. Évacuer les déchets, un travail quotidien, prendrait du temps, beaucoup de temps. Mais c'était possible. On le ferait. Un jour, la beauté d'Aum emplirait le monde.

Le sous-bois avait commencé à bruisser. Au cœur de la forêt, les animaux se mouvaient à pas feutrés. Il tourna vers moi le regard de ses yeux gris.

— Tu entends ?

— Oui, je me suis beaucoup entraîné.

— C'est bien. Exerce-toi d'abord à tout entendre, puis à te détacher de la plupart des sons. Quand le grand félin marche entre les arbres, crois-tu qu'il prête attention aux pépiements d'oiseaux ? Son ouïe est exclusivement dirigée vers la toux, le pas traînant qui lui signalent la proximité de sa proie.

Je gardai le silence.

— Là-haut, dans la salle ronde, les Grands Timoniers accueillent chaque jour le bruissement du monde. L'information provient de lieux dont tu n'as jamais entendu parler, de mille façons que tu ne peux imaginer. Au milieu de ce grand bruit, se détache une toux, un pas traînant qui signalent la voie juste. C'est la voie juste qu'ils cherchent chaque jour de leur vie.

— Le Père Bienveillant s'assoit-il lui aussi à cette table ?

Le Grand Calao me répondit en me tapotant la tête :

— Le Père Bienveillant est toujours avec nous. Lorsqu'il se tient à la table de réunion et lorsqu'il s'en écarte. Les purs ne peuvent rien faire sans lui.

Après lui avoir servi son dîner, je nous versais deux verres de Ferment que nous buvions tandis que je lui massais les jambes et qu'il me racontait des histoires, étendu sur son lit, trois oreillers sous les épaules. Je connaissais déjà certaines d'entre elles, au sujet d'Aum et des pères pèlerins, mais d'autres étaient nouvelles pour moi.

Les Wafadar, leurs valeureux exploits en tant que gardiens du Col et leurs incursions en territoire d'outre-monde en avaient inspiré plus d'une. J'ai appris comment mes frères se déplaçaient en duo pour capturer des sauvages destinés à servir d'esclaves et de proies pour l'entraînement. L'un d'eux, surnommé le Loup, en avait rapporté à lui seul plus d'une centaine, un palmarès exceptionnel. La capture était une activité complexe, qui impliquait le transport d'individus en pleine force de l'âge sans leur avoir infligé la moindre blessure, dans un esprit de justice et d'équité.

Aucun village ne pouvait être razzié plus d'une fois par an. Il était primordial que nulle alerte ne soit déclenchée. Le jeune fauve qui gronde avant son heure risque d'être tué même par un sanglier. À la disparition d'un sauvage, son hameau tremblait de peur et marmonnait des invocations idiotes, mais il aurait pu réagir par des actes si nous avions enlevé un trop grand nombre de ses habitants. L'apparition d'un commando d'outre-monde au Col se serait soldée par un bain de sang et aurait déclenché l'alerte générale jusqu'au cœur de leur territoire.

Peu de Wafadar s'étaient éloignés autant que le Loup pour capturer des corps vivants. Passé les hameaux des sommets, en descendant les pentes, on trouvait les villages et, plus loin encore, les villes des contreforts, leurs agglomérations de bâtiments biscornus et de bazars chaotiques, pleines de bruit, de poussière et d'odeurs fétides. Il y grouillait une foule prodigue. Le Loup, racontait le Grand Calao, en avait traversé plusieurs du même type telle une ombre invisible, notant les vices physiques et moraux des habitants. Ces centres étaient de véritables chancres en plein air, et les hommes qui les peuplaient les mouches bourdonnant au-dessus de l'abcès, des fouilleurs de poubelles querelleurs, sales, avides, cruels. Ces lieux se prêtaient parfaitement à la capture systématique.

Plus le Loup s'éloignait vers les plaines où le soleil était une boule de feu, vers les routes aliénées par la furie des moteurs, plus son émerveillement envers la pure beauté d'Aum allait croissant. Maniant le *siontch* d'un bras infatigable, il avait rapporté des sauvages de tous les points cardinaux. Curieusement, disait mon maître, c'étaient les citadins qui manifestaient la terreur la plus intense, comme si la connaissance plus étendue qu'ils avaient du monde engendrait en eux de plus grandes peurs.

Un jour, pour mettre une théorie à l'épreuve, le Loup, à l'issue d'une embuscade dans une ville située au bord d'un lac de montagne envahi par les algues, avait capturé deux frères devant leur boutique. Il était resté assis toute la journée au pied d'un noyer à les regarder vendre leurs friandises. L'un choisissait et empaquetait, l'autre pesait et percevait l'argent des ventes. Il les avait vus rudoyer les mendiants et s'adresser aux jeunes filles avec concupiscence. Le soir venu, quand la rue s'était vidée de tous les clients potentiels, ils avaient fait les comptes de la journée, puis, serrant pièces et billets dans leur maillot de corps, ils étaient sortis. Ils s'accroupissaient après avoir déroulé le volet d'acier de leur boutique pour le verrouiller quand le Loup avait frappé violemment leurs deux têtes l'une contre l'autre, les avait ramassés chacun sous un bras et jetés en travers d'un mulet. Lorsqu'ils étaient revenus à eux, bien des heures et des kilomètres plus tard, il les avait assommés à nouveau de la même façon.

Puis encore une fois, et à plusieurs reprises, tandis qu'il escaladait les raidillons de haute montagne menant vers la Vallée. À un moment donné, ils l'avaient supplié, geignant comme des chiens galeux qui auraient reçu un coup de pied et en dernier ressort, dans un geste futile typique de leur engeance, ils avaient sorti une grosse liasse de billets et la lui avaient offerte. Le Loup avait cogné leurs têtes l'une contre l'autre encore un peu plus fort.

Lorsque l'un d'eux avait été introduit auprès des Grands Timoniers, le choix lui avait été donné de racheter sa liberté en se battant à mort contre le Loup ou contre son frère. Plus tard, la même offre avait été proposée à l'autre. Tous deux avaient choisi en pleurnichant d'affronter leur proche.

Dans la nuit, le Loup les avait convoqués séparément et leur avait témoigné de la commisération. Tuer un parent n'est pas une mince affaire. Dans l'intention de leur rendre la tâche plus facile, il leur avait proposé de faire absorber à leur frère des pilules à base de sève de stramoine. L'autre, expliquait-il, s'endormirait comme un charme et passerait tranquillement de vie à trépas. Au matin, la bassesse des hommes s'était révélée dans toute son étendue. Comme chaque fois, Aum l'incandescent avait eu raison. Les liens du sang, en cas de crise, se vidaient de toute substance. Seules les idées et les croyances partagées unissaient réellement les hommes.

Lorsque je lui ai demandé de m'en dire plus sur le Loup, le Grand Calao m'a tapoté la joue. Voilà que je me comportais comme les gens de l'outre-monde, a-t-il commenté. Ce n'était pas le Loup, mais ce qu'il représentait, qui avait de l'importance. On devait célébrer le message, pas le messager. Un millier de Loups naîtraient et passeraient, dont je serais peut-être. Mais le dessein serait le même pour tous, ils ne seraient que les réceptacles multiples d'un unique élixir.

Tel était le sens de l'effigie.

Puis il me parla des Wafadar qu'on appelait les Anges. Ils exécutaient des tâches encore plus dangereuses que la capture, puisqu'ils étaient chargés de ramener les âmes perdues. En de très rares occasions, un individu, dans un moment d'égarement, quittait la Vallée et la Confrérie. En vérité, chacun était libre de le faire, car le concept de liberté était à la racine de la vision d'Aum. Mais – curieusement d'un point de vue, sans surprise de l'autre – seul un nombre infime de frères et de sœurs avaient souhaité partir, prouvant s'il l'avait fallu que les séductions de l'outre-monde étaient loin d'égaler la beauté d'Aum.

Tandis que je me penchais sur la cruche pour remplir son verre, le Grand Calao a ouvert les pans de sa robe et s'est claqué la cuisse. Je me suis enduit les paumes d'huile avant de me mettre au travail. Sa chair était plus ferme à cet endroit, sa peau moins parcheminée.

Restait le frère isolé qui perdait l'esprit et qui, dans un élan tragique d'autodestruction, partait s'égarer dans l'outre-monde. Mais quel que fût son aveuglement ou sa bêtise, un frère restait un frère. Les Anges intervenaient donc pour le sauver et le ramener au bercail.

Les Anges étaient des Wafadar qui s'étaient initiés aux façons de l'outre-monde, dont ils maîtrisaient la langue et les usages. Ils pouvaient s'attarder dans ses bazars, chevaucher ses véhicules à moteur, utiliser sa monnaie, déchiffrer ses journaux. Ils se déplaçaient le plus souvent en duo, parfois par trois ou quatre, et n'échouaient jamais dans leur mission. En général, ils ramenaient leur frère malade, qui était alors pris en charge et soigné. De temps à autre, lorsqu'ils ne pouvaient rien pour lui, ils le libéraient définitivement de ses tourments.

Les Anges travaillaient toujours le cœur gros. Quel plaisir aurait-on pu éprouver devant des frères à l'esprit dérangé ? Leurs comptes rendus évoquaient souvent des situations pathétiques. Un frère avait été retrouvé dans une ville lointaine, agrippé à une créature maigre et noire dans une petite maison bâtie le long d'un égout. Dépouillé de son effigie, la bouche molle d'idiotie, il déclarait avoir découvert les joies du mariage. Il soulevait dans ses bras un bébé fripé qu'il prétendait avoir conçu et frottait son nez contre le sien avec des gargouillis sonores et une jubilation de dément. Les femmes et les nourrissons, c'était une folie assez commune. Chaque fois, les Anges avaient peine à contenir leur nausée.

On retrouvait un nombre important de frères égarés dans les réseaux d'échange marchand. Ils trimaient contre un peu de monnaie dans des boutiques ou des gargotes où ils étaient traités comme des esclaves. L'un d'eux, happé par la fascination des images mouvantes, vivait dans les boyaux obscurs d'un cinéma, content d'en balayer le sol crasseux pourvu qu'on lui permît de rester là. Quelques apostats avaient été retrouvés dans des temples ou des églises sordides, des marques peintes sur le corps et marmonnant dans le vide. C'étaient les cas les plus désespérés : leur cerveau n'était plus qu'une soupe claire.

Le plus célèbre d'entre eux avait été découvert dans la cité antique des bords du fleuve. Assis à moitié nu sur la berge, il psalmodiait des insanités tout en frappant des cymbales l'une contre l'autre. Ses cheveux feutrés, torsadés comme des cordes, avaient poussé jusqu'à ses épaules et sa barbe était encore plus longue. Deux bâtards assis à ses pieds agitaient sans cesse leur tête pleine de puces. Lorsque les Anges s'étaient adressés à lui, il avait proféré des bénédictions au-dessus de leurs crânes et leur avait offert à chacun une fleur orange. S'ils en mangeaient les pétales un par un, leur avait-il déclaré, il leur naîtrait des fils qui feraient leur gloire. Les Anges lui avaient alors appris qu'ils étaient venus pour le ramener dans la Vallée. « Si vous êtes des messagers du dieu de la mort, leur avait-il répondu, dites-lui que je ne suis pas prêt, que j'ai ces bâtards en garde et que, lorsqu'ils seront partis, il pourra me prendre. »

La peau du Grand Calao, stimulée par mon massage, avait retrouvé un beau lustre. Ma main faisait du bon travail. J'ai rempli son verre vide. Il avait fermé les yeux. Je voulais en savoir plus sur cet homme des bords du grand fleuve. Les Anges avaient fait usage du *siontch* sur les bâtards (enterrés plus tard en chemin) puis avaient emporté le fou et l'avaient déféré devant les Grands Timoniers qui, toujours curieux de découvrir du nouveau, l'avaient interrogé sur ses illuminations.

Mais il était honteusement inintéressant. Il s'était mis à psalmodier et à chanter, tapant dans ses mains au-dessus de sa tête et oscillant comme un roseau. Il n'avait rien de cohérent à proposer. Il se disait en contact avec les dieux. Des dieux, plusieurs, qui lui parlaient, qui lui avaient appris qu'il était immortel. Il se dépouillerait de son enveloppe et en revêtirait une autre, puis une autre, encore et encore, jusqu'à devenir si subtil qu'il n'en aurait plus besoin. Pour atteindre ce point, il lui suffisait de rester assis presque nu au bord du fleuve et de prendre soin des bâtards.

Oui, bien sûr, il se souvenait d'Aum, avait-il affirmé. En fait, il le rencontrait souvent sur la berge, à proximité des aires fumantes où l'on brûlait quotidiennement les morts. Il lui ressemblait de très près, presque nu et immortel comme lui-même. Il avait pour tâche de veiller sur les vaches et de confectionner des galettes de bouse parfaitement rondes. Il existait de nombreuses vérités et de nombreuses voies pour atteindre chacune d'elles. La voie d'Aum passait par la bouse, la sienne par les chiens.

Sous le choc, mes mains avaient cessé tout mouvement.

Durant l'entrevue, le fou n'avait cessé de psalmodier et de se balancer avec un sourire de goujat. À chaque pause, il déclarait son amour pour tout ce qui constituait l'univers, Wafadar, frères, bâtards, vaches et bouse inclus. Le Conseil avait vu très rapidement se confirmer son impression qu'il était complètement dérangé. Certains Grands Timoniers, consternés, avaient quitté la salle au milieu de la séance.

Après avoir trempé mes doigts dans l'huile chaude, j'avais repris mon massage.

C'était une terrible maladie, dont les symptômes les plus courants étaient ces sensations imbéciles d'amour et de bonheur qui, à l'examen, se révélaient de simples produits de la distraction et de la faiblesse, sans aucun fondement logique. Les frères qui en étaient atteints rappelaient a contrario la vérité d'Aum. Peu de choses décomposaient un homme de façon plus expéditive que la sentimentalité stupide, cet ennemi implacable tapi sous la peau et toujours prêt à saisir le pouvoir. Une seconde de relâchement, et des années entières d'éducation à déjouer ses tentations inopinées pouvaient être réduites à néant.

La sentimentalité pouvait mener un homme raffiné à chanter les louanges de la bouse ou à roucouler des niaiseries à un enfant sans conscience.

Je me rappelais l'expression lugubre de C963. Le bruit sec produit par sa nuque en se brisant était le seul souvenir agréable que je gardais de cet épisode.

Qu'avait-on fait de ce fameux débile chantant ? ai-je demandé. On l'avait envoyé au Cratère des Résurrections. Afin que son mental disloqué se recompose et que son esprit souillé se purifie. J'avais entendu parler du Cratère, mais je n'y étais jamais allé. C'était un lieu réservé aux soins et aux remises en état, isolé pour ainsi dire du reste du monde.

Des terrasses supérieures, on y accédait en prenant vers l'ouest par la forêt de cèdres. On grimpait des pentes escarpées jusqu'à dépasser la limite des arbres, puis celle des neiges éternelles. On arrivait alors en vue de neuf rochers imposants, chacun de la taille d'une hutte, entassés l'un sur l'autre comme par un enfant joueur. Par les marches creusées dans la pierre du premier, on atteignait une ouverture pas plus large qu'un homme.

J'avais picoré ces informations de rumeur en murmure, au fil des ans. Je n'avais rencontré personne qui ait vu cet endroit, mais de nombreux frères connaissaient quelqu'un qui y était allé. Passé l'entrée du trou noir, le sol descendait en pente douce pour aboutir dans une grotte où plus de quarante hommes pouvaient se tenir debout. À son extrémité se trouvait une large porte en bois ceinturée de renforts en fer. Il fallait pour la franchir s'agripper à une corde épaisse solidement nouée à un bout dans la caverne par un nœud multiple et tombant passé le seuil dans un passage sombre. L'imprudent qui aurait relâché sa prise était assuré de se brûler les paumes à vif, car aussitôt la pente, de plus en plus raide, obligeait à trotter, voire à courir, glissant et dérapant. Enfin, à l'issue de ce parcours épuisant pour les poumons et pour les muscles, on atteignait un palier où il était possible de s'accroupir et de reprendre son souffle.

Le plongeon précipité dans un tunnel en pente raide – la peau arrachée par la corde, le cœur martelant la cage thoracique comme un tambour –, suivi d'un moment de soulagement quand se présentait une plateforme, le temps de reprendre souffle, se répétait quatre fois. La lueur dispensée par les lampes à combustion lente ne permettait de distinguer que la gueule sombre du tunnel. Le passage était ponctué de sources suintant à travers le roc. Arrivé au quatrième palier, on se croyait parvenu dans les entrailles de la Terre. Mais soudain apparaissait, presque à la verticale, une lame de lumière aveuglante et l'on se retrouvait presque aussitôt en terrain plan, face à une grande porte flanquée de part et d'autre de meurtrières taillées dans le roc, pas plus larges qu'une paume de main, qui laissaient pénétrer le jour en longs segments droits.

Jusqu'à cette porte, tous les comptes rendus concordaient. Au-delà, ils avaient tendance à varier, à l'exception d'un point : il n'existait d'autre chemin pour quitter les lieux que celui par lequel on était venu. Le Cratère des Résurrections était un cylindre plongeant à plus de cent mètres de profondeur, un véritable trou dans la Terre. Du fond, on voyait le ciel se découper comme un disque, plus lointain qu'on ne l'avait jamais imaginé. Les parois du Cratère, verticales et lisses comme du verre, n'offraient aucune prise à l'orteil ou au doigt. Le soleil vu d'ici se levait tard et se couchait tôt. Une impression d'humidité subsistait perpétuellement dans l'air.

Le Cratère était vaste. Certains disaient qu'il logeait plusieurs hameaux. Selon d'autres, il ne s'y trouvait que neuf bâtiments reliés entre eux qui hébergeaient la maison de correction. D'aucuns disaient que seule une vingtaine de frères y étaient traités ; d'autres disaient plusieurs centaines. Des témoins y avaient vu un lieu merveilleux où la résurrection survenait en quelques semaines. D'autres acquiesçaient : oui, le lieu était magique, mais les frères qu'il accueillait arrivaient dans un tel état de dégradation du mental et de l'esprit que leur guérison prenait plusieurs années.

Un jour, à la cuisine, C963, mon séducteur perfide, m'avait raconté des mensonges au sujet du Cratère. Il l'avait décrit comme un endroit infernal, une chambre de torture et de terreur, visant non pas la remise en état des frères, mais leur désintégration. On n'y soignait pas l'égaré, on l'y punissait. On n'en revenait pas vivant, et c'est pourquoi si peu d'informations filtraient sur ce qui se passait là, derrière la seconde porte.

Mais j'avais l'intuition que la vérité était autre. Sauf exception, un patient admis au stade terminal ressort de l'hôpital immobile, étendu sur la civière des morts. Où aurait-on donc pu renvoyer l'homme aux bâtards ? Ou QT2, qui avait trahi aussi haineusement la beauté d'Aum et sa bénédiction ? Quel autre choix avaient les Grands Timoniers que de faire garder jour et nuit le Cratère, pour garantir que les déséquilibrés et les malades, en s'évadant, n'attentent pas à la vie des membres de la congrégation et à la leur ?

Des Wafadar surveillaient chaque mètre du chemin qui y menait. À cheval, à pied, à toute heure du jour et de la nuit, ils patrouillaient sur le pourtour du Cratère, car la folie donne des ailes aux hommes ordinaires. En outre, on y trouvait des frères qui, à l'instar de QT2, avaient été de grands guerriers et de grands magiciens. Il n'était pas inconcevable que certains d'entre eux, fussent-ils arrivés les membres brisés, cherchent à escalader les murs verticaux et que leurs doigts et leurs orteils y trouvent une prise qui aurait échappé à un gecko.

La chose s'était produite plus d'une fois. Aussi laissait-on allumées toute la nuit d'énormes torches à la circonférence du Cratère. Les flammes dévoraient l'obscurité et prolongeaient d'une ombre gigantesque la plus infime bestiole se déplaçant sur ses murs. Des tas de pierres avaient été disposés tous les cinq mètres pour dissuader les téméraires. Un insecte rampant sur une paroi pouvait ainsi être précipité d'un geste au fond du trou.

Quoi qu'il en soit, je n'étais pas curieux d'en savoir plus sur le Cratère. En tant que Wafadar, il se pouvait que je voie ce lieu un jour, que j'en sois même un des gardiens. J'aurais bien sûr pu demander au Grand Calao de me le décrire précisément, mais j'en aurais été diminué à ses yeux de sage. Un fruit mûrit à son heure. Les purs savent que la connaissance de tout ce qu'ils doivent savoir leur vient lorsqu'ils sont prêts à l'accueillir.

La fille au regard fulgurant

L'initiation par les Éclairés, un des rituels auquel je prêtais assistance en tant qu'interne auprès du Grand Calao, me procurait un plaisir particulier. Il n'avait pas lieu à date fixe. Certains mois en comportaient quatre ou cinq, d'autres, aucun. Si plusieurs variantes pouvaient survenir dans son déroulement, son cadre était immuable. Il se déroulait dans la grande salle à la cheminée. De grosses bûches incandescentes flamboyaient, saupoudrées de copeaux qui jetaient de longues langues de flamme brûlante. Sur le plancher était étalé le grand matelas carré enveloppé d'un drap blanc impeccable.

J'étais chargé de préparer la salle et de mettre à brûler les huiles aromatiques dont le parfum envahissait les narines et ouvrait les pores de la peau. Je prenais plaisir à humer leurs exhalaisons, la tête au-dessus des diffuseurs. Les huiles n'étaient utilisées qu'à cette occasion. Chaque chose sert un dessein ; en user gratuitement n'est que complaisance.

J'allumais le feu quatre heures à l'avance avec les bûches que j'avais apportées, puis j'alimentais les flammes par addition régulière de copeaux jusqu'à ce que l'air chaud se répande en nappes dans la pièce ; le Grand Calao aimait qu'il en soit ainsi. Ensuite, j'allais chercher la fille. Le plus souvent, elle n'avait pas treize ans, parfois tout juste onze. Elle était rarement plus âgée. Les hommes contrôlent une grande quantité de choses, mais l'horloge interne de la femme leur échappe. La règle était inflexible : l'initiation par l'Éclairé devait avoir lieu après la première menstruation. Traire une génisse n'a aucun sens.

D'une manière générale, j'évitais tout échange de propos prolongé avec les filles. Il n'y avait pas grand-chose de commun entre les novices complètes qu'elles étaient et moi, Wafadar vivant dans l'ombre des plus valeureux. Elles n'étaient pas non plus très communicatives. La plupart d'entre elles se savaient parvenues à un seuil capital et vivaient ce moment dans un profond silence.

Curieusement, même lorsqu'elles parlaient, et bien qu'elles eussent dû savoir de quoi il retournait, elles ne le faisaient que pour demander ce qui allait leur arriver. Comme ce n'était pas à moi d'expliquer qui était le Grand Calao et les devoirs qui lui incombaient, je me contentais de répondre qu'elles avaient été choisies pour être honorées. Que leur voyage de fécondité et de service délibéré allait commencer, qu'un Grand Timonier allait les mettre sur la voie et leur donner le départ. Si la grâce leur souriait, sa semence sans pareille atteindrait sa cible au profond de leur corps et s'y maintiendrait, apportant la gloire à leurs personnes et à la congrégation.

Cette perspective leur donnait le frisson, elles tremblaient, se mordaient les lèvres. Quelques-unes manquaient même de s'évanouir, et je devais les porter jusqu'à l'intérieur de la salle.

Le Grand Calao se mettait constamment à l'épreuve. Pour s'assurer que le rituel ne tournait pas à une routine sans âme ou à un moment de plaisir gratuit, il me faisait modifier continuellement certains éléments de la situation de manière à être stimulé. Ne jamais se rendre les choses faciles, telle était la loi des Grands Timoniers. Parfois, je devais déshabiller entièrement la fille, parfois lui laisser tous ses vêtements, parfois les rouler ou les dérouler à mi-hauteur sur elle, lui donnant l'air d'une banane à moitié pelée. À certains moments de l'initiation, je devais la laisser étendue sur le dos, des flammes dansant sur sa poitrine comme des papillons de forêt, ou au contraire la retourner sur le ventre. La ligne de son échine ressemblait alors aux contours de la Vallée. Je la pliais à genoux, la tête au sol, comme un animal qui fouaille la terre, la dressais en appui contre le mur telle une charrue entre deux labours, masquais le feu afin qu'elle devienne à peine visible et puisse être pourchassée. Je m'acquittais de mes tâches avec un soin scrupuleux, encourageant les novices, m'efforçant, parfois à grand-peine, de les tirer de la paralysie où l'étonnement les avait plongées.

Au début, je quittais la salle après avoir préparé la fille et revenais quand tout était terminé. Il y avait toujours un peu de nettoyage à faire, mais c'était facile. Rendre l'initiée à la réalité après l'euphorie de ce qu'elle venait de vivre était une autre paire de manches. Je la trouvais souvent en extase ou plongée dans la stupeur, marmonnant des mots sans suite, parfois même pleurant, tandis qu'elle luttait pour intégrer cette merveilleuse expérience à sa vie de tous les jours.

Je faisais de mon mieux. Je leur administrais des petites tapes pour les aider à reprendre leurs sens, leur donnais de la nourriture et les mettais au lit. Puis j'attendais que le Grand Calao se réveille après son effort. En temps normal, la fille repartait immédiatement. J'envoyais un message aux terrasses inférieures où l'accompagnatrice de la Maternité venait la chercher. Mais il arrivait au Grand Calao de considérer qu'il restait du travail à faire. Je gardais alors la novice un jour ou deux de plus, jusqu'à ce qu'il soit entièrement satisfait.

Plus tard, il me donna la permission d'assister aux initiations. Je devais rester accroupi sur le seuil, ne rien dire et ne rien faire, sauf contrordre de sa part. Plus je regardais, plus mon admiration pour cet homme éminent allait croissant. C'était un dur et noble travail. L'honneur qu'il lui faisait échappait parfois à la fille, qui se refusait. Elle gigotait, se raidissait ou jetait les bras en tous sens, prête à griffer. Quelques-unes se levaient d'un bond, couraient à travers la pièce, se plaquaient contre les murs, creusaient le dos comme un vautour attaquant une charogne. L'une d'elles voulut même un jour se saisir d'une bûche dans la cheminée.

Le plus souvent, avant de parvenir à les clouer sur le matelas et à ouvrir leurs cuisses, il était baigné de sueur et haletant. Il les laissait crier si telle était leur réaction. C'était une façon d'évacuer leur idiotie. Il ne les frappait jamais, alors que l'envie m'est venue plus d'une fois de les gifler, et ne se montrait jamais plus rude qu'il n'était nécessaire. Il disait : pour savoir ce qui est bon pour toi, il te faut l'avoir vécu.

Le labeur du Grand Calao ne prenait bien entendu jamais fin avant qu'il ait déversé sa semence au fond de leur corps. Je le voyais s'y employer, les veines de son cou gonflant sous l'effort jusqu'au diamètre d'un doigt. Parfois la fatigue qui en résultait était telle qu'il roulait aussitôt endormi sur le dos. Je n'ai aucun moyen de savoir combien de ces filles menaient à terme la transformation de cette essence magnifique en vie nouvelle. Mais je sais à coup sûr que les échecs éventuels ne sont imputables en rien à la façon dont le Grand Calao se donnait à sa tâche.

Quand il en avait terminé, je devais faire vite. Aussitôt qu'il s'était dégagé de la fille, je saisissais les chevilles de la novice et lui tenais les jambes levées. Je comptais jusqu'à deux cents tout en vérifiant du regard qu'elle ne laissait pas ressortir la moindre goutte de liquide vital. Souvent, pour plus de sûreté, je n'abaissais pas ses jambes avant d'avoir passé trois cents.

Il se peut que la semence du Grand Calao n'ait pas atteint chaque fois son but, mais le deuxième objectif de l'initiation était immanquablement un succès : embarquer la fille sur la voie splendide de la maternité. Un homme peut vivre vieux et continuer à procréer jusqu'au jour de sa mort, alors que la femme ne dispose que d'un moment de sa vie pour le faire. Elle est semblable à un champ, stérile au début de sa vie comme à la fin. Il est donc nécessaire et urgent de mettre à profit tout le temps où elle est fertile pour la labourer avec une diligence infatigable afin de tirer d'elle la récolte la plus abondante possible.

Bien qu'en bon Wafadar j'eusse accès au Creuset des Pulsions Inéluctables, avec ses femmes attirantes, dispensatrices de plaisirs sophistiqués, je dois avouer que je prenais plaisir à voir le rituel se dérouler. Il y avait quelque chose dans la façon dont le Grand Calao maîtrisait ces filles aux membres adolescents et au duvet pubère qui m'excitait étrangement. Plus il persévérait face à une résistance, plus j'étais fasciné.

La novice qu'il me demandait parfois de retenir une fois l'initiation accomplie était souvent choisie parmi les filles aux cheveux et aux poils très noirs. Il la faisait alors venir dans sa chambre pour poursuivre le travail. En lui apportant les huiles chaudes et les serviettes fraîches, je le voyais murmurer en lui caressant les cheveux lentement. Elle était assise nue sur ses genoux ; vue du seuil, elle ressemblait à un jeune garçon.

Tout comme leur physique n'avait pas atteint l'épanouissement, leurs cerveaux manquaient complètement de maturité. Je savais ce que le Grand Calao faisait : tandis qu'il éveillait leur corps de femme, il tentait aussi de donner forme à leur mental.

Je comprenais combien cet aspect était important, car la plupart de ces filles étaient excessivement stupides. Mes conversations avec elles avaient beau être limitées, elles suffisaient à me fatiguer terriblement. Une fille aux cheveux noirs, aux épaules osseuses, mais aux seins déjà mûrs en forme de prune devait se révéler particulièrement exaspérante.

Ses regards étaient fulgurants, mais son corps était inerte. Quand je l'ai préparée pour l'initiation, elle a eu l'impudence de me demander si je savais ce que j'étais en train de faire. J'étais habitué au vitriol, aux larmes. Mais un interrogatoire, voilà qui était nouveau. J'en ai été si profondément consterné que je l'ai bâillonnée avec un morceau de chiffon. Ses yeux ont jeté des éclairs tout le temps que j'huilais ses membres pour la préparer.

Lorsque je l'ai couchée sur le matelas, elle s'est redressée sur son séant. Je l'ai renversée et maintenue quelques minutes allongée comme on le ferait pour imposer forme à un morceau de métal, mais dès que j'ai eu retiré ma main, elle a relevé le buste. À cet instant, je n'étais pas en colère ; son ignorance sans bornes m'inspirait un profond mépris. Le Wafadar à qui elle avait affaire aurait pu l'immobiliser d'un doigt.

Je me suis contenté de saisir ses deux poignets de la main droite et de serrer à lui broyer les os. Elle a écarquillé les yeux dans un cri silencieux. Je lui ai murmuré à l'oreille tout ce que j'allais lui faire subir si elle ne se conduisait pas avec la décence qui caractérise les purs. Elle a compris. Après que je l'ai repoussée dans la position étendue, elle n'a plus bougé.

Juste avant qu'arrive le Grand Calao, solennel comme chaque fois, je lui ai ôté son bâillon. Elle nous a adressé des regards fulgurants à l'un et à l'autre, mais n'a pas fait un geste.

Inerte, immobile, sans expression et muette : elle s'est comportée durant tout le temps de l'initiation comme un poisson sorti de l'eau. Il la prenait jambes écartées, soulevées, pliées, la retournait, l'agenouillait, la mettait sur le ventre, appliquait la langue, les doigts, faisait tout ce qu'il pouvait imaginer faire. Elle restait comme inanimée, avec des yeux de marbre.

La répugnance qu'elle manifestait à être éduquée le perturbait à tel point qu'à un moment il s'est arrêté et s'est assis sur le matelas. Sa déconvenue affectait de façon visible sa capacité même à transmettre sa semence.

Au bout d'un certain temps, il a baissé sa robe sur ses hanches et a quitté la salle en levant un doigt vers moi. J'ai compris son geste. Quand la porte s'est refermée, elle a voulu se lever. Je lui ai enjoint de rester où elle était et elle s'est avachie sur le matelas, de nouveau sans réaction, les jambes tendues ouvertes, exposant à la lumière ses poils rares. Sa tête immobile reposait dans une flaque de cheveux noirs. Je n'entendais plus que le rugissement du feu.

Je me suis assis en tailleur sans bouger. J'aurais pu rester dans cette position jusqu'au lendemain si nécessaire. Un long moment s'est écoulé puis, remuant les lèvres sans bouger, elle a dit :

— Est-ce que vous comprenez seulement ce qui se passe ici ?

Puis, après un silence, toujours sans un mouvement :

— Même si vous compreniez, ça ne changerait rien. Au bout du compte, vous serez comme ce vieil homme ridé et presque impotent, mais implacable, même avec les filles des filles nées de votre sang.

J'étais entraîné à ne pas me laisser provoquer par

des paroles oiseuses. Elle aurait bientôt appris à se conduire, faute de quoi on la plongerait sans doute au fond du Cratère. Une rupture franche de la nuque, comme dans le cas de C963, aurait encore mieux fait l'affaire, selon moi. Elle devait à la seule grâce du Grand Calao de n'avoir pas encore été châtiée.

— Tes mères auraient honte de toi, dis-je.

Elle se mit à hurler, hystérique :

— Mes mères ! Est-ce que vous comprenez seulement de quoi vous parlez ? Peut-on avoir plusieurs mères ? Une ! On en a une, et une seule ! Connaissez-vous la vôtre ? Vous êtes si lamentable que vous pourriez vous avilir avec elle sans même le savoir !

Issue de son corps immobile, sa voix suraiguë semblait désincarnée. J'étais, quant à moi, entré dans une phase méditative.

— Je vais vous dire ce qui a dû arriver à votre mère, a-t-elle repris d'un ton brusquement froid et calme, à votre seule et unique mère, quel que soit le nombre de femmes qui s'entassent dans la Maternité, au ventre d'où vous êtes issu ! Ce ventre doit être aujourd'hui épuisé, vidé, pressé jusqu'à sa dernière goutte de vie ! Dépouillé sans scrupule comme un arbre de tous ses fruits, fleurs et feuilles, si méthodiquement qu'il ne pourra jamais plus en donner. Prêt à être coupé, mis au feu pour son bois. Dites-moi, êtes-vous son premier, son cinquième ou son quinzième enfant ? Savez-vous seulement si elle vous a porté dans la joie, dans la lassitude ou même dans la détresse ? Peut-être est-elle morte en vous expulsant ? C'est une chose courante, ça aussi !

Cette forme de démence n'était pas rare. Nous y

étions préparés. La voie de la Confrérie, la voie des purs n'est jamais sans heurts, l'effet de ses exigences sur le cœur et sur le mental peut déséquilibrer les mieux ancrés d'entre nous. En de tels moments, l'esprit plonge en chute libre et se met à divaguer contre tout ce qui est élevé. On nous avait appris à accueillir ce genre de folie avec une bienveillance distante, à moins qu'elle menace de dresser des obstacles sur le parcours de notre peuple.

Je ne considérais pas cette fille aux cheveux noirs comme un problème. L'expérience exceptionnelle qu'elle vivait avait momentanément altéré sa raison. Le Grand Calao m'avait expliqué la chose avant que j'assiste à ma première initiation. Je devais m'attendre à être témoin de toutes sortes de comportements singuliers. C'était une réaction hormonale, un rite de passage du corps, on ne pouvait en blâmer les filles. Il fallait seulement savoir s'y prendre avec elles.

Sans bouger de mon perchoir près de la porte, j'ai répondu :

— Nous mourons tous, et mourir pour la cause des purs est un honneur. Si c'est ce qui est arrivé à ma mère, je n'en éprouve que de la fierté.

Pour la première fois depuis que je l'avais obligée à rester allongée, elle a eu un mouvement. Elle s'est assise sur son séant et s'est claqué le front de ses paumes en clamant :

— Honneur ! Fierté ! Gloire ! Vous êtes donc tous les mêmes ! Est-ce que vous savez de quoi vous parlez ? On traite votre mère comme du bétail et ce sont les seuls mots qui vous viennent à la bouche !

Je me suis levé pour ramasser le chiffon et la

bâillonner de nouveau. Ses hurlements inadmissibles risquaient de réveiller le Grand Calao. Elle a tenté encore de crier à travers le tissu. Je l'ai forcée à se rallonger en lui serrant les poignets, si fort que j'ai entendu craquer ses os et que les larmes lui sont montées aux yeux. Je ne l'ai délivrée que quelques heures plus tard, en entendant le Grand Calao se lever. Ses yeux jetaient des éclairs. Elle a remué les mâchoires et la langue pour se détendre, mais n'a pas pipé mot. J'entendais souffler dehors un vent chargé d'esquilles de glace, et pourtant son corps était brûlant, sa peau luisante de sueur. J'avais entretenu la chaleur dans la pièce, ajouté des bûches dans la cheminée, fait brûler de nouvelles huiles, qui embaumaient l'air de leur parfum lourd. L'initiation n'était pas terminée tant que la semence n'était pas plantée.

La démarche du Grand Calao trahissait son calme et sa détermination à ne pas faire de quartier. Lorsqu'il a retrouvé le poisson inerte qu'il avait quitté, il l'a retourné et, de ses doigts, a pénétré là où la graine ne peut germer. Elle s'est crispée, a gémi et levé le bras en signe de protestation. C'était suffisant. En reprenant vie, elle lui avait rendu la sienne. Il l'a fait gémir encore plusieurs fois et chaque fois qu'un spasme la saisissait, sa virilité s'affirmait. Je voyais un maître à l'œuvre. Si un jour je m'élevais moi aussi jusqu'aux terrasses supérieures, cette expérience me servirait.

Peu après, il l'a retournée sur le dos et a posé ses chevilles sur ses propres épaules. J'assistais à genoux à la leçon qui se déroulait devant moi. Les yeux de la fille s'étaient faits implorants. Elle voulait à présent la semence du grand homme. Comme toujours à ce moment charnière, il a trempé le bout des doigts dans le bol que j'avais déposé près du matelas et enduit méticuleusement son membre d'huile. Lorsqu'il l'a replongé pour accomplir son œuvre, elle a poussé un hurlement de joie déchirée, qui s'est mué peu à peu en litanie de murmures reconnaissants.

Après qu'il a roulé à côté d'elle sur le matelas, je me suis précipité pour soulever les jambes de la fille. Mon regard suivait la colonne robuste de ses cuisses et à ce que je voyais, elle serait une mère parfaitement adéquate. Ses épaules étaient trop osseuses, mais elle avait les hanches rebondies, le ventre lisse et large. Ses seins, déjà gros comme des prunes, seraient bientôt des fruits opulents, propres à allaiter un enfant chaque année.

J'ai compté en silence jusqu'à trois cents et reposé doucement ses jambes. J'ai noté que ses yeux scintillaient. C'était normal. Chez toutes les filles, ils se remplissaient de larmes. Puis elles se retournaient sur le dos et enfouissaient le visage entre leurs mains, le corps soudain secoué de violents sanglots. On m'avait appris à les laisser tranquilles jusqu'à ce que leurs émotions se soient apaisées.

Mais elle ne suivait pas le schéma habituel. Ses jambes restaient dans la position où je les avais placées, légèrement écartées et humides. Ses yeux mouillés avaient recommencé à jeter des éclairs. Je restais debout auprès d'elle pour m'assurer qu'elle n'allait pas se lever subitement et réduire à néant tous les efforts accomplis. Le Grand Calao dormait en position du fœtus, épuisé, près du feu, avec un souffle régulier, musical.

Alors la fille aux cheveux noirs a ouvert largement les jambes et dit :

— Et vous ? Vous ne voulez pas votre part de gloire ?

Je suis tombé à genoux, j'ai saisi ses deux chevilles d'une main et lui ai plié les jambes jusqu'à ce que ses genoux touchent les prunes de ses seins. Puis j'ai approché ma bouche de son oreille et je lui ai murmuré d'un ton dur :

— Stupide créature, tu te crois au Sérail ou au Creuset ? Tu es dans la demeure d'un Grand Timonier, et ce n'est pas le plaisir qu'on poursuit ici. La voie est notre chemin. La Vallée est la demeure des purs, mais – ne l'oublie jamais – nous devons notre liberté au fait que nous suivons ce chemin et aucun autre. Des forces obscures rôdent autour de nous, capables de nous arracher tout ce que la bénédiction d'Aum nous a apporté. Rappelle-toi, si tu dévisses, c'est fini, tu ne peux plus remonter. Alors, serre fort les jambes, garde bouche cousue, ne sois pas ingrate et estime-toi heureuse de la grâce qui habite à présent dans ton ventre !

Elle s'est révélée incorrigible.

Le Grand Calao l'a retenue dix jours, afin de lui offrir, dans sa compassion, une ultime chance de se réformer. Chaque jour, il s'évertuait sur son corps et sollicitait sans hésitation sa précieuse semence. Chaque fois, le moment venu, je soulevais les jambes de la fille en lui rappelant qui elle était et qui nous étions. Puis je la transportais dans la petite chambre des novices où elle devait rester étendue sur le lit. Là, elle regardait toute la journée par les barreaux de la fenêtre la forêt et les neiges éternelles qui la surplombaient. Puis je la ramenais auprès du Grand Calao pour une nouvelle leçon, une fois de plus dispensée en pure perte.

Le Grand Timonier a fait tout ce qui était en son pouvoir. Je l'ai vu employer des méthodes qui ne lui étaient pas familières. Il m'enrôlait de temps à autre pour soutenir son effort en l'assistant dans l'agencement des membres et des positions. La fille se laissait manipuler, mais à la façon dont on pourrait dire que consent une personne en état comateux. Pour le maître, c'était intolérable. À quoi bon ensemencer une terre morte ? Nous avons alors travaillé à lui donner vie, si brièvement que ce fût, le temps d'un spasme, afin que la tâche prescrite puisse être rapidement accomplie.

Je devais chaque jour lui appliquer des cataplasmes. Le Grand Timonier, avec son attention coutumière, tenait à ce qu'elle soit rendue intacte, sans la moindre ecchymose, à son Foyer. En étalant l'onguent sur sa peau, je notais chaque fois que ses yeux, aussi noirs que ses cheveux, n'exprimaient ni gratitude ni remords, mais brûlaient comme des charbons ardents. Le troisième jour, je me suis rendu compte, soulagé, que c'était sans rapport avec ce que nous lui faisions vivre. C'était sa façon d'être, la façon d'être de ses yeux, que de lancer des flammes en permanence, pour compenser, peut-être, l'inertie perpétuelle de son corps.

La sixième nuit de son séjour, il s'est produit un phénomène étrange. Prenant ma garde devant la chambre du Grand Calao après avoir débarrassé la table et fait la vaisselle à l'issue d'une journée de nouvelles applications et de nouveaux efforts, je me sentis saisi par un désir subit. Les purs n'ignorent pas que la pulsion sexuelle va et vient à la façon du sommeil, comme lui un simple besoin à satisfaire. Mais ce désir qui montait et descendait tandis que je me retournais sur ma couche sans trouver le repos avait un visage dont l'identité ne faisait aucun doute.

Cela ne m'était pas arrivé depuis mes premiers jours au Sérail. J'ai déployé tous mes efforts pour remplacer dans mon esprit l'adolescente aux cheveux noirs par n'importe laquelle des centaines de filles que j'avais connues au Sérail, au Creuset ou chez le Grand Timonier. En vain. À peine avais-je suscité le souvenir d'un visage ravissant que venaient s'y superposer ses traits, le feu qui incendiait son regard, le défi dans le pli oblique de sa lèvre.

À mesure que passait la nuit, j'étais de plus en plus tourmenté par l'envie de la voir, de me trouver en sa présence. J'ai lutté contre la tentation, mais au matin, j'étais éreinté. La première chose que j'ai faite avant d'aller courir un peu avant l'aube a été de déverrouiller sa porte et de poser les yeux sur elle. Elle dormait sur le dos, les bras croisés sur la poitrine. La lueur des étoiles, par les barreaux de la fenêtre, surprenait sa bouche enfin affranchie de son expression de défi, ses longs cils baissés sur ses paupières closes.

Je me suis attardé plus que de raison, conscient de ne pas être à ma place. J'aurais dû être en train de courir à travers la forêt. Je ressentais un besoin toujours plus pressant de la rejoindre et de toucher son visage.

Plus tard dans la journée, lorsque le Grand Calao s'est préparé à l'entreprendre, je me suis surpris à ne pas pouvoir regarder la scène et à sortir de la pièce. Je suis revenu juste avant qu'il ait terminé. Quand il m'a fallu soulever les jambes de la fille, je l'ai fait en détournant la tête et j'ai refusé de croiser son regard qui lançait des éclairs.

Ce soir-là, bien qu'elle n'eût pas besoin de cataplasmes, je lui en ai préparé quelques-uns. J'ai ignoré sa surprise et la moue railleuse qu'elle m'adressait. Aucune coloration suspecte de sa peau laiteuse n'échappait à mon examen et à mes onguents. J'essayais de la regarder quand elle ne pouvait pas me voir le faire. Je redoutais qu'elle ne lise dans mes yeux quelque chose dont je ne reconnaissais pas la forme moi-même. Je l'ai retournée sur le ventre, j'ai massé doucement ses épaules maigres, puis ma main est descendue le long de son dos étroit, oignant une à une, soigneusement, ses vertèbres et ses côtes. J'avais le plus grand mal à me retenir de caresser l'épais buisson de cheveux noirs et rebelles enchevêtrés sur sa tête.

Quand j'ai eu passé à la soigner beaucoup plus de temps que j'aurais dû, elle a dit :

— Bon, quoi d'autre ? Vous aussi, vous avez décidé que vous en vouliez ?

C'était comme si je venais de recevoir une gifle. Ramassant sans un mot le bol et les serviettes, j'ai quitté la chambre.

La nuit suivante, le désir est revenu, torturant. Étendu devant la porte du Grand Calao, j'entendais tout ce que faisait la fille aux cheveux noirs : lorsqu'elle changeait de position, lorsque sa respiration se faisait sifflante et qu'elle inspirait plus profondément. À vrai dire, je guettais chacun de ces bruits, désireux de sentir sa présence. Un craquement sonore m'a appris qu'elle venait de se dresser sur son séant pour regarder le sommet des montagnes et la nuit teintée de gris posée, légère, sur les cimes.

Silencieux comme la brise, je me suis coulé hors de la maison pour aller me poster derrière un pin d'où je pouvais voir sa fenêtre. La lune, déjà basse dans le ciel, s'était prise dans ses cheveux sombres et se réfractait sur ses joues claires. Les pentes bruissaient de vie ; de petits animaux faisaient crisser les feuilles et tout en bas, sur la première terrasse, un oiseau lançait son appel. Elle bougeait aussi peu qu'un rocher, le regard fixé sur un point par-delà les neiges. Loin d'être, comme je les avais connues, ouvertes sur un cri de protestation ou pincées par la colère, ses lèvres détendues se touchaient légèrement. Ses yeux aussi avaient changé d'expression. Semblables à deux puits d'eau noire et profonde, ils ne crachaient plus le feu.

Je l'ai vue soudain agripper les barreaux de fer et baisser la tête sur ses poings fermés. Je suis resté au pied du pin jusqu'à ce qu'elle se soit éloignée de la fenêtre pour s'étendre.

Au matin, j'ai martelé les sentiers de la forêt comme un possédé. J'aurais occis d'une claque le premier animal qui se serait trouvé en travers de mon chemin.

Lorsque je suis venu servir au Grand Calao sa tasse de Vapeurs, je lui ai confié, accroupi à ses pieds, que j'étais en train de vaciller. Il a posé la main sur ma tête et m'a encouragé à parler. Il m'a écouté sans m'interrompre jusqu'à la fin, puis il a pris la parole à son tour. Il n'y avait pas de problème, m'a-t-il dit en substance, la chair était toujours faible et elle attaquait par surprise au moment où l'on s'y attendait le moins. Même un Grand Timonier n'était pas à l'abri de ses embuscades. C'était la différence qui existait entre Aum et les plus purs d'entre les purs.

Parfois, a-t-il ajouté, la meilleure façon d'éviter le piège était de se laisser porter. La pulsion de la chair pouvait se comparer au filet qui se resserre autour de la proie du chasseur quand elle se débat. En relâchant tous les muscles, au contraire, elle pouvait passer entre les mailles. Selon lui, je devais m'alléger de ce fardeau, faute de quoi il en arriverait à prendre la forme étrange, née de l'illusion, que dans l'outre-monde on appelle amour et qui entraîne chez ces hommes une imbécillité stupéfiante et un immense chaos. Je devais consumer ce désir, mettre fin à mon insatisfaction aussi rapidement que possible.

Je me suis assis près d'elle sans m'être déshabillé auparavant. Elle était étendue comme à son habitude, les jambes légèrement écartées, le regard animé. Dans mon inquiétude, j'avais bourré la cheminée tant et si bien que le feu rugissait. Déjà un lustre de sueur recouvrait sa peau.

Elle a mis quelques instants à comprendre que le Grand Timonier n'allait pas venir. Quant à moi, je me sentais hésitant pour la première fois depuis de longues années. Je n'étais pas certain de ce que je voulais lui dire ni de ce que je devais faire. Je me suis accroupi auprès d'elle, évitant son regard, les yeux posés sur ses seins sans même les voir.

Elle a croisé les mains derrière la tête :

— Je vois ! Le moment de l'initiation est venu pour le disciple ! Par quoi voulez-vous commencer, dites-moi ?

Elle a replié les jambes et les a ouvertes largement. Je n'ai pas bougé.

— Ne craignez rien. Il faut bien que vous deveniez un jour comme le vieil homme. Que vous remplissiez consciencieusement votre devoir. Celui de changer de très jeunes filles en femmes et de peupler la Vallée des purs d'individus de plus en plus purs.

Elle ne pensait pas un mot de ce qu'elle disait, je le savais. Je connaissais ses façons, à présent. Sa colère réprimée lui mettait aux lèvres une langue artificielle et des paroles fausses. On nous avait enseigné ces choses-là, à la Caserne. La quête de pureté était l'affaire de toute une vie. Les hommes et les femmes trébuchaient fréquemment en chemin. Chacun devait être puni pour ses errements, mais uniquement après avoir été compris.

Elle aussi paierait pour ses distorsions et ses entorses à la vérité, mais j'entendais parvenir d'abord à une juste compréhension de son caractère. Je l'ai forcée à tendre les jambes et les ai refermées dans ma poigne. Elle a roulé sur le ventre.

— Ah, comme le maître ! J'aurais dû m'en douter.

J'ai tiré à moi le drap blanc, l'ai jeté sur elle et je l'en ai emmaillotée du cou jusqu'aux chevilles, emprisonnant ses membres. Puis, l'ayant soulevée dans mes bras, je l'ai déposée, dos au mur, dans le coin opposé au feu. Elle pouvait remuer la tête, ce qu'elle faisait de temps à autre pour lever vers moi un menton plein de défi.

— Tu veux parler, eh bien, vas-y, parle, dis tout ce que tu as à dire. Je suis là pour t'écouter, ai-je dit.

Elle a gardé longtemps le silence, comme privée de ses piques et désemparée. J'attendais. Elle ne faisait aucune tentative pour se libérer de son cocon blanc.

Une bûche s'est enflammée dans une lumière vive qui a éclairé d'un coup toute la pièce.

— Raconte-moi tout. Je t'écoute.

Alors, choisissant ses mots avec lenteur, me fixant d'un regard enfin dépourvu de tout venin, elle a commencé. Je m'étais attendu à ce qu'elle relatait. Elle était malheureuse au foyer des filles. Chaque fois qu'elle se rendait à la Maternité, elle passait son temps à chercher la femme qui lui avait donné naissance. Elle ne voulait pas être étreinte ou caressée par chacune des mères, elle voulait la sienne et aucune autre.

Sur le chemin du retour au Foyer, toutes les filles se parlaient en essayant de deviner laquelle des mères était la leur. Au début, elle restait éveillée toute la nuit, tourmentée par cette question. Il y en avait une, mince et douce, les yeux et les cheveux d'un noir profond comme les siens, qui la serrait dans ses bras plus fort que les autres et qu'elle pensait être sa mère véritable. Elle avait rassemblé son courage au terme d'une longue lutte et lui avait posé la question. La femme aux yeux et aux cheveux noirs avait pris son visage entre ses mains en coupe, plongé son regard dans le sien et dit : « Je suis heureuse que tu le croies, mais tu dois savoir que c'est une faute terrible de penser de cette façon. » Elle ne l'en avait pas moins étreinte de plus en plus fort lors des visites de la fillette à la Maternité, désormais chargées de sens. L'enfant attendait avec impatience le moment de se jeter dans ses bras robustes. Elle parcourait des doigts la nuque de sa mère, rêvant de pouvoir arracher l'effigie pour voir si elles se ressemblaient par le nez, la bouche, le menton, la peau.

Rien ne passe inaperçu dans la Vallée. Les purs balisent le chemin en se surveillant mutuellement, à l'affût du moindre errement. Un jour, la mère lui avait murmuré à l'oreille qu'elle avait reçu un avertissement. Elles ne devaient plus faire étalage de leurs sentiments et on les priait d'embrasser d'autres mères, d'autres filles.

Elles avaient essayé de se conformer à la règle. Peine perdue. La fille se sentait agripper les épaules des autres mères pour les tenir à distance.

Elle pleurait la nuit, et le fait avait été rapporté. On l'avait convoquée et mise en présence d'une mère exsudant la puissance, le corps menu, la peau tendue, les mains recourbées en griffes. Son effigie luisante était repeinte de frais. De la voix basse et profonde d'une personne de quatre fois sa taille, elle lui avait rappelé posément que le poison de la possession prenait racine dans l'enfance ; qu'il était nécessaire et suffisant de l'étouffer dans l'œuf pour empêcher à jamais sa résurgence.

— Je veux ma mère.
— Je suis ta mère.

La fille avait alors poussé à gorge déployée un cri perçant qui s'était mué bientôt en une plainte interminable. Un coup violent à la tempe l'avait jetée à terre et elle s'était tue.

Lorsqu'elle était retournée à la Maternité, elle s'était dirigée droit sur sa mère et précipitée dans ses bras. Aucun appel de celle-ci à la prudence n'avait pu la persuader de lâcher prise. Elle ne paraissait même plus se soucier des conséquences de son attitude. À la fin du temps imparti à la visite, une fois toutes les autres filles sorties, les résidentes de la Maternité s'étaient approchées et avaient entrepris de desserrer ses doigts un à un pour la séparer de sa mère en larmes. Elle n'avait pas ouvert une seule fois la bouche.

On l'avait consignée pour six jours à la Salle des Vérités Intérieures dont les hauts murs étroits et l'absence de fenêtre obligeaient à tourner le regard vers l'intérieur de soi. Étendue sur le sol de pierre, elle ne pouvait distinguer le jour de la nuit qu'à la ligne de lumière qui filtrait au-dessous du toit. Chaque jour, la mère à la voix de stentor venait la sermonner sur le désintéressement des purs et les merveilles de la non-possession. Elle subissait en silence.

Jamais elle ne révéla ce qu'elle avait appris durant son séjour dans la Salle des Vérités Intérieures, mais quand on l'avait ramenée à la Maternité, elle s'était agrippée de nouveau au cou de sa mère telle une sangsue à une cheville par temps de mousson. Celle-ci l'avait suppliée de s'écarter, faute de quoi une terrible catastrophe allait s'abattre sur elles. Elle lui avait alors demandé ce qu'il pouvait y avoir de plus terrible que de s'écarter l'une de l'autre. « Une chose est encore pire que de ne pas pouvoir reconnaître son enfant : c'est de ne pas le voir », avait répondu sa mère.

Elle avait passé outre à l'avertissement et personne n'était venu les interrompre. Les femmes et les enfants se mêlaient, s'embrassaient, tandis qu'elles restaient enlacées, yeux noirs et cheveux d'encre, à se roucouler des mots absurdes à l'oreille des autres, mais chargés de sens. L'effigie usée de sa mère était trempée de larmes. À ce moment, elle avait cru que la Maternité avait cédé et la laissait enfin jouir de ce qui était indubitablement à elle.

Au début de la visite suivante, elle ne l'avait pas aperçue. Elle avait parcouru les lieux en tous sens, cherchant dans une panique croissante les bras familiers tendus vers elle. « Où est ma mère ? » s'écriait-elle à la cantonade et elle s'entendait chaque fois répondre : « Je suis ta mère. »

Elle avait ouvert la bouche dans un hurlement, brisé net par une gifle magistrale qui l'avait envoyée rouler au sol. Et de nouveau elle avait connu la Salle des Vérités Intérieures, les sermons de la mère petite et puissante lui racontant lentement, par le menu, le voyage extraordinaire des pères fondateurs, la vision sans pareille d'Aum, la vaillance d'Alaiya et d'Ali. Elle lui narrait les infirmités sans nom dont les hommes de l'outre-monde étaient affligés et les horreurs dont ils se rendaient responsables. Elle lui rappelait la noblesse de la tâche prescrite aux purs et la splendeur de leurs démarches. Ils étaient tous des guerriers de la vérité ; la défaillance de l'un était endossée par la communauté tout entière.

La fille ne criait pas, mais lorsque la voix de stentor marquait une pause, elle disait simplement : « Je veux voir ma mère. » L'autre répondait que le guerrier des purs ne pouvait être esclave des liens douteux de la famille et de l'amitié. Tout ce qui l'affaiblissait devait être écarté de son chemin. Le pur ne pouvait être l'époux d'un homme ou d'une femme, ni l'enfant de parents personnels. Le pur appartenait de naissance aux idéaux des purs, lié pour toujours à eux et à eux seuls.

La pièce s'était refroidie. Je me suis levé pour retourner les bûches rougeoyantes et le feu, nourri d'une poignée de copeaux, est reparti en rugissant.

Immobile dans le coin de la pièce, emballée dans le drap blanc, on aurait dit un oiseau empaillé. Ses yeux s'étaient enfin apaisés. En même temps qu'elle revit l'histoire de sa courte vie, me disais-je, elle commence à en reconnaître les errements.

Elle n'avait jamais revu sa mère. Le bruit courait en sourdine qu'on l'avait envoyée au Cratère. Depuis lors, elle pleurait toutes les nuits, étouffant le bruit de ses sanglots dans l'oreiller. Elle avait appris à ne jamais révéler ses sentiments véritables, à toujours se dissimuler derrière un masque. Telle était la leçon, pour elle, de ces expériences.

Elle s'était donc résolue à tenir sa langue, mais une sorte de morosité l'avait envahie peu à peu. Elle n'avait jamais plus embrassé une mère à la Maternité et ne s'était jamais résignée à la disparition de la femme aux cheveux et aux yeux noirs. Elle se sentait incapable de partager les joies de ses camarades. Elle avait bien tenté plusieurs fois de confier à l'une d'elles les doutes cuisants qui l'assaillaient, mais elle y avait renoncé, consciente de s'aventurer en territoire dangereux. Autant vouloir marcher sur l'eau.

Elle était souvent sélectionnée pour participer à des stages d'instruction intensive du catéchisme. Elle écoutait tout ce qu'on disait sur Aum et tout ce qu'Aum avait dit. Elle se posait des questions, mais n'en montrait rien, experte à présent dans l'art de remuer les lèvres pour dire ce qu'on attendait d'elle sans en penser un traître mot. Elle n'avait nullement l'intention de se retrouver une fois de plus dans la Salle des Vérités Intérieures.

Elle avait commencé à saigner tard – du moins l'avait-elle laissé croire, rusant en virtuose pour cacher ses menstruations. Elle avait vu ses camarades partir l'une après l'autre, semaine après semaine, pour leur initiation. Chaque fillette qui quittait ainsi le foyer y revenait femme, son ventre labouré prêt à se conformer aux cycles perpétuels d'ensemencement et de moisson. Elle avait obtenu de chacune d'elles un compte rendu détaillé de la cérémonie, et sa conviction qu'elles étaient victimes d'un terrible sacrilège en était sortie renforcée. Elle aurait voulu le vérifier auprès des autres, mais ces filles étaient trop imprégnées des certitudes qu'on leur avait inculquées pour voir la réalité sous ses véritables couleurs.

Puis un jour, on lui avait écarté les jambes de force, on avait découvert son secret, son sang, et voilà pourquoi elle se trouvait là à présent…

Le feu n'éclairait plus la pièce, mais cette fois je ne me suis pas levé pour l'attiser. Accroupi devant elle, je pensais au mental humain, aux dangers considérables qu'il pouvait faire courir à la vérité. La pensée se débattait en permanence dans un brouillard. Comme il lui était facile de faire d'un animal une ombre et d'une ombre un animal ! Avec quelle aisance cette fille merveilleuse avait réussi à changer la pureté en souillure !

Elle regardait le monde la tête en bas. J'avais beaucoup de choses à lui apprendre. Mais d'abord, il fallait que je la comprenne, et pour cela, je devais lui tirer les vers du nez. J'obtenais de bons résultats en la laissant parler : elle me racontait ses fourvoiements sans rien cacher. Une fois vidée de toute fausseté, je pourrais l'emplir de vérité à ras bord.

— Tu veux te reposer ?

Elle n'a pas répondu. La soulevant dans mes bras, toujours emmaillotée dans le drap, j'ai marché vers sa chambre. Son visage, yeux et cheveux noirs, frôlait mon épaule. Elle posait sur moi un regard plein de contrition. J'ai approché sa tête de la mienne jusqu'à sentir la chaleur de son haleine sur mes paupières et j'ai vu sa bouche ouverte tout près de la mienne. Alors, comme l'avait suggéré le Grand Calao, j'ai laissé le désir s'emparer de moi et balayer en tempête toute pensée de mon cerveau.

Je n'ai pas dormi, cette nuit-là, et le poisson inerte qu'elle avait été n'existait plus. En lui prêtant, stratégiquement, une oreille attentive, j'avais dégelé sa langue et ses membres. Ses bras et ses jambes emprisonnaient mon corps et j'ai accompli tout ce qu'on attendait de moi. À la clarté de la lune montant, puis descendant à la fenêtre, il était évident qu'elle était faite pour la Maternité. La force et la beauté de son corps donneraient à la congrégation de la foi des filles et des fils de tout premier ordre.

Elle m'a tenu serré contre elle, plus tard, dans son sommeil. Je ne l'ai pas repoussée afin de ne pas la réveiller. J'avais besoin de ses confidences, donc de sa confiance. J'observais ses narines palpitantes, ses seins qui se soulevaient au rythme de son souffle, ses cheveux noirs peignant ma peau. Je la caressais en me dégageant très doucement pour que ses défenses tombent plus facilement. Chaque fois qu'elle remuait comme sous l'effet d'un rêve, je lui tapotais le front, repoussais ses cheveux en arrière et je sentais ses cils frémir contre mes doigts.

Pour la première fois depuis des années, je ne me suis pas éveillé plusieurs heures avant l'aube. Je me suis levé aux premières lueurs grises du ciel par les barreaux de la fenêtre. Je l'ai retournée avec douceur, bordée soigneusement dans la couette, puis je suis sorti. Juste avant de me doucher, j'ai reniflé mes épaules, mes aisselles, ma taille, mes cuisses. Elles n'avaient jamais senti cette odeur. Je suis resté longtemps à humer toutes les parties de mon corps. Enfin, me dégageant en sursaut de l'ivresse que me procurait sa senteur, je me suis versé des bidons d'eau froide sur la tête jusqu'à ce que soit effacée toute trace de ce leurre.

Après avoir porté au Grand Calao sa tasse matinale de Vapeurs, je lui ai fait le compte rendu de la nuit. Alors que je m'apprêtais à quitter la chambre pour aller la réveiller, elle aussi, avec le breuvage fumant, le maître m'a dit :

— Un Wafadar ne tient précieusement à ses flèches que dans la mesure où elles périssent sur la cible. La valeur d'une flèche tient dans son caractère éphémère.

Elle a enlacé ma nuque de ses bras lorsque je me suis approché, frotté ses lèvres contre mon oreille en murmurant des propos intimes. J'ai déposé la tasse sur le sol pour me pencher au-dessus de son corps, puis j'ai cultivé ce champ avec le soin qu'un Wafadar apporte à polir sa flèche.

Durant ces quelques jours, à l'exception de mes devoirs envers le Grand Calao, j'ai consacré tout mon temps à la comprendre. Aussi longtemps qu'elle s'agrippait à moi, me disais-je, ses paroles couleraient comme les eaux de l'Amrita. Chaque fois qu'elles menaçaient de me noyer, je les endiguais en l'emplissant de moi-même ; l'ardeur que j'éveillais en elle mouvait ses bras et ses jambes comme des ciseaux bien huilés.

Un jour, en me voyant, le Grand Calao m'a dit :

— Tout carquois digne de ce nom contient de nombreuses flèches et chacune a sa valeur propre. Aucune d'elles ne peut tenir la place de toutes les autres, ne l'oublie jamais.

Je me suis incliné sans répondre, en marque de gratitude et de révérence.

Mon rôle dans la vie de la fille m'apparaissait en toute clarté : je devais la sauver d'elle-même. Tandis que, sa tête au creux de mon coude, mon doigt sous sa narine captant la chaleur de son souffle, je la regardais dormir, je prenais conscience de ma profonde responsabilité envers elle, ou, plutôt, à travers elle, envers la Confrérie. Elle faisait partie des meilleures et elle avait beaucoup à donner. Il m'incombait seulement de la remettre sur ses pieds, la tête en haut. Je devais lui faire voir le monde tel qu'il était et non plus sous l'aspect négatif où elle le voyait.

Un soir, alors que j'œuvrais en elle avec diligence dans sa chambre, j'ai entendu le Grand Calao m'appeler. D'un geste vif, sans même essuyer le film de sueur qui me couvrait, j'ai enfilé mes vêtements et je me suis précipité. Je l'ai trouvé assis sur le sol, en méditation. Il a reniflé l'air, les yeux fermés, et j'ai pris conscience de ce que j'avais fait. Puis, se tournant vers moi, il a plongé son regard jusqu'au fond de mon âme à nu et m'a informé que le temps était venu pour moi de me débarrasser de la flèche.

J'ai regagné notre chambre sans un mot. Lorsqu'elle a tendu la main pour me toucher, je tremblais. La panique m'avait envahi. J'avais encore besoin de temps pour mener à bien mon entreprise de compréhension. J'envisageais de retourner solliciter quelques jours supplémentaires, mais j'avais peur que ma requête ne paraisse déplacée. Lorsque je lui ai annoncé que je devais me séparer d'elle, son expression s'est voilée, elle m'a étreint et a enfoui son visage dans ma poitrine. J'ai plongé ma tête dans ses cheveux et leur odeur m'a submergé pour ne plus jamais me quitter.

Une angoisse étrange s'était emparée de nous. Elle m'a attiré à elle et m'a enlacé des bras et des jambes. Nous n'avions plus le temps, mais nous ne pouvions nous hâter. Nous avions des choses à nous dire, mais nous ne pouvions plus parler. Il m'était devenu pénible de la regarder au fond des yeux. Elle gardait les siens fixés sur moi, intensément, comme si c'était elle qui cherchait à me comprendre.

Puis nous sommes redescendus, terrasse après terrasse, vers la plaine. Je lui tenais la main pour l'aider à garder l'équilibre, car il faisait noir et elle ne connaissait pas le terrain. Je la guidais lentement, espérant pouvoir lui dire tout ce qui me restait à lui dire.

Sur l'avant-dernière terrasse, je l'ai fait asseoir sur un rocher. Agenouillé devant elle, j'ai pris son visage entre mes mains. Je lui ai déclaré alors qu'elle était merveilleuse, mais qu'elle marchait sur la tête. Puis je lui ai exposé les vérités des Grands Timoniers tandis qu'elle suivait du doigt le tracé de mon cuir chevelu, l'arête de mon nez. Pour la première fois de ma vie, j'aurais voulu m'arracher l'effigie.

J'ai reconnu bientôt la fausseté de l'instant, simple bouffée d'émotion gratuite liée à sa beauté, à la nuit, à mon désir. Je me suis vu y succomber tout en me disant qu'il serait éphémère. Quand ses doigts se sont posés sur mes lèvres, je l'ai soulevée et, assis sur le rocher, j'ai libéré en elle mon impérieuse pulsion.

Au bas des pentes, dans la forêt de *deodar*, des bruissements de petites bêtes dans la feuillée accompagnaient nos pas. L'empreinte d'un gros animal était inscrite sur le sol. Un ours, probablement, se frayant un chemin vers les arbres fruitiers en contrebas.

Juste avant que je la remette entre les mains des femmes de la Maternité, elle s'est plaquée contre moi, ses yeux noirs rivés aux miens, et je l'ai laissée faire. Elle m'a glissé à l'oreille :

— C'est toi qui es merveilleux, mais qui marches sur la tête. Regarde quelle monstruosité ce système est devenu. Quand tu le verras, tu ne pourras plus le supporter. Sauve-toi, sauve-moi.

Le Grand Calao était éveillé à mon retour. J'étais conscient d'avoir beaucoup tardé. Il m'a demandé de préparer du Ferment pour nous deux.

Après avoir éclusé son verre, il a dit :

— L'archer sans égal se concentre sur l'œil de l'oiseau, jamais sur l'arc ni sur la flèche.

Cette nuit-là, je n'ai pu fermer l'œil et peu après minuit, je suis parti courir, effrayant les animaux nocturnes, pour ne revenir qu'au matin préparer les Vapeurs, tout comme le lendemain et les jours suivants. Bientôt, le danger inhérent à la fausseté du moment que je venais de vivre m'est apparu en toute clarté. Aum, comme toujours, avait eu raison : le sentimentalisme pouvait défaire les hommes les plus intègres.

Rien n'échappait au Grand Calao. Bien des semaines plus tard, il m'a appelé et m'a dit en me donnant l'accolade :

— Mon fils infatigable, il est temps pour toi de contribuer à la grandeur de la Confrérie par des actes plus glorieux.

La Mante Religieuse

Au cours des années qui suivirent, je suis devenu, selon les termes du flamboyant Capitaine de la Garde, un nouveau fil étincelant dans la tapisserie de notre grand dessein. Il n'était pas une tâche à laquelle je n'excelle. J'étais résolu à ne jamais échouer. Dans les rares occasions où je ne me montrais pas à la hauteur de mes propres attentes, ma réaction immédiate était de me soumettre à une autocritique des plus sévères. Je voulais que chacune de mes actions soit parfaite, je voulais être le plus valeureux des soldats de l'armée incomparable d'Aum.

Durant tout le temps que j'ai passé au Col, je n'ai pas laissé un seul animal, pas un seul homme, se faufiler d'un côté ou de l'autre de la frontière sans l'assentiment du capitaine. Nous opérions toujours en duo. À l'intérieur, du côté où le Col ouvrait sur la splendeur de notre monde, deux Wafadar s'assuraient que rien ni personne ne s'esquivait de l'autre côté. Si, par extraordinaire, la fuite d'un être vivant échappait à notre vigilance, il n'avait aucune chance de passer inaperçu à l'autre extrémité du passage, près de la crevasse humide où deux autres Wafadar montaient la garde pour empêcher toute intrusion.

Je préférais patrouiller à l'extérieur, là où planait la plus grande menace. Les ordres étaient clairs. Tout être qui s'aventurait à proximité de la crevasse devait être mis en fuite dans une mise en scène suffisamment terrifiante pour suspendre son rythme cardiaque et lui relâcher les boyaux. Je prenais un plaisir évident à obéir. Je me suis souvent pris à souhaiter qu'un imbécile ou, mieux encore, plusieurs apparaissent sur le sentier forestier qui montait vers nous, suivis de leurs troupeaux ou en quête de combustible pour leurs feux.

La vision d'un homme à ces altitudes avait été exceptionnelle, disait le capitaine, mais au cours des années précédentes la chose s'était produite de plus en plus fréquemment. Au début, les Wafadar ne patrouillaient que du côté interne. Ils neutralisaient rapidement l'individu qui s'était égaré dans la passe et brûlaient son corps dans la Vallée. Puis on s'était aperçu qu'à moins d'avoir retrouvé la dépouille les gens de l'outre-monde persistaient à envoyer, vague après vague, de petits groupes des leurs à sa recherche. Comme toujours, Aum avait eu raison : ces êtres vivaient dans une telle peur de la mort qu'ils mettaient plus d'application à accomplir des rites funéraires qu'à célébrer la vie. Dès lors, il avait été décidé de jeter les cadavres là où ils pouvaient aisément être retrouvés et de poster deux Wafadar du côté externe de la frontière.

L'expérience n'apprend rien aux sauvages. Nous avions beau les terroriser par centaines et les tuer par dizaines, il en surgissait toujours de nouveaux pour se jeter dans la gueule du loup. J'ai entendu le capitaine dire qu'il y avait eu six hameaux en tout et pour tout dans la région qui nous séparait de la ville quelque mille mètres plus bas. On en comptait à présent une douzaine, en plus de cinq grands villages, débordants de bétail, d'enfants et de femmes.

Le bétail, nous le tuions souvent, arrachant des morceaux de viande aux carcasses pour faire croire à l'œuvre d'un grand félin.

Le stratagème qui avait ma préférence consistait à se pendre par les pieds à un arbre sur leur chemin puis, lorsqu'ils approchaient, à gronder en leur montrant les dents. Leurs gémissements s'entendaient des semaines entières jusqu'au milieu de la nuit, montant des cahutes de pierre et d'ardoise de l'autre côté de la montagne. Mais c'étaient leurs expressions d'épouvante qui m'amusaient le plus. Les hommes éduquent leur progéniture à vivre dans une terreur indicible qu'aucun autre animal ne connaît jamais. Si un enfant de la Confrérie avait trouvé une bête sauvage pendue la tête en bas et grimaçant, il aurait aussitôt saisi une pierre pour lui briser les dents.

Parfois nous nous amusions, mon frère et moi, à nous suspendre, lui à l'une, moi à l'autre des deux issues du sentier où passait l'enfant de sorte que, terrorisé par un masque grondant devant lui, il se retrouvait dans sa fuite face à un autre, identique au premier. Le bruit courait dans les villages qu'il n'y avait pas un, mais plusieurs djinns au sommet de la montagne.

Les femmes, nous en usions. Pour le plaisir et pour notre dessein, sur mandat des Grands Timoniers.

D'une part, le Creuset se trouvait à bonne distance de notre poste et il était contre-indiqué d'attendre que le désir sexuel atteigne la démesure d'un volcan rugissant. D'autre part, en les engrossant, nous nous propagions à la surface de la Terre. Il nous arrivait, en cas d'urgence, de nous faufiler jusqu'à un hameau, de jeter notre dévolu sur un réceptacle de choix et de nous satisfaire en elle. Pour un Wafadar, une incursion de ce type est l'enfance de l'art, aussi aisée qu'une marche le long de la Jhinjheri. Quant aux jeunes femmes, elles étaient depuis longtemps accoutumées à se voir brusquement accostées et comblées par les djinns.

Mes résultats dans le domaine de la cueillette participaient largement à ma renommée. J'exagérerais en disant que j'étais devenu aussi légendaire que le Loup, mais j'étais indiscutablement un des meilleurs. Chaque fois que survenait un besoin urgent de nouveaux corps, le capitaine s'adressait à moi. Je choisissais deux frères de la Garde et nous dévalions les versants couverts de forêt.

Nous avions décidé de ne plus cibler les villages et hameaux voisins, mais seulement les petites villes où nous entrions le soir venu. À les voir aussi congestionnées, sales et bruyantes, l'envie me prenait de les nettoyer complètement une bonne fois pour toutes. Leurs habitants n'avaient d'homme que le nom, c'étaient des vermines. Grouillant, détalant, jouant des coudes, stridulant. Trop nombreux, trop médiocres. Tout juste bons à servir de cobayes aux purs.

Mais pour le moment, les ordres étaient d'effectuer

des prélèvements à la seule mesure de nos besoins. Nous savions que le jour viendrait où les purs feraient le décompte des hommes abattus tout autour d'eux. Nous nous y préparions depuis des décennies.

En attendant, la prudence était de mise. Nous nous déplacions après le coucher du soleil, sans nous perdre de vue les uns des autres et cherchions à isoler les individus qui semblaient les moins entourés. Nous ratissions les arrêts de bus, les abords des tas d'ordures, les devantures de boutiques closes dans le bazar, en quête de corps blottis sous des couvertures élimées. Tout comme nous avions nos sauvages, les citadins avaient les leurs : très noirs de peau, maigres et secs, ils traînaient des odeurs nauséabondes et dormaient agglutinés sous des abris en tôle. Nous aurions pu en emporter autant que nos bras pouvaient en tenir ; les autres se seraient contentés de gémir et de geindre sans jamais oser nous poursuivre.

Un usage adéquat du *siontch* les maintenait généralement dans un état comateux jusqu'à notre retour dans la Vallée. Mais il arrivait qu'un Wafadar commette une erreur d'aiguille et le captif se manifestait bruyamment. Nous avions ordre de nous débarrasser de ces fâcheux. Nous avions le choix de la méthode. J'aimais les précipiter d'une haute falaise, voir la peur hystérique dans leur regard, entendre la façon dont leur voix montait, puis descendait au cours de leur chute.

Il était toujours éprouvant de n'avoir pu rapporter au moins un homme robuste et l'échec me mettait de très mauvaise humeur pendant plusieurs jours. Lorsque, au contraire, nous livrions des sauvages en bon état, prêts à l'emploi comme nous les avions reçus jadis des mains d'autres Wafadar, le sentiment et le plaisir du devoir accompli étaient sans limites.

Il existait une tâche encore plus gratifiante : jouer à l'ange. Une fois par an, rarement plus, un frère qui avait perdu son équilibre mental se sauvait. La chose n'arrivait jamais durant mes gardes, et le fugitif ne choisissait pas toujours le Col pour gagner l'outre-monde. Un esprit dérangé est capable de tous les excès. Certains grimpaient par le versant nord, perfide en dépit d'une pente assez douce, car la neige n'y gelait pas et celait des crevasses si profondes qu'un corps s'y écrasait sans qu'on l'entende à la surface. Les chances qu'un homme avait de survivre à cette escalade étaient d'une sur mille. Il y laissait en outre ses doigts et ses orteils, brûlés par le gel.

La démence est également capable de fourberie. À notre grande honte, plusieurs Wafadar, profitant de la confiance accordée de plein droit aux purs entre les purs, avaient traversé le Col à pied, comme pour faire quelques pas, et continué leur marche. Il nous avait donc fallu apprendre la plus difficile de toutes les leçons : personne, même parmi les meilleurs, n'est à l'abri du risque de déliquescence.

Ramener ces frères perdus n'était pas à la portée de tous les Wafadar. Les compétences, la force, ne suffisaient pas. La tâche exigeait une sagesse de Grand Timonier et toute la sensibilité de la Maternité.

Retrouver la trace du fugitif était facile. L'épreuve commençait une fois sa piste suivie jusqu'à une ville. Il nous fallait alors nous faire discrets, nous fondre dans les creux des murs et sous les auvents, recueillir chaque murmure porté par le vent pour parvenir enfin à débusquer notre frère.

Nous étions confrontés à un problème récurrent. Tous ôtaient l'effigie. L'obstacle n'était toutefois pas incontournable car, par-dessous, leur peau naturelle avait acquis la pâleur du ventre des lézards, tandis que les ouvertures du masque avaient cerné leurs yeux d'un cercle sombre. Nous prêtions une attention toute particulière aux hommes qui portaient casquette, foulard et lunettes, et nous procédions souvent à une vérification rapide en leur arrachant ces accessoires du visage.

Leurs cachettes les plus vraisemblables étaient les bazars et les cinémas. Pour le bazar, c'était facile à comprendre : on pouvait y dérober nourriture et vêtement, se fondre dans la foule à son gré. Le choix des salles de cinéma, lieux humides, pleins d'odeurs rances, au bruit assourdissant, restait un mystère. Dans la clarté lunaire des images mouvantes, le dégoût nous prenait en voyant des rangées d'hommes adultes pleurer, siffler, hurler et rire comme des idiots.

Un jour, nous avons retrouvé un frère qui se terrait dans un cinéma depuis trois mois. Son aliénation était complète. Couvert de crasse, il sentait mauvais, mais n'en souriait pas moins de toutes ses dents en chantant continuellement à voix forte des chansons aux paroles vides de sens. Aucun argument ne l'aurait persuadé de se taire. Sur le chemin du retour, j'ai dû lui briser la mâchoire pour qu'il cesse de violer la paix des sommets.

Mes frères se dégradaient dans l'outre-monde avec une rapidité horrible à voir. L'un d'eux s'était installé dans une ville poussiéreuse des contreforts, peuplée de pèlerins aux couleurs criardes venus, dans leur stupidité, vénérer des idoles à l'intérieur de cahutes en pierre étagées le long d'une pente. Il suffisait d'un regard au sol de terre piétiné par les multitudes, jonché de cosses de noix de coco, de peaux de bananes noircies, d'assiettes usagées en feuilles cousues, de lambeaux de tissus rouge et or clinquant, de crachats et d'excréments pour que saute aux yeux la nécessité de changer ce monde de fond en comble.

Ce frère perdu – c'est triste à dire – avait été jadis un Éclaireur. Assis à présent sur le sol en pierre, lavé mais sale, devant la porte qui menait à ces divinités de roc, le torse nu, les côtes saillantes, un tissu blanc et orange noué autour des reins, la tête rasée, le front strié de pâtes de couleurs (le cercle foncé autour de ses yeux se devinait à peine), il retirait – à même leurs pieds ! – les chaussures ou sandales des idiots venus en masse se recueillir et les déposait dans une étagère à casiers derrière lui contre un jeton tendu à leur propriétaire.

Lorsqu'il a saisi ma chaussure dans l'intention de l'enlever, j'ai crispé les orteils pour l'en empêcher. Il a levé les yeux et, à ma vue, il est tombé en arrière dans un cri contre ses étagères branlantes, déclenchant une pluie de sandales sur sa tête. Nous ne nous connaissions pas, mais je portais l'effigie.

Si j'avais pu le reconnaître, c'était que, avant de partir à sa recherche, j'étais passé au Mausolée des Dépouilles Personnelles, le grand hangar jouxtant l'atelier du vieil *ustad* qui avait pris les mesures de mon visage pour me préparer une effigie. Un nouveau avait pris sa place. Son assistant s'était volatilisé entre les cloisons innombrables du hangar, puis avait resurgi, portant le moulage du visage original du renégat. Quelque part dans ce labyrinthe, se trouvaient aussi le mien et celui de chacun de mes frères.

J'ai saisi le risible imbécile par les épaules, pertinemment enguirlandé de sandales sales et de chaussures, et je l'ai secoué jusqu'à ce que ses yeux riboulent dans leurs orbites. Puis je l'ai chargé sur mon dos et je l'ai emporté dans la forêt de pins au-dessus des temples. Il y avait tout autour de nous une foule de pèlerins qui psalmodiaient en se balançant, mais aucun d'eux n'est venu à son secours. Ils se contentaient de maugréer et de gémir en se tenant les uns les autres. Ces hommes sans le moindre courage, sans égards pour leurs semblables, étaient pires que des animaux. Avant que j'aie dépassé la première ligne d'arbres, ils s'étaient déjà précipités vers leurs dieux de pierre pour invoquer leur aide.

J'ai dressé ma trouvaille contre le tronc écailleux d'un vieux pin tandis que le frère qui m'accompagnait surveillait les hommes et leurs idoles en contrebas. Le cuir chevelu de l'Éclaireur était luisant d'huile. Il s'est accroupi, les mains sur les oreilles.

— Il est temps de retourner là-bas, ai-je dit.

— Je n'ai nulle part où retourner. C'est ici que je suis destiné à vivre.

— Dans la saleté et l'ignorance que nous sommes nés pour anéantir…

— C'est la demeure de Shiva, là où il s'est reposé avant de détruire le monde pour ses transgressions. Il est présent ici, dans chaque pierre. Viens avec moi quand la lune baigne les statues, et tu comprendras !

— Tu es un des fils d'Aum, ai-je répondu patiemment. Tu ne t'agenouilles devant aucune pierre ni aucun arbre. Tu n'es pas de ce monde-ci. Ce monde-ci, tu dois le reconstruire.

Il a levé les yeux et, dans une expression féroce, se mit à crier :

— Shiva est Dieu ! Shiva est vérité ! Shiva est le cosmos ! Shiva est la vie, Shiva est la mort ! Je ne fais qu'un avec Shiva ! Je suis uni au cosmos !

Je l'ai giflé si fort qu'une dent a jailli hors de sa bouche, dans un flot de larmes. Il n'en a pas moins continué à déblatérer, d'une voix juste un peu moins forte.

À travers ses sanglots tachés de rouge, il poursuivait :

— Viens t'asseoir à côté de moi pour retirer les chaussures aux pieds des fidèles de Shiva. Il n'est pas de plus grande joie dans l'univers. Shiva est amour ! Shiva est extase ! Shiva est la flûte, le joueur de flûte et la musique…

— Éclaireur, rappelle-toi ce que tu as appris un jour, ce que tu nous as enseigné !

— Oublie tout ça ! J'étais un imbécile ! Viens t'occuper des chaussures avec moi et tu connaîtras toute la vérité, tu posséderas toute la sagesse. C'est ce qu'Aum aurait dû faire, lui aussi…

Une nouvelle gifle lancée à toute volée l'a interrompu. Je l'ai mis debout et, le tirant par l'oreille gauche, j'ai entamé d'un pas vif l'escalade de la pente. Aucun pèlerin n'avait levé le petit doigt pour le secourir. Je connaissais un peu leurs façons, à présent.

Ils attendraient le lendemain pour remonter la piste, soucieux de récupérer le corps.

L'Éclaireur déchu, entre deux jappements de douleur, criait :

— Lâche-moi ou le Grand Destructeur va vous détruire dans sa danse cosmique ! Toi et tous les tiens ! Même Aum !

Il était complètement détraqué. J'ai pris la quatrième aiguille et lui ai troué la peau en douze points avant même qu'il ait pu s'en apercevoir.

Lorsque le capitaine, qui devait le produire devant les Grands Timoniers, en a pris livraison, il psalmodiait et oscillait à la façon des pires adulateurs de pierres. Apparemment, c'est aussi ce qu'il a fait en présence de nos guides suprêmes. On l'a envoyé au fond du Cratère. Il n'aurait pu être soigné nulle part ailleurs.

J'attendais toujours une occasion de visiter l'endroit. Je pensais qu'un Wafadar impeccable y était tôt ou tard affecté. Mais cela ne m'arriva pas. Je recueillais des bribes d'informations qui entretenaient ma fascination pour le Cratère. Il s'y trouvait des frères et des sœurs à l'esprit si malade qu'il était difficile de les croire nés de notre communauté. Nombre d'entre eux étaient capables, individuellement, d'empoisonner de leur venin la Vallée entière.

On disait qu'il s'y trouvait un vieil homme dont l'éloquence féroce, dans sa jeunesse, aurait ravalé les paroles de QT2 au rang des grognements d'un cochon. À vingt-deux ans, cet incendiaire s'était dressé au milieu de l'assemblée des frères et, avec le brandon de sa langue, avait allumé une rébellion contre l'effigie.

Plein de présomption, il avait proféré des propos dangereux. Il était croyant, mais souhaitait être lui-même, comme chaque frère devrait l'être. Un nez ne pouvait tenir lieu d'idée, ni une bouche de principe. Les hommes pouvaient être nobles et unis dans de hautes pensées sans devenir des copies les uns des autres. Les Grands Timoniers l'avaient laissé parler. À cette époque, on croyait que l'assemblée mensuelle de la congrégation permettait à ce qu'il y avait de meilleur chez les frères de s'exprimer, de lier les membres de la communauté dans un dessein toujours plus élevé.

Quelques mois plus tard, l'incendiaire en était à dire qu'Aum n'avait certainement pas été à l'origine de l'effigie. Peut-être Ali ou Alaiya en avaient-ils eu l'idée, ou peut-être un maître, qui aurait cru reconnaître en elle la vision d'Aum l'incomparable. La vérité était au contraire qu'Aum avait quitté le monde des hommes parce que ce dernier était en voie de déliquescence et que ses habitants s'y copiaient constamment dans leur faiblesse et leur vénalité. Il avait voulu restaurer la vertu du singulier. Cherché la régénération dans le nouveau. Un frémissement d'approbation avait accueilli ses paroles flamboyantes.

C'est alors que les Grands Timoniers avaient pris conscience du danger que représentait un homme ignorant ses limites. Les hommes qui détruisaient les constructions exemplaires n'étaient pas les individus de peu de savoir, mais bien ceux qui croyaient tout savoir. Tous les hommes devaient graviter autour d'un centre sacré. Faute de ce centre, le monde s'apparentait à un festin de fauves.

Puis un jour, alors qu'un vent se formait, présageant la tempête, l'incendiaire, les bras levés, avait déclaré que le temps était venu de déposer l'effigie. Si les hommes ne pouvaient se regarder et se reconnaître mutuellement, avait-il tonné, ils ne deviendraient jamais ce qu'ils souhaitaient devenir.

Un murmure avait grondé, enflé comme le tonnerre parmi l'assistance. Avant qu'une main raisonnable ait pu l'en empêcher, il avait arraché l'effigie de son visage, révélant à ses frères dans la lumière des torches un homme qu'ils ne connaissaient pas, à la peau basanée et à la mâchoire ferme. Sous le long nez, la bouche à la langue de feu formait un arc gracieux et presque féminin. Tous les frères avaient touché du bout des doigts leur effigie.

À cette seconde même – promesse de représailles effroyables ? Réaction courroucée d'Aum ? – la tempête avait éclaté. Ce fut une tempête comme la Vallée n'en avait jamais connu. Des arbres puissants furent déracinés, des toits emportés, des enfants soulevés et entraînés, des rochers énormes poussés, roulés comme de simples cailloux. Et quand le vent infernal s'apaisa, ce fut pour faire place à une pluie torrentielle. Sept jours durant, le ciel se vida jusqu'à la moindre goutte d'eau et pas un cheveu ne resta sec sur le crâne d'un enfant, d'un homme ou d'une femme. Tout était trempé, tout était en ruine.

Il avait fallu plusieurs mois à la Vallée pour retrouver son ordre. Chaque soir, un Grand Timonier venait apporter ses conseils à la congrégation. Si le monde tournait sur lui-même comme une toupie et flottait dans le néant comme une plume, c'était qu'un ordre divin le lui permettait. L'équilibre du monde reposait sur un million de promesses tenues. Le lumineux avait obtenu de son peuple et pour son peuple un engagement ; or, cet engagement, l'un d'eux, dans un délire d'arrogance, l'avait rompu. L'effigie n'était pas un simple symbole, c'était nous.

Les assemblées mensuelles furent abolies. La libre expression, en l'absence de sagesse, n'avait pas de sens. La Confrérie n'avait pas besoin d'interpréter Aum, il suffisait qu'elle le suive.

La langue de feu fut tranchée et préservée dans un bocal, pour ne pas laisser oublier que les étincelles allumées par certains mots peuvent incendier le monde et le détruire. On avait réajusté l'effigie au visage du rebelle privé de langue avant de l'expédier au Cratère pour le rendre de nouveau à l'image du Véritable.

C'est aussi au Cratère que se trouvait une femme qui avait retrouvé en secret la trace des sept enfants qu'elle avait mis au monde. Dans une bouffée de délire maternel, elle les avait regroupés et s'était mis en tête de fuir avec eux en escaladant la pente fatale du nord, où la neige s'ouvre comme de l'eau sous les pas. Son aîné, plus sage que ses douze ans l'auraient laissé prévoir, en avait informé les Éclaireurs, mais dans l'intervalle nécessaire aux Wafadar pour la localiser, deux des petits avaient déjà basculé dans des crevasses insondables.

La forcenée, déployant une malignité telle que les Wafadar n'en avaient encore jamais vu et telle qu'ils espéraient n'en jamais revoir, avait alors poussé ses enfants sans méfiance l'un après l'autre dans le précipice. On n'aurait su imaginer preuve plus grotesque des dangers de l'attachement à sa progéniture. Tandis que les cris des enfants allaient décroissant dans leur chute, les Wafadar se précipitaient sans que le moindre bruit trahisse leur mouvement pour arracher le dernier-né aux bras de sa mère. Trop tard. Déjà, elle lui tordait le cou, lâchait le corps et se jetait sur ses assaillants à coups de dents et à coups de pied.

Avant de l'envoyer au Cratère des Résurrections, on l'avait exhibée dans toute la Vallée pendant plusieurs semaines afin que nul parmi les purs ne puisse plus ignorer la terrible parenté qui lie pulsion et impureté, afin que chaque mère puisse constater de ses propres yeux le bien-fondé de la règle qui transférait sa progéniture à la communauté.

Le résident le plus sinistre du Cratère était, selon la rumeur, un frère grand et maigre connu sous le nom de Mante Religieuse. Contrairement à la plupart des renégats, dont la langue ne cesse de s'agiter comme feuille au vent, il possédait de grandes qualités de calme et de silence. C'est en entendant conter son histoire que j'appris l'existence des Yodha, une classe de frères très différents des Wafadar, qui vivaient dans la plus grande clandestinité.

Il m'a fallu longtemps et de nombreuses conversations avec mes frères pour reconstituer leur histoire. À mesure que je la découvrais par couches successives, mon humble admiration à l'égard de mon peuple croissait encore. Tout autour de moi, l'intelligence et l'excellence œuvraient au milieu des plus grandes difficultés à changer le monde.

Les Yodha étaient les missionnaires des purs, les guerriers veillant incognito dans l'outre-monde. Leur tâche était d'en infiltrer les structures pourrissantes, de s'y assurer un ancrage en attendant leur heure – tout comme les Grecs avaient eu raison de Troie en se cachant dans un cheval en bois offert à la cité imprenable – pour déchaîner la révolution de l'intérieur même de la Bête.

Les Yodha exilés, plus nombreux que les frères de la Vallée, n'en référaient qu'au Père Bienveillant et aux Grands Timoniers. Le mouvement était né du vivant d'Aum. C'était apparemment l'incomparable qui avait décrété que la Vallée n'était pas l'objectif, mais une simple pouponnière dont la tâche était de soigner les semis qui seraient un jour repiqués par tout le territoire d'un monde en attente de pureté.

J'apprenais à présent que les confins de cette pouponnière, inaccessibles à tous sauf aux Yodha, se trouvaient au nord des plus hautes terrasses habitées par les Grands Timoniers. À cette altitude vertigineuse, au milieu des neiges éternelles, un autre passage souterrain menait à l'outre-monde. Il était gardé, non par des hommes, mais par des loups de montagne dressés par les Yodha. Les hurlements que nous entendions la nuit le long des pentes étaient les leurs. C'était par ce tunnel que, muni des dernières instructions et de la bénédiction du Père Bienveillant, le jeune Yodha rejoignait l'outre-monde pour l'infiltrer.

Chaque novice était envoyé auprès d'un Yodha plus âgé qui s'était déjà insinué dans une ligne de faille capitale de la société d'outre-monde. Ils devenaient de ce jour des *bandhu* liés par la fidélité à leurs origines, des partenaires spontanément solidaires formant un corps secret à l'intérieur duquel nul ne pouvait s'introduire. Ils veillaient l'un sur l'autre, apprenaient l'un de l'autre, montaient la garde l'un pour l'autre. Plus tard, le jeune Yodha serait rejoint par son propre junior, dans une association similaire à l'intérieur de laquelle personne ne pourrait s'immiscer. Chaque Yodha était ainsi relié à deux *bandhu*, un jeune et un aîné, qui ne se connaissaient pas entre eux. Ils étaient ses seuls liens avec l'ensemble de la Confrérie, maillons tous trois de cette longue chaîne serpentine qui remontait les entrailles de l'outre-monde jusqu'à la passe aux loups menant à la Vallée.

Implacablement, sans interruption, les méandres de ce reptile s'enfonçaient et agrandissaient leur territoire. Les Yodha, tous reliés et tous indépendants, pouvaient en quelques heures se dresser tel un serpent aux anneaux innombrables, menaçant et déterminé. Et si nécessaire, chaque trio se sacrifiait sans mettre en danger le reste du grand animal dormant qui œuvrait au dessein des purs.

Les Yodha ne portaient pas l'effigie et n'étaient pas, à l'inverse des Wafadar, entraînés au combat. Ils étaient compétents dans le domaine du subterfuge, contrairement à tous les autres frères. Experts en déguisement, c'étaient des *bahurupiya* qui savaient prendre mille et un visages. Les Wafadar étaient des ombres, les Yodha, des acteurs.

J'apprenais aussi que nous avions été scrupuleusement sélectionnés depuis le Foyer. Tout en nous dispensant leur instruction, les Éclaireurs avaient à chaque instant sondé nos talents personnels et nous avaient poussés à vouloir devenir ce que nous étions destinés à devenir. Si j'avais voulu devenir un Wafadar, c'était qu'ils avaient voulu que je devienne un Wafadar parce qu'ils avaient compris que j'étais né pour être un Wafadar.

Il était possible, entendais-je dire, d'identifier un Yodha n'importe où dans le monde pour peu que l'on sache comment et à condition qu'il le veuille bien. Il portait son identité dans ses yeux. Au moment où il souhaitait la révéler, ou quand une forte émotion le gagnait, son regard prenait une intensité qui prouvait sa pureté et son dessein. Un regard qui pouvait figer le sang des hommes ordinaires et suspendre les battements de leur cœur. Ce que les Wafadar faisaient à l'aide du *siontch*, un Yodha pouvait l'accomplir avec ses yeux.

Une fois le Yodha envoyé dans l'outre-monde, il n'en revenait jamais. Sans fanfare, à la façon d'un termite, il était chargé d'affaiblir toujours plus le cadre branlant de ce monde creux. Ce n'était pas difficile. Un Yodha maîtrisant la rhétorique de la religion, de l'argent, du pouvoir et de la possession détenait le pouvoir d'ouvrir toujours plus largement les précipices dans lesquels les hommes stupides persistaient à se jeter.

Quelques Yodha de tout premier ordre avaient, par leur dur labeur, réussi à créer de larges abcès de mécontentement et d'animosité. Ils avaient su souffler sur les braises de l'imbécillité jusqu'à ce que les hommes et leurs communautés se dressent les uns contre les autres. Les plus admirables d'entre eux avaient même mis le feu aux poudres, propagé des émeutes, déclenché des massacres collectifs.

L'un d'eux, surnommé le Bousier, avait constitué un groupe de vieux grincheux en leur suggérant un projet commun. Il les avait persuadés d'exhumer un symbole millénaire pour exiger que lui soit accordée la même révérence que par le passé. C'était un fleuve, jadis impétueux et fantasque, à présent endigué à sa source pour irriguer des champs innombrables. Le Grand Bousier avait poussé ces hommes irascibles à fonder un mouvement pour la démolition de la digue afin de rendre aux eaux sacrées leur droit imprescriptible à couler librement. Un million de partisans s'étaient ralliés à leur cause, furieux, aveugles à toute logique. Des protestations s'étaient élevées par tout le pays. La guerre de la raison et de l'irrationnel avait fait rage. L'incomparable avait prédit que le monde était peuplé d'imbéciles qui le jour venu s'entredéchireraient pour des vétilles. Il avait eu raison.

Relayé par les seniors acariâtres, le magnifique Bousier avait organisé une marche des tenants de la déraison sur la digue. Le nombre des participants était tel que leur masse obscurcissait l'horizon. Avec son arrogance coutumière, l'État avait déployé face à eux son artillerie. Les hurlements brûlants de la déraison et l'acier froid de la raison s'étaient affrontés dans une mêlée qui s'était soldée par la rupture de la digue, des milliers de morts et des dizaines de hameaux emportés par les eaux. Bien des années plus tard, la fracture béait toujours, le sang continuait de couler, de nouvelles blessures ranimaient le souvenir des anciennes. Le Bousier, décédé, était entré dans la légende, illuminant la voie pour tous les Yodha. La réalisation de son œuvre lui avait pris la vie entière, mais quel fabuleux spectacle il avait produit !

La Mante Religieuse, quant à lui, avait trahi ses engagements à vie. Il s'était retourné contre ses frères, victime, disait-on, d'un excès d'intellect et d'un manque d'âme. Le jour où il avait été envoyé auprès du Père Bienveillant, celui-ci aurait conclu : « Ce garçon contribuera largement à la splendeur de la Confrérie s'il ne lui plante pas un couteau dans le dos. »

Son succès avait d'abord été stupéfiant. Prenant élan sur son *bandhu* aîné – employé de l'administration gouvernementale – comme sur une perche, il s'était rapidement ouvert un réseau de connaissances qui lui avait permis de se frayer un chemin jusqu'à la lointaine capitale où le pouvoir bouillonnait jour et nuit comme de l'eau sur le feu, dégusté comme un Ferment grisant par des hommes qui savaient y faire.

Il avait bientôt atteint les cercles de la périphérie du ministère de l'Intérieur. Comploteur éprouvé, il était capable d'anticiper dix coups à l'avance ce qu'un homme, subalterne ou puissant, s'apprêtait à faire. À chaque étape de leur parcours, les arrivistes faisaient appel à son habileté pour pousser leurs pions et s'apercevaient seulement plus tard que cet homme maigre et taciturne, qui produisait des phrases complètes avec la rareté d'un paysage d'arc-en-ciel, aux cheveux épais tombant comme un toit de chaume de part et d'autre de son visage, avait vu beaucoup plus loin qu'eux.

Il n'avait pas fallu longtemps au ministre pour découvrir qu'il avait mis la main sur un diamant brut. Sa propre rouerie lui disait qu'il allait pouvoir le polir pour le rendre capable de couper le verre et l'acier sur commande. La Mante Religieuse s'exécuta.

Tout comme un Wafadar s'entraîne à la force et au courage, un Yodha s'exerce à la stratégie et à la tactique. Grâce à la formation qu'il a reçue, il sait identifier chez les hommes les instincts les plus vils – avidité, envie, haine, hédonisme –, mais aussi les élans plus nobles dont ils se réclament à grand bruit, idéaux pervertis de gloire et d'honneur, d'altruisme et de sacrifice. Il apprend à manipuler toutes ces aspirations pour obtenir la réponse qu'il cherche. Sa clairvoyance lui facilite les choses.

La Mante Religieuse, grâce à ses compétences, devint d'abord le confident du ministre, puis son conseiller et enfin son délégué, l'échelon le plus élevé de la confiance. Le ministre de l'Intérieur n'était rien de moins qu'un dynaste féodal, un homme de haute caste à l'ossature menue et aux traits aigus, héritier de plusieurs générations de ruse. Chaque jour, il faisait et défaisait des fortunes, en appelait à la loi pour incarcérer des protestataires et se passait d'elle pour faire supprimer ses détracteurs. Il gardait en toutes circonstances les mains scrupuleusement propres, comme il se devait pour tout dirigeant de ce monde-là.

Dans cette agitation destructrice orchestrée par l'argent et le pouvoir, l'hypocrisie est une arme essentielle. Seuls les hommes qui peuvent en permanence dire autre chose que ce qu'ils pensent sont capables de rester dans la course. La Mante Religieuse devint tout à la fois l'exécuteur des basses œuvres du ministre et son éminence grise.

Ses deux partenaires assistaient, médusés, à son ascension. La Mante était un maître, incontestablement. La rumeur de ses progrès se propageait tout au long de la chaîne des Yodha dans l'outre-monde. Personne n'aurait osé espérer que l'un d'eux puisse connaître aussi rapidement un tel succès. Le jour de l'appel, ce frère à lui tout seul arracherait le cœur à cet univers, tout comme ZZ9 avait fait exploser de l'intérieur le cercle étroit de la *naumukhi* de QT2 et l'avait déchirée en lambeaux.

Puis la Mante Religieuse s'était égaré dans le labyrinthe des subtilités intellectuelles.

Être dans la position déterminante du lien sur lequel s'enfilent toutes les perles ne lui suffisait plus, il commençait à nourrir l'ambition de devenir le porteur du collier. Il avait contracté la maladie la plus largement répandue chez les hommes. L'appétit de possession, qu'Aum avait tant fait pour éradiquer, l'avait contaminé.

Tout ce que le ministre entendait dire, tout ce qu'on entendait de lui ou à son propos était orchestré depuis quelques années par un homme, un seul. Yodha intègre, il aurait conservé indéfiniment cette position de contrôle derrière ses airs de phasme. Mais fi du cerveau derrière le ministre, il visait désormais sa place, au grand jour.

En une seule journée qui fit grand bruit, il avait démoli littéralement son supérieur de haute caste, héritier d'une dynastie de finauds, en faisant passer à ses rivaux deux dossiers bruns attachés par un fil. Les documents qu'ils contenaient mentionnaient l'inconduite d'autres hommes, leurs mensonges et leurs rapines – peu de chose, juste assez pour incriminer le ministre. Telle est l'ironie qui s'attache à ces hommes : prospérant sur l'hypocrisie, c'est par elle qu'ils périssent. Le ministre qui avait commis chaque jour des vilenies sans nom fut crucifié pour des broutilles.

La Mante Religieuse s'était cloîtré dans un calme profond. Les rares mots qu'il avait prononcés clignotaient comme des lucioles voletant dans la nuit sans révéler leur position. Si bien que le ministre, marchand d'hypocrisie, et le peuple, consommateur de la denrée, l'avaient cru. Le dirigeant suprême l'avait convoqué peu après. Les hommes ne savent se passer de conseils, soit parce qu'ils ignorent quoi faire et attendent qu'on le leur suggère, soit parce que, le sachant, ils souhaitent qu'on le leur confirme. La Mante répondait à ces deux sollicitations avec un art consommé, d'un hochement de tête ou d'une phrase lourde de sens.

Entre *bandhu*, la règle est de ne jamais couper le contact. L'échange d'informations, réaffirmant la solidarité, doit avoir lieu au moins une fois par semaine. Tous les anneaux du grand serpent doivent vibrer en harmonie pour la bonne santé de l'organisme. Subitement, une semaine passa sans que son junior et son aîné aient pu accéder à la Mante Religieuse. Lorsqu'ils furent admis à le voir quelques jours plus tard, ils le trouvèrent plus silencieux et immobile que jamais. L'enthousiasme sans bornes que leur avait inspiré son art de l'infiltration en fut quelque peu refroidi. Ils se raisonnèrent pour contenir leur angoisse, conscients de la stature exceptionnelle du Yodha.

Au cours des mois qui suivirent, ils eurent de plus en plus de mal à prendre rendez-vous avec leur frère. Ils ne pouvaient plus le voir que sur son initiative. En pénétrant dans l'orbite du dirigeant suprême, la Mante semblait bel et bien être sorti de la leur. Il avait élu domicile dans une grande villa entourée d'arbres chenus couverts d'épiphytes, gardée par des hommes armés prêts à tirer. Son bureau s'enfouissait dans un bâtiment en pierre aux murs si épais qu'ils auraient essuyé sans dommages une canonnade.

Il rencontrait ses partenaires à intervalles de plus en plus espacés, et se montrait de moins en moins loquace. L'entrevue avait lieu dans une minuscule antichambre de son bureau spacieux où tournait un curieux ventilateur à double rangée de pales – l'une grande, l'autre petite. Il était constamment interrompu par la sonnerie de ses multiples téléphones et par des subalternes glissant la tête dans l'entrebâillement des rideaux pour lui demander comment ils devaient agir. À présent, quand ses partenaires lançaient des remarques sur la nature grotesque des hommes qui les entouraient, la Mante Religieuse ne relevait pas.

Son *bandhu* aîné travaillait comme simple employé de bureau de l'administration et le plus jeune était policier. Un soir, alors qu'ils lui transmettaient les informations qu'ils possédaient, la Mante Religieuse avait explosé, les traitant de chiens qui n'avaient rien compris aux subtilités de ce qu'on leur avait appris. « Mais moi, je vaux mieux qu'un chien, je suis celui qui fait des hommes des chiens », avait-il dit, ajoutant que dorénavant ils devraient attendre pour le voir qu'il les convoque.

En six mois, il les avait appelés deux fois, puis plus du tout. Ils ne savaient que penser de son influence toujours croissante, dont ils avaient vent par la presse et les rumeurs. Cet homme beaucoup plus intelligent qu'eux-mêmes était-il en train d'échafauder un plan dont ils ne comprenaient pas les étapes ou bien, devenu réellement quelqu'un d'autre, avait-il cessé d'être leur *bandhu* ?

Un lundi matin, avant le lever du soleil, l'employé de bureau s'était rendu à la riche villa à l'heure de l'entrevue que la Mante Religieuse accordait chaque semaine à ses administrés pour entendre leurs doléances. Une foule de paysans se pressait au portail. Des agents de sécurité au visage dur palpaient chaque pli de leurs vêtements pour vérifier qu'ils n'étaient pas armés avant de les laisser entrer. On les faisait asseoir d'un côté du jardin sur une pelouse luxuriante. Ils buvaient de l'eau dans des timbales remplies à une grande carafe en plastique posée sur une table. Face à eux, une chaise unique attendait la Mante Religieuse, et quand il s'y était assis, on aurait dit une longue tige grêle émergeant d'une racine robuste. Il était flanqué de son service d'ordre, deux hommes, un gros, un maigre, qui canalisaient les demandes, faisaient taire ceux qui parlaient sans attendre leur tour, écartaient les paysans désespérés agrippés aux chevilles de la Mante. Ils interprétaient ses signes de tête, ses paroles elliptiques et prenaient des notes.

Assis en tailleur au milieu de la confusion, l'employé de bureau tentait de déchiffrer l'homme à la façon dont il se présentait. Le corps était relâché, sans allant, les yeux mi-clos. La Mante Religieuse faisait-il encore partie de la communauté des purs ou avait-il vendu son âme au monde dans lequel il vivait ? Quand son tour était venu, il n'avait dit qu'un mot, un seul, Aum ! La Mante Religieuse avait rejeté vivement la tête en arrière et le Yodha avait alors compris que l'homme qu'il avait en face de lui n'était plus un partenaire, plus un Yodha. La lumière, dans ses yeux, s'était éteinte.

Quelques semaines plus tard, on avait trouvé l'employé de bureau la gorge tranchée devant sa maison. L'enquête ne découvrit jamais l'auteur ni le mobile de ce meurtre. Peu après, le policier avait été incarcéré en confinement solitaire pour intelligence avec l'ennemi. On en cita pour preuve qu'il ne pouvait se prévaloir d'aucun ascendant, d'aucune famille, d'aucun village ; qu'il ne venait de nulle part.

Adoptant la cruauté caractéristique des hommes dont il faisait désormais partie, la Mante Religieuse lui avait fait arracher les ongles et briser les os. Il cherchait à reconstituer l'enchaînement des *bandhu* par-delà les plus proches dans la succession interminable des Yodha d'outre-monde. Au cours des réunions internes du gouvernement, il s'était mis à évoquer l'existence d'un gigantesque et sinistre serpent qui se développait parmi eux, dont la localisation et la destruction devaient devenir leur priorité souveraine. Le dirigeant suprême l'avait entendu et lui avait accordé la permission d'agir.

C'était l'histoire que j'avais reconstituée à partir des bribes qui m'avaient été racontées. La complexité de tout ce système me donnait mal à la tête. Pourtant, je harcelais le capitaine pour qu'il m'en dise toujours plus. Je restais souvent étendu sans dormir, la nuit, à essayer de poser des images sur le monde perfide des hommes et sur les Yodha, si courageux. Je me sentais heureux d'être un Wafadar, un guerrier reconnu comme tel. Ma fonction me gardait d'être contaminé par le subterfuge et de devoir vivre dans la malhonnêteté qui avait cours hors de la Vallée.

Un soir, le capitaine et moi buvions notre ration quotidienne de Ferment, assis devant l'abri juste au-dessus du Col. La Vallée baignait dans la lumière bleu argent d'une lune rebondie. L'effigie du capitaine rayonnait d'un lustre récent. Il en était plus fier que la plupart d'entre nous et y faisait apporter des retouches tous les deux ou trois mois. Quant à moi, je n'étais pas retourné au hangar de l'*ustad* depuis deux ans. L'arête de mon nez et mon menton avaient perdu leur brillant.

Le capitaine était un géant, le plus grand et le plus fort que j'aie jamais vu, capable de broyer un homme sous chaque bras jusqu'à faire craquer ses côtes et éclater son cœur. Ses mains étaient d'immenses pattes dans l'une desquelles il pouvait presser un poing comme un citron et faire couler les sucs de ses os écrasés. Lors de Journées du Jugement, rempli de fierté, je l'avais vu exercer sa force sur des sauvages et des renégats incorrigibles.

N'eût-il pas été un formidable guerrier, il aurait fait un Éclaireur remarquable par la justesse de sa pensée et son éloquence. Tout le monde le savait destiné aux plus hautes terrasses, à devenir Grand Timonier, voire, un jour, Père Bienveillant. Pour l'heure, je lui ai demandé de me raconter comment s'était terminé l'épisode de la Mante Religieuse.

Jamais l'avenir même des purs n'avait été mis en si grand danger, a repris le capitaine après avoir éclusé son verre. Aum l'immaculé avait bien dit qu'un frère sans foi était une menace plus redoutable que cent ennemis. Il est facile de l'emporter sur quelqu'un qui s'attaque à votre corps visible, mais malaisé de combattre un adversaire qui déchiffre votre âme. Bien qu'aucun Yodha n'eût prononcé un mot de délation, la Mante Religieuse avait entrepris de traquer les *bandhu*. Chaque fois que l'un d'eux, victime de ses pièges, lui était présenté, il l'identifiait en le regardant dans les yeux.

À présent, le serpent tout entier tentait de prendre un virage plus sûr, de se désintégrer et de disparaître en adoptant une multitude d'apparences nouvelles. Mais la Mante avait crié au loup, semé la suspicion dans chaque esprit. Les voisins s'épiaient mutuellement, les ouvriers de même. Dans chaque localité de leur vaste pays, les hommes stupides pourchassaient les Yodha à la trace comme des chiens, nez au sol, sur la piste d'un morceau de viande. Pour les purs, c'étaient des décennies de labeur clandestin menacées d'annihilation.

La Mante Religieuse avait également envoyé des détachements armés avec l'ordre d'attaquer notre Vallée. Les pères fondateurs avaient cependant prévu une telle initiative. Conscients des viles séductions qui attendaient leurs frères, ils avaient mis en place un protocole garantissant que tout Yodha quittant la Vallée pour l'outre-monde le faisait les yeux bandés. Le bandeau ne leur était retiré qu'à l'issue de plusieurs heures de marche, à leur arrivée dans la ville du lac aux foules perpétuellement renouvelées. À l'écart des terrains où les hommes disputaient leurs idiotes parties de ballon, sous un pin gigantesque, le *bandhu* aîné attendait son nouveau partenaire pour le guider vers le lieu où il s'intégrerait au service de son dessein.

La Mante Religieuse avait déployé ses soldats dans toutes les directions. Mais l'exploration de nos montagnes n'est pas un jeu de balle en plein air. Un millier d'hommes peuvent passer autant d'années à chercher un hameau sans le découvrir. Et de toute façon, ces mercenaires n'étaient guère plus que des bêtes de somme, payées pour se battre, se déplaçant dans la terreur. Pour les désorienter, des duos de Wafadar leur avaient dressé des embuscades des mois durant en différents lieux. Ils fondaient sur eux comme la pluie glacée des hautes cimes, semant la confusion dans leurs rangs. Chez ces hommes, la troupe n'avait pas la détermination du chef. Aucun de ces abrutis en uniforme n'était parvenu à grimper suffisamment haut pour s'approcher de la faille ruisselante du col de Toute-Espérance.

Pendant ce temps, une équipe de huit Wafadar, guidée par celui qui est devenu par la suite le Père Bienveillant, avait été dépêchée dans la capitale lointaine. Les jours de la Mante Religieuse étaient comptés. C'était un long voyage, que seul un des huit avait déjà effectué. La capitale était une gigantesque fourmilière affolée. Si l'homme d'outre-monde était l'illustration de la stupidité, ses villes incarnaient la démence. Le jour venu, constataient les Wafadar, la démolition de ces sociétés serait un jeu d'enfant, une promenade en forêt.

La Mante Religieuse s'était retiré derrière cinq barrières concentriques de sécurité. Il ne connaissait pas de Wafadar, mais il avait entendu parler d'eux. Dans son bureau comme dans sa chambre, son pistolet ne le quittait pas. Trois molosses noirs aux longs museaux et aux crocs aigus étaient couchés à ses pieds. Des mercenaires en uniforme montaient la garde devant chaque porte et chaque fenêtre, immobiles comme des statues, leur arme pointée sur toute personne qui entendait passer le seuil. À coup sûr, personne, pas même un Wafadar venu de ses montagnes lointaines et ignorant des façons de ce monde, n'aurait pu, pensait-il, percer cette armure.

Tuer ce phasme aurait pourtant été facile. Mais les huit guerriers étaient chargés de le ramener vivant. En dépit de tout, il méritait au titre de frère qu'on lui accorde une chance de réhabilitation. Quatre d'entre eux avaient pénétré dans la propriété une heure après minuit, passant sans se faire voir entre les mercenaires. Les quatre autres attendaient à la périphérie du bungalow, perchés dans les grands arbres vénérables telles des chauves-souris invisibles, formant une deuxième ligne d'attaque prête à venir en aide à la première en cas de nécessité. Les chiens n'avaient pas eu le temps de se lever. Ils étaient morts, le cou tordu, leurs grondements étouffés dans leur gorge.

La Mante Religieuse avait ouvert les yeux dans l'obscurité insondable, soudain lourde de menace. Il avait saisi son arme d'une main et allumé la lampe de l'autre. De chaque côté du lit, l'effigie le fixait. Avant qu'il ait pu émettre un son, quatre paires d'aiguilles avaient perforé sa peau, plongeant son cerveau et son corps dans un profond sommeil.

Le matin venu, le chaos avait éclaté devant les trois cadavres de chiens à la nuque brisée, et la disparition de l'homme sur lequel ils veillaient. Les mercenaires jurèrent n'avoir vu personne entrer ni sortir. On organisa des recherches frénétiques dans toutes les directions, pendant qu'au-dessus du faux plafond, assis dans une immobilité de pierre sur de fines poutres de bois, les quatre Wafadar attendaient, le Yodha déchu étendu entre eux. Ils restèrent trois jours dans cette position, le temps de laisser leurs poursuivants s'enfoncer dans le pays. Typiquement, les hommes d'outre-monde étaient partis chercher au loin ce qu'ils auraient trouvé à leur porte.

La quatrième nuit, les Wafadar s'étaient mis en route, le corps de leur frère comateux enroulé dans un drap. À l'issue de leur voyage de retour plusieurs semaines plus tard, lorsque la Mante Religieuse était revenu complètement à lui au milieu des Grands Timoniers réunis, il s'était écrié, hurlant comme un chacal, que sa position d'éminence dans le monde des hommes réels vaudrait à la Vallée d'être transformée en champ de ruines s'il n'était pas sur-le-champ rendu aux siens.

La grâce lui fut accordée de séjourner dans le Cratère. Pour éviter qu'il ne fomente de nouvelles conspirations, on lui avait arraché toutes les dents, à l'exception de quatre incisives, deux en haut, deux en bas. Depuis vingt-cinq ans, à présent, il passait tout son temps à ronger ses repas, de jour en jour plus semblable à un phasme, immobile et muet, guéri des virus du pouvoir et de la rapine.

Le monde dont il s'était tant épris l'avait rapidement oublié. Les hommes de son entourage, suspicieux comme toujours, avaient cru qu'il s'était enfui dans un autre pays avec le butin de ses gains illicites. Pour dissimuler sa disgrâce sous des dehors honnêtes, ils avaient donné son nom à une modeste rue. Quelques années plus tard, aucun des piétons qui passaient par là n'aurait su dire qui était cet homme. Le grand serpent des *bandhu* avait retrouvé son organisation et chaque Yodha était retourné tranquillement à son travail de sape, à la préparation du grand jour.

L'obèse qui chantait

Je vous raconte mon histoire comme je l'ai vécue, comme je l'ai sentie.

Si je devais l'embellir rétrospectivement à la lumière de mes connaissances actuelles, ce serait une autre histoire et je serais un autre, moi aussi. Je sais que partout, les hommes cèdent à la tendance de recréer leur passé tel qu'ils auraient aimé qu'il soit. Ils ne le font pas uniquement par vanité, mais en quête de réconfort. Lorsque leur existence commence à perdre de son éclat, ils cherchent à se rassurer ainsi sur le fait qu'elle n'a pas été entièrement vaine. Mais si je suivais cet exemple, la signification que ma vie passée contient peut-être serait perdue. Ma vie équivaudrait à un mensonge, dans son vécu comme dans son récit.

Et dans la grande pharmacopée des histoires du monde, mon histoire ne serait qu'un remède frelaté, n'apportant que détresse.

Je ne l'ai jamais oubliée.

C'est la vérité. Et je vais être encore plus franc. Je pensais à elle tous les jours. Je ne me l'avouais pas, je ne l'ai jamais exprimé par des mots. Un frère m'eût-il demandé – lorsque, étendu, je regardais le ciel – ce que j'avais en tête, il ne me serait jamais venu à l'idée que ce puisse être elle. Pourtant ses cheveux, ses yeux noirs, ses regards fulgurants m'accompagnaient partout.

Je ne pensais pas à elle consciemment. Jamais. Je savais que je ne devais pas le faire. Elle était avec moi, c'est tout ce que je peux dire. C'était une présence clandestine, mais permanente. Chaque fois que je fermais les paupières, je la revoyais debout derrière les barreaux de la fenêtre, regardant les pentes baignées de lune. Je lui appliquais un cataplasme, j'enduisais d'un onguent sa peau lumineuse. Ou bien je tenais son visage entre mes mains et je sombrais dans son regard sans fond. Souvent – je peux le dire, à présent – je me voyais même arracher le Grand Calao à son corps inerte, je le jetais dans le feu rugissant. Pourtant, quand je rouvrais les yeux, je refusais de me rappeler quoi que ce soit.

Chaque fois que j'arrivais au Creuset pour y consumer les ardeurs de mon corps, je cherchais des yeux une femme aux cheveux et aux yeux noirs, aux épaules osseuses, aux seins en prune. Toujours inconsciemment, je passais d'une pièce à l'autre, étudiant soigneusement chaque nouvelle pensionnaire, guettant le jour où elle serait retirée au service des naissances et affectée pour un moment à la maison des plaisirs.

Elle n'est jamais venue.

Je ne cherche pas à faire croire que je traversais un état de souffrance aiguë. Je consacrais jour et nuit mes pensées et mes actes à la grandeur de la Confrérie, conscient à chaque instant de vivre ma vie au service d'une cause sublime. Lorsque, progressant dans l'âge adulte, j'ai appris l'existence des Yodha, j'ai compris que la transformation décisive, le dernier acte, n'aurait pas lieu de mon vivant, tout comme il n'avait pu avoir lieu du vivant d'Aum. Ce fait ne minimisait en rien l'importance de mon labeur. Sans nos efforts quotidiens, le grand jour magique n'aurait même pas pu être imaginé. Le capitaine nous parlait continuellement de ces choses, et une fois par mois nous nous réunissions au pied des terrasses supérieures pour recevoir, telle une ondée bienfaisante, la sagesse issue de la bouche des Grands Timoniers.

Le Grand Calao était mort depuis de nombreuses années. Lorsque j'avais appris la nouvelle, j'étais resté un long moment en méditation, tranquille, à me le remémorer. Parmi ses pairs radieux, celui qui m'inspirait le plus ardemment était le Grand Tragopan, le plus jeune des Grands Timoniers. Sa voix de stentor démentait sa petite taille et, tout en parlant, il remuait les mains comme s'il découpait des formes animales dans la substance de l'air. Contrairement à la plupart des Grands Timoniers, il n'avait jamais été Wafadar, mais s'était élevé dans la hiérarchie des terrasses grâce à son talent d'Éclaireur. Il formulait l'existence d'Aum avec une rare passion et se révélait un formidable inquisiteur dans les procès pour le rétablissement de la vérité et de la pureté. En l'invitant parmi ses pairs, le Père Bienveillant avait déclaré : « Ses paroles sont encore plus puissantes au service de la Confrérie que le *siontch* des Wafadar. »

J'étais, pour ma part, entièrement de cet avis. Lorsque j'entendais parler le Grand Tragopan, ses yeux jetant des flammes, ses mains découpant l'air en formes magnifiques, je me sentais pousser des ailes et mon cœur se dilatait dans ma poitrine au point que j'aurais pu y loger l'univers entier. Je savais que son parcours, comme toute expérience de valeur, avait été long et ardu. On l'avait tenu très longtemps sous étroite surveillance avant de l'élever jusqu'aux terrasses supérieures. Le souvenir du rebelle à la langue de feu, le pouvoir incendiaire de ses mots, hantaient encore toutes les mémoires.

Ce jeune Éclaireur, cependant, s'était avéré un frère sans défaut, doué d'un intellect exceptionnel, qui mettait ses paroles au service de la seule cause des purs. En moins de quinze ans parmi les Éclaireurs, il avait débusqué et livré plus d'une vingtaine de frères déchus, parmi lesquels d'autres Éclaireurs qui avaient égaré le sens du message qu'ils transmettaient. Et lors des procès d'épuration en présence des Grands Timoniers, il avait exposé avec brio et sans pitié les mensonges et les défaillances des traîtres.

La légende lui attribuait en matière d'inquisition et d'épuration le pouvoir de traquer la moindre pensée dangereuse, si loin et si profond qu'elle logeât dans l'esprit de ses frères, et de la faire remonter au grand jour. À l'issue de son réquisitoire, les frères qui au début de leur procès avaient nié en bloc les torts dont ils étaient accusés finissaient par s'écrouler en pleurant, pleins de contrition, et par se confondre en excuses. Nombre d'entre eux reconnaissaient que le Grand Tragopan avait découvert dans leur âme un cancer dont ils avaient eux-mêmes ignoré l'existence. Quand il en avait terminé avec le frère déchu à qui ne restait plus que la perspective du Cratère, il avait coutume de se tourner vers les Grands Timoniers et, s'inclinant devant chacun d'eux, de dire : « Qu'Aum me fasse don de la sagesse, et les Grands Timoniers, de la pureté. »

L'arrogance perd les meilleurs d'entre tous. Son absence chez l'Éclaireur le propulsa Grand Timonier à un âge précoce. Tout comme ZZ9, le Grand Serpentaire, était appelé à son époque pour affronter des défis d'ordre physique, on convoquait le Grand Tragopan lorsque l'auguste conseil souhaitait déchiffrer ce qu'Aum l'intemporel aurait pensé du tour que prenaient les événements. Et comme ZZ9, il ne manquait jamais à sa mission. Il trouvait toujours la réponse et esquissait toujours la voie, conforme à l'esprit du père éternel, qui convenait à tous.

Dès le début de son ascension, le Grand Tragopan avait requis et obtenu la permission de voyager dans l'outre-monde. Il partait en compagnie de la Témia Vagabonde qui avait parcouru le territoire durant vingt-deux ans d'une côte à l'autre, rapportant informations et nouvelles sur la dégradation permanente de la vie des hommes, la propagation de la misère et des maladies, la vénération de pierres et de briques, le progrès insensé des machines, le culte de la possession et de l'avidité, la culture du mensonge, de la duperie, des hiérarchies cruelles et de la violence organisée. Le Grand Tragopan se contentait de suivre son guide, les oreilles et les yeux grands ouverts. À son retour, les Grands Timoniers passaient plusieurs jours à l'interroger, à s'instruire et à élaborer des plans.

Nombreux étaient les Grands Timoniers qui avaient franchi la frontière en compagnie de la Témia Vagabonde. Ces déplacements leur étaient autorisés afin de leur permettre de mieux se préparer aux responsabilités qui les attendaient. Tous n'en éprouvaient pas le besoin, mais le bruit courait qu'on ne pouvait s'élever à la position de Père Bienveillant sans avoir exploré l'outre-monde.

Ces consultations terminées, le Grand Tragopan venait nous parler au pied des terrasses supérieures. Nous attendions ces moments avec impatience. Tandis que ses mains sculptaient l'air à gestes rapides, il nous décrivait le chaos, l'enfer de misère et de désespoir qu'il avait observé. Rien, là-bas, n'était sacré. Tout y était objet de marchandage, y compris la divinité. Les hommes, en inventant l'argent, y avaient lié tout le sens de leur vie. Aum le sans-pareil avait vu juste. Si nous n'agissions pas pour sauver ce monde en faisant valoir sa vision, il courait à sa perte.

Les années passant, le Grand Tragopan, la voix des Grands Timoniers, est aussi devenu leur bras armé. Le jour est venu où il a cessé de voyager pour assurer, à leur requête, la garde de toutes les affaires de la Vallée. Chaque jour, des confins de notre territoire, des frères venaient le trouver pour lui rapporter leurs progrès et lui demander de nouvelles instructions. Au Col, nous entendions dire à quel point il était autoritaire et puissant, un parfait Grand Timonier, humilité et volonté d'acier. Il ne manifestait aucune indulgence envers les frères défaillants. Le monde pouvait difficilement être transformé par des hommes qui manquaient de maîtrise d'eux-mêmes.

Sa pratique de n'épargner personne, pas même un Grand Timonier, était la plus haute manifestation de son excellence. Dans un procès d'épuration qui avait duré plusieurs semaines et secoué la communauté tout entière, le Grand Tragopan avait mis en cause le Grand-Duc, un ancien Wafadar d'une valeur exceptionnelle, que l'on avait souvent donné pour un futur Père Bienveillant. On disait qu'il pouvait courir à reculons aussi vite qu'en avant et assommer d'un coup de tête n'importe quel adversaire. Il parlait peu, ne connaissait pas la peur. Il était admiré de tous.

Le Grand Tragopan avait révélé qu'il s'était rendu coupable de trahison envers la Confrérie en nouant une relation malhonnête avec certaine madone du Creuset. Trois années durant, elle avait été la seule à qui il avait rendu visite. Nous connaissions cette femme de carrure robuste et d'un certain âge dont peu d'hommes recherchaient la compagnie. Le Grand-Duc était accusé d'avoir converti la recherche de plaisir en appétit de possession et d'avoir fait usage de la considération dont il jouissait pour que sa favorite reste au Creuset bien après qu'elle eût dû être affectée au Sérail, à la Maternité ou ailleurs. Durant le procès, le Grand Tragopan, démantelant une à une toutes les tentatives du Grand-Duc pour contester les charges qui pesaient sur lui, avait démontré de façon limpide qu'un frère chargé de la protéger avait bel et bien trahi la vision du sans-tache, que le Grand-Duc avait été la proie d'un attachement honteux. Si chacun des purs agissait de même, avait tonné le Grand Tragopan, ce serait la fin de la Confrérie et de sa haute quête. Mais la transgression était d'autant plus grave qu'elle était le fait d'un Grand Timonier, porteur du flambeau. Il était dans l'ordre des choses que le châtiment soit à la mesure de la faute.

Le Grand-Duc avait exposé ensuite sa défense – si faible, nous dit-on, que les augustes membres du Conseil détournaient les yeux de honte et de dégoût. Le Grand Tragopan avait alors exhumé du passé de l'accusé la succession de défaillances qui avaient balisé son parcours. Son interrogatoire incisif avait révélé l'existence de pensées gravement offensantes remontant à l'époque où le Grand-Duc était à la Caserne, et même à son enfance, durant laquelle il lui était arrivé de douter de l'immaculé et de son message original.

Au Col, nous attendions chaque jour les nouvelles. Le Grand-Duc avait été l'un des nôtres, un grand Wafadar, et nous souhaitions qu'il sorte blanchi de cette affaire. Mais au fil des semaines, la honte nous gagnait. Et à la fin, nous avons été soulagés de savoir qu'il avait reconnu s'être souvent montré indigne et s'était déclaré prêt à expier. Il fut banni au Jardin Familial des confins de la Vallée, le lieu de repos éternel de tous les frères, symbole ultime de notre égalité permanente, condamné à y passer le restant de ses jours sans émettre un son et à creuser des fosses pour y enterrer les frères à qui il avait fait du tort.

C'est à cette époque que le Grand Tragopan, le plus illustre des frères, m'a envoyé chercher. Peut-être, conjecturait mon vaillant capitaine en me faisant ses adieux, avais-je été choisi pour me couvrir d'honneur dans des missions particulières au service des purs. Mon cœur battait fort et je me sentais dans la même excitation que vingt-cinq ans auparavant, le jour où j'avais été convoqué auprès de ZZ9, le Grand Serpentaire.

J'écoutais, debout et tremblant, le Grand Tragopan tandis que ses mains découpaient des formes dans l'espace. On m'avait, disait-il, sélectionné à l'issue d'un examen minutieux pour des tâches impliquant une plus haute responsabilité que la garde des frontières des purs. Je devais désormais travailler dans la Vallée à contrôler le fonctionnement interne de la congrégation. Le moment était venu de mettre à l'épreuve, après la force de mes membres, ma fermeté d'esprit. L'effondrement du Grand-Duc nous avait mis en garde contre les périls de la suffisance. Personne n'était à l'abri de la tentation. La pureté des purs exigeait une protection constante. Il m'incomberait en même temps qu'à trois autres frères, sous sa houlette, de veiller à ce que la congrégation reste immaculée, *parfaitement* pure.

On nous a attribué un gîte sur la deuxième terrasse, juste au-dessus de l'endroit où j'avais dormi plusieurs nuits, longtemps auparavant. Les deux frères qui m'avaient alors hébergé étaient partis, remplacés par d'autres. Du quatuor que nous formions, j'étais le seul Wafadar. Les autres étaient des Éclaireurs, choisis par le Grand Tragopan sur des critères de fermeté et de vaillance. Leur fascination à mon égard sautait aux yeux. Un Wafadar est un être mythique, modelé pour faire très simplement des choses impensables, extraordinaires pour les autres. Dans l'abri comme au-dehors, ils attendaient que je prenne les choses en main. J'étais attentif à ne pas en concevoir de prétention. Nous étions des frères, des égaux, et cette réalité devait s'exprimer à travers tous nos gestes.

Le Grand Tragopan nous a tout d'abord chargés d'inspecter la ferme où j'avais jadis récuré d'énormes piles de vaisselle et connu la première défaite de mes défenses individuelles. C'était un des neuf sites de production agricole de la Vallée où les frères travaillaient la terre et pratiquaient l'élevage. Depuis mon passage, les frères paysans avaient été honorés d'un titre par le Père Bienveillant : on les appelait désormais les Nourriciers, car ils alimentaient les corps des purs de la même manière que les Éclaireurs alimentaient leurs esprits.

L'exploitation était telle que je me la rappelais, seulement un peu plus grande. La remise décrépite derrière la cuisine, où j'avais été pour la première fois assailli par les corruptions de la chair, n'existait plus. À sa place, trois grands hangars s'étiraient jusqu'à l'orée de la forêt, qui avait reculé d'une bonne cinquantaine de mètres. Arpentant la nouvelle ligne de démarcation, j'ai tenté de localiser de vieux arbres que j'avais connus, mais ils avaient été coupés, signe évident que la Confrérie croissait et prospérait.

J'ai reconnu au tic qui secouait son épaule droite le frère cuisinier qui m'avait tourmenté le plus méchamment. Un peu voûté par l'âge, il marchait en traînant les pieds. Il avait été promu Nourricier en chef, guide de la ferme où il travaillait. Il n'avait aucun moyen de me reconnaître, mais il nous a accueillis, mes frères et moi, avec le respect dû aux habitants des terrasses supérieures.

Le premier soir, pendant que les Éclaireurs dînaient avec les Nourriciers au réfectoire – agrandi d'une aile supplémentaire –, j'ai fait, discret comme une ombre, le tour de l'exploitation. Nous étions là pour une inspection de routine, mais nous avions été informés qu'un germe de chant et de musique avait été détecté dans les parages. Je n'ai rien trouvé ce jour-là, si ce n'est deux frères accouplés consumant leurs ardeurs sur une couchette.

Nous avions adopté l'emploi du temps des Nourriciers. Nous allions aux champs, récoltions, semions céréales et légumes ; nous travaillions dans les étables – trayant, donnant à manger au bétail – et à l'abattoir. À l'heure prescrite pour les employés de la ferme, nous prenions notre douche, dormions, méditions, marchions et le week-end venu, quand le précepteur arrivait, nous écoutions, assis ensemble, les histoires bouleversantes d'Aum, d'Ali et d'Alaiya, buvant aux sources de sagesse qui étaient notre héritage.

Le Sérail de cette exploitation se trouvait en plein champ. On pouvait y voir de tous côtés à des centaines de mètres qui entrait et sortait. Les Nourriciers s'y rendaient en groupes, deux fois par semaine. Nous les imitions. Les madones qui le fréquentaient ne pouvaient pas ou plus enfanter. La plupart d'entre elles étaient solidement bâties et admirables dans leur aptitude à offrir du plaisir quelle que soit l'heure du jour à une compagnie aussi exigeante.

Tandis que les Éclaireurs consumaient tranquillement leurs ardeurs, je me contentais d'observer.

Lorsque les madones ont découvert que je venais des terrasses supérieures, elles m'ont assailli de questions sur la beauté et les compétences des femmes d'en haut. Je ne mentais pas honteusement en leur assurant qu'elles n'étaient en rien inférieures aux femmes du Creuset. Elles se sont enquises également d'anciennes camarades d'enfance, peut-être promues au Creuset, mais je n'aurais su les aider. J'étais toujours passé là sans m'attarder, sans accorder la moindre attention aux histoires personnelles.

Je les ai questionnées à mon tour sur une mère aux cheveux et aux yeux noirs flamboyants. Elles se sont interrogées, mais aucune des femmes qu'elles me décrivaient avec force exclamations ne lui correspondait.

À la fin de la troisième semaine, nous avons pris congé des Nourriciers et quitté l'exploitation au lever du soleil sur les cimes. Une heure plus tard, comme nous avions atteint le cœur de la forêt, je me suis assis, adossé au tronc lisse d'un vieux platane, et j'ai fermé les yeux, ignorant les questions des Éclaireurs. Ils étaient certes mes frères, mais je les savais à présent d'une glaise bien plus fragile que la mienne.

J'ai dormi toute la journée comme seul un Wafadar peut le faire, assis sans bouger, sans aucune baisse d'énergie. J'entendais les trois autres tourner autour de l'arbre, parlant, explorant les environs, mais je ne me laissais pas gagner par leur agitation. Je me suis levé à la nuit tombée, leur ai dit de me suivre et nous sommes retournés à la lisière de l'exploitation. Là, je leur ai fait signe de m'attendre. Je ne pouvais pas compter sur eux pour se déplacer discrètement dans l'obscurité.

Rien ni personne ne bougeait à l'intérieur tandis que je me faufilais dans les bâtiments tel un spectre. Mes oreilles avaient capté un son, comme un long gémissement, continu et grave. Il émanait du dernier hangar, nouvellement construit derrière celui où j'avais habité jadis, qui empiétait sur la forêt comme un doigt pointé. Une lumière pâle soulignait les interstices entre les rondins. Toutes les hautes fenêtres étaient garnies de barreaux et j'apercevais, par la rainure inférieure de la porte, les pieds de nombreux individus appuyés contre le battant. Le gémissement montait, descendait, et ce son ne ressemblait à rien de ce que je connaissais, accompagné par un rythme frappé à coups sourds sur du bois.

En un clin d'œil j'ai gagné une fenêtre et ce que j'ai vu m'a glacé les sangs. Le hangar était comble, bondé de Nourriciers assis les uns sur les autres, en cercles concentriques, en quinconce, les membres entremêlés, les bras couverts d'un voile de sueur. À la lumière d'une dizaine de lampes accrochées aux poutres, j'ai noté pour la première fois que leurs effigies étaient pour la plupart en mauvais état, sinon bonnes à remplacer ; les autres avaient besoin d'une nouvelle couche de peinture. À l'exception de quelques-uns qui semblaient, paupières closes, plongés dans une sorte de méditation, les Nourriciers avaient les yeux rivés sur le frère assis au centre et sur sa gueule grande ouverte d'où émanait l'affreux gémissement.

Il était horriblement gros, l'opposé diamétral d'Aum l'éternel. L'*ustad* avait eu beaucoup de mal à lui fabriquer une effigie à ses mesures, je le voyais à son relief, à ses larges mâchoires, au dôme du front. Son ventre retombait autour de lui comme une étoffe couvrant ses jambes et ses pieds, et son petit bras aux doigts courts était dressé, tranchant l'air en cadence.

À l'instar de certains démons, il avait la capacité de pousser sa voix de plus en plus haut jusqu'à faire vibrer le plancher en pin. Chaque fois, les Nourriciers explosaient en hourras, en applaudissements et se mettaient à osciller les uns et les autres comme des tiges de blé sous la brise. Puis, dans une inversion diabolique, il en réduisait le volume si bas que l'on aurait cru entendre l'infime murmure d'un pas de fourmi. Tous les renégats éhontés de la salle se figeaient alors dans le silence, suivant servilement le ton donné par l'obèse.

Deux larges mamelles surplombaient son ventre. Ce tonneau de chair monstrueux semblait conçu pour créer toutes sortes de sons. Devant mes yeux horrifiés, il en produisait sans interruption, aigus et sourds, rapides et lents, bas et forts, avec ou sans paroles. À la façon dont les Nourriciers se balançaient à son rythme, on aurait dit un sorcier. J'avais en face de moi la preuve – eût-elle été nécessaire – de la nécessité de proscrire toute musique et tout chant. J'ai passé soigneusement l'auditoire en revue : aucun des frères n'échappait à son emprise.

Soudain, la montagne de chair s'est ressaisie de sa voix. Les sons remontaient dans les aigus, se succédant à un rythme plus rapide ; le tempo frappé sur un morceau de bois par son accompagnateur s'était accéléré. C'est alors qu'un maigrelet de petite taille a bondi du premier rang et s'est jeté dans une danse frénétique, brassant l'air à grands gestes, les yeux clos, bouche ouverte. Le public poussait des cris de joie. Un autre s'est joint à lui, puis un autre, et encore un autre…

J'en avais assez vu. Lorsque j'ai défoncé la porte d'un coup de pied, les frères en appui contre elle ont été projetés loin à l'intérieur. Plusieurs autres, levés d'un bond, se sont tournés vers moi, rugissant de colère. Un seul geste, et cinq d'entre eux ont mordu la poussière en se tordant de douleur. À la lumière des hautes lanternes, j'ai vu le reste tendre le dos, reculer, se recroqueviller pour mieux se fondre à la masse ou dans les ombres. Les plus proches de l'entrée rasaient les murs pour tenter de s'enfuir. Qu'importe, ils ne perdaient rien pour attendre.

Au centre de la salle, l'obèse était tout juste parvenu à se mettre debout. Je l'ai giflé à toute volée, si fort que son effigie s'est fendue de haut en bas. Il s'est écroulé, s'est recroquevillé en position fœtale sur le côté. Je lui bourrais le postérieur de coups de pied avec la sensation de frapper un sac de grain. Ses gros bras protégeant son visage, il couinait comme un animal blessé.

Tous les hommes étaient tombés à genoux. J'aurais voulu gifler leurs effigies à les faire éclater. Le Nourricier qui avait frappé le rythme reculait lentement pour tenter de se dissoudre dans le public. Je l'ai planté debout, puis je lui ai saisi le menton et, dans un claquement sec, j'ai tourné sa tête à cent quatre-vingts degrés. Il est tombé sur le ventre avec un bruit sourd, l'effigie fixant les poutres du plafond. Un exemple est plus éloquent qu'un millier de mots.

Le Grand Tragopan avait eu mille fois raison. Non seulement ces frères avaient honteusement démérité de la Confrérie, mais ils s'étaient découvert de dangereuses ressources de rouerie. Il allait falloir arracher l'ivraie, pomper le poison. Restaurer l'ordre.

Ce fut fait. Avec la force, la rapidité et la grâce qui signaient les actes du Grand Tragopan. Les procès ont été menés rondement ; les Nourriciers, rendus à la raison, débordaient de contrition. Comme toujours chez les purs, on leur a permis de déterminer leur propre châtiment. Deux d'entre eux ont choisi le Juste Décès, six autres ont déclaré qu'ils méritaient d'être jetés dans le Cratère. La plupart des frères âgés ont opté pour le *maun*, le vœu de silence total, pendant une période d'un an à l'issue de laquelle ils seraient éparpillés dans les carrières et les dépôts de bois. S'ils rompaient leur promesse en parlant, ils devraient chaque fois prolonger leur période de silence d'une année. Les plus jeunes ont été répartis entre les autres exploitations après qu'on les eut marqués au fer rouge pour leur rappeler leur transgression. L'exploitation déchue a été reconstituée à partir de frères prélevés un peu partout.

Nombreuses étaient les madones qui se sont repenties en pleurant de s'être tues alors qu'elles savaient. La plupart d'entre elles ont choisi de réparer leur faute à l'infirmerie de la Maternité, se condamnant à lessiver et à nettoyer sans répit les saletés des nourrissons. Les autres ont été redistribuées entre les maisons plus frustes des nouveaux sites de construction et de forage.

C'était une vision émouvante. Jour après jour, l'un après l'autre, les accusés se présentaient devant le Conseil et, subjugués par le regard perçant du Grand Tragopan, éclataient en sanglots sous le poids du remords. Sans qu'un mot les y encourage, ils confessaient leurs transgressions et énonçaient leur verdict. Ce dernier était souvent trop sévère, et les Grands Timoniers le commuaient alors en peine plus légère. Je me sentais privilégié d'être témoin d'une démonstration aussi édifiante de l'humilité et de la grâce des purs.

À mesure que les détails du scandale faisaient surface, la stupéfaction, dans la Vallée, allait croissant. L'obèse qui voulait chanter avait réuni autour de lui tout un auditoire. D'abord loin dans la forêt, où personne d'autre ne pouvait l'entendre. La gale virulente de sa musique avait infecté un nombre toujours plus grand de Nourriciers jusqu'à n'épargner finalement aucun des frères qui vivaient sur l'exploitation.

Au procès, ils ont tous affirmé avoir été victimes de sorcellerie, pris sous un charme qu'ils n'avaient su rompre. Chaque soir, leurs tâches accomplies, ils se précipitaient vers le hangar qui pointait comme un doigt dans la forêt. La magie de l'obèse était si puissante qu'ils passaient parfois la nuit en transe et se retrouvaient au matin étendus, somnolents, tout autour de lui.

Ils avaient alors, inévitablement, sombré dans la dissimulation. Ils avaient construit une hutte pour l'obèse dans la forêt. On l'y tenait caché quand des visiteurs se présentaient. On soumettait chaque nouveau Nourricier au charme hypnotique de sa voix avant de le faire jurer qu'il garderait le secret. Un si grand nombre d'années s'étaient écoulées de la sorte que certains frères étaient incurables. L'un d'eux, durant son procès, s'est mis à évoquer la nature exaltante du chant, qu'il tenait pour la voie la plus directe vers Aum. Il s'est avéré avoir été le premier à accueillir l'obèse sur l'exploitation. Il disait que sa voix était une manifestation de dieu. Si nos préjugés n'avaient pas tué notre perception, poursuivait-il, nous n'aurions pas vu en lui un obèse chantant, mais une divinité à l'œuvre. C'était horrible. Pour la première fois, j'ai entendu les Grands Timoniers crier leur stupeur et leur indignation. On a dû interrompre sa déposition et le misérable a été exécuté avant d'avoir pu prononcer d'autres blasphèmes.

On avait gardé l'obèse pour la fin. Il représentait une aberration dérangeante. Comment avait-on pu lui laisser prendre un si énorme volume – négligence sacrilège chez les purs ? La minceur de bambou d'Aum avait été de tout temps notre idéal ; le corps n'était qu'un arc servant à propulser la flèche de l'esprit. Lorsque quelqu'un prenait de l'embonpoint, on le faisait jeûner et trimer jusqu'à ce que son poids cesse d'être un fardeau pour la terre ou pour l'âme. L'obèse n'avait pu atteindre ces proportions monstrueuses qu'en restant dissimulé pendant des années aux regards des guides.

Pendant que l'on revenait sur son triste passé, on l'a isolé dans une petite pièce aux murs si épais qu'ils auraient pu arrêter une harde de chèvres de montagne au front têtu. Mais ils n'auraient su contenir sa voix. Ses gardiens lui avaient attaché les mains et posé un bâillon. Il tentait de fredonner à travers le tissu et chaque fois qu'on le lui enlevait pour le faire manger et boire, il se remettait aussitôt à chanter. C'est ce qui venait de se produire lorsque, venu l'interroger, j'ai découvert son secret.

Le chant qui emplissait la pièce et débordait des murs de pierre parlait d'une mère qui attend le retour de son jeune fils parti chercher fortune en terre lointaine depuis longtemps.

Mes jours sont bien trop longs, trop haute la montagne,
Reviendras-tu à moi avant que mort me gagne ?

Bhima ! Bhima le dodu aux mains charnues, aux yeux humides. Bhima fredonnant, rimant, chantant. Mon compagnon au Foyer. Aux seins de fille et aux fesses molles. Bhima qui imaginait avoir vu son père sur la rive de la Jhinjheri. Bhima, emporté par les hommes menaçants armés de faucilles étincelantes tandis que j'assistais, le souffle coupé à la scène, caché dans les hautes herbes du bosquet aux marronniers. Bhima, qui n'avait jamais été retrouvé.

Comment aurais-je pu reconnaître sous cette montagne de chair le garçon qu'il avait été ? À mon arrivée, il chantait en mangeant distraitement et j'ai dû crier son nom à deux reprises avant qu'il s'arrête de stupeur et fixe les yeux sur moi.

Ma gifle, le soir où j'avais éventé son secret, avait ouvert dans son effigie une longue fissure qui courait du coin de l'œil droit à la bouche comme une larme figée.

J'ai refermé la porte derrière moi :

— Tu me fais honte, mon frère, ai-je commencé, et il s'est mis à pleurer, les lèvres entrouvertes sur une bouchée à moitié mâchée, l'eau ruisselant de ses yeux et de son nez.

J'avais une mission. Le Conseil souhaitait savoir si l'obèse faisait partie d'un plus vaste complot. Le fait que je l'avais connu intimement au Foyer était une chance ; il me serait sans doute plus aisé qu'à un autre d'obtenir toutes les informations nécessaires.

J'ai attendu qu'il cesse de pleurer et qu'il avale ce qu'il avait dans la bouche. Il a repoussé le plat encore à demi plein et, comme j'insistais pour qu'il termine son repas, il a répondu que ça n'était pas important, qu'il mangeait de toute façon très peu. Je me suis dit alors que si ce n'était la gloutonnerie, il devait y avoir une cause mentale à son énormité.

Comme s'il avait lu dans mes pensées, il m'a appris que son volume énorme ne devait rien à la nourriture solide. Destiné à courir, il aurait été doté de jambes musclées ; artisan, de doigts souples, pour créer de belles choses ; penseur, d'une tête bien structurée. Mais le divin avait voulu qu'il chante avec abandon, sans interruption, et c'est pourquoi il lui avait accordé ce gros corps résonnant tout juste bon à produire des sons.

Je lisais dans son jeu. Sa modestie sinistre dissimulait une détermination perfide. Il devait s'y être pris de la même façon pour désarmer les Nourriciers crédules avant de les ensorceler. Déjà au Foyer, quand il était enfant, il avait joué les désemparés en cherchant des complicités. Comme il lui avait été facile, avec ses geignements, de me pousser à l'accompagner pour retrouver son père ! Il était dangereux depuis le début. Il fallait être prudent, ne pas s'arrêter à ce qu'il disait, mais entendre la signification réelle de ses propos.

Ainsi mis en garde, j'ai saisi la fausseté qui soustendait ses paroles. Il disait qu'après avoir été entraîné par les trois hommes brandissant des faucilles, ceux-ci l'avaient présenté à deux frères à la mine sombre qui travaillaient sur l'exploitation. Ils lui avaient gentiment tapoté la tête, puis ils avaient demandé à l'homme qui était son père de lui dire qu'il ne l'était pas. Bhima avait protesté. Son père l'avait alors tourné vers la fenêtre, il avait encadré ses mâchoires entre ses mains et l'avait soulevé de terre. Les oreilles presque arrachées, Bhima avait hurlé de douleur. L'autre avait demandé : « Dis-moi, tu vois ton père quelque part, ici ? Moi, pas. » Le visage ruisselant de larmes, Bhima avait dû admettre que non.

Les deux frères avaient ensuite ordonné qu'il soit emmené à l'autre bout de la Vallée, le plus loin possible des terrasses supérieures où résidaient les Grands Timoniers. Là, dans les parages de la falaise dont la roche s'effritait, se trouvait un établissement appelé le Nid des Handicapés. « Tous les enfants sont égaux, mais doivent être éduqués à des tâches inégales », disait un écriteau sur le portail d'entrée. L'enfant corpulent s'était réjoui : il avait été choisi à coup sûr pour apprendre la musique.

Il n'en était rien. On l'avait affecté à un labeur physique et il avait passé les dernières années de son enfance à casser des cailloux, débiter du bois, cueillir des fruits, besogner dans les arrière-cuisines. Chaque matin avant le départ pour son lieu de travail avec d'autres enfants spéciaux, l'un des frères responsables du Nid lui encadrait les mâchoires de ses mains et le soulevait de terre en lui demandant s'il voyait son père quelque part. Quand, les yeux pleins de larmes, il avait répondu que non, il le relâchait. Les derniers temps, il avait tant grossi qu'on ne pouvait plus le soulever. L'autre se contentait de lui presser les mains sur les oreilles, et Bhima donnait la réponse qu'il attendait.

Le fait d'avoir été puni pour avoir tenté de trouver son père s'était révélé une véritable chance. On le laissait libre de chanter, ce qu'il faisait sans interruption, même pendant qu'il travaillait. Les frères avaient bien tenté de l'en dissuader, mais son acharnement avait eu raison de leur insistance. Il aurait fallu lui arracher la langue pour qu'il se taise. Au Nid, de toute façon, de nombreuses règles de la Vallée ne pouvaient être suivies. Ils avaient également découvert que son chant leur facilitait la tâche. Le soir, dans le dortoir, la voix du garçon aidait les enfants spéciaux, qui avaient tendance à hurler et à piquer des crises de nerf, à rester relativement calmes.

Plus il chantait, plus le chant lui venait, et plus le chant lui venait, plus les souffrances de son corps et de son cœur s'allégeaient. Il grossissait de jour en jour. C'était le son qui le nourrissait, il l'avait compris. Il lui faudrait chanter toute sa vie, faute de quoi le son l'obstruerait jusqu'à le faire exploser.

Et le miracle s'était produit. À présent, lorsqu'il chantait, il ne faisait plus qu'un avec Aum. Il n'était plus le gros Bhima que l'on soulevait par les oreilles, mais Aum, le mince, le lumineux, l'éternel, l'incomparable !

Ainsi parlait ce parfait, ce grotesque imbécile. Pour moi, son cas était le plus désespéré que j'aie jamais vu. Si je n'avais pas été en mission d'information, je lui aurais sur-le-champ écrasé la tête comme une coquille d'œuf. Mais l'infinie tolérance du Wafadar me dictait la retenue et, tenant la bride à ma fureur, je lui ai enjoint de continuer.

Il y avait un frère, au Nid, qui aimait l'entendre chanter. Il lui épargnait chaque fois qu'il le pouvait de travailler la pierre ou le bois. Il l'emmenait dans la forêt au pied des falaises friables et l'encourageait à laisser s'envoler sa voix. À vivre loin de la Vallée habitée et des terrasses supérieures, ce frère disait avoir gagné en clairvoyance. Aum était bien l'intemporel, la question ne se posait pas, mais les autres avaient tort en pensant qu'on ne pouvait l'atteindre par le chant.

Lorsque ce frère avait été transféré sur une exploitation agricole, il s'était arrangé pour emmener l'obèse avec lui et le faire travailler dans l'arrière-cuisine. Il avait persuadé les Nourriciers l'un après l'autre, d'abord ceux de la cuisine, puis ceux des champs et enfin ceux des vergers, de l'écouter. Chargé d'une cruche de Ferment, il les emmenait loin dans la forêt, en un lieu où il retrouvait Bhima et lui demandait de chanter. Lorsque la cruche était vide au lever du jour, il demandait à chacun ce qu'il trouvait le plus enivrant, le Ferment ou le chant de Bhima. Tous répondaient : le chant. Le jour était venu où l'exploitation entière, liée par la complicité, avait partagé ce secret.

On ne l'envoyait plus travailler, ni à l'arrière-cuisine ni aux champs. D'autres frères prenaient en charge ses tâches. Bien à l'abri dans la forêt, loin derrière la clôture d'enceinte, on lui avait construit une petite hutte. Chaque fois qu'un visiteur approchait, on y emmenait Bhima et il restait allongé, fredonnant, jusqu'à ce que l'exploitation redevienne sûre. Pour la Vallée, il n'existait pas. Pour les Nourriciers avec qui il vivait, il était la musique de leurs nuits. Le hangar dans lequel je les avais surpris avait été construit dans le seul dessein d'héberger la frénésie de ces réjouissances nocturnes. Les semaines passées par notre équipe sur l'exploitation avaient été très éprouvantes pour eux. Jamais ils n'étaient restés si longtemps privés de chant. Quant à l'obèse, forcé de produire bouche fermée sans pouvoir les expulser les sons qui enflaient en lui, il s'était bien cru sur le point d'imploser.

Dire que je bouillais de rage serait trop léger. J'étais confronté à la preuve effarante de toutes les horreurs contre lesquelles on nous avait mis en garde : le gouffre de la mollesse, les dangers du chant, le péril du maillon faible qui entraîne toute la Confrérie dans sa défaillance. Si je lui avais brisé la nuque ou arraché le cœur après sa confession, personne ne m'en aurait tenu rigueur. Mais cette montagne de disgrâce avait d'autres révélations à faire, j'en étais sûr, et le grand

Conseil voudrait les lui extirper avant d'en terminer avec lui.

Je lui ai demandé s'il avait renoncé à voir son père. Il a répondu que la question avait cessé de le tourmenter, qu'il avait dépassé les quêtes mondaines. Le chant était à la fois son père, sa mère et son dieu. Savait-il de quelles transgressions on l'accusait et ce qui l'attendait ? À cette question, il a répondu dans un sourire niais :

— Quiconque s'est noyé dans le fleuve du chant a laissé les peurs des hommes derrière lui sur la rive.

Les hommes se nourrissent de fictions qui ne permettraient pas à un ver de survivre, aurait commenté l'intemporel.

Lorsque je l'ai quitté, il s'est remis à chanter. C'était un grondement de tonnerre qui s'amplifiait à mesure que je m'éloignais, c'était le vacarme de la Jhinjheri au premier obstacle de rochers contre lequel elle se rue, en pleurs et furieuse, balayant tout sur son passage.

Au cours de l'enquête, ses profanations se sont révélées si grotesques qu'elles écartaient pour lui le châtiment d'une exécution pure et simple. Le Conseil a décidé qu'il était nécessaire de le conserver vivant pour l'observer : toutes ses aberrations seraient cataloguées avant que l'on en finisse avec lui.

Les Grands Timoniers se sont chargés eux-mêmes de la tâche. À l'extrémité étroite de la huitième terrasse, au-dessous du Père Bienveillant et au-dessus du gardien, on a fait construire une petite hutte fermée de l'extérieur par une chaîne passée dans un crochet. Chaque soir, une fois ses travaux terminés, un Grand Timonier ou un autre décrochait la chaîne et debout devant l'entrée, l'étudiait. Sitôt la porte entrouverte, le terrible gémissement emplissait l'espace et vibrait au-dessus des terrasses. Les Grands Timoniers l'observaient des heures entières avec la fascination des hommes devant la difformité.

Le Père Bienveillant venait souvent, lui aussi. Les jours où il ne pouvait se déplacer, on forçait l'obèse à se hisser jusqu'à la plus haute terrasse afin que le plus grand des Grands Timoniers puisse se livrer à ses observations personnelles, parfois rejoint par d'autres membres du Conseil. Lorsqu'ils étaient plusieurs, ils buvaient leur Ferment et mangeaient en poussant l'obèse à faire étalage de toutes les perversions de sa voix, dans l'intention d'affiner leur sensibilité à distinguer le terrible et le pire.

Rites purificateurs

Le terrible et le pire. On croirait entendre un prophète diabolique. Mais patience ! Je dois cheminer sur la voie du passé dans l'esprit où les choses ont eu lieu. Mon récit, édulcoré par la perspective du présent, n'aurait aucune valeur.

C'est avec l'élimination de l'obèse par le Grand Tragopan que tout a commencé à se fissurer.

Il a voulu que je l'accompagne. C'était normal : l'homme de parole avait recours à l'homme d'action pour exécuter la tâche. La nuit était totale et le monstre était allongé sur le dos telle une énorme botte de foin, fredonnant même dans son sommeil. En bon crétin, il n'a manifesté aucune peur quand nous l'avons réveillé, peut-être parce qu'il était habitué à voir les Grands Timoniers venir l'observer à toute heure du jour ou de la nuit. À la clarté de la lune, l'intarissable larme qui fendait son effigie paraissait plus épaisse qu'auparavant.

— Tu as tenté de pratiquer ta sorcellerie sur les aînés ? a demandé le Grand Tragopan.

L'obèse a répondu en suivant le rythme qu'il tapait de ses doigts boudinés sur son vaste ventre :

— Je ne fais rien. Je cherche seulement ce son en moi.

— Sais-tu pourquoi Aum a interdit le chant ?

Au lieu de répondre, l'obèse imitait de la gorge un bourdonnement d'abeilles, remuant la tête de droite et de gauche. J'aurais voulu lui enfoncer la main dans la bouche et lui arracher la langue.

— Dis-moi, monstre d'exception, est-ce que tu aimerais être quelqu'un d'autre ?

L'obèse a ouvert la bouche et lancé un long cri déchirant vers le ciel de nuit. Je lui ai pressé les narines, si fort et si longtemps qu'il a dû s'arrêter. Puis il a aspiré l'air à grandes goulées avant de recommencer à produire des sons en secouant la tête. Je lui ai tordu l'oreille :

— Réponds !

Des larmes véritables ont jailli de ses yeux. L'imbécile.

— Non. Je suis ce que ma musique fait de moi, c'est tout.

Le Grand Tragopan a repris :

— Ta musique fait de toi beaucoup de choses ?

— Oui, beaucoup. C'est le cadeau de la musique. Elle me rend léger comme un papillon, lourd comme un sanglier, vif comme un hoche-queue, réfléchi comme une chouette…

— Et as-tu jamais considéré, puissante énormité, ce qui arriverait à la Confrérie si tous les frères devenaient beaucoup de choses ? Où trouverait-on la détermination ? Le courage ? La vision d'Aum verrait-elle un jour son épanouissement ? Le monde des hommes obtiendrait-il un jour le salut aux mains des purs ? Ou bien tout se fissurerait-il et s'écroulerait-il dans le chaos de ces multiples choses ?

Je me suis penché tout près de son visage pour ajouter :

— Tu n'as donc rien appris au Foyer, créature abominable ? Les purs ne succombent ni aux larmes, ni au rire, ni au chagrin, ni à la joie. Ce ne sont qu'illusions, distractions qui nous diminuent. Elles font de nous les bêtes que tu as mentionnées, des sangliers, des hoche-queues, des papillons, des chouettes…

— La fixité du dessein, telle est la marque des purs, a repris le Grand Tragopan. Et non pas les choses multiples ou quoi que ce soit qui transforme les purs en choses multiples.

— Je suis aussi léger qu'un papillon, a répondu l'obèse dont la gorge vibrait comme cent cordes d'arc.

— Tu es simplement aussi criard et périssable qu'un papillon, a rétorqué mon auguste maître.

Et sur ces mots, il m'a regardé dans les yeux. Alors j'ai commencé à briser un à un les doigts qui tambourinaient. Courts et charnus, ils craquaient pourtant facilement. Pendant ce temps, le Grand Tragopan parlait à l'idiot disgracié. Son erreur profonde, lui expliquait-il, n'avait pas été de chanter mais de laisser sa musique agir comme un cancer sur les autres frères. Tel était le problème des maladies du loisir – le chant, la danse, le rire, les jeux : elles se propageaient tel un pollen et dépossédaient les hommes de toute volonté et de toute résolution.

Le Grand Tragopan espérait que l'obèse voyait à présent ses fautes et acceptait le châtiment qu'il allait devoir lui infliger à son grand regret.

J'ai alors poussé la sixième aiguille du *siontch* dans sa poitrine, doucement, à travers plusieurs couches de graisse. Le premier filet de sang épais commençait à filtrer. L'obèse pleurait par vagues, tenant ses doigts désarticulés. Son gémissement ressemblait encore pour moi à du chant. Puis j'ai enfoncé la troisième aiguille dans une veine latérale de sa nuque énorme.

— Tout n'a pas été vain, a commenté le Grand Tragopan. Le récit de ta vie servira d'avertissement à des générations de frères.

La quatrième aiguille a pénétré de l'autre côté de son cou. La première avait créé une petite flaque de sang à sa tempe. Il a tourné sa grosse tête vers moi et m'a dit, d'une voix toujours chantante :

— Ce sont vos histoires qui devraient servir d'avertissement. Si vous voulez savoir qui vous êtes réellement, allez là d'où je viens et pleurez. Pour moi, je suis content de me rendre là où je vais pouvoir chanter toujours…

J'ai perforé à gestes vifs la grosse artère de la gorge et celles du thorax à l'aide des septième, huitième et neuvième aiguilles du *siontch*. Le sang a jailli de toutes parts, son cœur a cessé de battre et sa voix infernale s'est tue enfin.

On l'a enterré dans une cavité de la terrasse inférieure, car il était trop énorme pour être transporté au Jardin Familial. J'ai été ensuite témoin d'événements stupéfiants, dont je n'ai pu parler à personne à cette époque. Et si je l'avais fait, personne ne m'aurait cru.

Dix jours après nous être débarrassés de l'obèse, dont le gémissement planait encore en écho au-dessus des terrasses, j'ai été convoqué par le Grand Tragopan. Le moment crucial de ma vie était venu, m'a-t-il annoncé. Tout ce pour quoi je m'étais préparé, tout ce pour quoi j'avais vécu et l'authenticité même de ma foi en Aum allaient être mis à l'épreuve. Il était assis par terre en lotus, le pouce et l'index de chaque main formant un cercle. Je me suis agenouillé face à lui et j'ai tourné mes paumes vers le ciel, prêt à recevoir sa bénédiction.

Il a tout d'abord rappelé que les enseignements de l'éveillé étaient clairs : personne n'était infaillible, pas même les maîtres. Le devoir de tout guerrier était d'être fidèle en toutes circonstances à la vérité du maître et non à sa personne. Tandis qu'il parlait et que peu à peu ses doigts se mettaient à sculpter l'espace, je sentais mes poils se dresser sur ma peau. Tout comme nous avions appris à rejeter nos pères et mères afin de pouvoir atteindre à de plus hautes vérités, il était parfois nécessaire de rejeter nos maîtres pour sauvegarder leur vérité.

— Je suis le guerrier d'Aum et de personne d'autre, ai-je dit.

— Détrompe-toi, mon frère ! Le guerrier, non pas d'Aum, mais de la vérité d'Aum.

Honteux, j'ai répondu :

— Oui, de la vérité d'Aum.

— Verserais-tu mon sang pour la vérité d'Aum ?

J'ai regardé ses yeux dans le visage qui était aussi le mien et j'ai vu qu'ils étaient purs de toute malice.

— Je verserais le sang d'Aum en personne, mais seulement pour défendre sa vérité.

— Tu es un véritable fils d'Aum, a-t-il dit, et ses mains dansaient. Les fidèles conteront ta légende dans les décennies à venir. Des légions de Wafadar te prendront pour modèle.

Il s'est levé, a posé la main sur ma tête et m'a dit ce que nous allions faire, ce que nous devions faire. J'étais stupéfait et ému. Personne à ma connaissance, aucun frère dans toute la Vallée, aucun fils d'Aum, ne possédait à un tel degré le don béni de la clairvoyance et du courage. Depuis la purge de la première exploitation et la capture de l'obèse un an plus tôt, le Grand Tragopan avait déclenché une vague frénétique d'épuration à travers le pays. J'avais inspecté les exploitations agricoles l'une après l'autre avec mon équipe d'Éclaireurs, exaltant la dévotion, détectant les déviations. La plus fine lame, pour rester brillante et affûtée, doit être régulièrement abrasée contre la pierre. Or, nous l'avions vu, la rouille avait commencé à s'incruster un peu partout.

Au bout de nombreuses entreprises de ce genre, quelque chose de remarquable s'était produit. Des informations avaient commencé à nous parvenir de toute la Vallée, d'abord goutte à goutte, puis de plus en plus fréquemment, sur des fidèles qui avaient dévié du droit chemin.

Le pur, éduqué à ne connaître ni les pleurs ni le rire qui distraient l'esprit, vit perpétuellement dans un état de joie posée, conscient de la grâce qui est la sienne, entièrement absorbé dans l'effort exigé par sa destinée extraordinaire. Mais à présent, comme l'herbe folle après la pluie, ces manifestations d'excès vulgaires germaient dans notre sol.

La difficulté, c'est d'enclencher le cycle du bien, disait mon maître. Après quoi, le processus se poursuit de son propre mouvement. C'est ainsi qu'Aum le lumineux a agi.

Chaque semaine, un frère honnête et perturbé venait nous prévenir d'une nouvelle tache de rouille sur le fil d'une lame et chaque semaine, j'envoyais sur place une équipe de mes meilleurs affûteurs pour la faire disparaître. Sur l'ordre du Grand Tragopan, j'avais constitué une section de vingt-quatre frères qui, sillonnant la Vallée telles les chauves-souris nocturnes, voyaient tout sans être vus.

Plusieurs mois durant, le grand Conseil a mené des enquêtes. Mes frères fourvoyés confessaient leurs errements en termes touchants et sollicitaient leur propre châtiment. Les Éclaireurs de mon équipe préparaient les dossiers avec un soin scrupuleux, mais j'étais le seul autorisé à entrer dans la salle du Conseil. Je devais en fait assister à toutes les audiences, car il se pouvait qu'un prévenu, même au dernier moment, ait échoué à reconnaître ses torts et s'avère difficile à contrôler.

J'ai dû ainsi briser la nuque d'un frère qui s'était jeté sur le Père Bienveillant. C'était un individu de petite taille, dont un Wafadar n'aurait fait qu'une bouchée et qu'on avait trouvé sur l'exploitation située au bas de la pente des chênes argentés. Il prétendait enseigner l'évangile d'Aum. L'observant de près pendant plusieurs semaines, une de mes chauves-souris avait constaté qu'il encourageait en fait la désaffection parmi ses frères. Il affirmait connaître les neuf livres d'Aum. Peut-être les avait-il lus, mais il ne les comprenait pas. Il parlait pour agiter ses semblables, pour les opposer, pour les retourner, même, contre les habitants vénérables des terrasses supérieures.

C'est en le voyant hurler face aux membres du Conseil que j'ai compris à quel point il avait été sage de la part des Grands Timoniers d'interdire tout prêche de la doctrine d'Aum, hormis par ceux qui y étaient habilités. Une faucille, dans la main d'un enfant, s'avère une arme dangereuse. La signification véritable d'Aum ne se révélait qu'à un petit nombre de frères ; il leur incombait, et à eux seuls, d'en sauvegarder la pureté sous tous ses aspects.

J'étais donc là quand l'inimaginable s'est produit. Je m'attendais à quelque chose, mais je ne savais pas à quoi. Au matin, le Grand Tragopan m'avait enjoint de me durcir en vue d'une action qui nécessitait de bannir tout sentiment. Il s'agissait de répondre à l'appel de la grandeur. Je me tenais debout, comme toujours, près de l'entrée, immobile telle la montagne. Les membres du Conseil, assis en formation de fer à cheval, attendaient le prévenu suivant. L'après-midi se terminait, il ne restait plus que deux cas à régler avant la fin de la journée.

Subitement, le Grand Tragopan s'est levé et m'a ordonné de verrouiller la porte de l'intérieur. Puis, se retournant vers ses pairs, il s'est mis à retracer en termes lyriques les origines de la Vallée, l'œuvre d'Aum le splendide. C'était une histoire que nous connaissions dans ses moindres détails, mais il la racontait avec tant d'éloquence que chaque Grand Timonier se passait la main sur le bras pour y lisser les poils qui se hérissaient à l'entendre.

Il était impossible de comprendre où le Grand Tragopan voulait en venir, mais personne n'osait l'interrompre tant était hypnotique sa narration de la naissance des purs – Ali l'ambidextre et Alaiya la très belle –, de la grande marche à travers les cimes, du miracle de la Vallée, de la gloire d'être l'élu, de l'honneur de l'effigie, du labeur méconnu des Yodha exilés, du courage quotidien des Wafadar. Tout en nous rappelant à notre mission singulière, il sculptait dans l'espace des formes magnifiques. Il en est enfin venu aux monstrueuses perversions de l'obèse.

Il n'était autre, ce dévoyé, que le symbole le plus sinistre de tous nos échecs. Échecs et défaillances, oui, qui s'étaient infiltrés, d'exploitation en exploitation, dans tous les recoins de notre merveilleuse Vallée. L'année écoulée en avait fourni de nombreux exemples. Quand les jambes d'un homme le conduisent à la transgression, quand ses bras se tendent vers le péché, la faute n'en incombe pas à ses membres, mais à son esprit. Toujours. Châtier les membres, c'est faire acte de duperie. C'est le cerveau qui doit payer. C'est au cerveau qu'il faut demander des comptes.

Les frères vénérables, dont lui-même, assemblés dans cette salle – et ses mains ciselaient une silhouette scintillante d'Aum –, avaient été chargés par les fidèles de devenir leurs Timoniers. La destinée des purs reposait sur leurs épaules, l'accomplissement des hautes tâches était entre leurs mains. Avaient-ils fait honneur à cette mission ?

De toute évidence, non, la Confrérie avait été négligée. Le pourrissement était partout. Aum aurait-il pardonné à Ali une telle trahison ? Aurait-il hésité à demander des comptes à Alaiya ? Or, quelqu'un dans cette salle dépassait-il ces deux-là par la clarté de sa conscience ?

Le pourrissement, indéniable, avait atteint de nombreux frères et les fils épargnés d'Aum, la majorité, attendaient un signe. Ils avaient besoin de savoir que l'ordre des purs restait fondé sur l'égalité, qu'aujourd'hui encore les gardiens de la vérité en étaient aussi les *adeptes*.

Debout près de la porte, médusé, j'avais conscience d'assister à une scène dont je n'étais pas digne. La voix du Grand Tragopan semblait ne plus lui appartenir, émaner des poutres et des murs de la salle. Les Grands Timoniers écoutaient, figés, le regard pétrifié.

Le chagrin n'avait jamais été la voie des purs, poursuivait l'orateur. L'action, oui. Mais dans sa quête acharnée de réponse, il se sentait touché par le chagrin. Pouvait-on s'en prendre à Ali ? À Alaiya ? Aux hommes vénérables de cette salle ? L'action, non la colère, était la voie des purs et pourtant, tout en parlant, il se sentait entraîné dans la colère.

Qu'était un grand homme qui avait cessé d'être grand pour son peuple ? Qu'était le soleil s'il ne brillait pas sur le monde ?

Les frères intègres devaient-ils se convertir à l'obscurité parce que leur soleil s'était égaré ? N'étaient-ils pas en droit de se tourner vers la lumière d'un nouvel astre ?

L'espoir de lumière n'était-il pas presque aussi magnifique que la lumière elle-même ?

Dans ce moment de crise, que représentaient les hommes valeureux de cette salle ? L'espoir de lumière ? La lumière ? Ou ni l'un ni l'autre ?

Et qu'était la lumière ? La personne ? Ou l'idée ?

Le corps d'Aum s'était depuis longtemps désintégré. L'idée d'Aum, elle, poussait chaque jour de nouvelles ramifications.

Les hommes n'avaient de sens que par l'idée qu'ils incarnaient. Dans l'ordre magnifique des purs, les hommes acceptaient de périr afin que l'idée vive.

— Toute la grandeur réunie dans cette haute salle, a-t-il scandé en regardant chaque Timonier tour à tour dans les yeux, n'est qu'une humble offrande sur l'autel de l'idée.

Je ne saisissais pas du tout où il voulait en venir. Ses mains arasaient et galbaient l'air très lentement. Certaines de ses pauses duraient une éternité et l'auditoire était suspendu à ses lèvres. Tout indiquait que nous étions sur le point de vivre un moment décisif. Sous la pression de ses paroles de plus en plus graves et lourdes de sens, on aurait dit que murs et fenêtres allaient exploser.

— Un obèse est venu, qui a déchiré notre paix sans rides de sa voix infernale, qui a entraîné nos frères à s'adonner à des plaisirs réprouvés. Les guerriers intrépides d'Aum – disant cela, il me désignait de la main – lui ont fait rendre gorge. Et nous – cette fois, son geste intégrait dans un arc l'ensemble des

Grands Timoniers –, nous l'avons déposé sous l'aisselle de ces hautes terrasses où seule la grandeur a accès !

« Puis chaque jour, nous, gardiens de la foi, nous nous sommes exposés à la sorcellerie de ce démon. Nous avons souillé nos âmes en prétendant étudier comment il les souillait ! Quelle duperie envers soi-même ! Digne des hommes de l'outre-monde !

« Ici, dans cette salle haute où chaque porte, chaque croisée grillagée garantit le secret de nos échanges, une seule personne peut-elle affirmer au nom d'Aum l'incomparable que la voix de l'obèse ne nous a pas induits à nous tromper nous-mêmes ? Une seule ?

« Pour une transgression similaire, des hommes bien plus modestes, travaillant sur l'exploitation agricole, se sont infligé de lourdes pénitences. Dans cette haute salle, des mois durant, le grand Conseil a brandi le fouet pour rappeler aux purs l'engagement intemporel qu'ils avaient pris. Frère après frère, ils ont été traduits en justice. Mais la leçon d'Aum n'est pas celle-ci. Le sans-tache croyait certes que les hommes pouvaient être domptés par le fouet, mais ce qui les faisait grands c'était l'exemple, l'exemple seul !

L'éloquence du Grand Tragopan confinait à présent à la fureur. Il était passé de l'extrémité du fer à cheval à son centre et massacrait l'air comme un boucher à l'abattoir. Les Grands Timoniers l'écoutaient, renversés sur le dossier de leurs sièges, les bras croisés.

— Il nous faut un signe ! a rugi le maître, tranchant la gorge d'une victime invisible, un signe ! Un signe que la justice est justice, que l'égalité n'est pas un vain mot ! Que les frères sont de véritables frères et la pureté bien réelle ! Qu'aucune ombre n'est venue se poser sur le chemin des fidèles et qu'aucune ombre ne sera autorisée à le faire !

Le Grand Tragopan se frappait la poitrine.

— Un signe ! C'est ce que j'attends. Le signe que c'est notre grandeur et non l'altitude de nos terrasses qui nous fait grands ! Le signe que nous pouvons encore voir en nous regardant dans un miroir que l'effigie n'est pas notre visage personnel, mais celui de tous ! Chaque fois que j'entendais chanter l'obèse aux fins d'observation de mes nobles frères, je voyais l'opacité se répandre promptement sur la glace et nous ôter la capacité de voir.

J'assistais à un moment exceptionnel de la vie d'un Grand Timonier extraordinaire. Je me trouvais dans le parfait état de vigilance et de calme qui est celui des Wafadar conscients de l'imminence d'une action. Je n'avais aucune idée de ce qui allait se produire, mais j'étais prêt à agir, pourvu que ce soit dans l'esprit de la vérité d'Aum.

Le Grand Tragopan a fait subitement le geste de cisailler l'air :

— Je me trancherais sur-le-champ la gorge si, par ce geste, je pouvais remettre les fidèles sur le droit chemin, sur la voie étroite ! Mais quel signal donnerait la mort d'un homme comme moi ? Le moment exige un sacrifice de plus grande valeur, à la mesure de la magnificence de la Confrérie. Les enseignements du sans-limites nous ont appris que la conduite juste ne doit jamais être étouffée sous l'amour ou les liens.

Seule existe la véritable voie qui souvent traverse le territoire de nos désirs et de nos affections ; le défi pour les purs est de ne jamais hésiter à piétiner les obstacles, quels qu'ils soient.

À ces mots, mon maître a baissé les bras et j'ai été le seul à voir qu'il se saisissait d'un petit poignard dans la main droite. Il a franchi d'un pas la distance qui le séparait du Père Bienveillant et lui a plongé l'arme dans la gorge. Le sang bouillonnait. Personne n'a bougé tandis que le Grand Tragopan retirait la lame rougie et, soutenant tendrement la tête mourante, couvrait le crâne chauve de baisers et de larmes.

Puis reculant, suffoquant sous l'émotion, il a demandé :

— Aum est-il notre quête éternelle, ou est-ce la vérité d'Aum ?

— La vérité d'Aum, a répondu en écho à voix basse le collectif des grands parmi les grands.

— Est-ce le Père Bienveillant que nous révérons, ou la vérité du Père Bienveillant ?

Un murmure plus hardi s'est élevé :

— La vérité du Père Bienveillant.

Posant le poignard taché dans la flaque de sang près de la tête, il a repris d'un ton douloureux :

— J'aurais préféré m'arracher le cœur plutôt que de faire ce que j'ai fait, et je le ferai sur-le-champ si les Grands Timoniers des purs en décident ainsi. Personne ne chérissait plus que moi le Père Bienveillant, personne n'a œuvré avec autant de dévouement à louer sa grandeur. Du moins jusqu'à ce que l'obèse l'attire sous son charme. Même alors, j'aurais préféré détourner les yeux – d'ailleurs c'est ce que j'ai fait longtemps – parce qu'il était mon Père avant celui de tous les autres. C'est lui qui m'a amené ici, qui m'a fait l'honneur de me confier la fonction de Grand Timonier, qui m'a appris que la vérité de la Confrérie était toujours plus grande que la Confrérie. En l'immolant, ce sont ses propres paroles auxquelles j'ai obéi. Car je l'ai vu désirer le chant de l'obèse, et lorsque j'ai fait taire le monstre, aidé par ce noble Wafadar, j'ai vu son chagrin. J'ai entendu, à ce moment, la vérité de ce que le vent murmurait depuis plusieurs mois à travers la Vallée : qu'il n'était plus le Père Bienveillant que nous révérions, qu'il n'était plus digne de guider les purs sur la voie.

Ému, prêt à réprimer toute dissension, je regardais le Grand Tragopan. Il parlait d'une voix ferme que le chagrin ne faisait plus trembler.

— Nous savons ce que l'honneur exige de nous. Il ne doit plus y avoir de duperie, plus de mensonges. Le signe est là, portez-le aux croyants. Faites-leur savoir que personne, à quelque moment que ce soit, ne peut prétendre s'élever au-dessus de l'idée. Parmi les enfants d'Aum, la justice est toujours juste et la pureté toujours pure. Il appartient à ce Conseil de Grands Timoniers, tous plus sages que je ne pourrai jamais espérer l'être, de décider s'il faut révéler aux croyants que c'est moi qui ai planté le poignard dans la chair défaillante du Père ou leur laisser penser que c'est le grand Conseil qui a rétabli la justice. Pour moi, c'est sans importance. Tous les mondes se ligueraient-ils contre moi, j'agirais selon la vérité d'Aum.

La réponse des frères vénérables a été unanime : le Conseil avait donné un signe. Les purs seraient informés que le Conseil parlait d'une seule voix et parlait contre tous ceux qui déviaient du droit chemin, le Père fût-il de ceux-là.

Moins d'un mois plus tard, le Grand Loriot d'Eurasie a été sacré Père Bienveillant. Durant les semaines qui avaient précédé la purge mémorable, mon maître l'avait rencontré chaque jour. Il s'exprimait rarement. Aux réunions du Conseil, je le voyais passer en revue d'un regard lent le fer à cheval du Conseil pendant que ses frères délibéraient.

Un soir, après une de ces réunions, le Grand Tragopan m'avait demandé ce que je pensais de lui.

Je savais qu'il avait été un grand Wafadar et un Grand Timonier, mais il m'aurait été difficile d'en dire plus car il n'ouvrait pratiquement jamais la bouche.

Nous remontions les terrasses à pas lents. La lumière bleue de la nuit se déposait peu à peu sur les sommets.

— C'est une qualité qui chez lui ne se dément jamais, avait-il répondu. Parfois les croyants n'ont pas besoin de paroles, de sermons, mais d'une assurance tacite, d'une déité de pierre silencieuse que nous pouvons investir de tout le sens qui est notre héritage. La congrégation d'Aum sait ce qu'il a dit. Le Père Bienveillant le lui rappelle constamment par son existence. Il n'a pas besoin de le formuler ou de le nuancer.

Je n'avais pas compris, mais je ne lui avais pas demandé d'explications. Plus tard, une fois le Grand Loriot d'Eurasie établi dans ses fonctions, les choses sont devenues plus claires. Au fil des mois, tandis que mon maître rendait sa visite quotidienne au Père Bienveillant, puis transmettait de nouvelles instructions à la Confrérie, ma compréhension n'a cessé de croître.

Si la vision du maître qu'était le Grand Tragopan atteignait de tels sommets, c'est qu'il traduisait en action concrète ce que nous entendions comme des mots. C'était la vérité du Père Bienveillant qui importait, et non le Père. Cette vérité existait par-delà sa personne. Moins il parlait, moins il risquait de troubler le sens des grandes vérités qui faisaient la splendeur de notre peuple.

En assurant la fonction de porte-parole, en le maintenant à l'écart de la filiation des mots, mon maître entrebâillait la porte à la correction et à la réinterprétation nécessaires. Les Grands Timoniers pouvaient ne pas toujours avoir raison, bien que ce n'eût jamais été le cas. Mais le Père Bienveillant n'aurait su, tout simplement, se tromper. Or, entre l'éloquence du Grand Tragopan et le silence du Père Bienveillant, il y avait juste l'ouverture nécessaire pour accueillir la nuance et la rectification.

Ainsi mon maître était-il devenu, comme Ali et Alaiya, la voix d'Aum l'unique ; et bien que le Père Bienveillant ne fût et ne pût jamais être Aum, il était pour les croyants l'incarnation de sa vérité. Il était impératif que la terrible blessure infligée à cette vérité par l'obèse cicatrise rapidement et ne présente plus jamais de menace.

Le Grand Tragopan a ramené vivacité et détermination parmi la congrégation. Les Grands Timoniers ne se contentaient plus de méditer, de délibérer et de pratiquer leurs poèmes. Chacun d'entre eux quittait régulièrement les terrasses supérieures pour voyager à travers la Vallée, prendre la température de la situation, inspirer et orienter la Confrérie.

Au nom du Père Bienveillant, mon maître a déclaré que le temps était venu pour les purs de dépouiller toute paresse. Nous avons ratissé une à une les exploitations pour débusquer les Nourriciers susceptibles de s'adonner à des activités plus exigeantes que l'agriculture. Ils étaient emmenés dans des camps où étaient évaluées leurs aptitudes corporelles, mentales et émotionnelles. Le niveau requis dépassait de loin celui qui avait été le leur jusqu'alors.

« Plus de combattants ! Encore plus de combattants ! scandait le Grand Tragopan. Nous avons besoin de guerriers ! De Wafadar ! De Yodha ! Les purs ne changeront pas le monde en cultivant des céréales ! »

J'étais souvent consulté pour évaluer les progrès des nouveaux apprentis et, à dire vrai, j'ai d'abord été consterné, moins par leur mollesse et leur manque de souffle, qui auraient disparu en quelques mois, que par leur absence de passion. Tout paraissait pour eux une tâche à accomplir, et non le sens même de la vie.

Alors mon maître a pris l'initiative de s'adresser à eux une fois par semaine, à grands gestes inspirés, et j'ai vu l'atmosphère changer. D'abord à la façon dont les novices bougeaient. Puis à leur regard, le plus sûr indice pour reconnaître les purs.

Quelques mois plus tard, les Nourriciers sélectionnés avaient compris que la destinée les avait élus pour faire preuve de valeur. Toute trace du bavardage stérile dont j'avais été témoin sur les exploitations s'était évaporée. Sous les hauts-fonds de la joie et de la peine, du loisir et du labeur, ils commençaient à s'identifier aux profondeurs insondables d'Aum dans la conscience inébranlable du dessein transcendant à accomplir – la poursuite du meilleur pour le plus grand nombre.

Chaque frère, en se perfectionnant, devenait de plus en plus intransigeant à l'égard des autres. Ce dont les Wafadar comme les Yodha étaient conscients à chaque instant de leur vie, ces récolteurs, ces laboureurs, le découvraient, ô merveille, pour eux-mêmes : si l'homme fermait les yeux sur les torts de ses semblables, c'est qu'il attendait que les autres en fassent autant pour lui. Le monde édifié sur ces bases ne pouvait qu'être précaire, à l'exemple de celui dont Aum s'était détourné. Ne pas pardonner, ne pas témoigner d'indulgence, c'était faire montre du véritable courage, car c'était signifier que l'on rejetait pour soi-même cette misérable aumône.

Quand les hommes exigeaient le meilleur de chacun d'eux, sans pitié, alors, alors seulement le monde devenait magnifique.

Voir les laboureurs et les récolteurs, semaine après semaine, dépasser les liens futiles de la camaraderie et de la conversation, de la chair et des souvenirs, du repas et du gîte, pour s'élever vers les plus nobles allégeances du dessein et de la pureté, de la pure beauté d'Aum, de la vérité d'Aum, faisait chaud au cœur.

Le temps est venu où je voyais chaque jour des paysans approcher le Grand Tragopan pour l'informer que des frères de leur connaissance ne vivaient pas à la hauteur de nos aspirations. Lorsque mon maître avait acquis la certitude qu'il s'agissait d'un manquement grave, il me dépêchait, moi et mon équipe infatigable, avec pour mission d'assainir les lieux.

Cette vague d'épuration s'est révélée plus facile et plus rapide que les investigations entreprises dans le sillage du terrible scandale déclenché par l'obèse. Le Grand Tragopan avait l'entière confiance de l'illustre Conseil et du Père Bienveillant pour s'acquitter de cette tâche dans l'esprit de perfection qui aurait été le leur. Et mon maître à son tour savait que j'agirais, ainsi que mon équipe, avec la même justesse que lui. J'ai confié les interrogatoires à l'un de mes Éclaireurs, un frère de taille minuscule et aux dents de lapin, dont la voix soyeuse véhiculait des mots coupants comme le verre. Je l'appelais, avec admiration, mon lapin-loup.

Je regardais les mains des accusés pendant qu'il décortiquait patiemment leurs mensonges. C'était, je l'avais compris, le moyen de détection le plus sûr de la culpabilité. Travailler avec le Grand Tragopan avait fait de moi un observateur consommé de mes frères. Un frémissement des doigts trahissait la duplicité du cœur ; celle du cerveau se lisait dans les mouvements de paupières intempestifs. À la fin de l'interrogatoire, mon opinion était faite. Comme nous étions tous frères, je ne l'exprimais pas avant d'avoir consulté mon équipe.

Le consensus qui s'établissait presque toujours autour de mon verdict venait confirmer la fiabilité de mes méthodes. Quelqu'un croyait-il déceler une ambiguïté, je chargeais aussitôt le lapin-loup d'organiser un second interrogatoire. Quels que soient les arguments avancés par l'accusé, ses mains et ses yeux n'auraient su me tromper deux fois.

Nous respections le principe selon lequel tout frère fourvoyé devait avoir l'occasion de reconnaître ses torts et de les confesser, et le fautif était envoyé à la Salle des Vérités Intérieures. Salle qui n'était d'ailleurs pas unique : il en existait quatre, bâties à une vingtaine de mètres l'une de l'autre non loin de la forêt de chênes. Elles étaient plus solides que celles de nos souvenirs d'enfance. Mesurant moins d'un mètre cinquante de côté et presque quatre de haut, elles étaient construites en rondins de cèdre rouge, sans porte ni fenêtre. L'accès était barricadé à l'aide des derniers troncs aussitôt que le pénitent était entré. La nourriture, l'air et l'eau y pénétraient par une fente de quinze centimètres au-dessous du toit.

J'ai toujours été surpris par la rapidité avec laquelle un homme fourvoyé recouvre la clarté une fois soustrait au désordre de sa vie. L'idée qu'un frère a besoin d'être isolé de toute distraction pour redécouvrir ses vérités intérieures est une saine conception des choses.

Lorsque nous entendions un frère enfermé s'exclamer dans la fièvre d'une révélation, nous déposions les rondins de l'entrée et lui demandions de parler. Certains étaient si émus par le réveil de leur conscience qu'ils sanglotaient tout en se confiant. Une fois leur honte confessée, nous les invitions à prononcer leur sentence.

Le lapin-loup appelait cela « l'esprit d'autocorrection » qui logeait, endormi, derrière le plexus solaire sans éprouver le besoin de se manifester. Pour le forcer à s'exprimer, on ne pouvait se contenter d'attaquer le cerveau. Son style d'interrogatoire, expliquait-il, visait à plonger la main à travers le cerveau pour réveiller le cœur d'une caresse.

Certains frères vivaient un réveil si intense qu'ils décrétaient aussitôt mériter le Cratère. Certains allaient même plus loin et réclamaient la peine la plus forte, le Juste Décès.

Il ne m'échappait pas que l'excitation du plexus solaire par le lapin-loup, associée aux épiphanies de la Salle des Vérités Intérieures, poussait souvent les repentis à s'accabler, mais je me retenais d'intervenir. Il n'y avait pas de place pour le sentiment dans cette affaire. Les délicates vertus de la langue sont toujours protégées par le rempart des dents. La faiblesse n'a pas droit de cité dans la force.

Et de toute façon, l'excès de justice n'existe pas.

En quelques années, sous la houlette du Père Bienveillant et celle du Grand Tragopan, nous avions nettoyé toutes les exploitations. Les meilleurs des Nourriciers étaient en bonne voie de devenir des guerriers – Wafadar et Yodha – et ceux qui s'étaient égarés avaient été remis sur le droit chemin.

D'autres réformes avaient soulevé la Vallée. Mon maître, selon le souhait du Père Bienveillant, avait décrété la tenue hebdomadaire d'un sermon sur Aum que tous les purs avaient obligation de suivre : récolteurs, laboureurs, bûcherons, maçons, bouchers, cuisiniers, Éclaireurs, Wafadar, Yodha, enfants, madones ou mères, personne n'en était exempté. Pas même les Grands Timoniers ni les âmes aveugles du Cratère.

Ce sermon avait lieu le dimanche matin et durait deux heures. Il était prononcé par un représentant chaque fois différent du nouveau groupe de frères créé par le Grand Tragopan, les Bhakta. Ces derniers avaient pour mission de distiller la vie et les enseignements de l'incomparable, puis d'en infuser, à dose constante et régulière, la substantifique moelle aux élus. Le crime de l'obèse, la découverte des dérives qui en avaient découlé, le martyre du Père Bienveillant, tous ces épisodes avaient révélé au Conseil que la vertu ne devait jamais être tenue pour acquise. Il fallait constamment l'élaguer, l'arroser, la nourrir d'engrais, tel un bon arbre fruitier.

Les Bhakta étaient formés par un Éclaireur choisi par mon maître. Il était grand. La grosse protubérance qui montait et descendait dans sa gorge lorsqu'il parlait me fascinait autant que le baryton profond qu'elle produisait.

Sa façon de parler – ponctuée de longues pauses, mains immobiles, non moins hypnotique que celle de mon maître – nous ramenait en droite ligne jusqu'aux pères fondateurs. Il connaissait à leur sujet d'innombrables histoires dont je n'avais pas soupçonné l'existence. Chacune d'elles mettait en valeur la splendeur de leur vie, la pure beauté de leur vision. Je pouvais l'écouter des heures durant, ému chaque fois profondément et empli de gratitude pour l'héritage unique qui était le mien.

Les Bhakta qu'il avait formés n'étaient pas moins savants ou éloquents que lui. J'aimais les entendre se référer à Aum le « Paigamber » – le prophète. L'appellation signifiait qu'il n'était pas seulement au commencement de tout mais qu'il avait aussi prévu la fin de tout ; que tout ce qu'il y avait à savoir reposait en lui en toute sécurité.

Je trouvais également juste que l'intemporel soit connu sous des noms divers. Les hommes ordinaires n'en portent qu'un, mais celui qui englobe toutes choses, toute connaissance, toute sagesse, les morts, les vivants et les êtres à naître, le monde d'ici-bas et le monde de l'au-delà – cet esprit lumineux est semblable à la nature même et mérite que de nombreuses descriptions, de multiples noms attestent de sa singulière magnificence.

Au début, nous nous déplacions discrètement à travers la Vallée, mon équipe et moi, pour vérifier que tous les frères suivaient bien le sermon d'Aum. Puis nous nous sommes rendu compte que ce n'était pas nécessaire. Non seulement tout le monde assistait à la séance dominicale, mais de nombreux frères approchaient les Bhakta pour solliciter d'autres sermons dans la semaine.

Devant ce succès, mon maître a décrété que, partout dans la Vallée, le plus vieux *deodar* local deviendrait arbre à sermon. Une petite plateforme fut construite avec des pierres autour de chacun de leurs troncs afin que le Bhakta puisse y prêcher. Puis, dans un de ces traits d'inspiration qui faisaient sa renommée, le Grand

Tragopan a convoqué un matin l'*ustad* et lui a demandé de fabriquer un masque d'Aum. Pour l'artisan, ce devait être l'œuvre de sa vie. Si excellent sculpteur fût-il, jamais il ne rendrait la perfection de son modèle.

C'est à ce moment que le doute m'a assailli pour la première fois. N'était-il pas réducteur de donner forme au sans-forme ? Puis, voyant la création de l'*ustad*, j'ai été subjugué. Comme toujours, mon maître avait eu raison. L'image d'Aum – les yeux qui voyaient tout, la barbe sereine, le halo de sa longue chevelure, le front altier, le noble nez – rayonnait comme nulle autre de beauté, de puissance et de vérité. Je me sentais fort en sa présence. J'aurais voulu m'agenouiller devant elle.

Tel était, sans surprise, le cas de chaque frère. Tandis que l'*ustad* en sculptait des copies qui une à une se retrouvaient accrochées aux larges troncs des arbres à sermon au-dessus des plateformes en pierre, il est devenu courant de voir des purs se prosterner à toute heure du jour et de la nuit devant elles.

La fabrication de l'effigie, rétrogradée du même coup au second plan des priorités de l'*ustad*, a été confiée à ses assistants. Quant à lui, il devait passer le restant de ses jours à reproduire le visage de l'intemporel. Car, depuis la création du masque, on entendait monter de chaque Caserne et de chaque hangar des réclamations de plus en plus nombreuses pour d'autres images – les purs voulaient voir Aum les couver du regard à chaque instant de leurs vies.

La Vallée en retirait un nouvel élan, une nouvelle résolution. Il suffisait à un frère de baigner dans le clair regard d'Aum pour repousser toute tentation de la chair ou de l'esprit. Pour la première fois, nous entendions parler de frères irrésolus qui avaient trouvé en eux-mêmes la force de vouloir devenir Wafadar ou Yodha, simplement en restant assis auprès de l'image.

Certain désormais que mon maître avait accompli un acte juste, j'ai pris pourtant sur moi, un soir, de lui en demander une explication qui puisse approfondir ma compréhension. Nous nous trouvions dans son abri, mais nous n'étions pas seuls. Le jeune interne qui s'imprégnait de vérité auprès de lui comme je l'avais fait auprès du Grand Calao le massait. Le spectacle faisait chaud au cœur. Le garçon chevauchait le Grand Timonier couché sur le ventre, glissant le long de son corps, ses muscles lisses imbibés de l'huile parfumée qu'il faisait pénétrer d'une caresse dans la peau du maître. Chaque fois qu'il émettait un grognement sous l'effort, le maître grognait, lui, de plaisir. Je savais d'expérience qu'il aimait être frotté vigoureusement à la base de la nuque. Penser aussi intensément devait exercer une forte pression sur le bulbe rachidien.

Accroupi contre le mur, je regardais le duo qu'ils formaient et, derrière eux, une grande image du sans-limites, représentation très éthérée que l'*ustad* avait fabriquée pour le plus valeureux des Grands Timoniers.

— Je sais que nous avons agi justement, la preuve en est partout autour de nous, mais dis-moi, Grand Tragopan, pourquoi Aum n'avait-il pas souhaité qu'il en soit ainsi ?

Il a tourné vers moi ses yeux plissés de plaisir sous l'effet des doigts qui le pétrissaient :

— C'est une bonne question. Elle a plusieurs réponses possibles. Premièrement, nous ne sommes pas sûrs qu'il ne l'ait pas souhaité. Rien d'écrit ne l'indique, ni dans les neuf livres, ni sur les parchemins originaux. La seconde hypothèse, la plus probable, c'est qu'il se soit désintéressé complètement d'un aspect sans doute superficiel à ses yeux. Il était Aum, le Paigamber, le premier et le dernier de tout, le verbe, la loi et le prophète. La splendeur des croyants réside dans leur capacité à l'appréhender dans sa complétude. Il ne lui était pas possible, dans sa grâce infinie, d'instruire son peuple sur la façon d'y parvenir. Le soleil se contente de briller, il ne dit pas à ceux qu'il éclaire et réchauffe comment ils doivent réagir. La justesse de leur comportement devant sa lumière est fonction de leur gratitude et de leur caractère.

L'explication était limpide et brusquement, il m'est apparu que je ne m'étais pas suffisamment impliqué dans la célébration du rayonnement du Grand Tragopan. J'avais négligé de dire à mes frères quelle chance ils avaient de vivre à son époque. Je l'oubliais souvent moi-même. Ainsi sont les hommes. Ils sous-estiment le soleil aussi longtemps qu'il brille et ne reconnaissent ses qualités qu'à sa disparition.

— Je vois la lumière, à présent, et non plus seulement ce que la lumière me permet de voir, ai-je dit.

Le jeune interne pressait fortement ses phalanges huileuses sur le bas du dos et les fesses du maître, accueilli par une succession de grognements. Vas-y doucement, avais-je envie de dire, ici aussi brille une lumière. Comme s'il m'avait entendu penser, le jeune frère s'est levé pour aller préparer trois tasses de Vapeurs.

Le Grand Tragopan s'est redressé lentement, osseux, le corps luisant, et pointant du doigt la belle image d'Aum, s'est exclamé :

— Regarde-le ! Le simple fait de le regarder ne te rend-il pas plus pur ? Alors imagine les frères qui travaillent aux champs, dans les hangars, les ateliers, les vergers, à l'abattoir et aux cuisines ! Imagine les Éclaireurs, les Wafadar, les Yodha et les Bhakta ; imagine les mères et les madones ; imagine notre progéniture dans les Foyers et les Casernes. Puis essaie de te figurer ce dont les armées des purs ont un besoin désespéré alors qu'ils travaillent péniblement à notre vénérable dessein. Ce ne sont pas seulement les paroles d'Aum, son souvenir, son esprit, mais Aum en personne, rendu visible ! Comme nous le savons, les élus eux-mêmes peuvent faiblir, leur foi s'amenuiser, leur résolution vaciller. Un regard sur Aum rayonnant de vérité suffit à les ranimer. Aujourd'hui, je sais que si je peux remettre à chacun d'eux une image d'Aum, ils ne connaîtront jamais plus ni doute, ni peur, ni confusion. Et je m'acquitterai de cette tâche avant que mon temps soit écoulé.

Comme tout ce qu'il faisait, ce fut un immense succès.

L'*ustad* a bientôt maîtrisé, à l'aide d'un pinceau de mangouste et d'encre obtenue par broyage d'une pierre noire, le rendu en quelques traits d'un visage qui ressemblait incontestablement à Aum. Il a enseigné la technique à ses assistants, qui fabriquaient un papyrus rigide à base de pulpe de roseau sur lequel ils pouvaient dessiner et le recouvraient ensuite d'une légère couche de cire d'abeille pour le protéger de la pluie et des intempéries.

Chacun des purs pouvait prétendre à l'acquisition d'une représentation d'Aum. Inutile de préciser que tous se sont précipités. Chaque assistant était capable d'en produire plusieurs dizaines par jour, mais c'était loin de répondre à la demande. Il a fallu établir un ordre, puis, pour éviter l'affluence à l'atelier, mettre sur pied un système de livraison, notamment pour les régions les plus éloignées.

C'était un spectacle étonnant. Une nouvelle ferveur s'emparait de la congrégation. Certains, enfilant le papyrus rigide sur un cordon, se le nouaient qui au poignet, qui au bras, qui – le plus souvent – au cou pour le porter le plus près possible de son cœur. Le spectacle de frères et de madones embrassant l'idole attachée à leur corps tout en récitant le catéchisme des purs est devenu chose courante.

Lorsque j'ai fait part de cette information au Grand Tragopan, il a répondu :

— Les hommes de savoir font l'erreur de penser qu'il n'y a rien de plus puissant que le verbe. Les Grands Timoniers ont trop longtemps cru qu'il suffisait de parler pour animer les croyants. Mais on voit aujourd'hui que l'image possède dix mille fois plus de pouvoir que le mot. Regarde les purs serrer contre eux l'icône d'Aum. C'est vrai, au commencement est toujours le Verbe. Mais il est encore plus vrai qu'à la fin, reste toujours l'image, seulement l'image.

Le triomphe de mon maître n'était pas advenu sans rencontrer d'opposition. Le Conseil avait débattu, des semaines durant, de la création de l'icône. Le Père Bienveillant avait réservé son opinion, comme le permettait son statut, tandis que d'autres Grands Timoniers se prononçaient contre l'idée.

Aum n'avait jamais voulu qu'il en soit ainsi.

Cette représentation allait contre les principes mêmes de ses croyances.

Le mouler dans une image, c'était le réduire.

Le Grand Tragopan, tel ZZ9 déployant le *kachchua* dans son combat contre QT2, maniait les lames acérées de ses mots avec une rapidité telle qu'elle détournait de leur cible tous les coups portés contre lui.

Ce qui serait mis à l'essai avec cette représentation, c'était l'apothéose de la vérité même, une image des purs.

Bien sûr, le sans-égal en personne n'aurait jamais exigé qu'on s'agenouillât devant lui. C'était la ferveur de ses adeptes qui se traduisait ainsi.

Et d'où venait ce vent de présomption qui soufflait sur le Conseil ? Était-il possible à qui que ce soit de réduire ou d'étendre l'immensité du sans-limites ? En réalité, au cas où la chose aurait échappé à l'auguste Conseil, c'était l'inverse, c'était Aum et lui seul qui pouvait diminuer ou magnifier les croyants ! Telle était, en vérité, la signification de l'icône. La seule vision du lumineux avait le pouvoir de dilater chacun des purs jusqu'à le rendre à sa taille réelle et même jusqu'à le magnifier.

J'écoutais, à mon poste près de la porte. La logique de mon maître me paraissait sans faille. L'obstination des Grands Timoniers à penser différemment avait quelque chose de blasphématoire. C'était comme lancer des javelots d'herbe contre un grand félin. Inévitablement, tôt ou tard, le fauve indigné allait bondir.

Le Père Bienveillant a fini par rallier le Grand Tragopan et cette nuit-là, à la lune déclinante, j'ai suivi mon maître de terrasse en terrasse pour perforer la veine jugulaire de quatre des neuf membres du grand Conseil. Tandis que j'attendais, la pointe de l'aiguille prête à percer la chair et la main en bâillon sur la bouche, mon maître, dans une ultime adresse solennelle, évoquait leur trahison, les appelait ses frères en grandeur et affirmait voir dans leur exécution la tâche la plus difficile de son existence.

Le lendemain matin, le Père Bienveillant a annoncé à la congrégation qu'il avait condamné, le cœur gros, ses frères au Juste Décès pour avoir failli à leur grandeur. Grands Timoniers et laboureurs étaient égaux devant la justice, punissables au même degré l'un que l'autre pour péché de suffisance. Chacun des quatre avait d'ailleurs appelé sur lui le châtiment capital après avoir été confronté à sa défaillance. Il devait être entendu que la souillure attachée à leur nom concernait les seuls derniers jours de leurs existences respectives et que leurs actions passées n'y perdaient rien de leur éclat.

Puis il a déclaré qu'avec ces châtiments les purges étaient arrivées à leur terme. De ce jour, les purs étaient de nouveau sans tache.

Pour conclure, il a fait part de sa décision de rendre l'icône accessible à tous.

Une onde de fierté a parcouru toute la Vallée.

La nuit qui a suivi l'épuration du grand Conseil, le Grand Tragopan m'a fait venir dans ses quartiers et m'a appris deux choses qui devaient bouleverser ma vie pour toujours.

La première était que ma destinée me portait à devenir un Grand Timonier ; il s'apprêtait à m'adouber comme tel.

Un tel afflux de sang m'est monté au cerveau que la pulsation qui s'en est suivie m'a d'abord empêché d'entendre la suite. Quand j'ai compris enfin la seconde partie de son propos, elle m'a paru extrêmement prosaïque en comparaison de la première. Il ne me restait plus qu'une tâche à accomplir avant qu'il m'élève aux terrasses supérieures. Il voulait que j'entreprenne un nettoyage complet du Cratère des Résurrections et du Nid des Handicapés.

Étant donné l'ampleur des éliminations dont je m'étais acquitté ces dernières années, cette tâche, à première vue, tenait de la promenade en forêt. J'ai répondu que sa volonté serait faite, mais que je ne pensais pas être digne du statut de Grand Timonier dans cette existence ou la suivante. J'étais sincère.

Il a claqué sur l'épaule du jeune interne assis à ses pieds qui tirait doucement sur les phalanges de ses orteils pour les faire craquer. Après son départ, mon maître m'a révélé que ce qui nous attendait n'était pas aussi facile qu'il y paraissait à première vue. Nous devrions, lui et moi, nous durcir contre toute sentimentalité. En termes simples, la question était la suivante :

Mangerions-nous un fruit pourri ?

Garderions-nous en vie un animal amputé de tous ses membres ?

Une armée préfère-t-elle poursuivre le combat ou l'abandonner pour soigner les agonisants de son camp ?

Aum aurait-il sacrifié la Grande Marche à l'impossibilité pour quelques-uns de le suivre ?

Dans son visage qui était aussi le mien, ses yeux étaient calmes, limpides. Dénués de passion, ils ne dansaient plus. Ses mains reposaient, immobiles.

De cette posture inhabituelle de tranquillité, il a dit :

— Bien avant que nous venions au monde, toi et moi, les nobles frères du Conseil se posaient déjà cette question, alors que la réponse se trouvait devant eux. Et ils ont toujours fermé les yeux. Je ne cherche pas à dénigrer les hommes de valeur qui nous ont précédés, mais une chose est sûre : je ne peux plus me permettre de détourner le regard. Nous ne le pouvons plus.

— Nous ne détournerons pas le regard. Que ta volonté soit faite.

Quelques jours plus tard, huit hommes dont j'étais, choisis pour l'endurance de leur cœur, se sont mis en route pour l'autre extrémité de la Vallée. Comme nous nous ébranlions, le Grand Tragopan nous dit : « Garde en mémoire la manière dont on travaille à l'abattoir. On n'y regarde jamais la bête dans les yeux. Quand le boucher brandit le hachoir, il tient la tête droite et parle à ses frères comme s'ils étaient en conversation aux cuisines. »

Notre première destination était le Nid des Handicapés. Le Cratère, en comparaison, serait facile. C'était le milieu de l'année, la saison idéale pour marcher, sous le soleil à la verticale. Les arbres portaient leur feuillage le plus dense, des fleurs jaunes, violettes et roses s'épanouissaient partout. Des joncs et des broussailles émanait un vacarme frénétique d'oiseaux, et le bourdonnement des insectes en quête de nectar emplissait les oreilles. Nous longions la berge de la Jhinjheri et plongions de temps à autre dans ses eaux étincelantes pour nous rafraîchir.

Je pensais chaque seconde à ce que mon maître m'avait dit. J'étais digne du statut de Grand Timonier ! C'était une pensée difficile à assimiler. Je me remémorais ma vie, année après année. Jamais je n'avais rêvé d'une telle position d'éminence. Je n'avais souhaité que devenir un Wafadar. Le miroir frémissant de la Jhinjheri me renvoyait encore le reflet du garçon que j'avais été. De petite taille, de médiocre carrure, je n'étais pas doté de l'éloquence des Éclaireurs ou des Bhakta. Je gardais sous l'effigie mon faux visage, personnel et vaniteux, mais je ne me rappelais plus ses caractéristiques, à l'exception d'une tache noire sur ma joue droite et des deux poils qui en dépassaient, comme une espèce de petite fourmi avec ses antennes.

Le Grand Tragopan s'était trompé. Je n'étais pas digne de devenir Grand Timonier.

Je ne doutais ni des aptitudes de mon intellect, ni de mon engagement ou de mon courage, mais je ne me croyais pas fait pour affronter les graves questions relatives à la congrégation, je ne pensais pas pouvoir faire montre de l'assurance confondante de ZZ9 et du Grand Calao. Être le simple témoin du martyre du Père Bienveillant m'avait jeté dans le trouble le plus profond. Il était inconcevable que je puisse imaginer ou tenter une chose pareille.

Alors, regardant les ondes de la rivière troubler mon reflet, j'ai décidé qu'après avoir mené à bien la tâche confiée par mon maître, je lui dévoilerais que je n'étais pas à la hauteur des plans qu'il avait conçus pour moi. Ma place était définitivement celle de l'épée, non celle du bras.

La nuit tombait quand, deux jours plus tard, nous avons atteint les confins de la Vallée au pied de la falaise friable d'où se détachaient continuellement de gros blocs qui s'écrasaient en contrebas dans la forêt. Je n'étais jamais venu dans cette région. Il n'existait rien, par ici, à l'exception du Nid des Handicapés.

L'atmosphère de désolation m'a surpris. Les lieux alentour offraient un aspect ravagé avec leurs arbres endommagés ou abattus par la chute des gros rochers siégeant parmi eux comme des cailloux dans l'herbe. Les hospices du Nid étaient situés à quelque distance de la falaise, pas assez loin cependant pour que de temps à autre un rocher ne roule – nous en avions des exemples sous les yeux – jusque dans la cour de récréation.

J'ai dû secouer vigoureusement la cloche du portail en bois avant qu'un frère trapu sorte d'une démarche de canard d'un abri voisin, replonge en toute hâte à l'intérieur et réapparaisse en courant. Pendant qu'il nous ouvrait le vantail, trois autres hommes en émergeaient et venaient se tenir, très droits, à nos ordres, tremblant et rectifiant l'ordonnance de leurs vêtements. J'ai vu leurs ventres gras et senti l'odeur de Ferment que dégageait leur haleine. À la périphérie de mon champ de vision, un autre frère s'esquivait par une porte au fond de la cour, poussant deux garçons devant lui. Ils ont disparu tous trois dans l'obscurité des arbres.

Alors que je m'apprêtais à poser une question, un hurlement infernal a retenti. Long, profond, c'était un cri d'animal que je n'avais encore jamais entendu, lacérant la nuit comme un couteau la peau. À peine s'était-il tu qu'un autre a pris le relais, différent du premier, mais tout aussi insolite. Mes frères Éclaireurs et moi avions beau ne pas connaître la peur, une poigne glaciale nous a serré le cœur.

D'autres ont suivi, puis d'autres encore et bientôt les hurlements ont déchiré la nuit de toutes parts. On aurait dit que la falaise allait voler en éclats sous leur assaut et que nous allions avant peu entendre s'écraser des rochers. Trois des frères de l'hospice, sur un signe du quatrième, avaient disparu en hâte dans l'obscurité.

Celui qui nous faisait face décryptait à notre posture l'étonnement qui nous paralysait.

— On ne s'y fait jamais. Il y en a un qui commence, puis ils s'y mettent tous, comme des démons enragés. Et ils n'arrêtent jamais d'eux-mêmes. Si nous n'intervenons pas pour les faire taire, ils continuent jusqu'au lever du soleil.

— Pourquoi n'obéissent-ils pas ? ai-je demandé.

— Il leur arrive d'obéir, quand ils le veulent bien.

— C'est une situation inadmissible.

— Oui.

— Sais-tu pourquoi nous sommes ici ?

— Nous l'avons entendu dire. Pour fermer le Nid.

— Tu approuves cette décision ?

Il regardait le sol sans répondre.

— Frère, réponds-moi.

— Ce sont de graves questions, a-t-il dit sans lever les yeux. C'est l'affaire des Grands Timoniers. Je fais ce qu'on me dit de faire.

Je voyais pourquoi j'avais été envoyé dans ces lieux. Il s'y passait des choses si odieuses qu'il fallait y mettre un terme définitif.

— Je veux le gîte et le couvert pour mes hommes et pour moi. Ensuite, viens me raconter tout ce que tu sais et tout ce que vous faites.

Trois semaines – toute une vie – plus tard, je me suis enfui.

Pas par la Vallée. Pourtant, étant donné qui j'étais, il m'aurait été facile de franchir le Col tranquillement, à pied, de descendre par la forêt de cèdres géants puis par la piste de montagne jusqu'à la route menant au village et de là à la ville où s'arrêtaient les autocars tard dans la nuit. Je n'étais plus un jeune homme, mais j'étais encore un Wafadar. J'aurais pu, passé le Col, atteindre la ville en six heures et de là m'enfuir très loin tandis qu'on se mettrait à ma poursuite.

Mais je ne voulais pas rencontrer qui que ce soit de ma connaissance. Rien ne devait venir affaiblir ma résolution. Je redoutais tout particulièrement de tomber sur le Grand Tragopan. Sa présence magnétique aurait fait de moi un roseau ployant dans la direction où soufflait la tempête de ses mots.

Je voulais seulement courir sans me retourner.

Une forme de compréhension nouvelle m'avait entièrement désintégré. Il ne me restait plus que la fuite.

Au lever de la lune, mobilisant toute la maîtrise de l'esprit et du corps que j'avais acquise pendant ma vie, la roche s'émiettant sous mes doigts, j'ai escaladé le versant friable. Je connaissais la légende : personne n'avait jamais pu en atteindre vivant le sommet. Mais je ne redoutais pas la mort qui m'attendait si un rocher, se détachant avec moi, m'écrasait. Ce dont j'avais peur se trouvait au-dedans de moi.

Lorsque je me suis hissé sur le bord de la falaise, j'avais les mains en sang. Devant moi, les crêtes des plus hautes montagnes connues se déroulaient en vagues et en massifs jusqu'à l'horizon. Des milliers de chemins conduisaient au monde des hommes. L'un de ces sentiers accueillerait mes pas, les porterait loin, en un lieu, n'importe lequel, où ancrer mon esprit et ma peine. Il me restait plusieurs années à vivre. Je devais les passer à m'observer, à dresser le bilan d'une existence de masques.

Très loin au-dessous de moi, des cris de ralliement ont éclaté. La terre fumait dans l'air encore brûlant. Je distinguais les pointes incandescentes de torches au pied de la falaise. On avait dû découvrir ma fuite. Tout pouvait très mal finir pour moi. Mais tout avait déjà très mal fini. Je n'avais plus rien à perdre. Pour la première fois de mon existence, je n'avais pas obéi, mais choisi. En dépit du désespoir qui m'assaillait, cette volte-face me donnait la sensation d'être né à une nouvelle vie, et me gardait dans l'insouciance des conséquences de mon acte.

Un grand oiseau noir des montagnes a lancé son appel au-dessus de ma tête, annonçant le jour. J'ai renoué mes lacets, rentré les pans de ma tunique dans ma ceinture, et, dans un dernier regard à la Vallée qui avait été mon pays, je me suis mis à courir.

Le dernier secret

Je pose ma tasse, j'éteins l'appareil et je m'étire. La chance m'a souri. La nuit s'est passée mieux que je ne l'espérais. Mon histoire approche de sa fin et j'ai eu l'immense joie d'entendre siffler le train de deux heures. Il était en retard, et comme pour compenser, comme pour souligner le dernier plaisir de ma vie, le chauffeur a actionné le sifflet à maintes reprises, jusqu'à ce que le dernier wagon ait dépassé la gare.

La beauté de ce son au cœur de la nuit ! Je ne lui connais rien de comparable.

À dire vrai, je suis surpris qu'ils ne soient pas encore là. Narguer ne leur ressemble pas. Ils ne font rien avec le sourire, ce sont des guerriers, déterminés, sans concession. Après toutes ces années, je suis presque curieux de retrouver la ferveur qui s'exhale de leurs corps, de revoir l'effigie. Comme avant, le même visage partout autour de moi.

Je me rappelle le moment où je l'ai ôtée. J'avais couru nuit et jour plusieurs semaines d'affilée, choisissant mon chemin parmi les pistes de montagne, dépassant les villages en trombe, contournant les villes, attentif à ne pas éveiller les soupçons, à ne pas laisser de trace. Je savais qu'avant de se mettre en chasse mes poursuivants auraient rendu visite au Mausolée des Dépouilles Personnelles pour étudier le visage avec lequel j'étais né.

Un soir pendant ma fuite, j'étais tombé sur un petit homme qui chantait tout en urinant sur le bord de la route. Il ressemblait à un rat avec ses incisives supérieures dépassant de sa mâchoire. Il m'avait pris dans son camion pour un bout de chemin. Il parlait tout en chiquant le tabac et j'avais été soulagé de constater qu'il n'attendait pas de réponse.

Son camion était un vieil engin bringuebalant dans lequel il transportait des pierres. Cela le faisait rire. Il disait que les caprices des riches transmutaient la pierre en or. « Bientôt ils me paieront pour transporter des feuilles d'arbres », disait-il, et il riait. Puis, un peu plus tard : « Et un jour, pour transporter de l'air ! » Et il riait. C'était déjà plus de rire que je n'en avais entendu de toute ma vie.

Il conduisait lentement, mais le camion tanguait. Son unique phare projetait sa lumière, selon les zigzags, d'un côté ou de l'autre de la route, la face rocheuse ou le précipice. Je jetais souvent un coup d'œil par la vitre, pour constater que le gouffre s'ouvrait à moins d'un mètre de moi. C'était encore l'occasion pour lui de rire. « Au moins, vous mourrez le premier ! s'est-il exclamé en gloussant. Tant mieux pour moi ! Mourir le dernier, on ne peut pas espérer mieux, puisqu'on mourra de toute façon un jour ! »

Puis il a commencé à faire des remarques sur ma peau. À dire qu'elle était très lisse. Qu'elle brillait. Que j'avais l'air plus âgé que ne le laissait croire mon teint de jeune garçon. La crème, il voulait connaître le nom de la crème que j'utilisais. Puis il a tendu le bras et touché mes joues du bout des doigts. « Comme du marbre ! s'est-il écrié. C'est formidable ! »

Cette nuit-là, pendant qu'il dormait sous le camion, je me suis assis dans la cabine, j'ai allumé et je me suis ôté l'effigie. Me regardant dans le petit miroir étroit, j'ai découvert quelqu'un que je n'avais jamais vu. Je n'ai pas fermé l'œil de la nuit. Je me retournais sans cesse, promenant les doigts le long de l'arête de mon nez, sur mes lèvres, mes sourcils, mes joues. Je ne pouvais découvrir qu'un peu de mon visage à la fois, par petits rectangles. Les traits étranges, la tache noire, la rugosité, le relief, les cavités des poils. J'avais l'impression d'avoir dépouillé une vieille mue et libéré la peau vivante qui se trouvait au-dessous.

C'était moi. Seul et unique dans l'univers. Sans prix, non parce que j'étais comme tout le monde, mais au contraire parce qu'il n'existait personne qui fût comme moi. Des dizaines de milliers d'hommes au fil des millénaires avaient engrossé des dizaines de milliers de femmes pour créer cette exception qui était moi. Aucun *ustad*, aucun dieu ne pouvait rivaliser avec ce pouvoir. Une vigueur enivrante se répandait dans tout mon corps. À l'aube, je me regardais encore dans le petit miroir. La chaleur faisait palpiter le filament de la minuscule ampoule à nu dans une odeur de brûlé.

Depuis, j'ai souvent pensé que j'aurais dû emporter l'effigie en souvenir de qui j'avais été, d'où je venais. Mais je lui vouais à ce moment-là une détestation telle que je l'ai jetée par terre, piétinée, puis, quand elle a été fissurée par le milieu sur sa longueur, j'ai gagné le bord de la route et je l'ai lancée de toutes mes forces au loin. Prenant le vent comme une voile, elle a décrit en sifflant un arc lent pour disparaître dans le précipice.

Aujourd'hui je suis atterré à l'idée qu'une partie de moi souhaite revoir l'effigie, sentir de nouveau l'énergie des purs. Se pourrait-il que je ne sois pas guéri ? Se pourrait-il que je sois un peu comme l'inspecteur, à la fois contre et pour l'égout, dans une absurde mixture de détestation et de désir ?

Est-il possible qu'une part de moi-même croie encore à la Confrérie ? À la splendeur sans égale d'Aum ?

Cela ne peut pas être. Je ne le permettrai pas.

Pourtant, c'est vrai, j'ai passé plus d'heures à penser à la congrégation depuis ma fuite que pendant tout le temps où j'en faisais partie. À chaque instant – quand je sculptais les figurines de bois pour Zubair ou quand j'écoutais Parvati s'affairer dans un bruissement constant, au cinéma et dans les bazars, en lisant, en buvant avec l'inspecteur des égouts, en regardant la nuit se déplier – à chaque instant, j'ai pensé à mon peuple et à ma vie.

Une multitude de choses que je n'avais pu voir alors me sont peu à peu devenues évidentes, comme si une brume matinale s'était levée. J'ai été secoué par une formidable colère et par les regrets. L'envie m'a pris de pester et de fulminer, comme l'inspecteur, contre l'ordre des choses et la vie dans laquelle j'avais été entraîné. Comme lui, j'aurais voulu me ruer dehors et mettre le feu au monde entier, à mon monde, au monde des purs, à la Vallée.

Et pourtant, pourtant, les ténèbres de mon esprit s'illuminent en mille occasions d'éclairs qui découvrent de nouveau à mes yeux les rares vertus de la congrégation, la noblesse de sa vision, la beauté de son dessein, la force inébranlable de sa résolution. Alors la terreur me saisit. Me suis-je fourvoyé ? Ai-je été victime, en fin de compte, de ces défaillances mêmes que l'incomparable nous a enseigné à combattre ?

L'éclair passe, sa lumière fausse et fugitive sculptait le monde dans des formes qui ne sont pas les siennes. Je ne le clame pas sur les toits, mais je sais que l'inspecteur, avec tous ses excès de rhum brun, son odeur d'égout collée à la peau, sa volonté écumante de saisir le monde et de le faire payer pour ses égoutiers, avec son amour et sa violence perpétuelle envers sa femme infirme – je sais que l'inspecteur héberge en lui plus de vertu que n'importe lequel des Grands Timoniers.

Il combat les terribles imperfections du monde avec ses propres imperfections.

Il connaît – ou devine sans le formuler – un grand secret : ce qui devrait faire peur aux hommes, pardessus tout, c'est la quête de perfection.

Il se regarde dans le miroir. Les yeux injectés de sang, la fureur étranglée, les odeurs fétides, il est bien l'homme de la situation. Bon pour combattre l'injustice, l'oppression. Ce ne sont pas les hommes vêtus de blanc virginal qui officient devant les autels au milieu des vapeurs d'encens, avec leur piété trempée dans le venin et leur regard calculateur, qui s'en chargeront. Ils ne le peuvent ni ne le veulent. Leurs cœurs ont la froideur de la correction. Ils prêtent l'oreille à un seul dieu. Une seule musique.

La musique. Je n'en parle pas, mais je sais que mon maître assis en tailleur dans le kiosque, dont les doigts rouges et parfumés plient les feuilles vertes avec une rapidité prodigieuse, qui tire entre deux phalanges sèches de longues cigarettes toutes fraîches de leur paquet et fredonne constamment derrière ses lèvres cramoisies – je sais que mon maître ès musiques héberge en lui-même plus de vertu que n'importe lequel des Grands Timoniers. Il affronte les chagrins du monde avec sa musique exaltante. Il sait follement présomptueux de croire qu'on peut corriger le monde, et sage de comprendre qu'on ne peut que l'endurer. La musique le permet – baume et embrasement, larmes et rires, instant, éternité.

C'est le grand secret qu'il connaît. Dans le ventre fécond de la musique, l'instant parfait attend. Accessible à chacun.

Je l'ai constaté, à son échoppe. Les hommes arrivent, la contrariété inscrite sur le front. Tandis qu'il remplit de mille saveurs odorantes les feuilles humides, il fredonne quelques notes – les yeux fermés, souvent, et levant les bras en révérence. Lorsqu'ils repartent, leurs bouches à l'œuvre goûtant les sucs, ils ont congédié leurs soucis et sont entrés dans l'instant parfait.

De ce monde-ci, je l'ai déjà dit, c'est la musique que j'ai adoptée avec le plus grand enthousiasme. À mon retour dans cette chambre, quand je déchire la cellophane pour ouvrir le coffret transparent et accéder aux sons nouveaux que vient de me vendre le sage, l'excitation que je ressens est indescriptible. Regardez l'étagère contre le mur : elle croule sous les trésors. Je me rengorge, tout fier, quand l'inspecteur des égouts interrompt ses imprécations pour passer en revue les nouveaux disques avec des hochements de tête approbateurs. Puis il en choisit un, le glisse dans l'appareil, et nous entrons ensemble dans l'instant parfait.

Si je devais retourner derrière les hautes montagnes, dans la Vallée du peuple aux desseins exaltants, ce sont ces musiques que je tiendrais avant tout à emporter. L'obèse, le compagnon de mon enfance que j'ai éliminé de sang-froid une nuit, avait connaissance d'une vérité profonde. Il était – aujourd'hui, je l'ai compris – le plus grand, par la valeur, de tous les hommes de ce pays.

Je me suis certes hâté de terminer mon offrande à la pharmacopée des récits du monde, mais n'ai pas cédé à la précipitation au point de passer à côté de la magie de mes derniers instants. Avant d'en arriver à l'ultime épisode de mon histoire, j'ai déchiré de la cellophane à plusieurs reprises. La dernière fois, c'était devant la photo d'un maestro des plaines torrides, le visage rond, le crâne chauve, les marques de sa caste inscrites sur le front, le bras droit levé, la bouche ouverte. Mon mentor du kiosque m'a dit qu'il l'avait entendu chanter de vive voix un soir, dans la cité des rives du fleuve sacré aux eaux intemporelles couvertes de lumières dansantes.

— Durant le temps où je me suis cru décédé et en route pour le paradis, a-t-il poursuivi en écarquillant les yeux, des foules compactes d'âmes mortes s'étaient levées sur chaque berge pour l'écouter !

Je viens de passer sa musique et quand, très bientôt, mon récit sera achevé, je la repasserai. J'aime l'idée que mes frères arrivent pour me reprendre la vie au moment où la voix du maestro commande à l'air et force l'attention des esprits de la nuit. Ce ne sera pas le cas, mais j'aimerais que sa beauté s'impose à mes frères, que l'émotion infiltre leur carapace et les gagne. J'aime l'idée qu'elle ouvre les pores de ma sensibilité en même temps que le *siontch* me perfore les veines. J'aime l'idée de pénétrer dans l'instant parfait au moment même où je passe la porte de cette vie.

Une ombre glisse dans les hautes fortifications du fromager, là où la lumière des réverbères s'arrête et où commence l'obscurité. Son mouvement est si subtil que même le grand duc perché dans l'arbre ne s'en effraie pas. Je me demande ce que les Anges attendent et combien d'entre eux sont venus. Redoutent-ils mon ancienne réputation ? Préfèrent-ils me surprendre quand la somnolence m'aura gagné ? Ou bien dans la colère déclenchée par ma trahison, le Grand Tragopan a-t-il demandé qu'on me ramène vivant ?

Je ne le permettrai pas.

Dans la Vallée des purs, en présence du Grand Tragopan sculptant dans l'espace ses formes magnifiques, j'ai peur de retomber sous le charme. Aujourd'hui, je connais la vérité de mon être.

J'ai disposé de nombreuses années pour observer dans le miroir mon visage réel, mou, le teint terreux.

De toute évidence, je ne suis pas homme à prendre le monde à bras-le-corps ou à le faire plier. Je suis un acolyte, qui permet à d'autres de donner libre cours à leur volonté. De ce fait, je suis responsable des horreurs qui s'ensuivent. J'aimerais en être absous, mais aujourd'hui, je sais que c'est impossible. Sans le concours servile de ma force, leur volonté serait complètement impuissante.

Elle n'était pas comme moi. Sa volonté lui appartenait.

C'est elle qui a fait de moi un homme curieusement courageux ce jour-là. Qui m'a rendu capable de dépouiller la représentation que j'avais de moi, d'escalader les falaises friables. Sans sa volonté inébranlable, je serais encore en train de poursuivre des interrogatoires dans la Vallée, d'écouter les Bhakta, d'épurer brutalement la Confrérie.

Ses yeux étaient toujours noirs comme la nuit sans lune, mais ses cheveux étaient striés du gris des crépuscules d'été. J'ignorais qu'elle se trouvait au Nid. La première nuit, quand le hurlement infernal avait déchiré le ciel à n'en plus finir, j'avais demandé au frère qui nous menait à nos quartiers de m'emmener jusqu'à sa source. Il s'était montré réticent. Ils allaient bientôt faire cesser le vacarme, avait-il répliqué, et pour une revue des pensionnaires, le matin était préférable. J'avais insisté.

Le grand hangar où il m'avait conduit comptait tant de lits – tous doubles et gigognes, la couchette supérieure très bas au-dessus de l'inférieure – qu'il me rappelait la bergerie des exploitations agricoles.

Sur chacun d'eux se convulsait dans des hurlements un enfant handicapé ou un débile. Les trois frères que nous avions rencontrés au portail, tenant des lanternes pour se frayer un chemin à travers cet enfer, plaquaient les pensionnaires dressés sur leur séant, nouaient des bâillons à chacun de ceux qui criaient à s'époumoner.

La plupart avaient leur propre visage. Ils étaient devenus des rebuts avant l'âge de porter l'effigie.

Parcourant l'allée étroite, étourdi par les cris, je me suis aperçu qu'un bon nombre de ces créatures étaient enchaînées par les chevilles à leur lit. Quelques-unes cherchaient à nous atteindre, toutes griffes dehors, et nous devions esquiver leurs attaques. Certaines avaient l'air âgées, presque adultes, et beaucoup semblaient n'avoir pas dépassé six ou sept ans, mais toutes étaient ni plus ni moins des bêtes sauvages – yeux exorbités, gueule grande ouverte, gigotant de tous leurs membres – qui requéraient bâillon et chaîne. Pour leur résister, les frères devaient parfois les réduire au silence en leur assénant de grands coups sur les tempes. J'étais tenté moi aussi d'en assommer plusieurs.

Quand je suis ressorti dans la nuit après avoir traversé ainsi tout le hangar, j'ai dû m'asseoir pour reprendre mon calme.

— On ne s'y fait jamais vraiment, a dit un des frères.

— Est-ce toujours comme ça ?

— Non, parfois mieux, parfois pire. On ne sait jamais ce qui va les exciter.

À ce moment j'ai entendu des cris montant d'une autre direction.

— Il y en a d'autres, beaucoup d'autres, a-t-il repris en me voyant tendre l'oreille. À une époque, le Nid avait besoin d'un nouveau hangar tous les quinze ans. Maintenant, c'est tous les deux ou trois ans. Il y en a huit, en plus de celui que vous avez visité, tous plus petits. Mais heureusement, dans deux d'entre eux, les malheureux ne peuvent même pas hurler. Seulement baver, geindre et souiller leur lit.

Je ne savais que dire. Je n'étais pas préparé à ce que j'étais en train de vivre. Nous savions tous que le Nid était une enclave de dysfonctionnement, mais la congrégation, d'un accord tacite, n'en parlait pas. Après tout, c'était un des lieux de notre honte, l'endroit où étaient hébergés les échecs de la Maternité qui nous rappelaient que l'imperfection pouvait affliger même les purs. Je n'avais toutefois pas imaginé l'ampleur de la souillure. Quand il avait parlé de son passage au Nid, l'obèse avait évoqué le délire de son chant, rien d'autre.

Je comprenais à présent pourquoi le Grand Tragopan m'avait envoyé ici, pourquoi il avait paru absorbé dans une vision lugubre en détaillant la tâche qui m'attendait. Le fardeau oppressant de la grandeur, à laquelle incombaient les besognes pénibles dont les hommes ordinaires préféraient ignorer l'existence, me sautait aux yeux.

— Vous voulez voir les autres ce soir ou demain ? a demandé le frère.

J'étais toujours assis, les cris résonnant dans mes oreilles, et mon premier élan a été de répondre « plutôt demain », mais je me suis rappelé aussitôt que j'étais là pour une mission capitale, sinistre, difficile, avec mes compagnons impeccables et que la procrastination, mentale ou effective, ne seyait pas à notre position. Mon entraînement de Wafadar m'avait enseigné à me diriger droit sur l'adversaire le plus redoutable. Une fois vaincu le démon le plus terrible, le reste devenait facile.

— Ce soir, frère, ce soir. Continuons. Je verrai les huit, même si le jour se lève avant que nous ayons terminé la visite.

Ce fut la nuit la plus longue de toute mon existence, beaucoup plus longue que celle que je suis en train de vivre en racontant la fin de mon histoire. J'ai appris que certaines choses ne devaient jamais être exprimées, car leur exposition les rend plus affreuses encore.

Le frère m'a conduit d'un hangar à l'autre. Chaque bâtiment, situé dans sa propre clairière, était bondé de doubles lits gigognes. Les visions dont j'ai été témoin, à la lumière sépulcrale de lanternes vacillantes, se rappellent à moi chaque fois que je clos les paupières.

Une armée d'amputés et d'infirmes, du nourrisson à l'adulte d'âge moyen, gigotant sur leurs couchettes comme des insectes retournés, bras et jambes tordus, jetés en l'air dans des spasmes désordonnés.

Des bouches ouvertes, des lèvres pendantes comme la lippe du bétail, décentrées, bavant. La puanteur de la crasse et de l'excrément, qui rendait l'air épais comme un brouillard d'hiver.

Partout, des cris épouvantables, des cris de victimes qu'on étripe en tirant lentement, centimètre par centimètre, sur leurs boyaux.

Avec, en bruit de fond, un flot de geignements sans paroles, la plainte des animaux qui souffrent, et le cliquetis des chaînes qui ancraient toute cette démence au sol.

Je me forçais à voir et à ne pas voir. En file indienne derrière moi, mes coéquipiers faisaient de même, absorbant la nature et l'ampleur de la tâche à accomplir. Aucun mot n'a été échangé, aucun geste. Chaque fois que nous sortions d'un hangar, je m'asseyais un instant par terre. Je regardais les étoiles et le visage identique au mien de chacun de mes frères.

Le rebut de la Vallée. Ils étaient bien plus nombreux qu'aucun d'entre nous n'aurait pu l'imaginer. Il fallait procéder au nettoyage, mais je ne savais pas très bien comment. J'avais besoin que cesse ce vacarme dans mes oreilles pour pouvoir penser clairement.

Les deux derniers hangars hébergeaient les femmes et les scènes y étaient les mêmes que dans les autres. Dans le premier, une fille assise sur sa couchette griffait ses seins dénudés en hurlant qu'elle voulait sa mère, sans jamais s'interrompre pour inspirer. « Maaaaa ! » Nos frères du Nid lui claquaient les mâchoires l'une contre l'autre sans réussir à la faire taire. Chaque fois qu'ils la relâchaient, le « Maaaaa » gagnait en stridence. Finalement, l'un d'eux, roulant la couette en boule, la lui a pressée de son coude sur le visage à toute force. Le « Maaaaa », chevrotant, filtrait encore.

J'ai décidé que j'en avais assez vu.

Rentré dans l'abri préparé à notre intention, j'ai envoyé chercher le Bhakta affecté au Nid, qui s'était endormi. Il est entré en se demandant manifestement quelle affaire si urgente ne pouvait attendre le matin. Il a compris très rapidement qui j'étais.

Son rapport apportait de l'eau au moulin du Grand Tragopan. Les mois qu'il venait de passer au Nid avaient été les plus éprouvants de sa vie. Son entraînement l'avait préparé à transmettre l'histoire et les enseignements d'Aum – le Paigamber, le prophète, l'incomparable – à la congrégation. Son maître à la pomme d'Adam proéminente lui avait appris que la tâche du Bhakta était de garder aux purs leur pureté intégrale. Les eaux primordiales elles-mêmes se souillaient si elles n'étaient pas renouvelées. La parole d'Aum était comme l'eau de la Jhinjheri, chaste, grisante et, comme elle, donnait la vie. Chaque jour, le Bhakta l'apportait aux fidèles, clarifiant leurs doutes, régénérant leur croyance.

Mais qu'était cette parole pour les porcs qui subsistaient ici, inaccessibles à toute idée de doute et de croyance ? Ce qu'il disait chaque jour se volatilisait au milieu de cris, de geignements, de filets de bave, de comportements qui auraient répugné aux animaux. Le soir, il buvait plus de Ferment qu'il n'était raisonnable, pour oublier ses vaines tentatives de la journée.

Son haleine sentait en effet l'alcool. Je lui fis part de ce que le Grand Tragopan avait été obligé d'envisager.

— Le Grand Tragopan n'a jamais tort, dit-il. Il connaît notre voie, nous lui faisons confiance.

— Dis-moi, Bhakta, qu'aurait fait Aum dans cette situation ?

— Il ne nous appartient pas de nous le demander. Nous ne pouvons que dire ce qu'il aurait attendu de nous.

— Aurait-ce été ce que le Grand Timonier nous suggère ?

— Quand le Grand Tragopan parle, c'est par la voix du prophète, assurément.

Durant une pause devant les trous noirs microscopiques qui sont les oreilles de la machine, un miaulement ténu brise le silence. Je bondis, en alerte. Dans la hâte de terminer mon histoire, j'ai oublié ma responsabilité la plus importante de la nuit. Sans perdre de temps à chercher mes sandales du bout de mon pied nu, je me précipite dans l'escalier.

Une ampoule jaune solitaire éclaire la cuisine ; un triangle de sa lumière déborde dans la petite salle à manger. Contre le mur, sur le buffet bas dans lequel on range les services d'assiettes colorées et de verres que l'on sort pour les grandes occasions, quand l'inspecteur des égouts vient manger, est posé entre les figurines de porcelaine et les fleurs en plastique un carton d'emballage portant, estompé, le nom d'une marque de confiture de fraises.

J'écarte les pans entrecroisés du couvercle. Le chaton qui s'y agrippe se retrouve à la verticale comme un alpiniste le long d'une paroi impossible. Je le soulève délicatement et le pose sur ma paume qu'il remplit à peine. Son cri est plus grand que lui pour le moment, mais il proteste à juste titre. Je le caresse d'un doigt, et il se calme un peu.

Heureusement, Parvati ne s'est pas réveillée. Elle dort comme un ours hiberne, mais la plainte de ce bébé chat la tire toujours de son sommeil. Je le glisse avec précaution dans la poche de ma veste élimée, l'emporte à la cuisine et referme la porte derrière moi. Moins d'une minute plus tard, j'ai chauffé les quatre cuillerées de lait et j'y mélange quatre cuillerées d'eau. Je goûte de la pointe de la langue, touille un peu le mélange dans la casserole pour le rafraîchir encore.

Le chaton a recommencé à miauler avec insistance ; je le sens griffer la doublure de ma veste. Je rince plusieurs fois la seringue en plastique, la remplis en pompant le lait aqueux puis, tenant le bébé contre ma poitrine, glisse l'embout dépourvu d'aiguille dans sa gueule. Aussitôt, il agrippe mes doigts de ses pattes disproportionnées qui pourraient appartenir à un chat adulte. Je m'en émerveille chaque fois. Je plaisante en disant à Parvati que nous ne savons pas à qui nous avons affaire et qu'un jour, à la place du bébé chat auquel nous donnons le biberon, un grand félin sauvage nous attendra au pied des marches.

Parvati l'a découvert il y a deux semaines. Un matin, ouvrant la porte de l'arrière-cour pour voir ce que les animaux errants avaient fait du festin laissé pour eux la veille au soir, elle a trouvé un petit tas de cinq bébés chats gigotant ; sur leur peau rose pâle, leur robe n'était encore qu'une suggestion de mouchetures et de stries brunes et grises.

Elle m'a réveillé et aussitôt chargé d'aller chercher un vieux carton d'emballage chez l'épicier et des seringues à la pharmacie. À mon retour, je l'ai trouvée essuyant les orphelins avec le tissu le plus doux qu'elle avait pu trouver dans son armoire, imbibé de désinfectant. Chaque petit avait la taille de mon index. Elle les traitait avec le même soin que si elle venait d'en accoucher.

J'ai reçu l'ordre d'apprendre à en faire autant. Et plus particulièrement au cas où l'inspecteur des égouts se présenterait. Il est enclin à railler sa belle-mère qui, pendant qu'elle chouchoute les animaux, selon lui, se désintéresse de la misère des hommes qui ratissent les égouts. Parvati est parfaitement capable de lui répondre sur ce point, mais elle n'oserait jamais imaginer contredire son gendre.

Le même soir, bien que nous les ayons nourris toutes les deux heures à la seringue avec du lait, l'un d'eux est mort. La nuit venue, j'ai creusé un trou de vingt centimètres de côté près de la route pour l'enterrer. Puis, le lendemain matin, un autre. Je croyais, parce qu'il était le plus lent et ouvrait à peine les yeux, que le petit qui tète la seringue en ce moment serait le prochain.

Mes veilles nocturnes, liées à la nécessité de raconter mon histoire, s'accordaient parfaitement aux contraintes de leur allaitement. Parvati nourrissait les chatons dans la journée et je prenais la relève quand elle s'endormait. Maintenant, alors que mon heure est venue et que je me suis promis de tout dire, je dois reconnaître que ces soins nocturnes m'ont procuré les instants les plus gratifiants de mon existence. Il me semble parfois que je me suis décidé à raconter chaque nuit une tranche de mon histoire, poussé par la nécessité de rester éveillé pour m'occuper de ces vies fragiles qui s'épanouissaient dans notre salle à manger.

En soulevant chacun des petits, en les tenant contre moi, en les laissant boire jusqu'à ce que leur ventre soit sur le point d'éclater, j'éprouvais une émotion indescriptible – bonheur, amour, contentement, gratitude – je ne saurais dire laquelle.

La douleur qui m'a envahi n'était pas moins mystérieuse lorsque quatre jours plus tard Parvati, très triste, m'a réveillé pour m'annoncer qu'elle avait trouvé deux autres des chatons morts sur le dos, les pattes roides, en ouvrant le carton. Après les avoir enterrés à côté de leurs frères sous le fromager, je n'ai pas pu me rendormir.

Assis sur ma chaise dans la petite chambre, les premiers rayons du soleil glissant entre les bras et les doigts de l'arbre imposant, j'ai pleuré, la tête entre les mains, pour la première fois de ma vie. Ils étaient pleins de vie quelques heures plus tôt, quand je les avais glissés entre les chiffons dans leur boîte. J'avais senti leurs pattes, ces pattes trop grandes pour leur taille, agripper mes doigts, et vu leurs yeux confiants se poser sur moi. J'avais éprouvé l'immensité de la vie palpitant dans leurs corps minuscules. Et voilà qu'ils étaient morts, sans raison apparente. Avant d'avoir commencé à vivre. Parce que j'avais fait quelque chose de travers.

Je pleurais sur eux, mais aussi sur moi et sur tous les êtres que j'avais connus et que je ne reverrais jamais. Quand Parvati m'a apporté mon thé, les larmes ruisselaient le long de mes joues et s'infiltraient, salées, dans ma bouche. Dans sa sagesse muette, qu'aujourd'hui j'adore, elle n'a rien dit, elle m'a juste pris la tête entre ses mains, l'a serrée contre elle, puis elle a quitté la pièce. Les sources du chagrin échappent à tout questionnement, à toute compréhension.

La tristesse et l'image des chatons enterrés côte à côte – leurs yeux et leurs vibrisses minuscules immobiles – m'ont accompagné plusieurs jours durant. Pourquoi la vie, qui commençait tout juste à allonger leurs corps admirables, les avait-elle brusquement quittés ?

Contre toute attente, celui que je tiens contre moi et que je donnais pour condamné s'est avéré le plus résistant et a survécu. Parvati dit qu'il y a une leçon à tirer de cet événement. J'en vois plusieurs.

Elle l'a appelé Chand, Lune. S'il se révèle être une femelle, il deviendra Chandni, Clair de Lune. En accord avec son nom, il dort le jour et vit la nuit. Ces derniers temps, quand je peinais à trouver les mots de mon récit, je descendais, je le sortais du carton et je jouais avec lui, l'incitant à taper, l'une après l'autre, de ses pattes démesurées contre mes deux paumes. Il est fougueux et n'a peur de rien. Ses griffes sortent et se rétractent déjà comme celles du prédateur qu'il sera.

C'est par commodité pour l'indétermination temporaire de son sexe que Parvati l'a appelé Lune, mais il n'a rien de l'astre nocturne ni de sa clarté. Il est gris-noir, d'une couleur presque sale, strié sur la tête et moucheté sur le dos, moitié tigre, moitié léopard.

Ce que je lui trouve de beau, c'est l'élan de vie qui l'anime, ses yeux ronds, pleins de curiosité et d'audace.

Quand j'étais fatigué de ce jeu, je lui donnais le gros élastique à cheveux de Parvati. Il le dribblait dans toute la pièce, courait après, le lançait en l'air puis, voyant dans l'objet immobile sur le sol rouge une proie noire recroquevillée sur elle-même, il envisageait un à un tous les angles à partir desquels se précipiter dessus. Du jeu à l'état pur, tel que je n'en avais jamais vu de ma vie.

Bientôt, il se fatiguait, se roulait en boule et me regardait. Alors je le prenais contre ma poitrine et je lui donnais à boire une dernière seringue de lait.

Mais cette nuit, je n'ai pas le temps de le regarder batifoler. J'ai vu une ombre caresser le *semul*. Un pouvoir dont j'ignore la nature me gardera en vie suffisamment longtemps pour achever mon récit. J'ai besoin de quinze minutes, pas une de plus. Une histoire dont la fin reste ignorée n'est pas une histoire. C'est une pilule qui ne trouvera pas sa place dans la pharmacopée des histoires du monde. Elle ne viendra en aide à personne.

J'ouvre une à une les griffes qui s'enfoncent dans ma veste et je replace le chaton dans le carton. Puis je le reprends, je frotte ma joue contre sa fourrure grise et j'embrasse sa petite tête.

Avant de me précipiter au premier, je gagne la cuisine, éteins la lumière, regarde par la fenêtre de derrière. Le festin bat son plein, dans une jubilation de mâchoires qui mastiquent et de pattes qui fouaillent.

S'il est vrai que la loi du karma existe, Parvati renaîtra reine dans sa prochaine vie, j'en suis sûr.

Deux jours s'étaient écoulés quand elle est venue me trouver. Comme le Bhakta, je m'étais mis à boire du Ferment en quantité excessive. Le Wafadar qui n'avait peur de rien n'avait pas trouvé en lui le courage de retourner dans les hangars après la nuit de sa première inspection.

Pendant ces deux jours, je m'étais rendu utile en interrogeant l'un après l'autre les frères gestionnaires du Nid. Ce n'était pas nécessaire, mais je ressentais le besoin de m'assurer que nous partagions tous le même sentiment au sujet de la besogne à accomplir. J'espérais aussi que quelqu'un allait proposer une façon de procéder et s'atteler à la tâche.

Mais personne ne prenait les devants, aucun soulagement ne m'était offert. Chaque frère arrivait, puant le Ferment, puis parlait en boucle. S'il existait un enfer quelque part, je m'y trouvais. Aucun fardeau n'était plus lourd à porter que cette accumulation de défaillances de la Maternité ; il était tout à l'honneur des Grands Timoniers de vouloir s'attaquer au problème. On devait à la stature du Grand Tragopan une initiative qui aurait dû être prise depuis longtemps, et à sa sagesse la décision d'envoyer d'illustres frères des terrasses supérieures se charger du travail. Ce n'était certes pas une mission à confier à n'importe qui.

Derrière notre bavardage, on entendait les gémissements flotter dans l'air. Ne cessaient-ils donc jamais ? C'était la vie des handicapés, disaient les frères. Ils se levaient et se couchaient dans l'ignorance de tout horaire, et chaque fois qu'ils se réveillaient, ils s'adressaient au ciel en criant. Dès que je me retrouvais seul pour un moment, je m'enfonçais des morceaux de tissu roulés en boule dans les oreilles.

En milieu de journée, quand le soleil était au zénith, je voyais quelques-uns des handicapés les plus âgés dans la cour, où ils sortaient sous la surveillance de frères pour prendre l'air et dégourdir leurs muscles noués. C'était une vision désolante, mais je ne détournais pas le regard. Il me fallait comprendre ce qui m'attendait.

Je le dis comme je le pensais : c'étaient des vermines. On aurait dit que leurs membres avaient été brisés en plusieurs endroits et réparés par un enfant aveugle. Les bras de la plupart d'entre eux semblaient vissés à leurs épaules du mauvais côté et leurs nuques orientées dans des directions aberrantes. Certains rampaient, d'autres marchaient à quatre pattes. L'un d'eux était une araignée, le visage au ras du sol, bras et jambes l'entourant à l'horizontale, juste assez surélevés pour empêcher son corps de frotter par terre. Chaque fois qu'un rocher se trouvait sur son passage, il soulevait le torse dans un effort épuisant pour se hisser dessus et poursuivre son chemin.

Un autre avait les mâchoires décalées l'une à l'oblique de l'autre et sa bouche ouverte en permanence émettait de grosses bulles de salive. Chaque fois qu'il s'en formait une, il tentait de l'attraper de la main, mais il manquait de coordination au point qu'il ratait sa cible et se donnait des gifles.

Je les regardais de ma fenêtre et me renfonçais dans

l'encoignure quand l'un d'entre eux tournait la tête. Je ne voulais pas qu'ils me voient les observant.

Ils tournaient en rond et se dandinaient dans la cour, soulevant de la poussière, et quand ils s'approchaient trop près de la forêt, les frères du Nid les rappelaient à l'ordre en leur donnant des coups légers de leur badine. Deux handicapés étroitement attachés ensemble par les chevilles et les coudes sautillaient comme une bête à deux têtes, la langue longue et pendante. « Ce sont des jumeaux, m'a dit le Bhakta qui se tenait à mon côté, la tête dans les mains. Ils peuvent être violents. » Quand la fureur les prenait, il fallait les sortir en les traînant et les attacher au poteau de pénitence où ils étaient libres de se déchaîner l'un contre l'autre jusqu'à ce que la crise soit passée. Ils avaient le visage et la nuque zébrés de griffures ; des traces de morsures étaient visibles sur leurs oreilles.

Quelle vision navrante ! Toutes les créatures rassemblées dans cette cour semblaient avoir la peau lacérée d'une manière ou d'une autre. Leurs vêtements étaient souillés, déchirés, mouillés de bave perpétuellement. Je ne sentais pas leurs odeurs d'où je me trouvais, mais les puanteurs de la première nuit imprégnaient toujours mes narines. Si j'avais besoin d'une preuve de la nécessité de ce que j'étais venu accomplir, elle rampait là, devant mes yeux, démultipliée, insoutenable.

Seul détonnait un être assez âgé en apparence, le visage alourdi par de longues moustaches, le crâne tondu. Le Bhakta m'a appris qu'on l'appelait « le disciple ». Il était toujours assis au milieu de la cour, ses jambes – qu'on aurait crues désossées – passées devant les épaules et derrière la nuque, chevilles réunies. Les yeux exorbités, édenté, la bouche ouverte, il exhalait à voix douce un « Auuummmmm ! » ininterrompu. Il n'avait jamais cessé de prononcer le nom de l'éternel depuis l'âge de neuf ans, disait le Bhakta, et personne ne se rappelait l'avoir jamais entendu reprendre son souffle. Les frères du Nid s'occupaient toujours de lui avec délicatesse.

Il doit y avoir un moyen simple, me disais-je devant ce spectacle.

C'était une mise à l'épreuve en même temps qu'une tâche, j'en étais conscient. Étais-je prêt à assurer de plus hautes fonctions, capable d'entraîner mes frères avec moi vers notre destinée, mûr pour diriger et déposer mes peines, mes désirs personnels au nom du bien commun ? C'était le moment de le prouver, là, dans ce Nid reculé, contre ce rassemblement aberrant de créatures estropiées et laissées pour compte. Ce que j'allais accomplir dans les jours qui suivaient me propulserait vers les hauteurs de la gloire ou me confinerait pour toujours à une position modeste bien méritée.

Le Bhakta a dit :

— Ils crient pour qu'on les soulage. Vous devez leur apporter la délivrance qu'ils réclament.

Il doit y avoir un moyen simple, me suis-je répété. Un moyen simple, propre, rapide, efficace.

Deux coups, bien détachés. J'étais couché sur le dos, travaillant à me vider la tête de toute pensée pour trouver le calme parfait quand on a frappé à la porte.

La nuit était déjà bien avancée ; les frères du Nid et de mon équipe m'avaient quitté dix minutes plus tôt. Nous avions passé plusieurs heures ensemble à boire du Ferment en écoutant des histoires de handicapés qui allaient du pathétique au grotesque.

Nous n'avions pas discuté de la méthode.

Nous en étions encore à échanger des propos susceptibles de nous mettre en condition d'accomplir ce que nous devions faire.

Il faisait noir, je ne m'attendais pas à la voir, trop d'années s'étaient écoulées, une tempête se levait dehors, mon esprit était devenu une page presque blanche et lisse, elle portait l'effigie. Pour toutes ces raisons, je l'ai regardée d'un œil vide en lui ouvrant.

Elle m'a écarté sans dire mot pour entrer puis, avisant un clou qui dépassait d'une poutre, elle y a accroché sa lanterne et haussé la mèche. L'effigie nous rend tous semblables, dénués de vanité et de personnalité, mais elle ne change pas notre regard.

Je l'ai reconnue et mon esprit s'est mis à battre comme un drap au vent.

— Par Aum le véritable, c'est toi !

C'est tout ce que j'ai trouvé à dire.

— Tu es devenu une légende dans la Vallée. On dit que tu t'élèves d'une terrasse chaque année. On dit que tu es le Wafadar que les Grands Timoniers appellent quand ils ont une tâche ardue à exécuter. On dit que personne ne déploie plus d'ardeur à défendre la foi. Que tu suis un cap inébranlable avec fermeté et constance, que ni la sensibilité ni le sentiment ne t'effleurent de leur souillure.

En d'autres circonstances et prononcées par quelqu'un d'autre, ces paroles m'auraient rempli de fierté. Mais je me sentais petit et vide.

Elle a poursuivi sans me laisser le temps d'imaginer une réponse :

— Certains affirment que tu deviendras Grand Timonier toi-même ou qui sait, Père Bienveillant. Et que c'est la raison pour laquelle tu es ici. Ici, au Nid, où se terrent les handicapés, tu vas exécuter la besogne que personne n'a jamais pu se résoudre à exécuter et entrer dans la légende pour les siècles à venir.

Rien dans ses yeux n'avait changé. Ils jetaient toujours des flammes, plus éloquents que ses mots auxquels ils donnaient le tranchant d'une lame. Quelque chose d'étrange se produisait en moi. Au lieu d'être perturbé par le ton qu'elle employait, je sentais monter une envie frénétique de lui arracher son effigie et de la revoir telle que je l'avais connue.

Droite et raide comme un pin, elle reprit :

— Qu'y a-t-il donc dans le pouvoir qui aveugle autant les hommes ? Chaque année, je me disais : il va voir, c'est sûr, il va comprendre, sa voix va s'élever et briser le silence.

Je l'écoutais à peine, plongé dans un lac de souvenirs que j'avais soigneusement évités chaque jour de ma vie. Je retrouvais l'odeur de ses cheveux, de sa peau, la senteur de son souffle chaud, si douce quand elle s'endormait et tout aussi douce, miraculeusement, au réveil. Des seins en forme de prune enflaient dans ma main, des membres vigoureux me maintenaient dans une étreinte que je n'aurais jamais voulu quitter. J'avais le corps peint de longues lignes noires

– sa chevelure éparse – et mon cœur battait avec une ardeur qu'il n'avait jamais connue, qu'il ne connaîtrait jamais plus. Elle parlait, même au fond de ce lac elle parlait, mais dans un murmure et avec des mots qui m'emplissaient d'un sentiment infiniment fort, parfaitement indigne d'un frère et plus encore d'un Wafadar. Je descendais des hautes terrasses par une nuit sans lune, je voyais une empreinte de plantigrade parmi les *deodar*, je tenais une main que j'aurais voulu ne jamais lâcher. Puis, assise sur un rocher, mon visage entre les mains, elle suivait d'un doigt l'arête du nez, le contour des lèvres et pour la première fois je brûlais de m'arracher l'effigie pour sentir son toucher sur ma peau. Je la soulevais, je m'asseyais à sa place et connaissais alors un moment de frénésie et de calme que je ne devais jamais plus retrouver. Ensuite, devant l'escorte des mères qui l'attendait, elle m'enlaçait, la bouche tout contre mon oreille, et me disait des mots qui, vingt ans plus tard, résonnaient de nouveau en moi : « C'est toi qui es merveilleux, mais qui marches sur la tête. Je t'en prie, regarde quelle monstruosité ce système est devenu. Quand tu le verras, tu ne pourras plus le supporter. Sauve-toi, sauve-moi. Je t'attendrai. Je t'aime… »

Elle n'est pas partie avant le matin, mais n'a pas passé non plus la nuit dans mes bras. Elle a fait ce qu'elle savait faire si bien, aussi bien que le Grand Tragopan : parler. Mais ses mots n'étaient pas les douces paroles de mon maître, les mots de glaise humide que ses mains modelaient à l'infini en formes magnifiques. Non, ses mots à elle étaient de silex et s'entrechoquaient, leur dessein était l'étincelle.

Dire qu'ils m'ont brûlé serait bien au-dessous de la réalité. J'étais calciné, ravagé. J'ai entendu cette nuit-là des choses que je n'aurais jamais imaginées. J'avais l'impression qu'on m'avait écorché et versé de l'huile bouillante sur le corps, un bol, puis un suivant et encore un autre, lentement.

J'aurais voulu qu'elle me serre dans ses bras, fort, très fort, et qu'elle s'en aille.

J'aurais voulu démentir chaque parole qu'elle prononçait. Chacune d'elles, isolément, était un brûlot qui aurait pu la condamner sans autre forme de procès à la Salle des Vérités Intérieures. Pris dans son intégralité, son discours délirant lui aurait valu de finir ses jours au fond du Cratère des Résurrections.

J'étais assis sur le bord du lit et elle, sur une chaise en bois branlante. Le mugissement du vent se mêlait aux hurlements et aux gémissements des handicapés.

À son retour des hautes terrasses où avait eu lieu son initiation aux mains du Grand Calao, elle s'était trouvée enceinte. On l'avait installée à la Maternité et quelques mois après avoir accouché de son premier fruit, on l'avait envoyée au Sérail, où elle était devenue une madone prête à être labourée et ensemencée de nouveau.

Fidèle à sa nature, elle s'était montrée pleine de ressource. Au Sérail, rares étaient les frères qui s'étaient frayé un passage entre ses jambes. Lorsqu'elle n'avait pu l'éviter, elle s'était arrangée pour qu'ils n'éjaculent pas en elle. Elle était la honte de la communauté. Quand toutes les femmes alentour retournaient à la Maternité dans un cycle régulier, le ventre habité par de nouveaux soldats des purs, elle restait mince comme le bambou et aussi creuse que ses tiges.

Les vaches stériles attirent l'attention. Elle s'était retrouvée un jour en présence de la mère puissante à la voix de stentor, qui de son côté avait gardé en mémoire la fille aux cheveux noirs et aux yeux fulgurants. La fille, elle, se rappelait les gifles magistrales qui l'avaient jetée à terre et la Salle des Vérités Intérieures, ses hauts murs étroits et lisses.

On s'était saisi d'elle, on l'avait maintenue fermement ouverte, et en présence de la mère puissante, elle avait été de nouveau engrossée. Son ventre tendu avait expulsé un deuxième fruit, l'honneur était sauf et on l'avait renvoyée au Sérail. Elle y avait repris l'habitude de croiser les jambes, de se fondre parmi les ombres, mais cette fois, elle était surveillée et peu de temps après, convoquée par la mère à la voix trop forte pour sa taille, elle fut de nouveau fécondée de force.

À l'intérieur, elle n'était plus que ténèbres. Elle avait envisagé un instant d'avaler une feuille d'aboba pour liquéfier et expulser de ses entrailles tout ce qui n'était pas son propre corps, mais la feuille provoque parfois d'autres effets, rend aveugle, paralyse les articulations, fait enfler la langue. Puis elle avait pensé pousser jusqu'à son œuf la cosse piquante de certaine graine pour le crever. Elle avait découvert qu'elle ne pouvait pas s'y résoudre. La brutalité du geste lui répugnait, car elle avait déjà noué un lien de parenté avec la vie qui prenait forme en elle.

C'étaient des ténèbres d'une insondable profondeur. Au moins deux madones de sa connaissance avaient mis fin à leurs jours dans la détresse d'être séparées de leur enfant. Mais elle n'avait jamais été tentée par la facilité.

Avait-elle repensé au temps qu'elle avait passé chez le Grand Calao ? Aux jours et aux nuits ? À nos souffles croisés, au poids des mots non dits ?

Chaque jour. À chaque moment de solitude, chaque fois qu'elle voulait se languir de quelque chose qui lui réchauffât l'âme.

Je me suis levé pour nous servir deux verres de Ferment. Elle a éclusé le sien d'un trait. J'en ai fait autant.

Elle avait continué à entendre parler de moi. Du Wafadar qui avait la confiance du Grand Tragopan, qui ratissait la Vallée avec son équipe d'élite, supervisant la conduite de la congrégation. Elle avait espéré qu'il se présenterait un jour au Sérail, à moins qu'elle ne soit affectée au Creuset, où il était plus vraisemblable de rencontrer un Wafadar. Mais le Creuset exigeait de la part de ses madones plus d'attraits qu'elle ne pouvait en offrir, car si sa beauté exquise faisait l'unanimité, son comportement la condamnait au bas de l'échelle.

Elle avait pensé lui écrire une lettre qu'elle aurait chargé une madone transférée au Creuset de lui remettre. Mais elle ne pouvait faire confiance à personne. La loyauté des croyants s'adressait toujours à des entités supérieures, jamais à leurs semblables. Et les histoires qu'elle entendait raconter sur lui ne la comblaient pas des plus grands espoirs.

Elle avait été labourée et ensemencée à cinq reprises, et quand on lui avait retiré son cinquième nourrisson vagissant pour la préparer à retourner au Sérail, elle avait plongé dans un tunnel plus sombre que jamais. Lorsqu'elle en était ressortie, elle s'était entaillé au couteau les seins et les cuisses, en croisillons assez profonds pour que les cicatrices ne disparaissent jamais. Elle exultait. La laideur la libérait, la rendait heureuse. Les portes du Sérail lui étaient fermées définitivement. Et la Maternité avait conclu qu'elle était inapte à l'ensemencement.

Elle a écarté les pans de sa tunique, relevé les épaisseurs de ses chemises. J'aurais pleuré si j'avais su le faire. J'avais vécu dans le souvenir de ses seins en forme de prune, de sa peau sans défaut. Il n'en restait plus qu'une broderie compliquée de zébrures épaisses, de petits serpents gigotant le long des pentes pour téter aux cimes brunes que je me rappelais roses, de la couleur du soleil couchant.

Elle était fière de son acte. Tandis que je regardais, médusé, elle a glissé les doigts de la main droite parmi les reptiles et s'est mise à les caresser doucement. Quelque chose s'est animé au fond de moi, à mon effroi. Mais d'un coup, elle a rabaissé ses vêtements et fermé sa tunique. J'ai déporté mon regard sur ses yeux durs et brillants et j'ai compris que je ne devais pas lui poser de questions, que cette terrible mutilation n'était pas le dénouement de son histoire et qu'elle m'entraînait vers un lieu terrifiant d'où j'aurais dû me tenir éloigné.

Dehors, le vent était tombé et les seuls hurlements que l'on entendait venaient des hangars des handicapés. « C'est ici que je suis venue, finalement », a-t-elle repris. Comme elle avait cessé d'être un champ labourable, on avait commencé par lui appliquer l'effigie avant de l'envoyer au Berceau. Là, en compagnie d'une dizaine d'autres, elle avait dû jouer à la mère universelle, étreindre tous les enfants tour à tour, leur couper les ongles, leur nettoyer les oreilles, passer un temps identique à jouer avec chacun d'eux, ne jamais se diriger deux jours de suite vers le même et les surveiller comme les mères plus âgées la surveillaient.

Aucune de ces activités ne retenait son attention. Elle pensait à autre chose, menait son enquête. Sa laideur et son inactivité de génitrice jouaient en sa faveur. Elle passait plus facilement inaperçue. Elle avait eu bientôt vent de deux endroits importants : le Nid des Handicapés où échouaient les enfants ratés, et le Mausolée des Dépouilles Personnelles, où le moulage du visage original de chacun était conservé, ainsi que les données et l'histoire relatives à chaque enfant. La Confrérie méprisait le sentiment, pas l'archivage.

Se faire transférer à l'arrière-cuisine du Mausolée lui prit trois ans de discrètes intrigues. Il lui fallut ensuite un an, durant lequel elle afficha en permanence un enthousiasme naïf, pour se faire accorder l'accès aux réserves. Ce fut une révélation. L'ordre qui y régnait était stupéfiant. Pièce après pièce, à l'intérieur d'armoires vitrées en bois de *deodar*, elle avait découvert les traits originaux de milliers de frères catalogués minutieusement de mois en mois, d'année en année. Là étaient enterrées, cachées à la vue de tous, nos vérités d'individus, nos apparences véritables.

Chaque jour, des informations de différentes provenances concernant des changements dans la vie ou dans la localisation de frères étaient scrupuleusement consignées au fichier de leur existence. Les quartiers des quatorze conservateurs des affaires personnelles entouraient le Mausolée comme une ceinture. Ils étaient parfaitement conscients de la valeur de ce qu'ils avaient en garde et ne relâchaient jamais leur vigilance, fût-ce en parole.

Elle avait récuré, lavé, essuyé en marmonnant des insanités pendant encore un an avant d'être autorisée à se déplacer librement à l'intérieur du Mausolée au service de ses gardiens. Une autre année s'était écoulée avant qu'elle tombe sur ce qu'elle cherchait. Elle n'aurait su être trop prudente. Il aurait suffi que sa conduite fasse dresser le moindre sourcil sous une effigie pour qu'elle soit instantanément renvoyée et ne puisse plus jamais entrer dans le Mausolée.

— Qu'est-ce que tu cherchais ? ai-je demandé.

Les heures avaient passé, et j'étais sidéré par son récit. On aurait cru entendre l'histoire d'un esprit dérangé.

— La vérité.

— Sur quoi ?

— Sur nous.

La première cloche du matin a retenti dans la cuisine de l'autre côté de la cour. Elle a bondi sur ses pieds et gagné la porte. Une nouvelle vague de geignements a enflé aussitôt dans l'air. Il faisait encore nuit, mais un gris subtil infiltrait le noir.

— Pourquoi ? ai-je demandé.

Ses yeux ont jeté des éclairs. Elle a répondu :

— La vérité n'a pas besoin de motif. C'est la fin, le but de toutes choses. Aum ne l'a-t-il pas dit ?

La porte a claqué derrière elle avec tant de violence que le choc a ébranlé les murs.

J'ai passé la journée dans un brouillard. Non par manque de sommeil, mais parce que mon cerveau refusait de s'apaiser. À peine étais-je parvenu à le lisser comme un drap tendu qu'une centaine de pensées affolantes, assorties d'images et de questions, venaient tout froisser. Ce jour-là, le drap ressembla souvent à la broderie épaisse qui courait sur ses seins.

J'ai laissé derrière moi les hangars des handicapés pour pousser jusqu'à la forêt claire qui entourait le Nid, les hurlements infernaux sur mes talons. D'un côté, s'étendait la Vallée ; de l'autre, se dressaient les falaises friables, par-delà les arbres. En approchant de la lisière, j'ai découvert une tranchée dissimulée par la végétation buissonnante. Assez profonde pour cacher un homme de haute taille, elle était trop large pour être franchie d'un saut. Des épineux enchevêtrés poussaient au fond. J'ai suivi sa trace sinueuse et je me suis retrouvé au pied de l'à-pic. J'ai vu alors qu'elle encerclait le Nid ; elle devait avoir été creusée pour le protéger des bêtes sauvages.

Je suis resté là, assis sur un rocher, jusqu'à la disparition du soleil, à regarder la paroi verticale. Quelque chose me poussait à mettre les doigts dans la première anfractuosité pour en commencer l'ascension. La roche s'effritait, cédait sans crier gare et s'élevait jusqu'à plusieurs centaines de mètres, mais je m'en sentais capable. C'était en fait exactement ce dont j'avais besoin : une activité qui absorbe chaque cellule de mon être et ne laisse aucune place à la folle clameur qui se levait en moi.

Je vivais une situation insolite et perturbante. Jamais auparavant mon esprit n'avait été le champ de bataille de pensées antagonistes. J'avais toujours pensé à la façon de faire les choses, jamais à les mettre en question. C'était comme si la fille aux yeux fulgurants avait introduit sa main dans mon cerveau et l'avait pressé comme une mandarine. Tous les sucs s'en étaient écoulés et je n'en distinguais plus la forme exacte.

Lorsque je suis revenu à la nuit tombée, les frères m'attendaient. De la porte de mon abri, je voyais les jumeaux attachés au poteau de pénitence, grondant et se déchirant de leurs ongles. Ils avaient eu une crise, m'a-t-on dit, et le lendemain matin, ils seraient exténués. Ils resteraient allongés toute une semaine, jusqu'à ce que leurs blessures se soient refermées. Les sons qu'ils produisaient m'évoquaient les sauvages que nous pourchassions à l'époque de notre entraînement pour devenir Wafadar.

Les frères avaient bu. Tous. En regardant leurs visages semblables au mien et leurs yeux lourds qui n'appartenaient qu'à eux, j'ai compris qu'on ne pouvait tenir dans cet endroit sans l'aide du Ferment. J'avais un grand nombre de questions à leur poser sur le fossé, les handicapés, le passé, le présent, mais je savais que les réponses que j'obtiendrais ne seraient pas ce que je souhaitais entendre. J'aurais voulu qu'ils s'en aillent et qu'elle vienne. Je redoutais ce qu'elle allait dire, mais j'avais hâte de savoir de quoi il s'agissait.

Assis en silence, nous avons bu. Puis le Bhakta est arrivé et il a raconté une histoire que je n'avais pas encore entendue au sujet d'Alaiya, d'Ali et de leur foi sans limites. Un frère avait contracté une forte fièvre. Son corps était brûlant comme le soleil au zénith et enflé comme celui d'un noyé. Des furoncles lui poussaient partout sur la peau comme l'herbe folle après la pluie. Personne n'osait approcher de sa hutte. Poser les yeux sur lui était une torture. On poussait sa nourriture à l'intérieur à l'aide d'un bâton, on lui parlait à travers les murs. Quand l'incomparable eut vent de sa situation, il demanda à Alaiya d'aller se coucher auprès du malheureux reclus. Elle s'exécuta sans un mot alors que tous les autres reculaient de dégoût à cette idée. Au matin, le frère sortit de sa hutte, rendu à lui-même et à la santé, sans trace de fièvre, la peau lisse et douce. C'était Alaiya qui à présent était alitée, horrible à voir, couverte de pustules et d'œdèmes, le corps en feu. Le soir venu, Aum fit venir Ali qui se rongeait les sangs pour elle et lui demanda d'aller s'étendre auprès d'Alaiya. Au matin, Alaiya avait recouvré sa pureté originelle et Ali souffrait des maux qui l'avaient abandonnée. Il se retrouva isolé dans les mêmes conditions que ceux qui l'avaient précédé. Quelques jours plus tard, le lumineux demanda à un volontaire de se charger du fardeau d'Ali. Alaiya fut la première à se lever. Mais lorsqu'elle arriva près de la hutte, Ali refusa de la laisser entrer. Il ne voulait pas lui passer le relais de ses tourments.

À ce moment, la porte s'est ouverte, laissant entrer, avec un autre frère, les hurlements bestiaux. Tout le monde attendait que le Bhakta termine son histoire, mais il venait de se verser six doigts de Ferment et les sirotait sans hâte. Je me suis finalement décidé à prendre la parole.

— L'un d'entre vous a-t-il une idée de la façon dont nous devrions accomplir notre tâche ?

Ils ont tous détourné les yeux pour ne pas croiser un autre regard.

— Tout le monde est-il d'accord sur la nécessité de le faire ?

Oui. Chacun d'eux hochait la tête.

— Comment pouvons-nous être certains qu'Aum l'aurait voulu ?

— Par la voix de qui parle-t-il le plus clairement dans la Vallée ? a demandé le Bhakta.

— Par la voix du Père Bienveillant, a répondu très vite un des frères.

— Et par la voix de qui parle le Père Bienveillant ?

— Du Grand Tragopan.

— Et qui vous a donné l'ordre de venir ici ?

J'ai vidé mon verre. Je tenais ce que j'avais voulu entendre, une fois de plus. J'aimais cette forme de clarté qui permettait à un homme d'agir, comme les hommes le doivent, avec rapidité, sans dévier de son cap. Je détestais ce que cette femme me faisait, comment elle me dressait contre moi-même.

Cette nuit-là, nous avions affirmé que nous devions le faire.

Le lendemain nous déciderions comment.

Lorsque tout le monde a gagné la porte, un frère a lancé :

— Et Ali, que lui est-il arrivé ?

Le Bhakta, qui attendait cette question – c'est leur façon de raconter –, a répondu :

— Une semaine plus tard, à la tombée du jour, le sans-tache se rendit à la hutte devant laquelle Alaiya importunait Ali à travers le mur, et interpella son plus ardent adepte. Ali sortit, fiévreux, défiguré par de monstrueux furoncles, et lorsque le Paigamber l'étreignit, Ali fut rendu à sa beauté angélique.

Le frère responsable du Nid émit un long rot et dit :

— C'est dans la complétude de la foi que nous devenons beaux.

— Alors comme ça, embrasser la foi changerait tout ? dit-elle d'un ton railleur après m'avoir écouté raconter l'histoire.

Je l'avais attendue sans boire une goutte, et elle était arrivée un peu après minuit, quand tous les frères s'étaient endormis dans la stupeur du Ferment, imperméables aux hurlements et aux plaintes. Ce soir-là, c'est elle qui s'est assise sur le lit et moi, sur une chaise.

— C'était Aum qui l'avait étreint.

— Tu devrais peut-être essayer toi aussi, en tant que grand soldat d'Aum. Tu as le choix. Nous avons des hangars entiers qui attendent ton étreinte.

À quoi ressemblait-elle, à présent, sous l'effigie ? Je me rappelais la peau douce et claire, le nez droit, les lèvres pleines, mes doigts parcourant leurs contours chaque fois que j'en trouvais l'occasion. J'avais essayé de la serrer dans mes bras à son entrée dans la pièce pour revivre ce que j'avais connu jadis, mais elle m'avait repoussé fermement, en disant : « C'est impossible. »

— Que cherchais-tu dans le Mausolée ? Qu'as-tu trouvé ?

— Toi. Tu n'as jamais cherché quoi que ce soit de ta vie et tu n'as donc rien trouvé. Et pourtant, quel pouvoir est le tien ! Le pouvoir de vie et de mort !

Je n'ai pas répondu. Je ne voulais pas discuter. Après une journée de tribulations internes, mon cerveau s'était apaisé et je me sentais très calme. À travers l'agitation qu'elle cherchait à provoquer en moi, je me sentais sur le point de comprendre quelque chose d'important.

— Dis-moi.

— Et le reconnaîtras-tu seulement, quand je te l'aurai dit ?

Avant que je puisse répondre, elle s'est levée, m'a saisi la main et m'a entraîné dehors. La lune était plus qu'à moitié pleine et sa clarté, assez intense pour distinguer la ligne des neiges éternelles par-delà les arbres. Elle me menait de l'autre côté des hangars, lentement, m'obligeant à absorber l'imbroglio de gémissements et de plaintes.

J'essayais de la pousser à aller plus vite, je détestais ces sons inhumains, mais elle maintenait une allure lente et mesurée. Après avoir traversé le dernier hangar, nous avons encore marché jusqu'à la lisière des arbres. Elle s'est alors assise sur une souche de pin coupé à la scie. Je me suis rappelé la dernière fois que je l'avais vue à la clarté de la lune, plus de vingt ans auparavant, quand je l'avais abaissée vers moi pour m'encastrer en elle une ultime fois, sur le rocher.

— Tu sais ce qu'ils sont ? a-t-elle demandé d'une voix plus froide que la nuit.

J'ai gardé un long silence. Les yeux posés sur moi, elle attendait.

— Les malfaçons de la Maternité, dis-je doucement.

Son corps, qu'elle tenait raide comme pierre, s'affaissa tout d'un coup. Le feu avait quitté ses yeux. Elle répondit d'une voix encore plus douce que la mienne :

— Tu vois encore le monde la tête en bas, je perds ma salive.

— Je ne suis pas là de mon plein gré.

— Personne ne l'est, puissant Wafadar. Sauf moi.

— Tu en étais à me raconter ton séjour au Mausolée, la dernière fois.

— Et j'y suis restée longtemps, Wafadar. À convaincre les gardiens des personnalités que j'étais une fidèle entre les fidèles. À étudier les archives pour savoir ce que tous ceux qui naissent ont besoin de savoir : qui je suis, d'où je viens et qui je laisse derrière moi…

D'un hangar montait le crescendo délirant de la fille inconsolable : « Maaaaaa ! Maaaaaa ! »

— … qui est ma mère, qui mon enfant…

Aussitôt le souvenir aigu d'une femme mince aux clavicules saillantes a empli mon cœur d'une tempête mugissante. Je me rappelais l'odeur suave de sa peau, la texture de sa chevelure épaisse et noire et le son de sa voix qui me murmurait des mots doux tandis qu'elle me pressait contre elle et me relâchait et que je m'agrippais à elle comme à un radeau au milieu de la mer démontée. Je me rappelais le bonheur que je ressentais lorsqu'elle me serrait dans ses bras si fort que j'en avais le souffle coupé. J'aurais voulu ne jamais plus respirer pourvu qu'elle ne me lâche pas.

Je me revoyais en petit garçon de quatre ans, nu dans la salle de bains, seul, regardant le seau d'eau glaciale et figée avec lequel j'allais me doucher quand un sanglot a déchiré la nuit entre nous. Je l'ai regardée, surpris, et j'ai compris qu'il était venu de ma gorge secouée de spasmes. J'avais les yeux mouillés et du sel dans les narines, bien que je ne pusse sentir les larmes qui ruisselaient sur mes joues insensibles.

Me détournant, j'ai demandé :

— Et qu'as-tu découvert ?

— Que ma mère était une femme mince aux clavicules saillantes, aux cheveux épais et noirs ; qu'elle est morte en délivrant son neuvième fruit. J'étais le huitième. Son premier-né est devenu un grand guerrier des purs.

Je me suis effondré sur moi-même, écrasé, le cœur plus froid que l'eau du seau de mon enfance.

La nuit suivante, elle m'a guidé lentement à travers les hangars.

Pour la première fois de ma vie, j'étais resté toute la journée au lit, sans vouloir ni pouvoir bouger. J'aurais voulu être mort, sans l'ombre d'une pensée dans ma tête. J'avais renvoyé d'un geste autoritaire les frères qui étaient venus me trouver. Au soir, le Bhakta, sentant le Ferment, était venu. Lorsqu'il avait évalué ma fièvre en posant la paume sur ma nuque, je la lui avais serrée si fort qu'il avait jappé et les larmes lui étaient montées aux yeux.

Tenant la lanterne d'une main ferme, elle s'arrêtait tous les quatre ou cinq pas pour que je puisse observer les handicapés en passant près de leurs couches. Sous les ombres longues, on aurait presque pu imaginer qu'ils n'étaient pas aussi mal en point. Je dois admettre que je ne les aurais pas regardés de si près si je n'avais pas cherché quelque chose.

Elle m'en avait trop dit. Elle avait planté dans ma peau les aiguilles de tous les *siontch* de la Vallée, saigné mon être à blanc, tari son sens. Je n'étais plus qu'une cosse emplie d'air dans laquelle flottaient des mots légers et creux. Ils m'étaient familiers, mais chaque fois que j'en saisissais un, il m'était impossible d'en sentir le poids ou la forme.

M'efforçant de voir à la lumière avare de la lanterne, je pointais du doigt tous les quelques mètres un handicapé aux cheveux noirs, aux muscles plus fermes que les autres ou qui ne gémissait pas comme une bête en détresse. Chaque fois, elle secouait la tête et passait son chemin. Après avoir vu les pensionnaires de tous les hangars, je ne l'avais toujours pas trouvé. Elle m'avait prévenu, ce ne serait pas facile, mais j'avais insisté.

Pour quitter le Mausolée et se faire employer au Nid afin de l'y rejoindre, elle avait intrigué – chose facile, le Nid étant une affectation que tout le monde cherchait à éviter. Elle ne l'avait pas repéré tout de suite, elle non plus. Elle l'avait cherché longtemps, mais d'emblée, en le voyant, elle avait su qu'il était le sien, aussi sûrement que le soleil est au jour et la lune à la nuit.

Il faisait froid. Je la tenais serrée contre mon flanc, bien différemment de la façon dont je l'avais tenue jadis. La sensation, étrangement, n'était pas moindre, ni moins agréable. Ce contact créait au contraire en moi une chaleur nouvelle. Par-delà les hurlements des handicapés, une chouette perçait l'obscurité d'appels aigus et brefs. La première lumière du jour n'allait plus tarder.

À mon insistance, nous sommes retournés à l'intérieur. Je voulais faire une dernière tentative. À qui ressemblait-il le plus, à elle ou à moi ? Il devait être un jeune homme, à présent. Quelle infirmité avait produit notre désir dévoyé ? La reconnaissait-il ? Viendrait-il vers moi si je venais vers lui ? Était-il un de ces handicapés au sommeil perturbé ? Hurlait-il comme un loup en s'arrachant les cheveux ? Après avoir traversé le dernier hangar, je ne l'avais toujours pas trouvé.

La lanterne n'éclairait presque plus et le jour montait. Je l'ai pressée de nouveau contre mon flanc. Elle semblait subitement plus petite et plus fragile que jamais.

Ce n'était pas la Maternité. Ces fruits gâtés étaient le résultat des semailles irréfléchies de la Confrérie. C'était un nid d'amour difforme. Un monde d'hommes devenus fous. Et, caché dans ces hangars, leur horrible rebut.

Quatre jours plus tard, ils ont incendié le Nid. Comme tout ce que font les purs, l'exécution fut impeccable. En conformité avec sa règle, le Grand Tragopan avait associé confiance et vigilance et m'avait tenu à l'œil. Il s'était assuré que la besogne serait accomplie, avec ou sans moi.

À midi, le soleil au zénith éclipsant la lumière des flammes, le feu a été allumé tout le long du bord interne du fossé sinueux. Dévorant arbres et taillis pour assouvir sa faim grandissante, il a atteint le cœur du Nid quelques heures plus tard, tandis que les handicapés, enfermés dans leurs hangars, faisaient la sieste.

Quand je me suis rué dehors, ses bouches multiples m'entouraient déjà, enflammant l'air, avalant tout ce qu'elles rencontraient sur leur passage. Je sentais la chaleur, mais je ne voyais qu'elle. Attachée au poteau de pénitence, un bandeau sur la bouche, les veines savamment perforées par une quarantaine d'aiguilles. Le *siontch*, l'arme que seuls les Wafadar possèdent.

J'ai tenu sa tête contre ma poitrine, enfoui mon visage dans ses cheveux. Elle était inerte dans mes bras et j'étais couvert de son sang. Quand j'ai levé sa bouche à hauteur de mon visage, elle a murmuré : « Pour l'amour d'Aum, va-t'en d'ici ! » Puis elle a cessé de bouger. Je l'ai allongée sur le sol, je lui ai retiré l'effigie. Elle n'était plus la fille à la peau douce qui avait ensorcelé mes nuits, mais elle était belle, plus belle que toutes les idées qui avaient peuplé mon existence.

J'ai tenu son visage entre mes mains aussi longtemps que j'ai pu. Je buvais sa lumière et sa grâce, je comprenais à présent que la beauté, bien que très rare, venait de multiples sources et que manquer à la voir et à l'apprécier, c'était manquer le sens même de cette chose qu'on appelle la vie.

Et pendant ce temps, les flammes gagnaient les hangars et les hurlements des handicapés éclipsaient le rugissement du feu. Je me suis précipité vers le troisième bâtiment, là où il devait se trouver, quatrième rangée après la porte, couchette du bas. Cependant, même un Wafadar, même un père, ne peut pas marcher au milieu du feu.

J'ai essayé. Il a dû essayer, lui aussi. Mais s'il avait existé une chance infime, il était de tous les enfants difformes d'Aum le moins susceptible d'en faire usage.

Les derniers cris se levaient au-dessus de la muraille de flammes et je cherchais frénétiquement à regarder par-delà, pour le voir une dernière fois. Je ne le connaissais que depuis trois jours et demi, mais j'avais vu sa beauté, non moins évidente que celle de sa mère.

Elle me l'avait amené le lendemain. Après mon échec à le trouver, j'avais passé toute la journée dans la pièce qui m'était allouée, sans vouloir voir personne.

Mon entraînement rigoureux faisait toujours de moi un Wafadar, mais j'avais perdu la capacité d'apaiser mes pensées. Deux questions ne cessaient de me tourmenter.

Comment en était-on arrivé là ?

Que devais-je faire ?

Je me suis levé en l'entendant approcher. D'autres pas suivaient les siens. J'ai noué aussitôt le *siontch* à ma ceinture et je me suis fondu dans les ombres du fond de la pièce.

D'abord je ne l'ai pas vu quand elle a passé la porte. Puis, elle s'est écartée et il est entré avec circonspection à l'intérieur, soulevant le torse pour franchir les marches, puis le seuil, avec de grandes difficultés. C'était l'araignée de la cour, le visage au ras du sol, les bras et les jambes étalés tout autour de lui juste assez haut pour empêcher son ventre de frotter par terre. Il levait la tête sur son cou étiré pour mieux observer le lieu où sa mère l'avait conduit.

Je me suis mis à quatre pattes et j'ai marché vers lui. Comme tous les pensionnaires du Nid, il avait les cheveux coupés ras, qui lui faisaient de grandes oreilles. Puis je me suis baissé sur mes coudes pour qu'il n'ait pas besoin de se dévisser le cou. Ça l'a fait sourire. Ses yeux étaient curieux et doux. Ils n'hébergeaient pas de colère.

— Je t'avais dit qu'il viendrait, a dit sa mère.

D'une voix si lente qu'elle allongeait le cours du temps, du monde et de mon sang, il a déclaré :

— La fourrure du loup est tout en cailloux.

Au bout d'une longue pause, j'ai répondu sur le même tempo que lui :

— Le bec du corbeau a fondu dans l'eau.

Il a émis un gargouillis. Ses yeux dansaient. J'ai posé la main sur son visage, il était chaud et vivant. Il a repris :

— Quand tu manges un œuf, regarde le bœuf.

— Le cul du Bhakta, c'est de l'herbe en tas.

À ces mots, il a roulé sur le dos, ses membres d'arachnide gigotant d'aise.

Je l'ai imité, et les cris de sa gaieté ont empli la pièce.

Levant les yeux sur elle, j'ai vu que son effigie était humide.

Durant les trois jours et demi qui ont suivi, j'ai passé autant de temps que possible avec lui, parlant comme lui en bouts rimés, à plat ventre sur le sol pour pouvoir tenir son visage et le regarder dans les yeux. Je l'ai porté sur mon dos, ses quatre membres bien serrés en tenaille autour de moi, dans la forêt et jusqu'aux falaises. Ses gargouillis emplissaient l'air, montaient vers le ciel et résonnaient jusqu'aux terrasses les plus hautes à travers toute la Vallée.

Les meilleurs enfants d'Aum sont les enfants du Nid.

Le grand duc vient de s'envoler brusquement.

A-t-il senti quelque chose ? Les ombres se sont-elles multipliées dans le *semul* ? Je vais rapidement voir une dernière fois Parvati et le chaton. Ils dorment tous deux du sommeil du juste. Avant de remonter au premier avec un ultime verre de thé, j'ai écrit une note pour l'inspecteur des égouts et je l'ai déposée bien en vue sur le poste de télévision. J'y ai consigné des indications pour qu'il remonte jusqu'à mon histoire. J'aimerais lui dire combien je l'admire, mais au milieu de quelques lignes griffonnées, ce n'est pas facile. J'espère qu'il le comprendra en écoutant la bande.

À présent, si étrange que cela puisse paraître, je suis reconnaissant à mes poursuivants. Ils m'ont laissé arriver à la fin de mon histoire, de l'histoire de mon peuple. En me vidant de mon sang, j'aurai la satisfaction de savoir que mon petit remède trouvera sa place dans la pharmacopée des histoires du monde.

Je pourrai nourrir l'espoir que parmi ceux qui cherchent le vrai – seuls à racheter le monde – ils seront nombreux à tomber dessus et à y trouver une aide.

Qu'ils seront prévenus contre ce que les purs préparent.

Qu'ils seront capables d'identifier les Yodha en regardant au fond de leurs yeux.

Qu'ils apprendront à faire la différence entre les idées et les hommes ; entre dieu et son image ; entre Aum et ses Timoniers.

Entre le mot et sa signification.

Je suis prêt. Mes yeux de Wafadar me disent que le ciel a commencé à blanchir derrière l'horizon. Je regarde le maestro des plaines torrides, son visage rond, son crâne chauve, son bras droit levé, sa bouche ouverte. Je glisse le disque dans la boîte et je ferme les yeux.

Le chant monte à l'assaut du *semul*, s'élance en un filet frémissant vers les cieux où il maintient en équilibre l'obscurité et la lumière. Peut-être transformera-t-il mes frères en maraude comme il me transforme. Peut-être, incisant leur carapace, leur donnera-t-il à réfléchir. Puisse-t-il faire germer en eux le seul état – s'il en existe un – qui dépasse en grandeur la musique ou l'amour.

Le doute.

Puisse-t-il toujours alterner avec la foi comme la nuit et le jour.

Tarun Tejpal
dans Le Livre de Poche

Histoire de mes assassins n° 32135

À Delhi, un journaliste renommé apprend par un flash d'informations qu'il vient d'échapper à un meurtre et que cinq suspects ont été arrêtés. Il ignore pourquoi on en veut à sa vie. Est-ce parce qu'il a révélé une affaire de corruption au sein du gouvernement indien dans les colonnes de son magazine ? À moins que les services secrets pakistanais n'en soient les commanditaires ? Protégé par des policiers, il se retrouve bientôt face à ces cinq hommes. Originaires de l'Inde du Nord, ils ont grandi dans le monde impitoyable des millions de laissés-pour-compte du pays et sont prêts à tuer pour quelques roupies… Dans cet ample roman, plein de compassion, l'auteur de *Loin de Chandigarh* met à nu les failles de l'Inde contemporaine.

Loin de Chandigarh n° 30760

L'Inde du Nord à la fin des années 1990. Un journaliste et sa femme, Fizz, partagent depuis quinze ans une intense passion, très sensuelle, très charnelle. Jusqu'au jour où, dans leur maison accrochée aux contreforts de l'Himalaya, le narrateur découvre soixante-quatre épais carnets, le journal intime et impudique d'une Américaine, Catherine – ancienne propriétaire des lieux –, dont la lecture va peu à peu détruire son couple…

Du même auteur :

LOIN DE CHANDIGARH, Buchet Chastel, 2005.

HISTOIRE DE MES ASSASSINS, Buchet Chastel, 2009.

PAPIER À BASE DE
FIBRES CERTIFIÉES

Le Livre de Poche s'engage pour
l'environnement en réduisant
l'empreinte carbone de ses livres.
Celle de cet exemplaire est de :
450 g éq. CO_2
Rendez-vous sur
www.livredepoche-durable.fr

Composition réalisée par PCA

Achevé d'imprimer en mars 2014 en France par
CPI BRODARD ET TAUPIN
La Flèche (Sarthe)
N° d'impression : 3004472
Dépôt légal 1re publication : avril 2014
LIBRAIRIE GÉNÉRALE FRANÇAISE
31, rue de Fleurus – 75278 Paris Cedex 06

20/3332/1